Barry Eisler
Einsame Auferstehung (John Rain – herrenloser Samurai)

AF184966

Das Buch

John Rain will nur eins: raus aus dem Geschäft des Tötens. Doch aufgrund seiner außergewöhnlichen Fähigkeiten ist man nicht bereit, ihn einfach aussteigen zu lassen. Seine Diskretion, seine Zuverlässigkeit und sein besonderes Talent für Tode aus ›natürlichen Ursachen‹ sind einfach zu wertvoll. Als ihm ein alter Gegenspieler aus den Reihen der japanischen Polizei einen neuen Job anträgt – die Beseitigung von Murakami, einem Killer, der noch furchteinflößender ist als Rain selbst – weiß er daher, dass er nicht ablehnen kann.

Mit Hilfe einer schmerzlich schönen, halb brasilianischen, halb japanischen Stripperin, der er eigentlich niemals trauen dürfte, verfolgt Rain sein Opfer ins Reich des organisierten Verbrechens. Über Hostessenbars und illegale Kampfklubs, in denen nur der Stärkere überlebt, gelangt er ins Herz des Schattenkriegs, der zwischen der CIA und den Yakuza tobt. Es ist ein Krieg, der für Rain nicht zu gewinnen ist, und den zu verlieren, er sich nicht leisten kann. Die Grenzen zwischen Freund und Feind, Wahrheit und Täuschung sind so verschwommen, wie die regennassen Straßen Tokios.

Hinweis: »Einsame Auferstehung« wurde 2006 unter dem Titel »Tokio Killer – Die Rache« in der Reihe »Tokio Killer« vom Fischer Taschenbuch Verlag erstveröffentlicht. Die lieferbare Ausgabe wurde neu lektoriert und gestaltet.

Der Autor

Barry Eisler arbeitete drei Jahre als verdeckter Agent der CIA und war dann als Fachanwalt für Technologie und Manager für Unternehmensgründungen im Silicon Valley und in Japan tätig. Dort erwarb er nebenbei seinen schwarzen Gürtel am Kodokan, dem internationalen Judozentrum. Eislers Bestseller gewannen den »Barry Award« und den »Gumshoe Award« für den besten Thriller des Jahres. Sie tauchen in zahlreichen Bestenlisten auf und wurden in beinahe zwanzig Sprachen übersetzt. Eisler lebt in der Bay Area von San Francisco, und wenn er nicht gerade Romane schreibt, bloggt er auf www.BarryEisler.com über Folter, Bürgerrechte und das Prinzip der Rechtsstaatlichkeit.

BARRY EISLER

Einsame Auferstehung

Übersetzt von Peter Friedrich

Deutsche Erstveröffentlichung bei
Edition M, Amazon Media EU S.à r.l.
5 Rue Plaetis, L-2338, Luxembourg
2014

Die Übersetzung dieses Buches wurde durch AmazonCrossing ermöglicht.

Umschlaggestaltung u. Bildrechte: bürosüd⁰ München, www.buerosued.de
Lektorat: Simon Jaspersen
Satz: Monika Daimer, www.buch-macher.de
Printed in Germany
by Amazon Distribution GmbH, Leipzig

ISBN 978-1-477-822371

www.edition-m-verlag.de

Für Emma
Du bringst mein Herz zum Singen

VORBEMERKUNG ZUR NEUAUSGABE

Soeben habe ich ›Einsame Auferstehung‹ zehn Jahre nach Entstehung des Romans neu gelesen und leicht überarbeitet. Zwei Dinge haben mich dabei überrascht. Das Erste ist, wie gut sich das Buch gehalten hat. Dies ist zum Teil der Stadt Tokio zu verdanken, in der die Geschichte weitgehend spielt – einer Stadt, die ständig ihr Gesicht wandelt, im Kern jedoch immer dieselbe bleibt. 2008 und 2009 lebte ich erneut dort, fünfzehn Jahre nach meinem ersten Aufenthalt in Rains Stadt, und fand es wunderbar, dass, obwohl die Oberfläche neue Konturen angenommen hat, obwohl einige Lokalitäten aus ›Einsame Auferstehung‹ verschwunden sind und andere sich verändert haben, der Ort immer noch die gleiche Atmosphäre ausstrahlte, an die ich mich erinnerte. Das wird vermutlich immer so bleiben.

Das Zweite, was mir auffiel, war die Hellsichtigkeit des Plots im Hinblick auf die Nuklearkatastrophe, die dem Erdbeben und dem Tsunami vom 11. März 2011 folgte. Meistens beziehe ich die Ideen zu meinen Plots aus realen Ereignissen. Hier nur ein paar davon, die im Buch auftauchen:

Wie sich herausgestellt hatte, hatten die Universal Studios Japan *Essen ausgegeben, dessen Verfallsdatum um neun Monate überschritten war, und Etiketten gefälscht, um das zu vertuschen, während gleichzeitig ein Wasserspender betrieben wurde, der unbehandeltes Industriewasser ausspie.* Mister Donut *pflegte seine Produkte mit Fleischklößchen anzureichern, die verbotene Zusätze enthielten.* Snow Brand Food *sparte gerne einmal ein paar Yen, indem sie alte Milch recycelten und es versäumten, die Rohre der Fabrik zu reinigen. Das ließ sich ausnahmsweise einmal nicht verschleiern – fünfzehntausend Menschen erlitten Vergiftungen.* Mitsubishi Motors *und* Bridgestone *kamen in die Bredouille, weil sie Defekte an Autos und Reifen verschwiegen, um teure Rückrufaktionen zu vermeiden. Die schlimmste*

und selbst nach japanischen Maßstäben schockierende Nachricht war,
dass TEPCO, das Tokioter Energieversorgungsunternehmen, dabei er-
tappt worden war, seit zwanzig Jahren Sicherheitsberichte über ihre
Atomanlagen gefälscht zu haben. Die Berichte unterschlugen ernste
Probleme an acht verschiedenen Reaktoren, darunter Risse in den Si-
cherheitskuppeln ...

Das schrieb ich 2002. Ich hatte dabei lediglich Zugang zu öffentlichen Quellen. Das Potenzial für eine Katastrophe konnte jeder erkennen, der Augen hatte zu sehen. Wie es meine Figur Tatsu
tatsächlich auch tat:

Er stemmte sich hoch und setzte sich auf den Rand des Beckens, um
sich von der Hitze zu erholen. »Weißt du, Rain-san«, sagte er, »Gesell-
schaften sind wie lebende Organismen, und kein Organismus ist gegen
Krankheiten gefeit. Entscheidend ist, ob er eine effektive Verteidigung
aufbauen kann, wenn er feststellt, dass er angegriffen wird. In Japan
hat das Virus der Korruption das Immunsystem selbst angegriffen, wie
eine gesellschaftliche Form von AIDS. Dadurch kann sich der Körper
nicht mehr verteidigen. Das meine ich damit, wenn ich sage, dass alle
Länder Probleme haben, aber nur Japan die Fähigkeit verloren hat,
sie zu lösen. Die TEPCO-Manager treten zurück, aber die Männer,
die ihnen schon seit Jahren auf die Finger hätten sehen sollen, dürfen
bleiben? Nur in Japan ...«

Er wischte sich über die Stirn. »Gut. Und jetzt betrachte diesen
Stand der Dinge aus Yamaotos Perspektive. Ihm ist klar, dass eine
Unterdrückung des Immunsystems irgendwann zu einem katastropha-
len Zusammenbruch des Wirtsorganismus führen muss. Wir sind oft
gerade noch einmal davongekommen – in finanzieller, ökologischer
und nukleartechnischer Hinsicht – und es ist nur eine Frage der Zeit,
bis es zu einer wirklich verheerenden Katastrophe kommt. Vielleicht zu
einem atomaren Störfall, der eine ganze Stadt ausradiert. Oder einem
landesweiten Run auf die Banken mit einem Verlust aller Einlagen.
Was immer es ist, es wird irgendwann eine Größenordnung erreichen,
die die japanischen Wähler aus ihrer Apathie schreckt ...«

Man muss abwarten, ob die Korruption und die betrügerischen
Absprachen, die zu Japans nuklearem Albtraum geführt haben,

ausreichen, um die Wähler aus ihrer Gleichgültigkeit zu rütteln. In dieser Hinsicht könnte ich mich getäuscht haben. Und offensichtlich habe ich mich auch geirrt, als ich andeutete, die japanische Apathie angesichts dieser ungeheuerlichen Korruption sei einzigartig. Das letzte Jahrzehnt in Amerika hat uns einen Krieg gebracht, der der Öffentlichkeit unter Vortäuschung falscher Tatsachen verkauft wurde; hochrangige Beamte haben gestanden, Folter unter Missachtung von gültigen Verträgen und Gesetzen angeordnet zu haben, und es gab eine wirtschaftliche Kernschmelze, der ein massiver Betrug zugrunde lag, wie sogar der ehemalige Vorsitzende der US-Notenbank zugab – aber niemand wurde vor Gericht gestellt, niemand wanderte ins Gefängnis, und die Amerikaner geben weiterhin brav ihre Stimmen für das demokratisch/republikanische Duopol ab, das für diese Katastrophen verantwortlich zeichnete.

Ein Gedanke noch zum Schluss: Es ist nicht nur das Politische in diesen Romanen, das durch spätere Ereignisse immer wieder bestätigt wurde, es ist auch die Technologie. In ›Einsame Auferstehung‹ verfolgt Tatsu Rain in ganz Japan mittels eines landesweiten Systems von Videokameras in Verbindung mit einer fortschrittlichen Gesichtserkennungssoftware. Und hier können Sie sehen, was heute Stand der Technik ist, zehn Jahre später:

http://www.trendsderzukunft.de/hitachi-neue-uberwachungskamera-gleicht-36-millionen-gesichter-je-sekunde-ab/2012/03/24/

Daher glaube ich, dass ›Einsame Auferstehung‹ sich trotz der ein oder zwei veralteten ›Pager‹ im Großen und Ganzen nicht nur gut gehalten hat, sondern sogar seiner Zeit voraus war. Lesen Sie selbst – ich wünsche Ihnen viel Spaß dabei!

EIN WORT ZU DEN TITELN

Warum ich die Titel der Rain-Romane verändert habe? Einfach aus dem Grund, weil ich sie nie passend fand. Der richtige Titel ist wichtig – und sei es nur, weil ein falscher dieselbe Wirkung hat wie ein unpassender Rahmen zu einem ansonsten schönen Gemälde. Das Kunstwerk sieht dann nicht nur weniger gut aus, es verkauft sich auch schlechter. Und für den Künstler, der das Bild gemalt hat, ist es ärgerlich, es im falschen Rahmen zu sehen und mit dem suboptimalen kommerziellen Ergebnis leben zu müssen.

Die traurige Geschichte der ›Rain‹-Titel begann mit ›Rain Fall‹ für den ersten Band der Reihe. Es war ein nicht besonders glückliches Wortspiel mit dem Namen des Protagonisten und führte zu einer deprimierenden und einfallslosen Abfolge gleichartiger, austauschbarer Titel: ›Hard Rain‹, ›Rain Storm‹, ›Killing Rain‹. Die deutschen Titel waren besser, aber trotzdem nicht gut: ›Die Rache‹ für den zweiten Band, ›Der Verrat‹ für den dritten, ›Tödliches Gewissen‹ für den vierten. Ab dem fünften Band war ich verzweifelt um eine Alternative bemüht und überredete meinen Verleger zu ›The Last Assassin‹, der letzte Assassine. Im Großen und Ganzen halte ich das für einen guten Titel, doch wie man es auch nimmt, er hat nichts mit der Geschichte des fünften Bandes zu tun, außer, dass darin ein Assassine vorkommt. Aber es war immer noch besser als Rain-Dies oder Rain-Das. Das fünfte Buch verkaufte sich sehr gut; leider überzeugte der Erfolg meinen Verleger davon, dass das Zauberwort jetzt ›Assassine‹ lautete und wir es ab sofort in jeden Titel einbauen sollten. Mit dem von mir vorgeschlagenen Titel für den sechsten Band – ›The Killer Ascendant‹ – waren sie zwar nicht zufrieden, meinten jedoch begeistert, dass sie etwas viel Besseres gefunden hätten: Das sechste Buch, so hieß es stolz, würde als ›The Quiet Assassin‹ erscheinen, der lautlose Assassine.

Ich versuchte zu vermitteln, dass dieser Titel vielleicht nicht *ganz* so redundant sei wie beispielsweise ›Der tödliche Assassine‹

oder ›Der todbringende Assassine‹, aber, indem er auf einen Assassinen hinwies, der lautlos vorgeht, bestenfalls langweilig war (im Gegensatz etwa zu Margaret Atwoods ›The Blind Assassin‹, ›Der blinde Assassine‹, ein Titel, der wegen der scheinbaren Widersprüchlichkeit sofort neugierig macht). Der Verlag blieb hart. Ich meinte, wenn sie schon so versessen darauf seien, ›Assassine‹ in einem Titel zu verwenden, der ansonsten nicht das Geringste mit dem Buch zu tun hätte, warum dann nicht wenigstens ›Der Da-Vinci-Assassine‹ oder ›Der Sudoku-Assassine‹? Am Ende einigten wir uns auf einen Kompromiss: ›Requiem for an Assassin‹, ein Titel, den ich für ein anderes Buch ganz gut gefunden hätte, nicht jedoch für das, das ich geschrieben hatte – wie gesagt, abgesehen von der bloßen Existenz eines Assassinen in der Geschichte.

Jetzt, da die Rechte an den Romanen wieder bei mir liegen und ich in solchen Fragen keine faulen Kompromisse mehr schließen muss, kann ich die Titel verwenden, die ich immer haben wollte – solche, die tatsächlich etwas mit den Geschichten zu tun haben und einen maßgeblichen Aspekt der Story einfangen, während sie gleichzeitig die inhaltliche Substanz transportieren und hervorheben. Für mich ist es so, als würde ich diese Bücher zum ersten Mal in dem Rahmen sehen, den sie schon immer verdient hatten. Es ist aufregend, befriedigend und sogar befreiend. Sehen Sie selbst. Ich hoffe, es gefällt Ihnen.

Abendliche Kirschblüten:
Ich schiebe den Tuschestein in meinen Kimono
dies eine letzte Mal

– Todesgedicht des Poeten Kaisho, 1914

TEIL I

Hätte ich nicht gewusst,
dass ich bereits
tot war,
hätte ich getrauert
um den Verlust meines Lebens.

– Letzte Worte Ota Dokans,
Gelehrter der Militärkunst und Dichter, 1486

KAPITEL 1

Wenn man einmal über die Ironie der Situation hinwegsieht, kommt man zu dem Schluss, dass es eine Menge Vorzüge hat, einen Mann in seinem eigenen Fitnessstudio umzubringen.

Die Zielperson war ein Yakuza, ein Hantelfanatiker namens Ishihara, der in Roppongi, einem von Tokios Vergnügungsvierteln, ein Fitnessstudio besaß und dort täglich trainierte. Tatsu hatte mir gesagt, dass der Mordanschlag nach einer natürlichen Todesursache aussehen musste, wie immer, daher war ich froh über einen Tatort, wo jemand durchaus vor Anstrengung mit einem tödlichen Aneurysma umkippen, unglücklich auf eine Stahlstange stürzen oder einen anderen tragischen Unfall erleiden konnte, während er eines der komplizierten Trainingsgeräte benutzte.

Vielleicht würde eine dieser Möglichkeiten sogar unsterblich gemacht werden, wenn später ein paar Firmenanwälte darauf bestünden, an der nächsten Generation von Trainingsmaschinen entsprechende Warnhinweise anzubringen, damit die unwissende Öffentlichkeit das Gerät nicht auf eine Art missbrauchte, für die es nicht gedacht war und für die der Hersteller keine Verantwortung übernehmen konnte. Im Lauf der Jahre wurde meine Arbeit anonym durch mindestens zwei solcher Haftungsausschlüsse geadelt – einmal auf einer Brücke, die die schmutzigen Fluten des Sumida River überspannt, in denen 1982 ein gewisser Politiker ertrank (›Warnhinweis: Klettern Sie nicht auf das Geländer‹), und zehn Jahre später nach der Unterwasser-Elektrokution eines ungewöhnlich gewissenhaften Bankers in der Gebrauchsanweisung von

Haarföhns (›Warnhinweis: Nicht in der Badewanne benutzen‹).

Das Fitnessstudio eignete sich auch deshalb gut, weil ich mir über Fingerabdrücke keine Sorgen machen musste. In Japan, wo es quasi Nationalsport ist, immer richtig gekleidet zu sein, würde ein Gewichtheber genauso wenig ohne stilsicher gepolsterte Handschuhe an die Hantel gehen, wie ein Politiker in Unterhose Bestechungsgelder in Empfang nähme. Das Frühjahr war für Tokioter Verhältnisse ungewöhnlich warm, was angeblich eine gute Kirschblüte verhieß. Doch im Fitnessstudio würde ein Mann mit Handschuhen nicht auffallen.

In meiner Branche war es die halbe Miete, unbemerkt zu bleiben. Menschen senden bestimmte Signale aus – Körpersprache, Gang, Kleidung, Gesichtsausdruck, Haltung, Pose, Sprache, Manierismen –, die verraten, woher sie stammen, was sie tun, wer sie sind. Entscheidend ist immer: *Passt man zur Umgebung?* Wenn nicht, bemerkt einen die Zielperson und man kommt nicht nahe genug an sie heran, um den Job anständig auszuführen. Oder man fällt einem Cop auf und hat plötzlich eine Menge zu erklären. Oder ein Team zur Gegenaufklärung entdeckt einen, und dann – Gratulation! – wird man selbst zur Zielperson.

Wenn man aufpasst, begreift man schnell, dass die Signale, mit denen die Menschen in Kategorien eingeteilt werden, keine Kunst sind, sondern eine Wissenschaft. Man beobachtet, man imitiert, man lernt. Irgendwann ist man so weit, die verschiedensten Zielpersonen in den unterschiedlichsten sozialen Ökosystemen beschatten zu können und trotzdem anonym zu bleiben.

Es gab Zeiten, als es in Japan keine Anonymität für mich gab. Damals war meine Herkunft noch allgemein bekannt und machte mich zum Opfer von Schulhofschlägereien. Doch heute ist das Kaukasische in meinen Zügen kaum noch erkennbar, es sei denn, man weiß davon. Meine amerikanische Mutter hätte sich darüber gefreut. Sie hatte sich immer gewünscht, dass ich mich in Japan integrierte, und war froh gewesen, dass die japanischen Gesichtszüge meines Vaters den Kampf um die genetische Vorherrschaft gewonnen hatten. Die plastische Chirurgie tat ein Übriges und vollendete, was Zufall und Natur begonnen hatten, als ich nach meiner Zeit bei den US-Spezialkräften in Vietnam nach Japan zurückkehrte.

Die Signale, die ich jetzt aussandte, würden dem Yakuza eine simple Geschichte erzählen. Er hatte mich erst ein paar Mal in seinem Studio gesehen, und dennoch war ich bereits in Form. Also war ich nicht der Typ, der in die Jahre kam und beschlossen hatte, mit dem Gewichtheben anzufangen, um seine Figur aus Collegezeiten wiederzuerlangen. Eine näherliegende Erklärung wäre, dass mich meine Firma kürzlich nach Tokio versetzt hatte, und wenn sie ein Quartier in der Nähe von Roppongi, vielleicht in Minami-Aoyama oder Azabu für mich springen ließ, dann musste ich ein relativ hohes Tier sein und gut verdienen. Dass ich mich in meinem Alter mit Bodybuilding abgab, konnte heißen, dass ich Affären mit jüngeren Frauen hatte. Denn eine attraktive Physis konnte die unvermeidlichen emotionalen Konsequenzen der Beziehung zu einem älteren Mann lindern, die aus wenig mehr als dem Austausch von Sex und der Illusion von Unsterblichkeit gegen Ferragamo-Handtaschen und andere Währungen bestand, mit denen in derartigen Arrangements das Finanzielle geregelt wird. Das waren alles Dinge, die der Yakuza verstehen und sogar respektieren konnte.

Tatsächlich hatte mein Auftauchen im Fitnessstudio des Yakuza natürlich nichts mit einer Versetzung zu tun – eher mit einer Geschäftsreise. Ich war nur nach Tokio gekommen, um einen Job zu erledigen. Anschließend würde ich wieder abreisen. Als ich noch hier lebte, hatte ich mir den Unmut einiger Leute zugezogen, und es war möglich, dass die betreffenden Parteien selbst nach einem Jahr noch nach mir suchten, daher konnte ich mir nur einen kurzen Aufenthalt erlauben.

Tatsu hatte mich vor einem Monat aufgespürt, dazu überredet, den Auftrag anzunehmen, und mir das Dossier des Yakuza gegeben. Dem Inhalt nach schien es mir, dass die Zielperson kaum mehr als ein bezahlter Schläger des Mobs war, doch wenn Tatsu sie eliminiert haben wollte, musste mehr dahinter stecken. Für mich zählten nur die Details, durch die ich an den Mann herankam. Der

Rest war irrelevant.

Das Dossier enthielt auch die Handynummer des Yakuza. Ich hatte sie Harry gegeben, der sich als zwanghafter Hacker schon lange Zugang zu den Mobilfunkdaten von Japans drei großen Telekommunikationsfirmen verschafft hatte. Harrys Computer verfolgten die Bewegungen des Handys des Yakuza innerhalb des Netzes. Jedes Mal, wenn das Telefon von dem Funkmast eingebucht wurde, der das Gebiet um das Fitnessstudio des Yakuza abdeckte, piepste Harry mich an.

Heute Abend hatte mich seine Nachricht kurz nach acht Uhr erreicht, während ich in meinem Zimmer im *New Otani* Hotel in Akasaka-Mitsuke saß und las. Das Studio schloss schon um acht, und ich wusste, wenn der Yakuza nach Feierabend noch trainierte, bestand eine gute Chance, dass er allein war. Worauf ich gewartet hatte.

Meine Sportsachen waren bereits gepackt und innerhalb von Minuten war ich unterwegs. Erst ein Stück vom Hotel entfernt winkte ich ein Taxi heran. Ich wollte nicht, dass der Portier hörte, wohin ich fuhr, und sich später vielleicht daran erinnerte. Fünf Minuten danach stieg ich an der Ecke Roppongi-dori und Gaien-higashi-dori in Roppongi aus. Ich hasste es, eine so kurze Route nehmen zu müssen, weil es die Möglichkeiten einschränkte, eventuelle Verfolger zu erkennen, doch mir blieb nicht viel Zeit, wenn ich die Sache wie geplant durchziehen wollte, und ich fand, dass es das Risiko wert war.

Ich hatte den Yakuza jetzt einen Monat lang beobachtet und kannte seine Gewohnheiten. Er variierte seine Trainingszeiten, manchmal kam er am frühen Morgen, ein andermal bei Nacht. Wahrscheinlich dachte er, dass die daraus folgende Unberechenbarkeit ihn schützte.

Das stimmte nur zur Hälfte. Unberechenbarkeit ist der Schlüssel, wenn man ein ›hartes‹ Ziel abgeben will, doch man muss das Konzept auf Zeit und Ort gleichermaßen anwenden. Halbe Maßnahmen, wie dieser Bursche sie ergriff, schützen einen gegen einige Leute für einige Zeit, aber sie helfen nicht gegen jemanden wie mich.

Es ist schon eigenartig, wie manche Leute in gewisser Hinsicht angemessene, sogar gründliche Sicherheitsvorkehrungen treffen, während sie in anderen Dingen absolut leichtsinnig sind. Als würde man die Vordertür doppelt abschließen, die Fenster jedoch sperrangelweit offen stehen lassen.

Manchmal ist dieses Phänomen auf Angst zurückzuführen. Weniger vor den Anforderungen, sondern vor den Konsequenzen eines Lebens als hartes Ziel. Sich ernsthaft zu schützen, verlangt, dass man all jene gesellschaftlichen Bindungen kappt, die die meisten Leute so dringend brauchen wie die Luft zum Atmen. Man gibt Freunde, Familie und Liebesbeziehungen auf. Man wandelt durch die Welt wie ein Geist, isoliert von dem Leben, das um einen herumtobt. Sollte man bei einem Busunglück sterben, würde man beispielsweise in einem anonymen Grab beigesetzt werden, nur ein unbekannter Toter mehr, ohne Blumen, ohne Trauergäste, verdammt und unbeweint. Es ist ganz normal, davor Angst zu haben, vielleicht sogar erstrebenswert.

In anderen Fällen kommt eine Form des Nicht-Wahrhaben-Wollens ins Spiel. Umständliche Wege, aufwendige Sicherheitschecks, ein immerwährender innerer Dialog mit der Frage: *Wenn ich versuchen wollte, an mich heranzukommen, wie würde ich es anstellen?* Das alles erfordert eine fundamentale Akzeptanz des Gedankens, dass es da draußen Leute gibt, die sowohl das Motiv als auch die Mittel besitzen, einem das irdische Dasein zu verkürzen. Eine solche Erkenntnis ist der menschlichen Psyche nur schwer erträglich und löst selbst bei Soldaten im Gefecht enormen Stress aus. Viele sind ehrlich schockiert, wenn sie das erste Mal aus nächster Nähe unter Beschuss geraten. »Warum versucht der, ausgerechnet *mich* zu töten?«, fragen sie sich. »Was habe ich ihm denn getan?«

Denken Sie darüber nach. Schon einmal im Schrank oder unter dem Bett nachgesehen, wenn Sie allein zu Hause waren, um sich zu vergewissern, dass sich dort kein Eindringling versteckt? Und würden Sie sich genauso verhalten, wenn Sie wirklich ernsthaft befürchteten, dass der Mann mit der schwarzen Skimaske dort lauerte? Natürlich nicht. Es ist angenehmer, sich die Gefahr nur abstrakt vorzustellen und halbherzig zu handeln. Das ist Nicht-Wahrhaben-Wollen.

Der häufigste Grund ist natürlich schlicht und einfach Bequemlichkeit. Wer hat schon die Zeit oder Energie, vor jeder Fahrt die Familienkutsche nach improvisierten Sprengkörpern zu untersuchen? Wer kann es sich leisten, einen zwei Stunden langen Umweg zu einem Ort in Kauf zu nehmen, der sich in zehn Minuten erreichen ließe? Wer würde ein Restaurant oder eine Bar meiden, nur weil die einzigen freien Plätze mit dem Rücken zur Tür liegen?

Eine rhetorische Frage. Doch ich weiß, wie Crazy Jake sie beantwortet hätte. *Es sind die Überlebenden*, hätte er gesagt. *Diejenigen, die am Leben bleiben wollen.*

Was natürlich zu einer simplen Rationalisierung führt, bei der ich mir sicher bin, dass sie bei Leuten wie mir, die selbst Leben genommen haben, nicht ungewöhnlich ist. *Wenn er wirklich hätte leben wollen*, so lautet sie, *wäre ich nicht an ihn herangekommen. Er hätte sich diesen einen Schwachpunkt nicht gestattet, der ihn das Leben kostete.*

Der Schwachpunkt des Yakuza war seine Leidenschaft fürs Gewichtheben. Wer weiß, wie er dazu gekommen war – vielleicht war er als Kind immer der Prügelknabe gewesen, sodass er als Erwachsener stärker erscheinen wollte. Oder es war ein Versuch, das Gefühl der Unzulänglichkeit zu überwinden, das er gegenüber den von Natur aus größeren Weißen aus dem Westen empfand, möglicherweise sogar unterdrückte Homoerotik, wie sie den Schriftsteller Mishima angetrieben hatte. Vielleicht war er aus denselben Impulsen zum Gangster geworden.

Seine Obsession hatte nichts mit Fitness zu tun. Tatsächlich nahm der Typ unübersehbar Steroide. Sein Hals war so dick, dass er wahrscheinlich eine Krawatte über den Kopf streifen konnte, ohne den Knoten zu lockern, und er litt derartig unter Akne, dass das grelle Kunstlicht des Studios, das eigentlich die muskulösen Körper der Mitglieder vorteilhaft zur Geltung bringen sollte, sein Gesicht in eine Kraterlandschaft verwandelte. Seine Hoden hatten vermutlich die Größe von Rosinen, und sein Herz litt unter viel zu hohem Blutdruck.

Ich hatte bei ihm schon abrupte, unprovozierte Gewaltausbrüche erlebt, ebenfalls ein Symptom des Steroid-Missbrauchs. Eines Abends wollte jemand, den ich nie zuvor gesehen hatte, vermutlich ein ziviles Klubmitglied, der dachte, er würde hier Schulter an Schulter mit bekannten Gangstern sozusagen durch Osmose härter und zäher werden, einige der zahlreichen Eisenscheiben von der Hantel entfernen, die der Yakuza noch unmittelbar zuvor beim Bankdrücken verwendet hatte. Er hatte das Gerät wohl nur verlassen, um eine Pause einzulegen, doch der Neuankömmling dachte irrtümlich, er wäre schon fertig. Der Typ war auch nicht von schlechten Eltern, trug ein buntes Stretch-Muscleshirt, das die Brust- und Armmuskulatur eines Gewichthebers gut zur Geltung brachte.

Wahrscheinlich hätte ihn jemand warnen sollen. Doch die Mitglieder des Klubs bestanden hauptsächlich aus *Chinpira* – niederrangigen jungen Yakuza und Möchtegern-Schlägern –, also nicht gerade der Typ Guter Samariter, der seinen Mitmenschen helfen möchte. Egal, man musste schon ziemlich bescheuert sein, um eine Hantel wie die zu demontieren, die der Yakuza zurückgelassen hatte, ohne um Erlaubnis zu bitten. Der Mann hatte um die hundertfünfzig Kilo aufgelegt, vielleicht sogar mehr.

Jemand machte den Yakuza aufmerksam. Er hatte auf dem Boden gekauert, richtete sich jetzt aber auf und bellte: »*Orya!*« Seine Stimme dröhnte so laut, dass die Glaswand der rechteckigen Trainingshalle erzitterte. Was zum Henker!

Alle im Raum schreckten hoch wie bei einer Explosion – selbst der Neuankömmling, der noch einen Sekundenbruchteil vorher so ahnungslos gewirkt hatte. Lautstarke Verwünschungen ausstoßend, stampfte der Yakuza direkt auf die Bankdrückstation zu und nutzte instinktiv oder bewusst die Gewalt seiner Stimme, um sein Opfer einzuschüchtern.

Alles an dem Yakuza – Wortwahl, Tonfall, Bewegung und Haltung schrie: *Attacke!* Doch der andere Mann war entweder aus Furcht oder durch Nicht-Wahrhaben-Wollen wie gelähmt, sodass er mitten in der Angriffslinie stehen blieb. Und obwohl er in den Händen eine zehn Kilo schwere Eisenscheibe hielt, die viel härter und kantiger war als der Schädel des Yakuza, wartete er einfach nur mit offenem Mund ab, vielleicht vor Überraschung, vielleicht als nutzlose Pose der Entschuldigung.

Der Yakuza rammte ihn wie ein wild gewordenes Nashorn und trieb ihm die Schulter in den Bauch. Der Mann versuchte, dem Ansturm zu widerstehen, statt sich aus der Bewegungslinie zu bringen, sodass er kaum eine Chance hatte. Der Yakuza trieb ihn an die Wand zurück und feuerte einen Trommelwirbel von groben Schlägen gegen Kopf und Hals ab. Sein Gegner stand inzwischen unter Schock und funktionierte nur noch auf Autopilot. Er ließ die Hantelscheibe fallen und hob die Hände, um wenigstens ein paar der Schläge abzublocken, doch der vor Wut brüllende Yakuza fegte seine klägliche Abwehr zur Seite und hämmerte weiter auf ihn ein. Ein Hieb traf den Mann an der linken Halsseite, in der Region des Erb'schen Punkts, und er sackte langsam zusammen, als sein Nervensystem den Schock überkompensierte und für einen Blutdruckabfall im Gehirn sorgte. Der Yakuza stand breitbeinig über ihm, als würde er mit einer Axt Holz spalten, und schlug weiter auf Kopf und Hals seines Opfers ein. Der Mann war noch so weit bei Bewusstsein, dass er sich zusammenrollte, um sich halbwegs vor dem Hagel von Tritten zu schützen, der nun folgte.

Schnaubend und fluchend bückte sich der Yakuza und klemmte sich den rechten Fußknöchel des niedergestreckten Mannes zwischen den enormen Bizeps und den Unterarm. Einen Moment lang dachte ich, er wolle einen Beinhebel ansetzen und ihm den Knochen brechen. Stattdessen richtete er sich auf und schleifte den Mann hinaus auf die Straße.

Einen Augenblick später kehrte er allein zurück, und nachdem er wieder zu Atem gekommen war, begab er sich an seinen angestammten Platz auf der Bank zurück, ohne jemanden anzusehen. Alle wandten sich wieder dem zu, was sie vorher gemacht hatten: Seine Kollegen waren gleichgültig, die Zivilisten eingeschüchtert. Es sah aus, als wäre nichts geschehen, doch die lastende Stille deutete darauf hin, dass es nicht so war.

Der Teil meines Verstands, der immer im Hintergrund mitläuft, speicherte ab, was er von den Fähigkeiten des Yakuza mitbekommen hatte: rohe Kraft, Vertrautheit mit Gewalt und dem Prinzip des fortgesetzten Angriffs. Unter Schwächen verzeichnete ich mangelnde Selbstbeherrschung, schlechte Kondition nach einem kurzen und einseitigen Kampf, und das Fehlen echten Könnens, das sich an dem relativ geringen Schaden ablesen ließ, den er trotz der Wildheit seines Angriffs angerichtet hatte.

Falls er nicht ein grenzwertiger Soziopath war, und dagegen sprach die Wahrscheinlichkeit, musste der Yakuza jetzt ein leichtes Unbehagen darüber empfinden, was die Leute wohl über seinen Ausbruch dachten. Ich ergriff die Gelegenheit, zur Drückbank zu schlendern und ihn zu fragen, ob er Hilfestellung haben wollte.

»*Warui na*«, dankte er mir. Ich wusste, dass er froh war über den Zuspruch, den diese schlichte Interaktion ihm spendete.

»*Iye*«, erwiderte ich. Kein Problem. Ich trat hinter ihn und half ihm, die Hantel anzuheben. Ich sah, dass er hundertfünfundfünfzig Kilo aufgelegt hatte. Er schaffte es, sie zweimal durchzudrücken, bei der zweiten Wiederholung mit leichter Hilfestellung meinerseits. Er musste nach der vorausgegangenen Auseinandersetzung noch voll unter Adrenalin stehen, also machte ich mir im Geiste eine Notiz über die Grenzen seiner Kraft bei dieser Übung.

Ich half ihm, die Hantel wieder in die Halterung zurückzulegen, und stieß einen leisen Pfiff zwischen den Zähnen aus, ein leicht theatralischer Beifall für seine Stärke. Ich trat ans Fußende der Bank, während er sich aufsetzte, und bot ihm an, wenn er wieder Hilfestellung wollte, bräuchte er nur zu fragen. Er nickte ein knappes Dankeschön, und ich begann, mich abzuwenden.

Dann hielt ich inne, als wäre mir etwas eingefallen, und drehte mich wieder zu ihm um. »Der Typ hätte sich vergewissern sollen, dass Sie mit dieser Station schon fertig waren«, sagte ich auf Japanisch. »Manche Leute besitzen einfach keine Manieren. Sie haben ihm eine notwendige Lektion erteilt.«

Er nickte wieder, erfreut über diese scharfsinnige Analyse des

Dienstes, den er der Gesellschaft erwiesen hatte, indem er einen harmlosen Trottel zu Brei schlug. Ich wusste, er würde sich jetzt nicht genieren, mich, seinen neuen Freund, von Zeit zu Zeit um Hilfestellung zu bitten, wenn er sie benötigte.

Wie heute Abend, so hoffte ich. Ich ging rasch die Gaienhigashidori entlang, schlängelte mich zwischen den Passanten auf dem überfüllten Gehsteig durch, ignorierte die Kakofonie von Verkehr, Lautsprecherwagen und den Rufen der Schlepper, während ich Chrom und Glas nutzte, um zu beurteilen, ob irgendjemand hinter mir Schritt zu halten versuchte. Unmittelbar vor dem Roi Roppongi Gebäude bog ich rechts ab und dann noch einmal rechts auf die Straße, in der der Fitnessklub lag. Hinter einem Dickicht geparkter Fahrräder blieb ich mit dem Rücken zur deplatziert wirkenden, pinkfarbenen Fassade eines *Starbucks* stehen und wartete, ob jemand in meinem Kielwasser folgte. Ein paar Grüppchen jugendlicher Partygänger trieben vorbei, ganz versunken in der wichtigen Aufgabe, sich zu amüsieren, sodass sie den Mann gar nicht bemerkten, der im Schatten stand. Niemand löste mein Radar aus. Nach ein paar Minuten machte ich mich wieder auf den Weg zum Klub.

Das Studio nahm die untere Etage eines grauen Geschäftsgebäudes ein, eingezwängt zwischen Feuerleitern und erstickt von Stromleitungen, die sich wie verrottende Vegetation an die Fassade klammerten. Gegenüber lag ein Parkplatz voller Mercedes mit getönten Scheiben und Hochgeschwindigkeitsreifen, Statussymbole der Elite des Landes und seiner Kriminellen, die sich gegenseitig imitierten und nichts dabei fanden, die Freuden der Nacht in der schwülen Halbwelt von Roppongi miteinander zu teilen. Die Straße selbst war lediglich erhellt vom diffusen Schein einer einzelnen Bogenlaterne, deren unterer Teil gepflastert war mit Plakaten, die die unzähligen sexuellen Dienstleistungen der Gegend anpriesen. Im Schatten ihres eigenen Lichts wirkte die Laterne wie der überlange Hals eines kranken Urzeitvogels, dessen Federn sich einrollten und von ihm abfielen.

Die Jalousien hinter den Glasfenstern des Klubs waren heruntergelassen, doch davor glänzten die eloxierten Aluminiumflächen der geparkten Harley-Davidson V-Rod des Yakuza, die zwischen Pendler-Fahrrädern stand wie ein Hai zwischen Lotsenfischen. Gleich neben den Fenstern lag der Gebäudeeingang. Ich rüttelte an der Tür, doch sie war verschlossen.

Ich ging ein paar Schritte zurück und klopfte an die Fensterscheibe. Einen Moment später ging innen das Licht aus. Hübsch, dachte ich. Er hatte die Beleuchtung ausgeschaltet, damit er durch die Jalousien spähen konnte, ohne von draußen gesehen zu werden. Ich wusste, dass er mich und die Straße beobachtete, und wartete.

Das Licht ging wieder an, und einen Moment später tauchte der Yakuza im Eingang auf. Er trug eine graue Trainingshose und ein schwarzes, ärmelloses Hemd, dazu die obligatorischen Gewichtheberhandschuhe. Offensichtlich war er mitten im Training.

Er öffnete die Tür und suchte die Straße mit den Augen nach lauernden Gefahren ab, übersah aber die, die direkt vor ihm stand.

»*Shimatterun da yo*«, sagte er. Der Klub ist geschlossen.

»Ich weiß«, sagte ich auf Japanisch, die Hände mit nach vorne gerichteten Handflächen Verzeihung heischend erhoben. »Ich hoffte, es wäre vielleicht noch jemand da. Eigentlich wollte ich früher kommen, aber es kam etwas dazwischen. Dürfte ich vielleicht noch eine schnelle Trainingsrunde einlegen? Nur, solange Sie auch hier sind, bestimmt nicht länger.«

Er zögerte, zuckte dann die Achseln und wandte sich ab, um hineinzugehen. Ich folgte ihm.

»Wie lange haben Sie denn noch?«, fragte ich, während ich meine Sporttasche absetzte und die unauffällige Kakihose, das blaue Oxfordhemd und den marineblauen Blazer ablegte. Die Handschuhe hatte ich bereits übergestreift, wie immer, bevor ich in den Klub kam, doch dieses Detail war dem Yakuza nicht aufgefallen. »Damit ich meine Übungen einteilen kann.«

Er ging hinüber zur Kniebeugestation. »Fünfundvierzig Minuten, eine Stunde vielleicht«, sagte er und ging unter dem Gewicht in Position.

Kniebeugen. Was er normalerweise tat, wenn er mit Bankdrücken fertig war. *Mist.*

Ich schlüpfte in Shorts und ein Sweatshirt und wärmte mich mit Liegestützen und anderen Freiübungen auf, während er seine Kniebeugen machte. Meine Vorbereitung mochte sich noch als sinnvoll erweisen, überlegte ich, je nach Ausmaß seiner Gegenwehr. Ein kleiner Vorteil, zugegeben, aber ich gebe keinen Vorteil freiwillig auf.

Als er fertig war, fragte ich: »Schon fertig mit Bankdrücken?«

»Ja.«

»Wie viel haben Sie heute aufgelegt?«

Er zuckte die Achseln, aber ich bemerkte, dass sich seine Brust ein wenig weitete. Anscheinend hatte ich seine Eitelkeit gekitzelt.

»Nicht so viel. Hundertvierzig Kilo. Ich hätte mehr nehmen können, aber bei einem so hohen Gewicht ist es besser, Hilfestellung zu haben.«

Perfekt. »Ich leiste Ihnen gerne Hilfestellung.«

»Nein, ich bin schon fertig.«

»Kommen Sie, eine Serie noch. Es inspiriert mich. Was legen Sie auf, das doppelte Körpergewicht?« Absichtlich unterschätzte ich ihn.

»Mehr.«

»Verdammt, *mehr* als das doppelte Körpergewicht? Genau das meine ich, davon bin ich meilenweit entfernt. Tun Sie mir den Gefallen und machen Sie noch eine Serie, das wird mich motivieren. Und ich leiste Hilfestellung. Ist das ein Angebot?«

Er zögerte, dann zuckte er die Achseln und ging zur Bankdrückstation.

Die Hantel war bereits mit den hundertvierzig Kilo bestückt, die er zuvor benutzt hatte. »Glauben Sie, Sie schaffen auch hundertsechzig?«, fragte ich mit leichtem Zweifel in der Stimme.

Er sah mich an und ich erkannte an seinem Blick, dass ich sein Ego gereizt hatte. »Das schaffe ich.«

»Mann, das muss ich sehen«, sagte ich, zog zwei Zehn-Kilo-Scheiben vom Gewichtbaum und steckte sie auf die Enden der Hantel. Ich stellte mich ans Kopfende der Bank und packte die

Stange etwa schulterbreit mit beiden Händen. »Sagen Sie, wenn Sie so weit sind.«

Er setzte sich mit vorgezogenen Schultern ans Fußende der Bank und ließ den Kopf rotieren. Er schwang beide Arme vor und zurück und stieß grunzend eine Reihe kurzer, explosiver Atemzüge aus. Dann legte er sich zurück und ergriff die Stange.

»Heben Sie bei drei an«, sagte er.

Ich nickte.

Er stieß noch ein paar Mal heftig den Atem aus. »Eins ... zwei ... drei!«

Ich half ihm, die Hantel in die Höhe zu bekommen und über seiner Brust zu stabilisieren. Er starrte die Stange an, als wäre er wütend auf sie, das Kinn in Vorbereitung auf die Anstrengung auf die Brust gedrückt.

Dann ließ er die Hantel sinken, kontrollierte ihren Fall, ließ ihr aber genügend Schwung, dass sie von seiner massiven Brust wieder hoch federte. Auf etwa zwei Dritteln der Höhe kam die Stange beinahe zum Stillstand, in der Schwebe zwischen dem Sog der Gravitation und der Kraft seiner steroidgeblähten Muskeln, doch dann setzte sie ihren Aufstieg schwankend fort, bis er die Ellbogen durchgedrückt hatte. Seine Arme zitterten vor Anstrengung. Ausgeschlossen, dass er es noch ein zweites Mal schaffte.

»Einmal noch, einmal noch«, drängte ich. »Kommen Sie, Sie schaffen das.«

Eine Pause entstand, und ich legte mir schon ein paar neue aufmunternde Worte zurecht. Doch er bereitete sich nur geistig auf den nächsten Versuch vor. Er holte dreimal tief Luft, dann ließ er die Stange auf die Brust fallen. Der Aufprall ließ sie ein paar Zentimeter wieder in die Höhe schnellen, dann folgten ein paar weitere durch seine Stoßkraft, doch eine Sekunde später kam sie zum Stillstand und begann, unerbittlich abzusinken.

»*Tetsudatte kure*«, grunzte er. Hilfe. Aber gelassen, da er mein sofortiges Eingreifen erwartete.

Die Stange sank immer tiefer und kam auf seiner Brust zu liegen. »*Oi, tanomu*«, stieß er hervor, schärfer diesmal.

Stattdessen drückte ich nach unten.

Seine Augen klappten auf und suchten meinen Blick.

Mit dem Gewicht der Hantel und dem Druck, den ich ausübte, kämpfte er jetzt gegen fast zweihundert Kilogramm an.

Ich konzentrierte mich auf die Stange und seinen Oberkörper, aber aus dem Augenwinkel sah ich, wie seine Augen vor Verwirrung hervorquollen, dann vor Furcht. Er gab keinen Ton von sich. Kühl und nüchtern übte ich weiter Druck nach unten aus.

Mit zusammengebissenen Zähnen, das Kinn beinahe in der Brust vergraben, warf er alles, was er hatte, gegen diese Stange. Am Ende brachte er es tatsächlich fertig, ihr Gewicht von seiner Brust zu lösen. Ich klemmte den Fuß unter die waagrechte Strebe am unteren Ende der Bank und nutzte die Hebelwirkung, um zusätzliche Kraft auf die Stange auszuüben, bis sie sich wieder auf seine Brust senkte.

Ich spürte ein Beben in der Hantel, als seine Arme unter der Anstrengung zu zittern begannen. Abermals ruckte die Stange ein Stück nach oben.

Plötzlich traf mich der Gestank von Fäkalien. Sein sympathisches Nervensystem schaltete weniger wichtige Körperfunktionen ab, darunter die Kontrolle des Schließmuskels, und lenkte alle verfügbaren Energien in die Gegenwehr.

Sie hielt nur noch einen Moment lang an. Dann begannen seine Arme, stärker zu rütteln, und ich spürte, wie die Stange nachgab und sich tiefer in seine Brust grub. Ein leises Zischen ertönte, als es ihm die Luft durch die geschürzten Lippen und die Nase trieb. Ich spürte seinen Blick auf meinem Gesicht, konzentrierte mich aber auf seinen Oberkörper und die Stange. Immer noch gab er keinen Laut von sich.

Sekunden verstrichen, eine nach der anderen. Seine Körperhaltung änderte sich nicht. Ich wartete. Seine Haut fing an, sich bläulich zu verfärben. Ich wartete länger.

Endlich lockerte ich den Druck, den ich auf die Hantel ausübte, und löste meinen Griff.

Seine Augen waren immer noch auf mich gerichtet, doch sie

nahmen nichts mehr wahr. Ich trat zurück aus ihrem blicklosen Gesichtsfeld und hielt inne, um die Szene zu begutachten. Sie sah aus wie das, was sie hätte sein können: Ein fanatischer Gewichtheber, der sich allein und bei Nacht zu viel zugetraut hatte, wurde unter seiner Hantel eingeklemmt, erstickte und starb. Ein bizarrer Unfall.

Ich schlüpfte in meinen Straßenanzug. Ergriff die Sporttasche und ging zur Tür. Hinter mir ertönte ein Knacken wie von zundertrockenem Holz. Ein letztes Mal drehte ich mich um und registrierte noch in der Bewegung, dass es der Klang seiner brechenden Rippen war. Keine Frage, er war erledigt. Nur sein krampfhafter Griff um die Stange lockerte sich nicht, als wollten die Finger nicht glauben, was der Rest des Körpers längst begriffen hatte.

Ich wartete im dunklen Eingangsbereich, bis die Straße menschenleer war. Dann trat ich hinaus und verschmolz mit den Schatten der Umgebung.

KAPITEL 2

Ich machte mich über eine Reihe von Nebenstraßen in Roppongi und Akasaka davon, schlüpfte durch enge Gassen, die dem Unkundigen wie einfache Abkürzungen zu einem unbekannten Ziel erscheinen mussten, tatsächlich aber mögliche Verfolger dazu zwangen, sich zu zeigen, wenn sie dranbleiben wollten. Mit ein paar bewussten Ausnahmen sehen all meine Maßnahmen zur Enttarnung von Beschattern wie das Verhalten eines ganz normalen Fußgängers aus. Wenn ich verfolgt werde, weil irgendeine Organisation sich für mich interessiert, ohne schon genau zu wissen, wer ich bin, lasse ich mir das Spiel nicht aus der Hand nehmen, indem ich mich auffälliger verhalte als ein ganz braver Staatsbürger.

Nach ungefähr einer halben Stunde war ich sicher, nicht verfolgt zu werden, und verlangsamte die Schritte im Gleichklang zu meiner sinkenden Stimmung. Ich bewegte mich in einem großen Halbkreis gegen den Uhrzeigersinn, der mich, wie ich mir unwillig eingestand, in Richtung des Aoyama Bochi führte, des riesigen Friedhofs, der sich wie eine dreieckige grüne Bandage über das Zentrum der mondänen, westlichen Stadtteile Tokios legte.

An der Nordseite der Roppongi-dori kam ich an einer kleinen Kolonie von Unterschlupfen aus Pappkartons vorbei, Durchgangsstation für Obdachlose, deren Leben in gewissem Sinn ebenso abgelöst und anonym verlief wie mein eigenes. Ich stellte die Sporttasche in dem Wissen ab, dass sie samt ihrem Inhalt aus Trainingskleidung und Gewichtheberhandschuhen bald verteilt und von den hageren und ziellosen Gespenstern in der Nähe assimiliert werden würde. Innerhalb von Tagen, vielleicht sogar nur Stunden, würden die letzten Überreste dieses Jobs nicht mehr zu ihrem Ursprung zurückverfolgbar und nur noch namenlose, farblose Gegenstände unter namenlosen, farblosen Seelen sein, Treibgut aus Einsamkeit und Verzweiflung, wie es von Zeit zu Zeit aus Tokios toten Winkeln in der Vergessenheit verschwindet.

Befreit von meiner Last machte ich mich wieder auf den Weg. Diesmal schlug ich einen Bogen nach Osten. Unter einer Unterführung in Nogizaka nördlich der Roppongi-dori sah ich ein halbes Dutzend *Chinpira,* niederrangige Yakuza, in bunten, eleganten Rennmonturen, die sich im Halbkreis zusammenduckten, ihre schlanken Mopeds auf dem Gehsteig neben sich geparkt. Bruchstücke ihrer Unterhaltung hallten von der Betonwand neben mir wider. Die Worte waren unverständlich, klangen aber so aufgeblasen wie der Ton ihrer frisierten Maschinen. Wahrscheinlich waren sie high von *Kakuseizai*, Metamphetamin, das als Droge in Japan so verbreitet war wie keine andere, seit die Regierung es während des Zweiten Weltkriegs an Soldaten und Arbeiter verteilte. Diese *Chinpiras* waren gewiss Dealer und Abhängige zugleich. Sie warteten, bis das von der Droge verursachte Summen in ihren Muskeln und Gehirnen die richtige Frequenz erreicht hatte. Wenn die Stunde weit genug fortgeschritten war und die Dunkelheit der Nacht verführerisch genug, würden sie sich aus ihrem Betonversteck erheben und der neonleuchtenden Verlockung von Roppongi folgen.

Ich sah, dass sie mich bemerkten, eine einsame Gestalt, die vom südlichen Ende eines ziemlich schmalen Tunnels auf sie zukam. Ich erwog, auf die andere Straßenseite zu wechseln, doch eine Leitplanke in der Mitte erschwerte dieses Vorhaben. Ich hätte natürlich einfach umkehren und einen anderen Weg nehmen können. Dass ich das nicht tat, machte es für mich noch schwieriger, vor mir selbst zu leugnen, dass ich tatsächlich auf dem Weg zum Friedhof war.

Als ich nur noch drei oder vier Meter entfernt war, stand einer von ihnen auf. Die anderen blieben in Hockstellung und sahen sich den Spaß an.

Ich hatte bereits das Fehlen von Überwachungskameras festgestellt, deren Anzahl in den Straßen und U-Bahnen von Jahr zu Jahr wuchs. Manchmal konnte ich mich des Gefühls kaum erwehren, dass sie speziell nach mir Ausschau hielten.

»*Oi*«, rief derjenige, der aufgestanden war. He.

Ich warf einen raschen Blick über die Schulter, um sicherzugehen, dass wir allein waren. Es wäre unklug gewesen, jemanden sehen zu lassen, was ich mit diesen Idioten anstellen konnte, wenn sie mir in die Quere kamen.

Ohne Tempo oder Richtung zu ändern, sah ich dem *Chinpira* mit einem Ausdruck so hart und glatt wie Obsidian in die Augen. Mit diesem Blick ließ ich ihn wissen, dass ich weder Angst vor Schwierigkeiten hatte, noch danach suchte. Dass ich schon viele solcher Situationen gemeistert hatte und dass er, falls er heute Nacht nach ein bisschen Nervenkitzel suchte, das besser anderswo tat.

Die meisten Menschen, vor allem wenn sie mit Gewalt vertraut sind, verstehen diese Signale und reagieren auf eine Art, die ihre Überlebenschancen erhöht. Doch dieser Bursche war anscheinend zu dumm oder zu high vom *Kakuseizai*. Vielleicht hatte er auch meinen ersten Blick über die Schulter als Zeichen von Feigheit fehlinterpretiert. Jedenfalls ignorierte er die Warnung, die ich ihm zukommen ließ, und ging auf Abfangkurs.

Die Vorgehensweise war mir vertraut: Er klopfte mich auf meine Eignung zum Opfer ab. Würde ich mich auf die Straße und in den entgegenkommenden Verkehr abdrängen lassen? Würde ich mich ducken und zusammenzucken? Falls ja, wusste er, dass er mich ohne Bedenken angreifen und zur Eskalation übergehen konnte, die vermutlich in echter Gewalt mündete.

Ich persönlich ziehe es vor, Gewalttätigkeit nicht anzukündigen. Ich hielt mich links von ihm, trat mit dem linken Bein an ihm vorbei, schwang das rechte unmittelbar darauf an derselben Seite vorbei und dann in einer fließenden Bewegung wieder nach hinten, um ihm mit einem *O-Soto-Gari* die Beine unter dem Körper wegzufegen, einer großen Außensichel, einem der elementarsten und wirkungsvollsten Würfe im Judo. Gleichzeitig drehte ich mich gegen den Uhrzeigersinn und schlug ihm den rechten Arm gegen den Hals, sodass sein Oberkörper sich in die entgegengesetzte Richtung bewegte wie seine Beine. Einen Sekundenbruchteil lang hing er waagrecht über der Stelle, an der er gerade noch gestanden hatte. Dann rammte ich ihn in den Gehsteig und riss ihn erst im allerletzten Moment am Kragen zurück, damit sein Hinterkopf keinen übermäßigen Schaden nahm. Ich wollte keinen Todesfall. Zu viel Aufmerksamkeit.

Das Ganze hatte weniger als zwei Sekunden gedauert. Ich richtete mich auf und setzte meinen Weg fort, die Augen nach vorne gerichtet, doch ich lauschte auf das kleinste Anzeichen einer Verfolgung.

Es gab keine, und während die Entfernung wuchs, gestattete ich mir ein leises Lächeln. Ich mag keine Schlägertypen – sie hatten einen großen Teil meiner Kindheit beiderseits des Pazifiks ausgemacht. Und ich hatte das Gefühl, dass es lange dauern würde, bis diese *Chinpiras* wieder Lust darauf bekamen, jemandem den Weg zu versperren.

Östlich des Friedhofs wandte ich mich nach links, schwenkte dann rechts auf die Gaiennishi-dori ein und nutzte die Ecke, wie ich es immer automatisch tue, um die Gegend hinter mir abzusuchen, während ich vorgebe, auf den Verkehr zu achten. Der Friedhof lag jetzt rechts von mir, doch auf der Seite gab es keinen Gehsteig, daher blieb ich links, bis ich gegenüber einer langen Flucht aus Steinstufen ankam, die die Verbindung zwischen der grünen Piazza der Toten und der lebendigen Stadt bildete. Lange stand ich nur da und starrte die Treppe an. Endlich kam ich zu dem Schluss, dass das Bedürfnis, das mich überkommen hatte, einfach absurd war, genau wie schon so viele Male in der Vergangenheit. Ich drehte mich um und ging langsam den Weg zurück, den ich gekommen war.

Wenn ich einen Job erledigt habe, steigt in mir immer das Verlangen hoch, unter Menschen zu sein und einen gewissen Trost in der Illusion zu finden, ich wäre Teil der Gesellschaft, in der ich mich bewege. Ein Stück weiter die Straße entlang schlüpfte ich ins Restaurant *Monsoon*, wo es südostasiatische Küche und den schmerzlindernden Klang der Gespräche anderer Menschen gab.

Ich wählte einen Sitzplatz, der leicht zurückgesetzt von der Freiluftfassade des Restaurants dem Eingang gegenüberlag, und bestellte eine schlichte Mahlzeit aus Reisnudeln mit Gemüse. Obwohl es schon ziemlich spät war, waren die meisten Tische besetzt. Links von mir sah ich die Nachzügler einer kleinen Büroparty: ein paar junge Männer mit gelockerten Krawatten und identischen, dunkelblauen Anzügen, begleitet von zwei hübschen Frauen, die eleganter gekleidet waren als sie und bereitwillig die traditionelle japanische Frauenrolle ausfüllten, das Essen aufzulegen, Getränke einzuschenken und das Gespräch in Gang zu halten. Ein Stück weiter hinten saß ein einzelnes Pärchen, Abiturienten oder Studenten, die sich über den Tisch einander zuneigten und Händchen hielten. Der Junge sagte etwas mit hochgezogenen Augenbrauen, als würde er einen Vorschlag machen, und das Mädchen lachte und schüttelte verneinend den Kopf. Auf der anderen Seite saß eine Gruppe älterer Amerikaner, lässiger gekleidet als die anderen Gäste, die Stimmen der Umgebung entsprechend gesenkt. Ihre Haut leuchtete weiß im Schein der Tischlampen.

Es war immer ein leicht surreales Gefühl, wenn ich mich nach einem Job in einem Restaurant oder in einer Bar wiederfand, und die Gedanken zu wandern begannen, die Erleichterung nach dem Ende des Adrenalinrauschs einsetzte. Ich kannte das Gefühl schon, aber der Kontext ließ es noch unnatürlicher erscheinen, so ähnlich, wie sich ein vertrauter Geschäftsanzug anfühlt, wenn man ihn zu einer Beerdigung anzieht.

Ich hatte geglaubt, das alles hinter mir gelassen zu haben, seit ich die Sache mit Holtzer erledigt hatte, dem verstorbenen Chef des Tokioter Büros der CIA. Meine Tarnung war aufgeflogen, und wieder einmal wurde es Zeit, mich neu zu erfinden. Ich hatte ursprünglich an die Staaten gedacht, vielleicht die Westküste, San

Francisco, irgendeinen Ort mit großer asiatischer Gemeinde. Doch mir in Amerika eine neue Identität ohne die Grundlage zu besorgen, die ich in Japan schon lange besaß, wäre schwierig geworden. Und falls die CIA sich für Holtzer revanchieren wollte, wäre es ihr leicht gefallen, in ihrem eigenen Gebiet an mich heranzukommen. Solange ich in Japan blieb, musste ich natürlich mit Tatsu rechnen, aber sein Interesse an mir hatte nichts mit Rache zu tun, daher hatte ich ihn für das geringere Übel erachtet.

Der Gedanken brachte mich zum Grinsen. Ich hatte feststellen müssen, dass die Bedrohung, die von Tatsu für mich ausging, vielleicht weniger akut war als die schlichte Gefahr, von irgendeinem CIA-Mann umgelegt zu werden, dafür aber wesentlich heimtückischer.

Er hatte mich in Osaka aufgespürt, in Japans zweitgrößter Metropole, wohin ich nach meinem Verschwinden aus Tokio umgezogen war. Ich wohnte in einem Hochhausblock namens Belfa in Miyakojima im Nordwesten der Stadt. Dort gaben sich Firmenangestellte die Klinke in die Hand, wenn sie kurzfristig von anderen Orten nach Osaka versetzt wurden, sodass ein Neuankömmling nicht viel Aufsehen erregte. Außerdem lebten im Belfa hauptsächlich Familien mit kleinen Kindern, Menschen also, die ein scharfes Auge auf die Zusammensetzung der Nachbarschaft haben. Das machte es Gegnern schwer, eine effektive Überwachung aufzubauen oder einem einen Hinterhalt zu legen.

Anfangs vermisste ich Tokio noch, wo ich zwei Jahrzehnte verbracht hatte, und war enttäuscht von einer Stadt, die jeder durchschnittliche Tokioter automatisch als hinterwäldlerisch eingestuft hätte, abgesehen von der rein geografischen Ausdehnung. Doch inzwischen war mir Osaka ans Herz gewachsen. Seiner Atmosphäre fehlt vielleicht das kosmopolitische Flair von Tokio, aber eben auch dessen Scheinheiligkeit. Im Gegensatz zu Tokio, das als finanzielles, kulturelles und politisches Zentrum eine so starke Gravitationskraft entwickelt, dass die Stadt eine solipsistische Selbstgenügsamkeit entwickelt hat, tritt Osaka ständig in Wettbewerb mit anderen Orten, vor allem mit seinem Cousin im Nordosten. Und es wähnt sich darin in jeder Hinsicht siegreich, egal ob im Hinblick auf Kochkunst, Geschäftstüchtigkeit oder schlichte menschliche Güte. Diese erklärte Konkurrenz um die Vorherrschaft hatte etwas Liebenswertes an sich. Osaka schien es einem Tokio, das nicht einmal zuhörte, so zu erklären: Wir besitzen vielleicht nicht den kultiviertesten – sprich: dekadentesten – Geschmack oder das mächtigste – sprich: korrupteste – politische Establishment, aber wir haben ein großes Herz. Ich beginne mich zu fragen, ob da nicht etwas dran ist.

Ich hatte Tatsu eines Nachts hinter mir erspäht, als ich unterwegs zum *Overseas* war, einem Jazzklub in Honmachi, wo ich mich gerne aufhielt. Obwohl ich mir nichts anmerken ließ, erkannte ich ihn sofort. Tatsu war von untersetzter Statur und hatte die unübersehbare Angewohnheit, sich beim Gehen in den Schultern zu wiegen. Wäre mein Beschatter ein anderer gewesen, hätte ich einen Bogen geschlagen und mich von hinten an ihn herangeschlichen, um ihn, wenn möglich zu verhören. Oder andernfalls zu eliminieren.

Doch da es sich um Tatsu persönlich handelte, wusste ich, dass keine unmittelbare Gefahr bestand. Als Abteilungsleiter der *Keisatsucho Polizeidirektion*, dem japanischen FBI, hätte er mich problemlos festnehmen lassen können, wenn das in seiner Absicht lag. *Zum Teufel damit*, hatte ich mir gesagt. In jener Nacht trat Akiko Grace auf, eine junge Pianistin, die die Welt des japanischen Jazz mit ihrer Debüt-CD *From New York* hatte aufhorchen lassen, und ich wollte sie mir nicht entgehen lassen. Wenn Tatsu sich mir anschließen wollte, stand ihm das frei.

Er tauchte in der Mitte des zweiten Sets auf. Grace spielte gerade ›That Morning‹, ein melancholisches Stück von *Manhattan Story*, ihrer zweiten CD. Ich sah, wie er gleich am Eingang stehen blieb und den Blick über die Tische im Hintergrund gleiten ließ. Ich hätte ihm winken können, aber er wusste, wo er mich fand.

Er schob sich zu mir durch und quetschte sich neben mich, als wäre es das Natürlichste von der Welt, dass wir uns hier trafen. Wie üblich trug er einen schwarzen Anzug, der wie angegossen saß. Er nickte zum Gruß. Ich erwiderte die Geste und widmete mich dann wieder Grace' Spiel.

Sie saß mit dem Rücken zu uns, trug ein schulterfreies Abendkleid mit Goldpailletten, das unter dem kühlen Blau der Scheinwerfer schimmerte wie ein Wärmegewitter am Nachthimmel. Sie erinnerte mich an Midori, sowohl wegen der Unterschiede als auch der Ähnlichkeiten. Grace' Spiel klang eher funky, mit einem bluesigeren, schrägeren Zugang zum Klavier, und ihr Stil war insgesamt weicher, kontemplativer. Doch wenn sie bei Nummern wie ›Pulse Fiction‹ und ›Delancey Street Blues‹ so richtig in Fahrt kam, hatte man auch bei ihr den Eindruck, dass das Instrument von ihr Besitz ergriff, als wäre das Piano ein Dämon und sie sein verzauberter Famulus.

Ich dachte daran zurück, wie ich im Hintergrund des *Village Vanguard* in New York gesessen und Midori zugehört hatte, wohl wissend, dass es das letzte Mal gewesen sein würde. Seitdem hatte ich andere Pianistinnen gesehen. Es war immer ein trauriges Vergnügen gewesen, als würde man mit einer schönen Frau schlafen, die aber nicht die Frau war, die man liebte.

Das Set endete und Grace und ihr Trio verließen die Bühne. Das Publikum hörte nicht auf zu applaudieren, bis sie zurückkamen und als Zugabe Thelonious Monks ›Bemsha Swing‹ spielten. Tatsu war vermutlich frustriert. Er war nicht gekommen, um Jazz zu hören.

Nach der Zugabe ging Grace an die Bar. Leute kamen zu ihr, um sich zu bedanken und die CDs signieren zu lassen, die sie mitgebracht hatten, und zogen dann weiter in die Nacht und das, was sie noch für sie bereithalten mochte.

Als unsere Umgebung sich geleert hatte, wandte sich Tatsu zu mir. »Der Ruhestand bekommt dir nicht, Rain-san«, meinte er auf seine trockene Art. »Du wirst weich. Zu deinen aktiven Zeiten hättest du dich nicht so leicht aufspüren lassen.«

Tatsu verschwendet selten Zeit auf Höflichkeiten. Er weiß, dass das nicht gut ist, aber er kann nicht anders. Es ist eines der Dinge, die mir an ihm immer gefallen haben.

»Ich dachte, du wolltest, dass ich mich zurückziehe«, sagte ich.

»Von Yamaoto und seiner Organisation, ja. Doch ich dachte, es würde sich vielleicht eine Gelegenheit für uns ergeben, zusammenzuarbeiten. Du verstehst gut, worum es sich bei meiner Arbeit dreht.«

Er sprach von seinem unendlichen Kampf gegen die Korruption in Japan, hinter der zum großen Teil sein Erzfeind Yamaoto Toshi steckte, ein Politiker, der im Hintergrund die Fäden zog. Eben jener Mann, der eine Zeit lang Holtzer in seinen Dienst gezwungen hatte und auch mein unsichtbarer Auftraggeber gewesen war.

»Tut mir leid, Tatsu. Mit Yamaoto und vielleicht auch der CIA im Nacken wurde mir der Boden zu heiß unter den Füßen. Ich wäre dir keine Hilfe gewesen, selbst wenn ich es gewollt hätte.«

»Du sagtest, du würdest dich melden.«

»Ich habe es mir anders überlegt.«

Er nickte und meinte dann: »Wusstest du eigentlich, dass nur ein paar Tage, nachdem wir uns das letzte Mal gesehen haben, William Holtzer in der Parkgarage eines Hotels in Virginia an einem Herzanfall gestorben ist?«

Ich erinnerte mich daran, wie Holtzer tonlos die Worte geformt hatte ›*Ich war der Maulwurf … ich war der Maulwurf*‹, als er glaubte, ich müsste sterben. Und daran, wie er mich in Vietnam gegen meinen Blutsbruder Crazy Jake ausgespielt und später damit geprahlt hatte.

»Warum fragst du?«, meinte ich in gleichgültigem Ton.

»Anscheinend kam sein Tod überraschend für alle in Geheimdienstkreisen, die ihn kannten«, fuhr er meine Frage ignorierend fort, »denn Holtzer war erst Anfang fünfzig und körperlich in Topform.«

Aber nicht top genug für 360 Joule von einem umgebauten Defibrillator, dachte ich.

»Das zeigt mal wieder, dass man nicht vorsichtig genug sein kann«, meinte ich und nippte an meinem zwölf Jahre alten Dalmore. »Ich zum Beispiel nehme täglich ein Mini-Aspirin. Vor ein paar Jahren stand darüber ein Artikel in der *Asahi Shinbun*. Soll die

Gefahr von Herzproblemen drastisch reduzieren.«

Er schwieg einen Moment lang, zuckte die Achseln und sagte: »Er war kein guter Mensch.«

Wollte er damit andeuten, er wüsste, dass ich Holtzer eliminiert hatte, aber es wäre ihm egal? Falls ja, was würde er als Gegenleistung fordern?

»Woher weißt du das alles?«, fragte ich.

Er senkte den Blick zur Tischplatte und sah dann wieder hoch zu mir. »Ein paar von Mr Holtzers Kollegen vom CIA-Büro in Tokio verständigten die Tokioter Polizei. Sie machten sich weniger Gedanken um die Tatsache seines Ablebens, als um die Todesart. Sie scheinen zu glauben, du hättest ihn getötet.«

Ich sagte nichts.

»Sie wollten, dass wir sie bei der Suche nach dir unterstützen«, fuhr er fort. »Meine Vorgesetzten wiesen mich an, jede denkbare Hilfe zu leisten.«

»Warum suchten sie deine Unterstützung?«

»Ich denke, die Agency war damit beauftragt, etwas gegen die Korruption zu unternehmen, die Japans Wirtschaft lähmt. Die Vereinigten Staaten sind besorgt, dass bei einer Verschlimmerung der Situation die japanischen Finanzen zusammenbrechen könnten. Das würde einen Dominoeffekt mit globaler Rezession zur Folge haben.«

Ich verstand Uncle Sams Sorge. Jeder wusste, dass unsere Politiker sich mehr darauf konzentrierten, ihren Anteil von verschobenen öffentlichen Aufträgen und Yakuza-Schmiergeldern zu kassieren, als die sterbende Wirtschaft wiederzubeleben. Man roch den Gestank der Fäulnis schon von Weitem.

Ich nippte wieder an meinem Dalmore. »Was glaubst du, warum sie sich für mich interessieren?«

Er zuckte die Achseln. »Rache vielleicht. Oder es geht um eine Antikorruptions-Maßnahme. Möglicherweise beides. Schließlich wissen wir, dass Holtzer Geheimberichte abschickte, in denen er dich als den ›Auftragskiller der natürlichen Todesursachen‹ identifizierte, der hinter dem Ableben von zahlreichen japanischen

Whistleblowern und Reformern steckte.«

Typisch Holtzer, dachte ich. Das Lob für Geheimberichte einzuheimsen, während er deren Objekt für seine eigenen Zwecke missbrauchte. Ich erinnerte mich, wie ich ihn zusammengesunken und leblos in seinem Mietwagen in einer Hotelgarage in Virginia zurückgelassen hatte, und lächelte.

»Du wirkst nicht übermäßig besorgt«, meinte Tatsu.

Ich zuckte die Achseln. »Natürlich bin ich besorgt. Was hast du ihnen erzählt?«

»Dass du meines Wissens tot bist.«

Ah, jetzt kommt es. »Das war nett von dir.«

Er lächelte leise, und ich erkannte ein Stückchen von dem gerissenen, umtriebigen Mistkerl wieder, den ich in Vietnam so sehr geschätzt hatte. Einer der Vorläufer des *Keisatsucho Geheimdienstes* hatte ihn als seinen Vertreter dorthin entsandt, und so lernten wir uns kennen.

»Eigentlich gar nicht. Schließlich sind wir alte Freunde. Freunde sollten sich gegenseitig helfen, findest du nicht?«

Er wusste, dass ich ihm etwas schuldig war. Ihm verdankte ich es, dass man mich damals hatte laufen lassen, als ich Holtzer vor dem Marinestützpunkt Yokosuna auflauerte. Jetzt brachte er die Agency von meiner Spur ab, und auch dafür war ich ihm verpflichtet.

Es ging natürlich nicht nur um alte Schulden. Auch eine unausgesprochene Drohung hing im Raum. Doch Tatsu hatte eine Schwäche für mich, die ihn davon abhielt, zu direkt zu werden. Sonst hätte er das ganze Herumgerede von wegen ›es ist doch zu unser aller Vorteil und wir sind doch alte Freunde‹ lassen können und einfach gesagt, wenn ich nicht kooperierte, würde er meinen gegenwärtigen Namen und meine Adresse der allseits beliebten Organisation ›Christen In Aktion‹ anvertrauen. Was kein Problem für ihn dargestellt hätte.

»Ich dachte, du wolltest, dass ich mich zurückziehe«, wiederholte ich in dem Bewusstsein, das Spiel schon verloren zu haben.

Er griff in die Brusttasche und zog einen braunen Umschlag

hervor. Legte ihn zwischen uns auf den Tisch.

»Das ist ein sehr wichtiger Auftrag, Rain-san«, sagte er. »Sonst würde ich dich nicht bitten.«

Ich wusste, was in dem Umschlag war. Ein Name. Ein Foto. Firmen- und Wohnadresse. Bekannte Schwächen. Dass der Tod aus ›natürlichen Ursachen‹ erfolgen musste, verstand sich von selbst oder würde mündlich hinzugefügt werden.

Ich traf keine Anstalten, den Umschlag zu berühren. »Eines muss ich von dir wissen, bevor ich mich auf irgendetwas einlasse«, sagte ich.

Er nickte. »Du willst wissen, wie ich dich gefunden habe.«

»Korrekt.«

Er seufzte. »Wenn ich dir das verrate, was sollte dich davon abhalten, ein zweites Mal zu verschwinden, und zwar dieses Mal effizienter?«

»Gar nichts, vermutlich. Andererseits, wenn du es mir nicht sagst, gibt es nicht den Hauch einer Chance, dass ich bereit wäre, mit dir zusammenzuarbeiten, was immer sich in diesem Umschlag befindet. Es liegt also bei dir.«

Er ließ sich Zeit, als müsste er das Für und Wider abwägen. Aber Tatsu denkt immer mehrere Züge voraus, und ich wusste, dass er hiermit gerechnet hatte. Das Zögern war reines Theater, um mir vorzumachen, dass ich einen wertvollen Sieg errungen hätte.

»Der Zoll«, meinte er schließlich.

Das überraschte mich nicht besonders. Es hatte ein gewisses Risiko bestanden, dass Tatsu von Holtzers Tod erfuhr und vermutete, dass ich dahinter steckte. Dann konnte er meine Bewegungen zwischen dem Zeitpunkt, als er mich zum letzten Mal in Tokio gesehen hatte, und dem Tag, als Holtzer weniger als eine Woche später in der Nähe von Washington D.C. starb, anhand eingetragener Daten nachvollziehen. Doch Holtzer zu töten, war mir wichtig gewesen, und ich hatte den Preis dafür akzeptiert. Tatsu präsentierte mir lediglich die Rechnung.

Ich blieb stumm, und nach einem Augenblick fuhr er fort. »Ein

Individuum mit dem Namen Fujiwara Junichi verließ am dreißigsten Oktober letzten Jahres Tokio in Richtung San Francisco. Es gibt keine Aufzeichnungen über seine Rückkehr nach Japan. Die logische Schlussfolgerung lautet, dass er in den Vereinigten Staaten geblieben ist.«

In gewisser Weise stimmte das. Fujiwara Junichi ist der Name, unter dem ich in Japan geboren wurde. Als ich erfuhr, dass Holtzer und die CIA wussten, wo ich in Tokio lebte, war mir klar, dass der Name aufgeflogen und nicht länger brauchbar war. Ich war mit dem Fujiwara-Pass in die Staaten gereist, um Holtzer zu töten, anschließend mottete ich ihn ein und kehrte unter einer anderen Identität nach Japan zurück, die ich für einen solchen Fall eingerichtet hatte. Ich hatte gehofft, wer immer nach mir suchte, würde durch diese falsche Spur in die Irre geführt werden und zu dem Schluss kommen, dass ich in die Staaten übergesiedelt war. Die meisten Menschen hätten sich täuschen lassen. Doch nicht Tatsu.

»Irgendwie konnte ich mir das nicht vorstellen, du in den Staaten«, fuhr er fort. »Du schienst dich in Japan … wohlzufühlen. Ich glaubte nicht, dass du bereit warst, wegzuziehen.«

»Da könnte etwas drangewesen sein.«

Er zuckte die Achseln. »Ich fragte mich: Wenn mein alter Freund Japan nicht wirklich verlassen hat, sondern nur wollte, dass ich das glaube, was hätte er dann wohl getan? Er wäre unter einem neuen Namen ins Land zurückgekehrt. Dann würde er in eine neue Stadt ziehen, weil ihm in Tokio der Boden zu heiß unter den Füßen geworden war.«

Er legte eine Pause ein und ich merkte, dass er einen alten Wahrsagertrick anwandte. Er tat clever, als wüsste er Bescheid, während er in Wirklichkeit nur riet und mich dazu bringen wollte, seine Theorie zu bestätigen. Bis jetzt hatte Tatsu lediglich Vermutungen und Allgemeinplätze geäußert, und ich würde die weißen Flecken nicht für ihn auffüllen, indem ich irgendetwas bestätigte oder ableugnete.

»Er könnte diesen neuen Namen zur Wiedereinreise benutzt

haben und dann unter demselben Namen umgezogen sein«, meinte er nach einer Weile.

Aber das hatte ich nicht getan. Es hätte eine allzu sichtbare Verbindung für jemanden geschaffen, der entschlossen war, mich zu finden. Wie ich vermutet hatte, fischte Tatsu im Trüben und wollte aus meinen Reaktionen seine Schlüsse ziehen. Falls ich unvorsichtigerweise bestätigte, dass ich denselben Namen benutzt hatte, würde er mir weismachen, mich auf diese Art gefunden zu haben, und dadurch vermeiden, mir sagen zu müssen, wie er es tatsächlich geschafft hatte. So würde ich weiter verwundbar bleiben, und das könnte er ein anderes Mal ausnutzen.

Also sagte ich gar nichts und setzte stattdessen eine leicht gelangweilte Miene auf.

Er musterte mich, und seine Mundwinkel verzogen sich zum winzigsten Hauch eines Lächelns. Es war seine Art der Anerkennung, dass ich ihn durchschaut hatte. Das hieß, er konnte jetzt endlich zur Sache kommen.

»Fukuoka war zu klein«, sagte er. »Sapporo zu abgelegen. Nagoya ist zu nahe an Tokio. Hiroshima wäre infrage gekommen, wegen der Atmosphäre, aber ich hielt die Kansai-Region für wahrscheinlicher, weil sie näher an Tokio liegt, und ich nahm an, dass du nicht allzu weit wegziehen wolltest. Das bedeutete Kyoto, möglicherweise auch Kobe. Aber wahrscheinlicher noch Osaka.«

»Weil …«

»Weil Osaka größer ist, belebter, es gibt viel mehr Platz, sich zu verstecken. Und die Stadt hat eine große Bevölkerungsfluktuation, weshalb ein Neuankömmling weniger auffällt. Außerdem weiß ich, dass du Jazz liebst, und Osaka ist für seine Jazzklubs berühmt.«

Ich hätte wissen müssen, dass Tatsu sich an den Klubs orientieren würde. Während der Taisho-Ära zwischen 1912 und 1926 wanderte der Jazz von Schanghai nach Kansai, in die westliche Region von Honshu, der Hauptinsel Japans, wo Osaka liegt. Zahllose Tanzhallen und Spielstätten entstanden in den Vergnügungsvierteln von Soemoncho und Dotonbori, und auch in den Cafés fasste der Jazz Fuß. Dieses Vermächtnis hat sich bis heute in Lokalen wie *Mr Kelly's*, *Overseas*, *Royal Horse* und natürlich dem *Osaka Blue Note* erhalten, und ich konnte nicht leugnen, dass diese Orte bei meinen Überlegungen eine Rolle gespielt hatten.

Es war mir sogar klar gewesen, dass Osaka vielleicht eine etwas vorhersehbare Wahl darstellte, und zwar aus genau den Gründen, die Tatsu angeführt hatte. Doch es hatte mir widerstrebt, die Lifestyle-Vorteile aufzugeben, die die Stadt mir bot. In jüngeren Jahren hätte ich diese Annehmlichkeiten reflexartig zugunsten der alles überragenden persönlichen Sicherheit übergangen. Aber mit dem Alter änderten sich meine Prioritäten, und das war ein mehr als deutliches Zeichen, dass es Zeit war, aus der Branche auszusteigen.

Okay, Tatsu kannte mich gut, daher musste es ihm relativ leicht gefallen sein, auf Osaka zu kommen. Doch das hätte nicht ausgereicht, um mich festzunageln.

»Beeindruckend«, meinte ich. »Aber du hast mir noch nicht erklärt, wie du mich in einer Stadt mit beinahe neun Millionen Einwohnern lokalisieren konntest.«

Er hob leicht den Kopf und sah mich unverwandt an. »Rain-san«, meinte er, »ich verstehe deinen Wunsch, das zu erfahren. Und ich werde es dir erzählen. Aber es ist sehr wichtig, dass diese Information unter uns bleibt, sonst wäre die Effektivität der Tokioter Polizei bei der Verbrechensbekämpfung gefährdet. Kann ich mich darauf verlassen, dass du es für dich behältst?«

Die Frage und die angekündigten Enthüllungen sollten mir zeigen, dass ich ihm ebenfalls vertrauen konnte. »Das weißt du«, sagte ich.

Er nickte. »Im Laufe der letzten zehn Jahre haben die größeren Verwaltungsbezirke unabhängig voneinander Sicherheitskameras an verschiedenen öffentlichen Plätzen installiert, in U-Bahn-Stationen, Fußgängerzonen und so weiter. Es gibt deutliche Hinweise darauf, hauptsächlich aus England, dass solche Kameras Verbrechen verhindern.«

»Ich habe die Kameras gesehen.«

»Manche davon kannst du sehen. Nicht alle. Aber egal, die

Kameras sind nicht der Hauptpunkt. Entscheidend ist, was dahintersteckt. Nach den Ereignissen vom elften September in den Vereinigten Staaten unternahm die Polizei große Anstrengungen, diese informellen Netzwerke von Kameras mit einer zentralen Datenbank zu verbinden, auf der ein fortschrittliches Gesichtserkennungsprogramm läuft. Die Software identifiziert Charakteristika, die schwer oder unmöglich zu verändern sind – beispielsweise der Augenabstand oder die genauen Winkel des Dreiecks, das von den Augen und der Mundmitte gebildet wird. Wenn eine Kamera eine Übereinstimmung zu einem in der Datenbank gespeicherten Foto feststellt, werden automatisch die entsprechenden Behörden alarmiert. Was ursprünglich als psychologische Abschreckungsmaßnahme konzipiert war, ist inzwischen ein wirksames Fahndungswerkzeug.«

Ich wusste natürlich von der Existenz der Software, die Tatsu beschrieb. Sie wurde an bestimmten Flughäfen und in Stadien getestet, vor allem in den Vereinigten Staaten, um bekannte Terroristen aufzuspüren und rechtzeitig unschädlich zu machen. Aber soweit ich gelesen hatte, waren die ersten Tests enttäuschend verlaufen. Vielleicht hatte es sich dabei lediglich um Desinformation gehandelt. Jedenfalls war mir nicht klar gewesen, dass Japan in der Praxis schon so weit fortgeschritten war.

»Die Kameras sind mit Juki Net verbunden?«, fragte ich.

»Möglich«, erwiderte er auf seine trockene Art.

Juki Net, ein riesiges Datenschnüffelprogramm zur Erfassung aller Einwohner Japans, wurde im August 2002 eingerichtet, vermutlich inspiriert von der ähnlich gelagerten Total Information Awareness Initiative des US-Verteidigungsministeriums. Juki Net weist jedem japanischen Bürger eine elfstellige Identifizierungsnummer zu und verbindet diese Nummer mit Namen, Geschlecht, Adresse und Geburtsdatum der betreffenden Person. Die Regierung behauptet, dass keinerlei weitere Informationen gesammelt würden. Das glaubt kaum jemand, und Verstöße wurden bereits nachgewiesen.

Ich dachte nach. Wie Tatsu bemerkt hatte, wäre die Wirksamkeit des Kameranetzes beeinträchtigt, wenn es bekannt wurde. Aber das konnte nicht alles sein.

»Gab es nicht Proteste wegen der Einführung von Juki Net?«, fragte ich.

Er nickte. »Ja. Wie du vielleicht weißt, führte die Regierung Juki Net ohne das flankierende Datenschutzgesetz ein. Es gab Versuche, dieses nachträglich einzubringen, doch sie wirkten wenig überzeugend. In Suginami-ku gibt es einen Boykott. Die Leute versuchen bereits, sich dort einen Zweitwohnsitz zuzulegen, um der Allmacht des Systems zu entkommen.«

Jetzt verstand ich, warum die Regierung so erpicht auf die Geheimhaltung der Verbindung zwischen Juki Net und dem Netzwerk der Überwachungskameras war. Es ist ein höllisches Problem, Videoüberwachung zu umgehen, selbst wenn man von ihrer Existenz weiß. Dass Straftäter vorgewarnt sein könnten, wäre also nur ein marginales Problem. In Wirklichkeit ging es offenbar um die Furcht der Regierung vor Protesten, wenn die Öffentlichkeit erfuhr, dass das bekannt gegebene Ausmaß des Systems höchstens die Spitze des Eisbergs war. Wenn die Überwachungskameras mit Juki Net zusammenhingen, würden die Leute zu Recht glauben, dass sie ein echtes Big-Brother-Problem hatten.

»Man kann den Menschen keinen Vorwurf daraus machen, wenn sie der Regierung misstrauen«, meinte ich. »Irgendwo habe ich im letzten Frühjahr gelesen, dass das Verteidigungsministerium dabei ertappt wurde, wie es eine Datenbank über Leute anlegte, die Material der Regierung angefordert hatten, im Rahmen des neuen Gesetzes zur Informationsfreiheit. Inklusive Informationen über deren politische Einstellung.«

Er lächelte sein trauriges Lächeln. »Als es in den Nachrichten gesendet wurde, versuchte jemand, die Beweise zu löschen.«

»Das habe ich gelesen. Wollte die Liberaldemokratische Partei nicht auch einen vierzigseitigen Bericht über die Vorfälle unterdrücken?«

Diesmal war sein Lächeln ironisch. »Die Mitglieder der Liberaldemokratischen Partei, die in den Vertuschungsversuch verwickelt waren, wurden selbstverständlich bestraft. Ihr Gehalt wurde gekürzt.«

»Wenn das kein echtes Abschreckungsmittel gegen zukünftige Verstöße ist«, lachte ich. »Besonders wenn man bedenkt, dass sie als Ersatz Schmiergelder in doppelter Höhe der Kürzungen erhielten.«

Er zuckte die Achseln. »Als Polizist begrüße ich Juki Net und die Kameranetzwerke als Mittel zur Verbrechensbekämpfung. Als Bürger bin ich entsetzt.«

»Warum willst du mich dann auf Geheimhaltung einschwören? Es klingt eher so, als kämen ein paar Informationslecks wie gerufen.«

Er legte den Kopf schief, als könnte er nicht fassen, dass mein Verstand so kurzsichtig arbeitete. »Bei falschem Timing«, sagte er, »wären solche Lecks ebenso wirkungsvoll wie eine falsch angebrachte Sprengladung.«

Damit teilte er mir mit, dass er einen Plan hatte. Und dass ich nicht weiter nachfragen sollte.

»Dann hast du also dieses Netzwerk genutzt, um mich zu finden«, sagte ich.

»Ja. Ich hatte die Polizeifotos aufbewahrt, die von dir nach dem Zwischenfall vor der Marinebasis Yokosuna angefertigt wurden. Die ließ ich in den Computer einspeisen, sodass das Netzwerk nach dir Ausschau halten konnte. Ich sagte den Technikern, sie sollten ihr Augenmerk zunächst auf Osaka richten. Aber weil das System immer noch zu viele falsch-positive Identifizierungen lieferte, bedurfte es langer Zeit und beträchtlicher Humanressourcen, um das Problem zu lösen. Ich brauchte fast ein Jahr, um dich zu finden, Rain-san.«

Als er das sagte, begriff ich, dass der unaufhörliche Fortschritt der Technik mich dazu zwingen würde, zu dem nomadischen Leben zurückzukehren, das ich vor meiner Rückkehr nach Japan geführt hatte, als ich ohne Identität über das Angesicht der Erde zog, von einem Söldnerkrieg zum nächsten. Es war kein angenehmer

Gedanke. Ich hatte meine Schuld gegenüber Crazy Jake beglichen und wollte die Erfahrung ungern wiederholen.

»Das System ist nicht perfekt«, fuhr er fort. »Es gibt zum Beispiel zahlreiche Lücken in der Abdeckung, und wie ich schon sagte, zu viele falsche Identifizierungen. Immerhin, mit der Zeit waren wir in der Lage, gewisse Regelmäßigkeiten in deinen Bewegungen festzustellen. Eine hohe Anzahl von Sichtungen in Miyakojima beispielsweise. Von da an war es relativ leicht, die Akten des lokalen Meldeamts nach neu zugezogenen Einwohnern zu durchsuchen, falsche Fährten auszuschließen und deine Adresse herauszufinden. Irgendwann waren wir in der Lage, dich ausreichend genau zu lokalisieren, dass ich heute nach Osaka fahren und dir hierher folgen konnte.«

»Warum bist du nicht einfach in meine Wohnung gekommen?«

Er lächelte. »Wo man lebt, ist man immer am verwundbarsten, denn dort liegt der wahrscheinlichste Punkt für einen Hinterhalt. Und ich wollte ungern einen Mann wie dich an dem Ort überraschen, wo er sich am verletzlichsten fühlt. Ich fand es sicherer, den Kontakt auf neutralem Gebiet herzustellen, wo du mich kommen siehst, *ne?*«

Ich nickte zustimmend. Wenn man das mögliche Ziel einer Entführung, eines Mordanschlags oder einer anderen Art von Hinterhalt ist, können die bösen Jungs am besten dort an einen herankommen, wo man zwangsläufig irgendwann auftaucht. Also in der Nähe der Wohnung oder des Arbeitsplatzes. Oder an einem Punkt zwischendrin, den man nicht umgehen kann – etwa die einzige Brücke auf dem Weg zum Arbeitsplatz. An solchen Engpässen muss man ganz besonders auf Anzeichen von Gefahr achten.

»Und?«, fragte er und zog eine Augenbraue leicht hoch. »Hast du mich bemerkt?«

Ich zuckte die Achseln. »Ja.«

Er lächelte wieder. »Dessen war ich mir sicher.«

»Du hättest auch anrufen können.«

»In welchem Fall du wieder untergetaucht wärst, nachdem du

meine Stimme erkannt hättest.«

»Das ist wahr.«

»Alles in allem glaube ich, so war es am besten.«

»So, wie du die Sache angegangen bist«, meinte ich, »waren eine Menge Leute darin verwickelt. In deiner Organisation, aber vielleicht auch CIA-Angehörige.«

Er hätte andeuten können, dass ich mir eine derartige Sicherheitslücke selbst zuzuschreiben hatte, weil ich nicht wie angekündigt mit ihm Kontakt aufgenommen hatte. Aber das war nicht Tatsus Stil. Er verfolgte seine eigenen Interessen, genau wie ich die meinen, und er hätte mir mein Untertauchen ebenso wenig vorgehalten, wie er erwartet hätte, dass ich ihm vorwarf, mich aufgespürt zu haben.

»Dein Name ist in diesem Zusammenhang nie gefallen«, teilte er mir mit. »Es gab nur ein Foto. Und die Techniker, die die Treffer im System überprüften, haben keine Ahnung vom Grund meines Interesses. Für sie bist du lediglich einer von vielen Kriminellen, nach denen die Tokioter Polizei sucht. Und ich habe auch weitere Sicherheitsmaßnahmen ergriffen. Zum Beispiel bin ich heute Abend allein gekommen und habe niemandem gesagt, wo ich bin.«

Dieses Eingeständnis war gefährlich für Tatsu. Wenn er die Wahrheit sagte, konnte ich so ziemlich alle meine Probleme dadurch lösen, dass ich diesen einen Mann ausschaltete. Wieder bewies er mir sein Vertrauen und bedeutete mir gleichzeitig, dass ich auch ihm trauen konnte.

»Du gehst ein ziemliches Risiko ein«, sagte ich und sah ihn an.

»Wie immer«, meinte er und erwiderte meinen Blick.

Ein langes Schweigen entstand. Dann sagte ich: »Keine Frauen. Keine Kinder. Es muss ein Mann sein.«

»Es ist ein Mann.«

»Niemand sonst darf in die Sache verwickelt sein. Du arbeitest mit mir. Exklusiv.«

»Ja.«

»Und die Zielperson muss ein Hauptakteur sein. Ihn auszulöschen darf nicht nur dazu dienen, jemandem eine Nachricht zu übermitteln. Es muss damit ein konkretes Ziel erreicht werden.«

»Das wird es.«

Nachdem ich meine drei Regeln klargelegt hatte, war es jetzt Zeit, ihn an die Konsequenzen zu erinnern, falls er sie brechen sollte.

»Du weißt ja, Tatsu, abgesehen von professionellen Gründen – also im Krieg oder im Auftrag – gibt es nur einen Anlass, aus dem ich je getötet habe.«

»Verrat«, sagte er, um mir klarzumachen, dass er verstanden hatte.

»Ja.«

»Verrat liegt nicht in meiner Natur.«

Ich lachte, denn es war das erste Mal, dass ich von Tatsu eine naive Bemerkung gehört hatte. »Er liegt in jedermanns Natur«, meinte ich.

Wir hatten ein System ausgearbeitet, mit dem wir sicher miteinander kommunizieren konnten. Dazu gehörten einfache Codes und der Zugang zu einer sicheren Website, die ich weiterhin für sensible Informationen betreibe. Ich hatte ihm gesagt, dass ich mich nach Erledigung der Sache mit ihm in Verbindung setzen würde, jetzt aber fragte ich mich, ob das überhaupt nötig war. Tatsu würde aus unabhängigen Quellen vom Ableben des Yakuza erfahren und wissen, dass ich meinen Teil der Vereinbarung eingehalten hatte. Außerdem, je weniger Kontakt ich zu Tatsu hatte, desto besser. Sicher, wir hatten viel gemeinsam erlebt. Empfanden Respekt füreinander. Sogar Zuneigung. Aber es war schwer zu glauben, dass unsere Absichten noch lange parallel verlaufen würden, und am Ende ist die Existenz gemeinsamer Interessen oder ihr Fehlen entscheidend. In gewisser Hinsicht war es ein trauriger Gedanke. Es gibt nicht viele Menschen in meinem Leben, und jetzt, da die Sache gut ausgegangen war, merkte ich, dass ich in gewisser Weise diese Begegnung mit meinem alten Freund genossen hatte, der gleichzeitig mein ewiger Gegenspieler war.

Traurig auch deshalb, weil ich zu einem Eingeständnis gezwungen war, um das ich mich bisher gedrückt hatte: Ich würde Japan verlassen müssen. Ich war darauf vorbereitet gewesen, doch die Einsicht, dass es jetzt unmittelbar bevorstand, ernüchterte mich. Wenn Tatsu zu dem Schluss kommen sollte, dass ich wieder im Spiel wäre und sein Lebenswerk gefährdete, die Bekämpfung der Korruption in Japan, könnte er mich einfach verhaften lassen. Und umgekehrt, falls ich nach seinen Regeln spielte, wäre es viel zu einfach für ihn, mich regelmäßig um ›Gefallen‹ zu bitten. Er würde mich voll unter Kontrolle haben, und diese Art von Leben kannte ich schon. Darauf konnte ich verzichten.

Mein Pager summte. Ich sah nach und fand eine fünfstellige Ziffer vor, die mir sagte, dass Harry mich zu erreichen versuchte.

Ich beendete meine Mahlzeit und winkte nach der Rechnung. Ein letztes Mal sah ich mich im Restaurant um. Die Büroparty hatte sich aufgelöst. Die Amerikaner waren noch da, und das weiße Rauschen ihrer Unterhaltung klang warm und enthusiastisch. Das Pärchen saß auch noch am Tisch, die Haltung des jungen Mannes voll standhafter Entschlossenheit, während das Mädchen seine Avancen weiter mit leisem Lachen parierte.

Es fühlte sich gut an, wieder in Tokio zu sein. Ich wollte hier nicht weg.

Ich verließ das Restaurant und hielt inne, um mich an der kühlen Nachtluft von Nishi-Azabu zu erfreuen, während meine Augen reflexartig die Straße absuchten. Ein paar Autos fuhren vorüber, doch ansonsten war alles so still wie der Friedhof Aoyama, der mich düster und massig von der anderen Straßenseite aus lockte.

Abermals betrachtete ich die Steintreppe und stellte mir vor, wie ich sie hinaufging. Dann wandte ich mich ab und setzte den großen Bogen im Uhrzeigersinn fort, den ich früher am Abend begonnen hatte.

KAPITEL 3

Ich rief Harry von einer Telefonzelle in der Aoyama-dori an.

»Bist du auf einer sicheren Leitung?«, fragte er, als er meine Stimme erkannte.

»Einigermaßen. Öffentliches Telefon. Abgelegener Standort.«

Das war wichtig, weil Regierungen bestimmte öffentliche Telefone überwachen – zum Beispiel in der Nähe von Botschaften oder Polizeiwachen und in den Lobbys der besseren Hotels. Man kann sich darauf verlassen, dass die Faulpelze aus der Umgebung genau dorthin gehen, wenn sie ›private‹ Gespräche führen wollen.

»Du bist noch in Tokio«, stellte er fest. »Und rufst von einer Telefonzelle in Minami-Aoyama an.«

»Woher weißt du das?«

»Ich habe es so eingerichtet, dass ich Nummer und Standort sehen kann, wenn jemand bei mir zu Hause anruft. Es ist dieselbe Technik, die 911 in den Staaten verwendet. Kann man nicht blockieren.«

Harry, dachte ich lächelnd. Trotz seiner Supernerd-Klamotten und seiner ewigen Schlafmützigkeit, obwohl er im Herzen noch ein großes Kind war und Hacken für ihn ein besseres Videospiel, konnte Harry gefährlich sein. Der Gefallen, den ich ihm vor ein paar Jahren zufällig erwiesen hatte, als ich seinen Arsch vor einer Bande betrunkener Marines rettete, die nach einem geeigneten japanischen Opfer suchten, hatte sich schon mehr als bezahlt gemacht.

Und dennoch konnte er trotz all meiner Ermahnungen erstaunlich naiv sein. Ich hätte nie jemandem die Dinge erzählt, die er mich gerade hatte wissen lassen. Man gibt einen Vorteil nicht so einfach aus der Hand.

»Die NSA hätte dich nie gehen lassen dürfen, Harry«, sagte ich. »Du bist der schlimmste Albtraum eines Sicherheitsfanatikers.«

Er lachte ein wenig unsicher. Harry kann nur schwer unterscheiden, ob ich ihn aufziehe oder nicht. »Deren Pech«, sagte er. »Die hatten sowieso zu viele Regeln. Es macht mehr Spaß, für eine der großen fünf Wirtschaftsprüfungsfirmen zu arbeiten. Die haben so viele Probleme, dass sie sich überhaupt nicht darum kümmern, was ich gerade so treibe.«

Das war klug von ihnen. Sie hätten ohnehin nicht mit ihm Schritt halten können. »Was liegt gerade an?«, fragte ich.

»Eigentlich nichts. Ich wollte nur ein bisschen mit dir plaudern, solange die Möglichkeit dazu besteht. Ich hatte so ein Gefühl, dass du bald verschwinden könntest, wenn die Angelegenheit hier erledigt ist.«

»Da hast du wohl recht.«

»Ist sie ... erledigt?«

Harry war schon vor langer Zeit dahintergekommen, was ich tat, auch wenn ihm klar war, dass es ein Tabubruch wäre, offen darüber zu sprechen. Er musste gewusst haben, worum es ging, als er mir früher am Abend auf meine spezielle Bitte hin mitteilte, wo und wann genau ein gewisser Yakuza sich aufhalten würde. Egal, es würde sowieso in der Zeitung stehen.

»Alles klar«, sagte ich.

»Heißt das, du bist nicht mehr lange in der Gegend?«

Ich lächelte, sonderbar berührt von seinem niedergeschlagenen Tonfall. »Nicht mehr lange, nein. Ich hätte dich vor meiner Abreise noch angerufen.«

»Echt?«

»Echt.« Ich sah auf die Uhr. »So gesehen: Hast du schon etwas vor?«

»Eigentlich bin ich gerade beim Aufstehen.«

»Herrgott, Harry, es ist zehn Uhr nachts.«

»Ich habe in letzter Zeit einen ungewöhnlichen Rhythmus.«

»So klingt es. Ich sage dir was. Warum treffen wir uns nicht auf einen Drink? Du kannst ja ein Frühstück daraus machen.«

»Woran hast du gedacht?«

»Warte mal.« Ich griff nach den gelben Seiten unter dem Telefon und blätterte den Restaurantteil durch, bis ich das Lokal gefunden hatte, nach dem ich suchte. Dann ging ich fünf Einträge weiter. Es war ein alter Code zwischen uns, und ich wusste, Harry würde entsprechend zurückzählen, wenn ich ihm das betreffende Restaurant nannte. Nicht, dass uns jemand belauscht hätte – zum Teufel, ich konnte mir niemanden vorstellen, der das schaffte, wenn Harry es nicht wollte –, aber ich ging lieber kein Risiko ein. Ich hatte ihm beigebracht, immer mehrstufige Verteidigungslinien anzulegen. Niemals etwas als gegeben anzunehmen.

»Wie wär's mit dem Tip-Top in Takamatsu-cho?«, fragte ich.

»Klar«, sagte er, und ich wusste, dass er verstanden hatte. »Tolles Lokal.«

»Ich halte nach dir Ausschau«, meinte ich.

Ich hängte ein und wischte dann mit einem Taschentuch Hörer und Tasten ab. Alte Gewohnheiten sterben schwer.

Das Lokal, das ich im Sinn hatte, hieß These Library Lounge, von den Einheimischen *Tei-ze* ausgesprochen, eine kleine Bar mit illegalem Flair im zweiten Stockwerk eines unscheinbaren Gebäudes in Nishi-Azabu. Obwohl es im geografischen und gefühlten Herzen der City liegt, verströmt das *Teize* eine verträumte Aura von Losgelöstheit, als wäre die Bar eine verlorene Insel, die insgeheim froh darüber ist, im grenzenlosen Ozean von Tokio verschollen zu sein. Die Atmosphäre ist verführerisch und macht aus Unterhaltungen schnell ein Flüstern, aus Müdigkeit Trägheit. Die flüchtigen Sorgen des Alltags blättern ab, und irgendwann stellt man fest, dass man einem wehmütigen Stück wie Johnny Hodges ›Just a Memory‹ lauscht, als würde man es zum allerersten Mal hören, ungefiltert und vorurteilslos, und ohne einen Gedanken daran zu verschwenden, dass man das Lied schon lange kennt. Oder man trinkt einen nach Salzwasser und Jod schmeckenden Schluck eines Islay-Malt und begreift, dass das ganz genau der Geschmack ist, für den der Whiskybrenner ein stummes Gebet zum Himmel schickte, als er die bernsteinfarbene Flüssigkeit dreißig Jahre zuvor in ein Eichenfass abfüllte. Vielleicht wendet man auch den Blick und sieht eine Gruppe elegant gekleideter Frauen in einem der dezent beleuchteten Alkoven an der Bar sitzen, die Gesichter faltenlos und strahlend, während ihre Überzeugung von der Selbstverständlichkeit eines solchen Zufluchtsorts sich im unschuldigen Timbre ihres Lachens und den zwanglosen Kadenzen ihrer Unterhaltung widerspiegelt. Und man denkt ohne Bitterkeit an den vergeblichen Wunsch, man könnte selbst auch Teil einer solchen Welt sein.

Ich brauchte weniger als zehn Minuten, um das kurze Stück bis zu der Bar zu Fuß zurückzulegen. Vor der Außentreppe zum zweiten Stockwerk hielt ich inne und überlegte wie immer, bevor ich ein Gebäude betrat, wo ich vorzugsweise jemandem auflauern würde, der aus dem Restaurant kam. In der Umgebung des *Teize* boten sich zwei vielversprechende Stellen an. Von diesen fiel mir der Eingang zu einem benachbarten Haus besonders positiv auf, weil er ein Stück zurückgesetzt lag und man jemanden, der dort lauerte, erst sah, wenn man den Fuß der Treppe zur Bar bereits erreicht hatte. Dann könnte es schon zu spät sein. Außer man nahm sich vorher die Zeit, sich weit über die Balkonbrüstung zu lehnen, um die stille Straßenszenerie in Augenschein zu nehmen. Was ich definitiv vorhatte.

Nachdem ich mich sicherheitstechnisch mit der Gegend vertraut gemacht hatte, ging ich die Außentreppe hinauf und trat ein. Ich war lange nicht mehr hier gewesen, und Gott sei Dank hatten die Besitzer nichts verändert. Die Beleuchtung war immer noch sehr weich – hauptsächlich Wand- und Stehlampen sowie Kerzen. Es gab einen einzelnen Holztisch, der eine Laufbahn als Tür begonnen hatte, bevor man ihn wieder seinem jetzigen, erheblich hochwertigeren Zweck zugeführt hatte. Perserteppiche in gedeckten Farben und dunkle, schwere Vorhänge. Die Bar aus weißem Marmor, die souverän, doch nicht dominant in der Mitte des Hauptraums lag, leuchtete sanft unter einer Batterie von Deckenstrahlern. Überall lagen Bücher herum: hauptsächlich Werke über Design, Architektur und Kunst, aber auch skurrile Titel wie *The Adventures of Two Dutch Dolls* und *Uncle Santa*.

»*Nanmeisama?*«, fragte der Barmann. Wie viele Personen? Ich hielt zwei Finger in die Höhe. Er ließ den Blick durch den Raum schweifen und bestätigte, was mir bereits aufgefallen war. Alle Tische waren besetzt.

»Das macht nichts«, sagte ich auf Japanisch. »Wir setzen uns einfach an die Bar.« Was neben anderen Vorzügen auch einen taktisch vorteilhaften Blick auf den Eingang bot.

Harry kam eine Stunde später, als ich gerade beim zweiten Single Malt des Abends angelangt war, einem sechzehn Jahre alten Lagavulin. Harry sah mich gleich beim Eintreten und lächelte.

»*John-san, hisashiburi*«, meinte er. Es ist lange her. Dann ging er zu Englisch über, was uns in dieser Umgebung ein geringfügiges Plus an Privatsphäre verschaffte. »Schön, dich zu sehen.«

Ich stand auf und schüttelte ihm die Hand. Obwohl es kein förmlicher Anlass war, verneigte ich mich dabei leicht. Die Respektbezeugung einer Verbeugung in Kombination mit der Wärme eines Handschlags war mir schon immer sympathisch gewesen, und auch Harry wusste beides zu schätzen.

»Setz dich«, sagte ich und wies auf den Barhocker zu meiner Linken. »Bitte entschuldige, dass ich schon ohne dich angefangen habe.«

»Bitte entschuldige, wenn ich mir lieber etwas Essbares bestelle.«

»Wie du willst«, meinte ich. »Außerdem ist Scotch ein Getränk für Erwachsene.«

Er grinste über meinen gutmütigen Spott und bestellte sich einen Kräutersalat mit Tofu und Mozzarella und einen einfachen Orangensaft. Harry hat noch nie viel getrunken.

»Hast du einen vernünftigen Gegenaufklärungsgang durchgeführt?«, fragte ich, während wir auf sein Essen warteten. Dabei handelt es sich um eine Route, mit der man einen Beschatter oder ein ganzes Team dazu zwingt, sich zu zeigen. Ich hatte

Harry zu dem Thema unterrichtet, und er war ein gelehriger Schüler.

»Das fragst du mich jedes Mal«, erwiderte er im leicht genervten Ton eines Teenagers, der sich bei seinen Eltern beklagt. »Und jedes Mal gebe ich dir dieselbe Antwort.«

»Also ja.«

Er verdrehte die Augen. »Natürlich.«

»Und du warst sauber?«

Er sah mich an. »Sonst wäre ich nicht hier. Das weißt du doch.«

Ich gab ihm einen Klaps auf den Rücken. »Ich musste einfach fragen. Noch einmal vielen Dank für die gute Arbeit mit dem Mobiltelefon des Yakuza.«

Er lächelte. »Hey, ich habe etwas für dich«, erklärte er.

»Ja?«

Er nickte und griff in die Jackentasche. Eine Weile fischte er darin herum, bevor er einen metallischen Gegenstand zum Vorschein brachte, der etwa die Größe von einem halben Dutzend gestapelter Kreditkarten hatte. »Schau mal«, sagte er.

Ich griff danach. Das Ding war erstaunlich schwer. Es musste eine Menge Elektronik drinstecken. »Genau das, was ich mir schon immer gewünscht habe«, meinte ich. »Ein Briefbeschwerer aus Neusilber.«

Er machte eine Bewegung, als wollte er danach greifen. »Also, wenn du es nicht zu schätzen weißt …«

»Nein, nein, keineswegs. Ich habe nur keine Ahnung, was zum Teufel das ist.« Tatsächlich hatte ich eine ziemlich genaue Vorstellung davon, doch ich ziehe es vor, unterschätzt zu werden. Außerdem wollte ich Harry nicht das Vergnügen rauben, mir einen Vortrag zu halten.

»Es ist ein Wanzen- und Videodetektor«, erklärte er, wobei er die Worte langsam und artikuliert aussprach, als würde ich sie sonst nicht verstehen. »Wenn du in Reichweite einer Radio- oder Infrarotquelle kommst, meldet sich das Gerät.«

»Hoffentlich mit sexy Frauenstimme, oder?«

Er lachte. »Wenn jemand versucht, dich abzuhören, sollte er

vielleicht nicht merken, dass du Bescheid weißt. Also keine sexy Stimme. Ausschließlich Vibrationsalarm. Intermittierend für Video, durchgehend für Audio. Alternierend für beides. Und nur jeweils zehn Sekunden lang, um Batterie zu sparen.«

»Wie funktioniert es?«

Er strahlte. »Ein Breitbanddetektor, der die Sender auf Frequenzen von fünfzig Megahertz bis drei Gigahertz abtastet. Außerdem hat er eine interne Antenne, um die horizontale Oszillationsfrequenz zu empfangen, die von Videokameras ausgestrahlt wird. Ich habe es für das PAL-Verfahren optimiert, auf das du meistens treffen wirst, aber das kann ich auf NTSC oder SECAM umschalten, wenn du willst. Der Empfang ist nicht besonders, weil das Gerät so klein ist, daher kannst du die Wanze oder Kamera nicht lokalisieren, du weißt lediglich, dass sie da ist. Und die großen Überwachungskameras, die man manchmal in Bahnhöfen und öffentlichen Parks sieht, sind normalerweise außer Reichweite.«

Ein Jammer. Wenn ich ein zuverlässiges, tragbares Gerät hätte, um diese aufzuspüren, gäbe es mir vielleicht eine Chance, meine Privatsphäre von Tatsu oder wem auch immer zurückzuerobern.

»Besteht eine Möglichkeit, den Empfang zu verbessern?«, fragte ich.

Er sah ein wenig verletzt drein, und ich begriff, dass ich ihn zuerst hätte loben sollen, bevor ich so eine Frage stellte. »Bei der Größe nicht«, antwortete er. »Dazu bräuchte man eine wesentlich längere Antenne.«

Na gut. Selbst mit diesen Beschränkungen war das Gerät sehr nützlich. Ich wog es in der Hand. Ich war natürlich vertraut mit kommerziellen Geräten ähnlicher Funktionsweise, aber ein so kleines hatte ich noch nie gesehen. Es war eine beeindruckende Arbeit.

»Wiederaufladbar?«, fragte ich.

»Natürlich. Lithium-Ionen-Akku. Genau wie ein Mobiltelefon.« Er griff in die Jackentasche und zog etwas heraus, das wie ein normales Handyladegerät aussah. »Ich habe den Akku beim Testen geleert, daher musst du ihn erst wieder aufladen, wenn du nach Hause kommst. Es gibt keine Ladestandwarnung oder so. Das

Ding ist auf Effizienz getrimmt, nicht auf Benutzerfreundlichkeit.«

Ich nahm das Ladegerät und legte es neben mir auf den Tisch. Dann zog ich die Brieftasche heraus und schob das Gerät hinein. Es passte wie angegossen in einen Kartenschlitz. Zurück im Hotel würde ich es natürlich daraufhin überprüfen, dass es tatsächlich ein Wanzendetektor war und nicht selbst eine Art Wanze. Nicht, dass ich Harry nicht vertraut hätte. Ich überzeugte mich nur gerne persönlich von solchen Dingen.

Ich steckte meine Brieftasche wieder ein und nickte anerkennend. »Tolle Arbeit«, sagte ich. »Danke.«

Er lächelte. »Ich weiß, dass du ein professioneller Paranoiker bist, also hatte ich die Wahl zwischen dem hier und einem lebenslangen Vorrat an Valium.«

Ich lachte. »Und jetzt erzähl mal, warum hast du Arbeitszeiten wie ein Vampir?«

»Ach, du weißt schon«, sagte er und wandte den Blick ab, »ist halt so ein Lebensstil.«

Lebensstil? Soweit ich wusste, besaß Harry keinen Lebensstil. In meiner Vorstellung drückte er sich ausschließlich in seiner Wohnung herum, hackte sich in ferne Netzwerke ein, kreierte Hintertüren für spätere Nachforschungen und sah die Welt durch die gefilterte Sicherheit eines Computerbildschirms.

Er wurde rot. Herrgott, der Junge war so durchschaubar. »Harry, willst du damit sagen, dass du eine Freundin hast?«, fragte ich.

Die Röte vertiefte sich, und ich musste lachen. »Verflixt noch mal«, sagte ich. »Wie schön für dich.«

Er sah mich an und versuchte, herauszufinden, ob ich mich über ihn lustig machte. »Sie ist nicht direkt meine Freundin.«

»Lassen wir die Spitzfindigkeiten. Wie habt ihr euch kennengelernt?«

»Bei der Arbeit.«

Ich griff nach meinem Glas. »Lieferst du jetzt Details, oder muss ich dich mit zwei oder drei Gläsern von dem Stoff hier zwangsernähren, um dir die Zunge zu lösen?«

Er zog einen übertriebenen Flunsch. »Einer der Klienten der

Firma, ein großes Handelshaus, war sehr zufrieden mit ein paar Sicherheitsmaßnahmen, die ich für sie getroffen habe.«

»Vermutlich wussten sie nichts von den Hintertürchen, die du dabei für dich offen gelassen hast.«

Er lächelte. »Das tun sie nie.«

»Also war der Klient glücklich …«

»Und mein Chef lud mich zu einer Feier in einen Hostessen-Klub ein.«

Dem westlichen Verständnis ist das Konzept der japanischen ›Hostessen-Klubs‹ fremd, in denen die Frauen nur für ihre Gesellschaft bezahlt werden. Es akzeptiert Sex als Ware, verschließt sich aber dem Gedanken, auch andere Formen menschlicher Interaktion könnten käuflich sein. Diese Hostessen sind keine Prostituierten, ähnlich wie die Geishas, aus denen sie sich entwickelt haben. Natürlich kommt es vor, dass sie mit dem richtigen Kunden, wenn dieser sie angemessen umworben hat, eine Beziehung außerhalb der Arbeit eingehen. Die Besucher dieser Lokale zahlen einfach für das Vergnügen, die Gesellschaft der Mädchen zu genießen und sich ihr Talent zunutze zu machen, die Ecken und Kanten von geschäftlichen Besprechungen zu glätten. Und es besteht immer die Hoffnung, dass sich mehr daraus entwickeln könnte. Wenn die Klienten der Hostessen lediglich Sex suchten, könnten sie diesen anderswo viel billiger bekommen.

»In welchen Klub?«, fragte ich.

»Er heißt *Damask Rose*.«

»Nie davon gehört.«

»Sie machen keine Werbung.«

»Klingt gehoben.«

»Das ist es. Ziemlich elegant. In Nogizaka, in der Gaienhigashi-dori. Dich würden sie wahrscheinlich gar nicht erst reinlassen.«

Ich lachte. Ich liebe es, wenn Harry Esprit zeigt. »Okay, der Boss hat dich also ins *Damask Rose* mitgenommen …«

»Ja, und er trank sehr viel und posaunte ständig hinaus, was für ein Computergenie ich sei. Eine der Hostessen stellte mir ein paar Fragen, wie man am besten eine Firewall konfiguriert, weil sie sich gerade einen neuen Computer gekauft hatte.«

»Hübsch?«

Die Röte stieg ihm wieder ins Gesicht. »Würde ich sagen. Ihr Computer war ein Macintosh, deshalb konnte ich sie von Anfang an gut leiden.«

Ich zog die Augenbrauen hoch. »Ich wusste gar nicht, dass so etwas die Grundlage für Liebe auf den ersten Blick sein kann.«

»Also habe ich ihre Fragen beantwortet«, fuhr er fort und ignorierte meinen Einwurf. »Am Ende des Abends bat sie mich, ihr meine Telefonnummer zu geben, falls sie wieder Probleme bekäme.«

Ich lachte. »Gott sei Dank hat sie dir nicht *ihre* Nummer gegeben. Sie hätte alt und grau werden können, bevor du anrufst.«

Er grinste, weil er wusste, dass das vermutlich stimmte.

»Sie hat also dich angerufen ...«, meinte ich.

»Und es endete damit, dass ich zu ihr in die Wohnung kam und ihr gesamtes System konfigurierte.«

»Harry, du hast ›ihr gesamtes System konfiguriert‹?«, fragte ich, die Augen in gespieltem Entsetzen aufgerissen.

Er senkte den Blick, doch ich sah ein Lächeln aufblitzen. »Du weißt schon, was ich meine.«

»Du willst doch nicht etwa ... ihr Sicherheitssystem knacken, oder?«, fragte ich. Ich konnte einfach nicht widerstehen.

»Nein, das würde ich ihr nicht antun. Sie ist nett.«

Herrgott, er war so vernarrt, dass ihm nicht einmal die schmierige Doppeldeutigkeit meiner Bemerkung auffiel. »Ich werd verrückt«, wiederholte ich. »Ich freue mich für dich, Harry.«

Er sah mich an und erkannte, dass es mir ernst war. »Danke«, meinte er.

Ich hob mein Glas an die Nase, sog tief die Luft ein, hielt sie einen Augenblick in der Lunge und ließ sie dann wieder ausströmen. »Daher also dein merkwürdiger Stundenplan?«, fragte ich.

»Na ja, der Klub hat bis drei Uhr morgens geöffnet, und sie arbeitet täglich. Wenn sie also nach Hause kommt ...«

»Ich verstehe«, meinte ich. Obwohl es nicht ganz leicht war, sich Harry mit etwas ohne Ethernet-Kabel und Maus vorzustellen. Er war ein introvertierter, sozial gehemmter Mensch ohne Kontakte außerhalb seiner Arbeitswelt, und selbst diese hielt er auf Armeslänge von sich, abgesehen natürlich von mir. Voraussetzungen, die ihn immer besonders nützlich gemacht hatten.

Ich versuchte, mir ein Bild von ihm gemeinsam mit einer hochklassigen Hostess zu machen. Es gelang mir nicht. Es wirkte falsch.

Sei kein Arschloch, dachte ich. *Nur, weil du niemanden haben kannst, musst du noch lange nicht Harry sein Glück neiden.*

»Wie heißt sie?«, fragte ich.

Er lächelte. »Yukiko.«

Yukiko bedeutet ›Schneekind‹. »Hübscher Name.«

Er nickte mit leicht verblödetem Gesichtsausdruck. »Mir gefällt er.«

»Wie viel weiß sie von dir?«, fragte ich und nippte an meinem Lagavulin. Mein Tonfall klang unschuldig, doch ich war besorgt, dass Harry im Delirium dessen, was ich für seine erste große Liebe hielt, unnötig offen gegenüber diesem Mädchen sein könnte.

»Nun, sie weiß natürlich von meiner Beratertätigkeit. Aber nichts über die … Hobbys.«

Damit meinte er seine außergewöhnliche Vorliebe fürs Hacken. Ein Hobby, das ihn ins Gefängnis bringen konnte, wenn die Behörden etwas davon merkten. Und unter die Erde, wenn jemand anderes ihm auf die Schliche kam.

»Nicht leicht, so etwas geheim zu halten«, deutete ich versuchsweise an.

»Ich wüsste nicht, wie das Gespräch darauf kommen sollte«, meinte er und sah mich offen an.

Eine Kellnerin erschien hinter einem Vorhang und stellte Harrys Bestellung auf den Tresen. Er dankte ihr und demonstrierte dabei seine tiefe Bewunderung für diese neu entdeckte, wundervolle Klasse von Wesen: *Frauen, die in Restaurants und Bars arbeiteten.* Ich musste lächeln.

Mir wurde klar, dass Harry ab jetzt mehr wie ein Zivilist leben würde. Das machte ihn schlechter einsetzbar und sogar zu einer potenziellen Gefahr für mich. Seine zunehmende Transparenz gegenüber der Welt konnte einem Feind ein Fenster zu meiner ansonsten verborgenen Existenz öffnen. Falls jemand Harry mit mir in Verbindung brachte, war er möglicherweise auch in Gefahr. Und trotz allem, was ich ihm seit Jahren beizubringen versucht hatte, wusste ich, dass ein exponierter Harry auf sich allein gestellt nicht fähig war, sich selbst zu schützen.

»Ist sie deine erste Freundin?«, fragte ich sanft.

»Ich sagte doch, sie ist nicht richtig meine Freundin«, antwortete er ausweichend.

»Wenn sie dich so sehr in Anspruch nimmt, dass du bis Sonnenuntergang im Bett bleibst, benutze ich den Begriff einfach als passendes Synonym.«

Er sah mich an wie ein in die Enge getriebenes Tier.

»Ist sie es?«, fragte ich wieder.

Er sah weg. »Ich denke schon.«

Ich hatte ihn nicht in Verlegenheit bringen wollen. »Harry, ich frage doch nur, weil ich weiß, wenn man jung ist, bildet man sich manchmal ein, alles stünde einem offen. Wenn du bloß deinen Spaß haben willst, musst du ihr nichts erzählen. Dann solltest du das auch nicht tun. Aber wenn die Beziehung tiefer geht, dann gilt es, scharf nachzudenken. Darüber, wie nah du ihr kommen willst und wie wichtig dir deine Hobbys sind. Denn du kannst nicht mit einem Fuß in der Sonne und dem anderen im Schatten leben. Glaub mir. Es funktioniert nicht. Nicht auf Dauer.«

»Ich bin nicht verblödet, weißt du?«

»Jeder Verliebte ist verblödet. Das gehört dazu.«

Er errötete abermals bei meiner Wortwahl und der Unterstellung. Aber es war mir egal, wie er selbst seine neuen Gefühle interpretierte. Ich wusste, was es hieß, wenn man abgeschottet und isoliert lebte, und dann kam plötzlich und unglaublicherweise dieses hübsche Traummädchen daher, das die eigenen Gefühle erwiderte. Es veränderte alle Prioritäten. Verdammt, es warf das ganze Wertesystem über den Haufen.

Ich lächelte ein bitteres Lächeln im Gedenken an Midori.

Als hätte er meine Gedanken gelesen, meinte er: »Da ist etwas, was ich dir sagen wollte. Aber nur unter vier Augen.«

»Klingt ernst.«

»Vor ein paar Monaten bekam ich einen Brief. Von Midori.«

Ich trank den Lagavulin aus, bevor ich antwortete. Wenn der Brief vor so langer Zeit eingetroffen war, kam es nicht mehr darauf an, dass ich etwas gründlicher nachdachte, bevor ich etwas dazu sagte.

»Sie wusste, wie sie dich erreichen kann, weil …«, begann ich, aber in dem Moment war es mir schon klar.

Er zuckte die Achseln. »Sie wusste es, weil du sie in meine Wohnung gebracht hast, um an den musikalischen Aspekten dieser Gitterverschlüsselung zu arbeiten.«

Ich bemerkte, dass Harry sogar jetzt noch Midoris Rolle in dieser Operation so beschrieb, als wäre er absolut in der Lage gewesen, den Code ohne Hilfe zu knacken. Da war er empfindlich. »Richtig«, meinte ich.

»Sie kannte meinen Nachnamen nicht. Der Umschlag war nur an Haruyoshi adressiert. Gott sei Dank, sonst hätte ich umziehen müssen, und das wäre mir echt auf die Nerven gegangen.«

Harry gibt sich, wie jeder Mensch, der seine Privatsphäre schätzt, außerordentlich Mühe, dass keine Verbindung zwischen seinem Namen und seinem Wohnort entsteht – weder über Strom- oder Wasser- oder Kabelfernsehrechnungen oder andere Dokumente. Diese Trennung verlangt einen erheblichen Aufwand, zu dem widerrufliche Trusts, Limiteds und andere unaufspürbare juristische Personen gehören, und die ganze Mühe kann von einer Sekunde auf die andere zunichtegemacht werden, wenn Tante Keiko einen zu Hause besucht und einem dann beispielsweise als Dankeschön einen Strauß Blumen schickt. Der Blumenladen gibt deinen Namen und die Adresse in seine Datenbank ein, verkauft diese später an Werbeagenturen. Und die wiederum geben die Informationen an jeden zahlungskräftigen Käufer weiter – bis die eigene Adresse jedem mit rudimentären Hackerfähigkeiten oder minimalem Einblick in soziale Medien zur Verfügung steht. Die einzige Möglichkeit, dann seine Privatsphäre wiederzuerlangen, ist umzuziehen und die ganze Prozedur zu wiederholen.

Wenn man einen schlichten Brief erhält, kann natürlich nur der Postbote diese Verbindung herstellen. Jeder muss dann selbst entscheiden, ob das ein akzeptables Risiko darstellt. Für mich wäre es das nicht. Für Harry wahrscheinlich auch nicht. Aber wenn nur sein Vorname auf dem Umschlag gestanden hatte, hätte es kein Problem sein dürfen.

»Woher kam der Brief?«, fragte ich.

»New York. Ich vermute, sie lebt dort.«

New York. Wo Tatsu sie hingeschickt hatte, nachdem er ihr mitteilte, ich wäre tot. Er hatte sie vor dem Verdacht schützen wollen, sie könnte im Besitz der CD sein, die ihr Vater Yamaoto gestohlen hatte, eine CD, deren Inhalt genügend Sprengstoff über Japans riesiges Netzwerk der Korruption enthielt, um die ganze Regierung zu Fall zu bringen. Der Umzug war vernünftig gewesen. In Amerika kam ihre Karriere endlich richtig in Fahrt. Das wusste ich, weil ich sie verfolgte.

Er griff in die hintere Hosentasche und zog ein zusammengefaltetes Blatt Papier hervor. »Hier«, meinte er und reichte es mir.

Ich nahm das Blatt und hielt einen Moment inne, bevor ich es auseinanderfaltete. Es war mir egal, was er in mein Zögern hineininterpretierte. Als ich den Blick darauf senkte, sah ich, dass der Brief in eleganter japanischer Handschrift verfasst war, ein Echo aus dem Kalligrafieunterricht in der Schule, ein Spiegelbild der Persönlichkeit, die die Schreibfeder führte.

Haruyoshi-san,
es ist immer noch kalt in New York und ich zähle die Tage bis zum Frühling. Ich denke daran, dass in Tokio bald Kirschblüte ist, und bin sicher, es wird eine schöne Zeit.
Vermutlich haben auch Sie die traurige Nachricht erhalten, dass unser gemeinsamer Freund Fujiwara-san von uns gegangen ist. Man hat mich wissen lassen, dass Fujiwara-san zur Beerdigung

*in die Vereinigten Staaten überführt wurde. Ich hatte gehofft,
sein Grab besuchen zu können, um seinem Geist ein Opfer
darzubringen, aber bedauerlicherweise war ich nicht in der
Lage, seine letzte Ruhestätte ausfindig zu machen. Wenn Sie
über irgendwelche Informationen verfügen, die mir in dieser
Hinsicht weiterhelfen könnten, wüsste ich Ihre Hilfe sehr zu
schätzen. Sie erreichen mich unter der oben stehenden Adresse.
Ich bete demütig für Ihre Gesundheit und Ihr Wohlergehen.
Danke für Ihr Entgegenkommen.
Hochachtungsvoll,
Kawamura
Midori*

Ich las ihn noch einmal langsamer, dann ein drittes Mal. Anschließend faltete ich ihn zusammen und hielt ihn Harry hin.

»Nein, nein.« Er hob abwehrend die Hände. »Behalte ihn.«

Ich wollte ihn nicht merken lassen, wie sehr ich mir das wünschte. Doch ich nickte und schob den Brief in die Innentasche meines Blazers.

Ich winkte dem Barmann, dass es Zeit sei für einen weiteren Lagavulin. »Hast du ihn beantwortet?«, fragte ich.

»Ja. Ich habe ihr geschrieben, dass man mir genau dasselbe gesagt hätte wie ihr und ich über keine zusätzlichen Informationen verfüge.«

»Hast du danach noch einmal von ihr gehört?«

»Nur ein Dankeschön. Sie bat mich, sie zu informieren, wenn ich etwas Neues erfahre, und versprach, das Gleiche zu tun.«

»Das ist alles?«

»Ja.«

Ich fragte mich, ob sie ihm die Geschichte abgekauft hatte. Wenn Sie sich bei Harry nicht für seine Antwort bedankt hätte, wäre mir klar gewesen, dass sie ihm nicht glaubte, denn sie hatte Stil, und es hätte ihr gar nicht ähnlich gesehen, nichts zu erwidern. Doch das Dankeschön konnte auch eine automatische Reaktion gewesen sein, ohne dass ihr Verdacht ausgeräumt war. Vielleicht hatte sie Harry sogar absichtlich in dem Glauben wiegen wollen, er hätte sie überzeugt.

Das ist Blödsinn, widersprach ein Teil von mir. *So ist sie nicht.*

Dann ein bitteres Lächeln: *Nicht so wie du, meinst du?*

Es war keine Falschheit an Midori, und dieses Wissen riss eine kleine alte Wunde wieder auf. Die Welt, in der ich schon so lange lebe, hat mich darauf konditioniert, immer das Schlimmste zu erwarten. Doch zumindest manchmal versuche ich, diesem Instinkt zu widerstehen.

Im Grunde spielte es keine Rolle. Zu viele Ungereimtheiten umgaben diese CD und mein plötzliches Verschwinden, und Midori war zu intelligent, um sie zu übersehen. Ich hatte während des letzten Jahres viel Zeit gehabt, darüber nachzudenken, und wusste, wie sie reagieren würde.

Nach allem, was zwischen uns gewesen war, hatten sich die Zweifel sicher nur langsam eingenistet. Doch was sollte ihrem Wachsen Einhalt gebieten? *Schließlich*, so musste sie gedacht haben, *wurde der Inhalt der CD nie veröffentlicht.* Dafür hatte zwar Tatsu gesorgt, nicht ich, aber das wusste sie ja nicht. Sie sah nur, dass der letzte Wunsch ihres Vaters sich nie erfüllte und er letztlich umsonst gestorben war. Sie fragte sich bestimmt auch, woher ich gewusst hatte, wo die CD in Shibuya zu finden gewesen war, würde meine Erklärungen dafür Revue passieren lassen und sie für zu dünn befinden. Und das wiederum musste ihre Gedanken auf die Frage lenken, warum ich ausgerechnet so kurz nach dem Tod ihres Vaters aufgetaucht war.

Sie wusste, dass ich einer Schattenwelt angehörte, wenn auch nicht genau, auf welche Weise. CIA? Eine der politischen Gruppierungen Japans? Egal, jedenfalls eine Organisation mit den nötigen Ressourcen, um einen natürlichen Tod vorzutäuschen und glaubwürdig erscheinen zu lassen.

Ja, es gab zu viele lose Enden. Und da ich nicht an ihrer Seite war, um ihr zu versichern, dass alles zwischen uns echt gewesen war, würde sie irgendwann zu dem Schluss gelangen, dass ich sie nur benutzt hatte. So hätte ich es an ihrer Stelle betrachtet.

Vielleicht hat er den Sex einfach nebenbei mitgenommen, würde sie denken. *Sicher, warum nicht ein bisschen Spaß haben, solange er mich braucht, um an die CD heranzukommen? Und wenn er mich getäuscht und zur Kooperation verleitet hat, verschwindet er einfach.* Das alles würde sie nicht glauben wollen, und dennoch das Gefühl nicht abschütteln können. Selbst wenn sie nicht wahrhaben wollte, dass ich etwas mit dem Tod ihres Vaters zu tun hatte, der Verdacht würde sie nicht mehr loslassen.

»Habe ich alles richtig gemacht?«, fragte Harry.

Ich zuckte die Achseln. »Man hätte es nicht besser machen können. Aber sie wird es dir nicht abkaufen.«

»Glaubst du, sie lässt die Sache auf sich beruhen?«

Das war genau die Frage, bei der ich auch immer landete. Ich hatte keine Antwort darauf gefunden. »Ich weiß es nicht«, sagte ich.

Und es gab da noch etwas, das ich Harry aber bestimmt nicht anvertrauen würde: Ich wusste nicht, ob ich *wollte,* dass sie die Sache ruhen ließ.

Was hatte ich gerade zu ihm gesagt? *Du kannst nicht mit einem Fuß in der Sonne und dem anderen im Schatten leben.* Ich sollte anfangen, meine eigenen verdammten Ratschläge zu beherzigen.

KAPITEL 4

Ich verabschiedete mich gegen ein Uhr nachts von Harry. Es fuhr keine U-Bahn mehr, und er rief sich ein Taxi. Er wollte nach Hause fahren und auf Yukiko warten.

Ich versuchte, mir eine schöne junge Hostess vorzustellen, die jede Nacht in einem von Tokios exklusivsten Lokalen das Yen-Äquivalent von tausend Dollar an Trinkgeldern einnahm und die sich jeden beliebigen reichen Geschäftsmann oder Politiker als Geliebten angeln konnte, wie sie nach der Arbeit zu Harry nach Hause eilte. Es gelang mir nicht.

Sei nicht so zynisch, dachte ich.

Aber meinem Bauchgefühl widerstrebte die Geschichte, und ich hatte gelernt, meinem Instinkt zu vertrauen.

Es ist noch früh. Sieh sie dir einfach mal an. Es liegt praktisch auf dem Rückweg zum Hotel.

Falls Harry es sich anders überlegt hatte und statt nach Hause ins Damask Rose gegangen war, würde er merken, dass ich ihm nachspionierte. Er wäre vielleicht nicht besonders überrascht, aber es gefiel ihm garantiert nicht.

Doch das Risiko, dass Harry dort auftauchte und sein Geld ausgab, während er Yukiko doch in Kürze bei sich zu Hause erwartete, war minimal. Es lohnte sich, es einzugehen.

Und Nogizaka lag nur ein paar Kilometer entfernt. Ach, was sollte es.

Ich versuchte, mir in einer Telefonzelle die Adresse zu besorgen, doch das Damask Rose war nicht aufgeführt. Na ja, Harry hatte ja gesagt, dass sie keine Werbung machten.

Trotzdem, ich konnte ja einfach mal hingehen und mich umsehen.

Ich lief den kurzen Weg nach Nogizaka zu Fuß und schlenderte dann die Gaienhigashi-dori auf und ab. Es dauerte eine Weile, doch schließlich wurde ich fündig. Es war kein Schild zu sehen, nur eine kleine rote Rose auf einer schwarzen Markise.

Der Eingang wurde von zwei bulligen Schwarzen flankiert, die als Sumoringer durchgehen konnten. Ihre Anzüge saßen perfekt, und angesichts der Figur der Männer mussten sie maßgeschneidert sein. Nigerianer vermutlich, eine der wenigen Ausländergruppen, die in Japan durch Größe, Geschäftssinn und Sprachtalent Erfolg haben. Sowohl auf der mittleren Führungsetage als auch, wie in diesem Fall, als Rausschmeißer der vielen Vergnügungsbetriebe. Das *Mizu shobai*, das ›Wassergewerbe‹, die fließende Welt der Rotlichtbezirke, gehört zu den wenigen Bereichen, in denen Japan sich einer gewissen Internationalisierung rühmen kann.

Sie verbeugten sich und hielten mir die doppelte Glastür des Klubs auf, wobei jeder im Bariton ein *Irasshaimase* hervorstieß. Willkommen. Einer von ihnen murmelte etwas in ein Mikrofon an seinem Jackettaufschlag.

Ich ging eine kurze Treppe hinunter. Ein rotgesichtiger, wohlgenährter Japaner, den ich auf etwa vierzig schätzte, begrüßte mich in einem kleinen Foyer. Im Raum dahinter ertönte austauschbare J-Pop Technomusik.

»*Nanmeisama desho ka?*«, fragte Mr Rotgesicht. Wie viele?

»Nur einer«, erwiderte ich auf Englisch und hob einen Finger.

»Selbstverständlich.« Er bedeutete mir, ihm zu folgen.

Der Raum war rechteckig und wurde an den beiden Schmalseiten von Tanzbühnen flankiert. Es handelte sich um simple Podeste, die sich lediglich durch verspiegelte Wände und Chromstangen in der Mitte auszeichneten. Auf einer tanzte eine hochgewachsene, langhaarige Blondine in High Heels, einem G-String und sonst gar nichts. Sie wirkte irgendwie gelangweilt, fand ich, schien aber die Aufmerksamkeit des größten Teils der Klientel des Klubs zu fesseln. Eine Russin vermutlich. Grobknochig und vollbusig. Ungewöhnlich für Japan.

Harry hatte nichts von Stripperinnen gesagt. Wahrscheinlich war es ihm peinlich gewesen. Mein Gefühl, dass etwas nicht stimmte, vertiefte sich.

Das Mädchen auf der anderen Bühne hatte japanische, aber auch irgendwie mediterrane, vielleicht italienische Züge. Eine gute Mischung. Sie besaß diese seidigen, schimmernden schwarzen Haare, die viele moderne Japanerinnen mit *Chapatsu*-Koloration ruinieren, kurz geschnitten und seitlich eng angelegt. Auch die Form der Augen war japanisch, und sie wirkte eher zierlich. Doch ihre glatte Haut hatte einen Goldton wie geschmolzener Karamell und deutete auf einen tropischen Einschlag hin. Auch die reizvoll üppigen Brüste und Hüften, die an ihrer japanischen Figur leicht unpassend wirkten, zeugten von einer ausländischen Herkunft. Sie nutzte die Stange geübt, packte sie weit oben und posierte mit starrem, horizontal über dem Boden schwebendem Körper, während sie sich im Rhythmus der Musik spiralförmig heruntergleiten ließ. In ihren Bewegungen lag echte Vitalität, und es schien ihr egal zu sein, dass die meisten Gäste sich auf die Blondine konzentrierten.

Mr Rotgesicht rückte mir an einem freien Tisch in der Mitte einen Stuhl zurecht. Nach einer routinemäßigen Kontrolle, ob ich ungehinderten Blick auf den Eingang hatte, setzte ich mich. Ein nicht unangenehmer Nebeneffekt war, dass ich so die Bühne mit dem dunkelhaarigen Mädchen sehen konnte.

»Wow«, sagte ich auf Englisch und sah hinüber.

»Ja, sie ist schön«, erwiderte er ebenfalls auf Englisch. »Möchten Sie sie kennenlernen?«

Ich sah ihr noch einen Moment zu, bevor ich antwortete. Ich wollte nicht bei einem der japanischen Mädchen landen. Wenn ich mit einer Ausländerin plauderte und selbst die Rolle des Ausländers spielte, standen die Chancen besser, dass wir uns auf Anhieb verstanden und ich Informationen bekam.

Ich nickte.

»Ich sage ihr Bescheid.« Er reichte mir die Getränkekarte, verbeugte sich und zog sich zurück.

Die Karte war ein einzelnes, dickes, cremefarbenes Blatt mit zwei Spalten eleganter japanischer Schriftzeichen. Das rote Rosenlogo des Klubs befand sich diskret am Fuß der Seite. Ich war überrascht, eine fantasievolle Auswahl an Single Malts zu sehen. Darunter einen fünfundzwanzig Jahre alten Springbank, nach dem ich schon lange gesucht hatte. Und einen ebenso alten Talisker. Vielleicht sollte ich ein wenig länger bleiben.

Eine Bedienung kam vorbei, und ich bestellte den Springbank. Zehntausend Yen pro Glas. Aber das Leben ist kurz.

Ein Dutzend Mädchen arbeitete in dem Lokal. Etwa die Hälfte waren Japanerinnen, die anderen wirkten undefinierbar europäisch. Alle waren attraktiv und geschmackvoll gekleidet. Die meisten unterhielten die Gäste, doch ein paar waren frei. Keine näherte sich meinem Tisch. Mr Rotgesicht musste verbreitet haben, dass ich nach einem bestimmten Mädchen gefragt hatte. Effizienter Betrieb.

Am Tisch neben mir saß ein Japaner, umgeben von drei Hostessen, die ihn anhimmelten. Auf den ersten Blick wirkte er jugendlich, besaß strahlend weiße Zähne und schwarze Haare, die er glatt aus einem faltenlosen, gebräunten Gesicht zurückgekämmt trug. Aber wenn man genauer hinsah, bemerkte man die Künstlichkeit seiner Erscheinung. Die Haare waren gefärbt, die Bräune stammte von der Sonnenbank. Das faltenfreie Gesicht war vermutlich ein Produkt von Botox und Chirurgie, die Zähne sahen aus wie Porzellankronen. Chemikalien und Skalpell und ein Hofstaat aus attraktiven jungen Frauen mit bewunderndem Lächeln, das sie sich gut bezahlen ließen, – alles, um eine brüchige Mauer des Nicht-Wahrhaben-Wollens gegen die unausweichliche Würdelosigkeit des Alterns und des Todes zu errichten.

Der Techno-Beat verklang, und das dunkelhaarige Mädchen rotierte langsam zu Boden. Ihre Beine umschlangen die Stange, während sie mit durchgebogenem Rücken den Kopf dem Raum zuwandte. Auch die Blonde beendete ihren Tanz, wenn auch nicht so spektakulär. Das Publikum applaudierte.

Die Serviererin brachte meinen Springbank, schimmernder Bernstein in einem schweren Kristallglas. Ich hob es an die Nase, schloss einen Moment lang die Augen und inhalierte reine Meeresluft mit einem gewissen Sherryaroma. Ich trank einen Schluck. Salz und Meer, ja, doch im Hintergrund auch eine Spur von Früchten. Der Abgang war lang anhaltend und trocken. Ich lächelte. Nicht schlecht für einen Fünfundzwanzigjährigen.

Ich trank noch einen Schluck und sah mich um. Es waren keine gefährlichen Schwingungen wahrnehmbar. *Das Lokal könnte sogar sauber sein*, dachte ich. Sicher gab es eine Verbindung zum organisierten Verbrechen, doch das war normal im *Mizu shobai*, nicht nur in Japan, sondern auf der ganzen Welt. Vielleicht hatte Harry einfach Glück gehabt.

Vielleicht.

Nach ein paar Minuten erschien das dunkelhaarige Mädchen hinter der Bühne. Sie ging eine kurze Treppe hinunter und kam an meinen Tisch.

Sie trug jetzt ein schulterfreies schwarzes Cocktailkleid. Ein schmales Diamantarmband lag um ihr linkes Handgelenk. *Ein Geschenk von einem Bewunderer*, dachte ich. Ich nahm an, dass sie davon viele hatte.

»Darf ich mich zu Ihnen setzen?«, fragte sie. Sie sprach Englisch mit einem leichten, angenehmen Akzent, vielleicht spanisch oder portugiesisch.

»Bitte«, sagte ich, erhob mich und zog ihr einen Stuhl zurück. »Ist es Ihnen recht, wenn wir Englisch sprechen?«

»Natürlich«, meinte sie und musterte mich genauer. »Sie … Sie sind Amerikaner?«

Ich nickte. »Meine Eltern stammten aus Japan, aber ich bin in Amerika aufgewachsen. Mit Englisch fühle ich mich wohler.«

Ich schob ihr den Stuhl zurecht. Das Cocktailkleid hatte am Rücken einen Spitzeneinsatz. Seidige Haut leuchtete durch das Netz.

Ich setzte mich neben sie. »Ihr Tanz hat mir gefallen«, meinte ich.

Ich wusste, dass sie den Satz schon tausend Mal gehört hatte, und ihr Lächeln bestätigte das. Es besagte: *Was denn sonst?*

Das war mir ganz recht. Ich wollte, dass sie sich als Herrin der Lage fühlte und in ihrer Wachsamkeit nachließ. Wir würden ein paar Gläser zusammen trinken, uns entspannen und einander kennenlernen, bevor ich nach den Dingen zu sondieren begann, die mich eigentlich interessierten.

»Was führt Sie nach Tokio?«, fragte sie.

»Geschäfte. Ich bin Buchhalter. Einmal im Jahr muss ich mich in Japan um einige hiesige Klienten unserer Firma kümmern.« Es war eine gute Tarngeschichte. Niemand fragt jemals weiter nach, wenn man ihm erzählt, man sei Buchhalter. Die Leute haben Angst, man könne die Frage beantworten.

»Ich heiße übrigens John«, fügte ich hinzu.

Sie gab mir die Hand. »Naomi.«

Ihre Finger lagen klein in meiner Hand, doch ihr Griff war fest. Ich versuchte, ihr Alter einzuschätzen. Ende zwanzig, vielleicht dreißig. Sie sah jung aus, aber ihr Kleid und ihr Benehmen wirkten erfahren und kultiviert.

»Darf ich Ihnen etwas zu trinken bestellen, Naomi?«

»Was haben Sie denn da?«

»Etwas Besonderes, wenn man Single Malts mag.«

»Ich liebe Single Malts. Vor allem die alten Islay-Whiskys. Es heißt, das Alter löscht das Feuer, hält aber die Wärme fest. Das gefällt mir.«

Du bist gut, dachte ich, während ich sie betrachtete. Sie hatte einen schönen Mund: volle Lippen, rosafarbenes, fast leuchtendes Zahnfleisch, gleichmäßige weiße Zähne. Ihre Augen waren grün. Ein kleines Netzwerk von Sommersprossen breitete sich um ihre Nase aus, fast unsichtbar vor dem Hintergrund ihrer karamellbraunen Haut.

»Der, den ich trinke, kommt nicht von Islay«, sagte ich, »aber er hat Inselcharakter. Rauch und Torf. Ein Springbank.«

Sie zog die Augenbrauen hoch. »Der Fünfundzwanziger?«

»Sie kennen sich aus in der Getränkekarte«, nickte ich. »Möchten Sie einen?«

»Nach einer Nacht voll verwässertem Suntory? Liebend gern.«

Natürlich nahm sie liebend gern einen. Ihr Lohn würde einen Prozentsatz von den Rechnungen ihrer Kunden beinhalten. Ein paar Zehntausend-Yen-Gläschen, und sie konnte Feierabend machen.

Ich bestellte noch einen Springbank. Sie stellte mir Fragen: woher ich so viel über Maltwhisky wisse, wo in den Staaten ich wohne, wie oft ich schon in Tokio gewesen sei. Sie fühlte sich wohl in ihrer Rolle, und ich ließ sie diese spielen.

Als wir ausgetrunken hatten, fragte ich sie, ob sie noch einen Drink wollte.

Sie lächelte. »Sie denken an den Talisker.«

»Sie können Gedanken lesen.«

»Ich kenne nur die Getränkekarte. Und guten Geschmack. Sehr gerne.«

Ich bestellte zwei Talisker. Sie waren ausgezeichnet: ausdrucksstark und pfeffrig, mit einem Abgang, der ewig zu dauern schien. Wir tranken und plauderten noch ein Weilchen.

Als die zweite Runde beinahe zu Ende war, änderte ich langsam die Taktik.

»Woher stammen Sie?«, fragte ich sie. »Sie sind keine Japanerin.« Letzteres sagte ich zögernd, als könnte ich so etwas nur schwer beurteilen und wäre deshalb unsicher.

»Meine Mutter war Japanerin. Ich stamme aus Brasilien.«

Ich werde verrückt, dachte ich. Ich plante eine Reise nach Brasilien. Eine lange Reise. »Wo in Brasilien?«

»Bahia.«

Bahia ist einer der Küstenstaaten des Landes. »Salvador?«, fragte ich, um ihre Geburtsstadt in Erfahrung zu bringen.

»Ja!«, rief sie mit dem ersten echten Lächeln des Abends aus. »Wie kommt es, dass Sie Brasilien so gut kennen?«

»Ich war schon ein paar Mal dort. Meine Firma hat Klienten in aller Welt. *Um pai brasileiro e uma mãe japonesa – é uma combinacao bonita*«, sagte ich in dem Portugiesisch, das ich von Kassetten gelernt hatte. Ein brasilianischer Vater und eine japanische Mutter – eine schöne Kombination.

Ihre Augen leuchteten auf, und ihre Lippen teilten sich zu einem perfekten O. »*Obrigada!*«, rief sie. Danke! Dann: »*Você fala português?*« Sie sprechen Portugiesisch?

Es war fast so, als hätte der echte Mensch plötzlich beschlossen, den Körper der Hostess wieder in Besitz zu nehmen. Ihre Augen, ihr Ausdruck, ihre Haltung, alles erwachte plötzlich zum Leben, und ich spürte wieder diese vitale Energie, die ihr Tanz ausgestrahlt hatte.

»Nur ein bisschen«, antwortete ich wieder auf Englisch. »Es fällt mir leicht, Sprachen zu lernen, und ich versuche auf Reisen immer, ein paar Brocken aufzuschnappen.«

Sie schüttelte langsam den Kopf und musterte mich, als würde sie mich zum ersten Mal sehen. Sie trank noch einen Schluck Whisky, dann war ihr Glas leer.

»Noch einen?«, fragte ich.

»*Sim!*«, antwortete sie sofort auf Portugiesisch. Ja!

Ich bestellte zwei weitere Talisker und wandte mich wieder zu ihr. »Erzählen Sie mir von Brasilien«, sagte ich.

»Was möchten Sie hören?«

»Von Ihrer Familie.«

Sie lehnte sich zurück und schlug die Beine übereinander. »Mein Vater ist ein blaublütiger Brasilianer aus einer der alten Familien. Meine Mutter war Japanerin der zweiten Generation.«

Zum brasilianischen Schmelztiegel gehören auch rund zwei Millionen ethnische Japaner, das Ergebnis einer Einwanderungswelle, die 1908 begann, als Brasilien dringend Arbeitskräfte suchte und das japanische Kaiserreich danach trachtete, seine Untertanen in die verschiedensten Teile der Welt zu exportieren.

»Dann haben Sie Japanisch von ihr gelernt?«

Sie nickte. »Japanisch von meiner Mutter, Portugiesisch von meinem Vater. Meine Mutter starb, als ich noch ein Kind war, und mein Vater engagierte ein englisches Kindermädchen, damit ich auch Englisch lernte.«

»Wie lange leben Sie schon in Japan?«

»Drei Jahre.«

»Die ganze Zeit in diesem Klub?«

Sie schüttelte den Kopf. »Erst seit einem Jahr. Davor unterrichtete ich hier in Tokio Englisch und Portugiesisch über das JET-Programm.«

JET, kurz für Japan Exchange and Teaching, ist ein staatlich gefördertes Programm, mit dem man Ausländer nach Japan zu ziehen versucht, um dort ihre Muttersprache zu lehren. Angesichts der Englischkenntnisse des durchschnittlichen Japaners könnte das Programm sicher eine Überarbeitung vertragen.

»Und Sie haben so zu tanzen gelernt, indem Sie Sprachen unterrichten?«

Sie lachte. »Ich habe das Tanzen beim Tanzen gelernt. Als ich vor einem Jahr hier anfing, war ich so schüchtern, dass ich mich auf der Bühne kaum rühren konnte.«

Ich lächelte. »Das scheint nur schwer vorstellbar.«

»Es stimmt aber. Ich wuchs in einem sehr konservativen Elternhaus auf. Als Kind hätte ich mir so etwas nicht einmal vorstellen können.«

Die Serviererin kam und stellte zwei Kristallgläser mit je einem Schuss Talisker und zwei Gläser Wasser vor uns hin. Naomi goss geschickt einen Spritzer Wasser in den Whisky, ließ ihn einmal kreisen und hob das Glas an die Nase. Wäre sie noch im Hostessen-Modus gelaufen, hätte sie gewartet, bis der Gast zuerst trank. Wir machten Fortschritte.

»Mmmm«, schnurrte sie.

Wir stießen an und tranken.

Sie schloss die Augen. »Oh«, sagte sie. »*Ist* das gut.«

Ich lächelte. »Wie sind Sie hier im weltberühmten *Damask Rose* gelandet?«

Sie zuckte die Achseln. »In meinen ersten zwei Jahren in Japan verdiente ich etwa drei Millionen Yen. Abends musste ich noch Privatunterricht geben, um mir etwas dazuzuverdienen. Eine meiner Schülerinnen erzählte mir, dass ein neuer Klub eröffnet werden sollte, wo man viel besser verdienen konnte. Ich erkundigte mich.

Und hier bin ich.«

Drei Millionen Yen im Jahr – vielleicht fünfundzwanzigtausend Dollar. »Das sieht definitiv nach einer Verbesserung aus«, bemerkte ich mit einem Blick in die Runde.

»Es ist ein gutes Lokal. Das meiste Geld verdienen wir mit privatem Lap-Dance. Wenn Sie wollen, kann ich für Sie tanzen. Aber fühlen Sie sich nicht dazu gedrängt.«

Lap-Dance musste ihre Hauptverdienstquelle sein. Dass sie es nur als Nachsatz erwähnte, war ein weiteres gutes Zeichen.

Ich sah sie an. Sie war wirklich bezaubernd. Aber ich war aus einem anderen Grund hier.

»Später vielleicht«, meinte ich. »Ich unterhalte mich sehr gerne mit Ihnen.«

Sie lächelte, war vielleicht geschmeichelt. Angesichts ihres guten Aussehens musste mein Zögern etwas Erfrischendes für sie haben. Gut.

Ich erwiderte ihr Lächeln. »Erzählen Sie mir mehr von Ihrer Familie.«

Sie nippte an ihrem Talisker. »Ich habe zwei ältere Brüder. Sie sind beide verheiratet und arbeiten im Familiengeschäft.«

»Und das wäre?«

»Landwirtschaft. Es ist Familientradition, dass die Männer das Geschäft übernehmen.«

Der Begriff Landwirtschaft klang bewusst vage gewählt. Nach allem, was ich über Brasilien wusste, konnte das Kaffee, Tabak, Zucker oder eine Kombination davon bedeuten. Aber auch Großgrundbesitzer. Ich vermutete, dass ihre Familie wohlhabend war und sie diskret sein wollte.

»Und was tun die Frauen?«

Sie lachte. »Die Frauen absolvieren irgendein triviales Studium, damit sie eine anständige Ausbildung haben und bei Partys nett Konversation machen können. Und dann werden sie in die richtigen Familien verheiratet.«

»Und sie haben beschlossen, es anders zu machen.«

»Das Studium habe ich hinter mich gebracht – Kunstgeschichte.

Aber danach erwarteten mein Vater und meine Brüder, dass ich heirate, und dazu war ich einfach nicht bereit.«

»Und warum gerade Japan?«

Sie sah zur Decke und schürzte die Lippen. »Es ist natürlich dumm, aber jedes Mal, wenn ich Japanisch höre, klingt es für mich, als würde meine Mutter sprechen. Außerdem fing ich an, mein Japanisch zu verlernen, und das hieß, einen Teil von ihr zu verlieren.«

Einen Moment lang sah ich meine eigene Mutter vor mir. Sie war gestorben, während ich in Vietnam diente.

»Das ist überhaupt nicht dumm«, sagte ich.

Wir schwiegen beide. *Jetzt*, dachte ich.

»Und, wie gefällt Ihnen die Arbeit hier?«, fragte ich.

Sie zuckte die Achseln. »Es ist ganz in Ordnung. Verrückte Arbeitszeiten, aber man verdient nicht schlecht.«

»Das Management behandelt Sie gut?«

Sie zuckte abermals die Achseln. »Die sind auch nicht übel. Niemand versucht, einen dazu zu bringen, etwas zu tun, das man nicht will.«

»Was meinen Sie damit?«

»Sie wissen schon. Bei einem Lap-Dance will der Kunde manchmal mehr. Und glückliche Kunden kommen wieder und geben richtig viel Geld aus. Deshalb übt das Management in derartigen Lokalen manchmal Druck auf die Mädchen aus, die Gäste glücklich zu machen. Und noch andere Dinge zu tun.«

Mein Gesichtsausdruck war angemessen besorgt. »Andere Dinge?«

Sie winkte ab. »Nichts weiter«, meinte sie.

Kurswechsel. »Was ist mit den anderen Mädchen?«, fragte ich und blickte mich um. »Wo kommen die her?«

»Ach, aus aller Welt.« Sie deutete auf eine hochgewachsene Schönheit mit kastanienbraunen Haaren in einem mit roten Pailletten besetzten Kleid, die gerade den Botoxknaben umgarnte. »Das ist Elsa. Sie kommt aus Schweden. Und neben ihr sitzt Julie aus Kanada. Das Mädchen, das mir gegenüber getanzt hat, heißt

Valentina. Sie stammt aus Russland.«

»Und die Japanerinnen?«

»Das da drüben sind Mariko und Taeka«, sagte sie und wies auf zwei zierliche junge Frauen an einem Ecktisch, die gerade etwas gesagt oder getan hatten, das ihren offensichtlich betrunkenen, amerikanisch wirkenden Begleitern Gelächterstürme entlockte. Naomi blickte sich um, bevor sie mich wieder ansah. »Emi oder Yukiko sehe ich gerade nicht. Sie machen sich wohl zum Tanzen fertig.«

»Klingt nach einer guten Mischung«, sagte ich. »Wie kommen Sie miteinander aus?«

Sie zuckte die Achseln. »Es ist wie überall. Mit manchen Kollegen ist man befreundet. Auf andere könnte man verzichten.«

Ich lächelte, als wäre ich erpicht auf ein bisschen Klatsch. »Und, wen mögen Sie, wen mögen Sie nicht?«

»Ach, ich komme eigentlich mit so ziemlich allen aus.« Es war eine selbstsichere Antwort auf eine Frage, die anders gelautet hatte. Ich bewunderte ihre Gelassenheit.

Die Hintergrundmusik wurde ausgeblendet und von einer neuen Runde J-Pop Techno abgelöst. Simultan betraten zwei japanische Mädchen Oben-ohne und in High Heels die Bühnen.

»Ah, das ist Emi«, meinte Naomi und deutete auf ein hübsches, reizvoll üppiges Mädchen auf der weiter entfernt gelegenen Bühne. Sie drehte sich um und nickte zur anderen Bühne hin. »Und das ist Yukiko.«

Yukiko. Endlich begegnen wir uns.

Ich betrachtete sie, ein großes Mädchen mit langen Haaren, die so schwarz waren, dass sie in der Bühnenbeleuchtung schimmerten wie ein See im Mondlicht. Sie fielen in Wellen auf die sanften Konturen ihrer Schultern herab, vorbei an den lockenden Schatten der Taille, bis hinab auf die Rundung ihres Pos. Sie war hochgewachsen und feinknochig, besaß eine zarte weiße Haut, hohe Wangenknochen und kleine, feste Brüste. Mit hochgesteckten Haaren und ein bisschen Haute Couture hätte sie ausgesehen wie die hochklassigste Kurtisane der Welt.

Dieses Mädchen und Harry?, dachte ich. *Ausgeschlossen.*

»Sie ist schön«, meinte ich, weil ich das Gefühl hatte, ihr umwerfendes Aussehen kommentieren zu müssen.

»Das sagen viele«, erwiderte Naomi.

Hinter dieser bewusst neutralen Antwort lauerte etwas anderes. »Finden Sie nicht?«, fragte ich.

Sie zuckte die Achseln. »Nicht mein Typ.«

»Ich kann mich des Eindrucks nicht erwehren, dass Sie sie nicht mögen.«

»Sagen wir mal, sie ist zu Dingen bereit, die ich nicht tun würde.«

Mit Harry? »Ich müsste lügen, wenn ich sagte, dass mich das nicht neugierig macht.«

Sie schüttelte den Kopf und ich merkte, dass ich gegen eine weitere Mauer gerannt war, selbst nach drei Whiskys.

Schneekind, wahrhaftig. Die Schönheit dieses Mädchens besaß eine fast berechnende Kälte. Hier stimmte etwas ganz und gar nicht, aber wie sollte ich das Harry klarmachen? Ich konnte das Gespräch fast schon hören: *Harry, ich war im* Damask Rose, *um dir nachzuspionieren. Glaub mir, dieses Mädchen spielt weit oberhalb deiner Liga. Außerdem habe ich ganz allgemein ein schlechtes Gefühl, was sie betrifft. Halt dich fern von ihr.*

Ich wusste, was dann in seinem Kopf vor sich gehen würde: Für ihn war sie das Beste, was ihm je passiert war, und alles, was dieses angenehme Gefühl bedrohte, musste wegrationalisiert oder ignoriert werden. Eine freundschaftliche Warnung war sinnlos. Oder sogar kontraproduktiv.

Aus Naomi war nicht mehr herauszubekommen. Wenn ich wieder in Osaka war, konnte ich noch ein bisschen intensiver nachforschen. Harry war mein Freund, und das war ich ihm schuldig. Aber herauszufinden, was genau das Mädchen vorhatte, war nicht das eigentliche Problem. Sondern Harry dazu zu bringen, es sich einzugestehen.

»Wollen Sie ihr zusehen?«, fragte Naomi.

Ich schüttelte den Kopf. »Tut mir leid. Ich war gerade in Gedanken woanders.«

Wir sprachen weiter über Brasilien. Sie erzählte von der ethnischen und kulturellen Vielfalt des Landes, der Mélange aus Europäern, Indios, Japanern und Westafrikanern, der Atmosphäre aus Überschwang, Musik und Sport, aber vor allem von seiner Schönheit, den tausenden von Kilometern spektakulärer Küsten, den ausgedehnten Pampas des Südens, dem verwobenen grünen Becken des Amazonas. Vieles davon wusste ich bereits, doch es machte Spaß, ihr zuzuhören und ihr dabei zuzusehen.

Ich dachte daran, was sie über Yukiko gesagt hatte: *Sagen wir mal, sie ist zu Dingen bereit, die ich nicht tun würde.*

Aber das hieß nur, dass Yukiko schon länger im Spiel war. Unschuld ist ein zerbrechliches Gut.

Ich hätte sie nach ihrer Telefonnummer fragen können. Ich hätte sagen können, dass ich meinen Aufenthalt verlängern musste, etwas in der Art. Sie war zu jung für mich, aber ich mochte das Gefühl, das sie mir gab. Sie rief eine verwirrende Mischung von Emotionen hervor: Verbundenheit aufgrund des gemeinsamen Hintergrunds einer Mischlingsabstammung und aufgrund früher, schmerzlicher Verluste. Dazu kamen der paternalistische Wunsch, sie vor Fehlern zu bewahren, die sie drauf und dran war zu begehen, und eine traurige sexuelle Sehnsucht wie eine Elegie auf Midori.

Es wurde spät. »Verzeihen Sie mir, wenn ich den Lap-Dance sein lasse?«, fragte ich.

Sie lächelte. »Das ist mir recht.«

Ich erhob mich, um zu gehen. Sie stand mit auf.

»Warten Sie«, sagte sie. Sie zog einen Stift hervor. »Geben Sie mir Ihre Hand.«

Ich hielt sie ihr hin. Sie nahm sie und begann, etwas in die Handfläche zu kritzeln. Sie schrieb langsam. Ihre Finger waren warm.

»Das ist meine private E-Mail-Adresse«, sagte sie, als sie fertig war. »Die verteile ich nicht an Kunden, also geben Sie sie bitte nicht weiter. Wenn Sie das nächste Mal nach Salvador fahren, sagen Sie Bescheid. Ich nenne Ihnen die schönsten Adressen.« Sie lächelte. »Und ich würde mich auch freuen, von Ihnen zu hören, wenn Sie wieder einmal in Tokio sind.«

Ich lächelte in ihre grünen Augen hinein. Der Augenblick kam mir seltsam traurig vor. Vielleicht merkte sie nichts davon.

»Man kann nie wissen«, meinte ich.

Ich zahlte an der Kasse am Ausgang, wie immer in bar. Ich steckte mir eine Visitenkarte ein und ging ohne einen Blick zurück die Treppe hinauf.

Die frühmorgendliche Luft von Nogizaka empfing mich kühl und feucht. Das Licht der Laternen lag in schwachen, gelblichen Tümpeln auf der Straße. Der Gehsteig war nass vom Morgentau. Um mich herum schlummerte Tokio vor sich hin, traumlos und ungerührt.

All das, lebe wohl!, dachte ich und machte mich auf den Rückweg zum Hotel.

KAPITEL 5

Ich ging gleich zu Bett, konnte aber nicht schlafen. Ich musste immer wieder an Harry denken, Harry und Yukiko. Ich wusste, dass da etwas nicht stimmte. Was konnte ein solches Mädchen oder derjenige, für den sie arbeitete, von einem wie Harry wollen?

Vielleicht hatte er sich bei seiner Hackerei Feinde gemacht, das war möglich. Aber einen Hackerangriff zu ihm zurückzuverfolgen, wäre fast ein Ding der Unmöglichkeit gewesen. Und was sollte es für einen Sinn haben, ihn mit dem Mädchen zusammenzubringen?

Harry hatte mir erzählt, dass sein Boss ihn in der Nacht, als er Yukiko kennenlernte, zum ›Feiern‹ mit ins *Damask Rose* genommen hätte. Wenn das Mädchen ein Lockvogel war, musste Harrys Boss eingeweiht gewesen sein. Das gab mir zu denken.

Ich erwog, dem Kerl einen Besuch abzustatten. Ich konnte seinen Namen herausfinden, seine Adresse, und ihn eines Morgens auf dem Weg zur Arbeit abpassen.

Verlockend, doch selbst wenn ich die Antworten bekam, nach denen ich suchte, würde das Harry in Schwierigkeiten bringen, vielleicht in ziemlich ernsthafte. Das kam nicht infrage.

Okay, ein anderer Ansatz. Vielleicht war jemand an Harry interessiert, aber nur, um durch ihn an mich heranzukommen.

Niemand weiß von Harry, dachte ich. *Nicht einmal Tatsu.*

Da gab es natürlich noch Midori. Sie wusste, wo er wohnte. Sie hatte ihm diesen Brief geschrieben.

Nein, das kann ich mir wirklich nicht vorstellen.

Ich stand auf und ging im Zimmer auf und ab. Midori hatte

Verbindungen zur Unterhaltungsindustrie. Hatte sie diese genutzt und jemanden auf Harry angesetzt, um mich zu finden?

Jene letzte Nacht mit ihr im Imperial Hotel war mir noch gut im Gedächtnis. Ich hatte hinter ihr gestanden, die Arme um sie gelegt, unsere Finger ineinander verflochten. Ich dachte an den Duft ihrer Haare, ihren Geschmack. Ich schob die Erinnerung weg.

Ich gestand mir ein, dass es zumindest im Moment keine Möglichkeit gab, herauszufinden, wer hinter Harrys unwahrscheinlicher Romanze steckte. Also verdrängte ich den Gedanken an Midori und konzentrierte mich auf den Grund, nicht den Auftraggeber.

Was mich zu einem harten Ziel macht, ist die Tatsache, dass es keine Fixpunkte in meinem Leben gibt – keinen Arbeitsplatz, keine Adresse, keine Freunde und Verwandten –, an denen jemand einhaken könnte, um an mich heranzukommen. Doch falls jemand die Verbindung zwischen Harry und mir hergestellt hatte, gab es diesen Ansatzpunkt. Und dann würde ich angreifbar werden.

Harry würde in einem solchen Fall unter konstanter Beobachtung stehen. Nicht nur über Yukiko. Sie mussten ihn so gut wie möglich beschatten.

Doch er war sauber gewesen, als ich mich mit ihm im *Teize* getroffen hatte. Das hatte er jedenfalls behauptet, und im Anschluss daran war ihm mit Sicherheit niemand gefolgt.

Ich beschloss, ein Experiment durchzuführen. Es war ein bisschen riskant, aber nicht so sehr, wie angesichts von Harrys gegenwärtiger Gemütsverfassung offen mit ihm über die Situation zu sprechen. Um es richtig zu machen, musste ich noch eine Nacht in Tokio bleiben. Kein Problem. Während ich mich an den Gewichtheber heranmachte, hatte ich jeweils für eine Woche in anonymen Hotels genächtigt – um nicht durch längere Aufenthalte aufzufallen –, und die Reservierung im *New Otani* lief noch für drei Tage.

Ich warf einen Blick auf die Digitaluhr auf dem Nachtkästchen. Es war vier Uhr morgens vorbei. Herrgott, ich hatte schon denselben Rhythmus wie mein liebeskranker Freund.

Ich würde ihn am Abend anrufen, wenn wir beide munter

waren. Wichtiger noch, wenn Yukiko im *Damask Rose* war und Harry vermutlich allein. Dann, abhängig vom Ausgang meines kleinen Experiments, würde ich entscheiden, wie viel ich ihm erzählte.

Ich legte mich wieder hin. Mein letzter Gedanke, bevor ich in den Schlaf glitt, galt Midori und ihrem Brief, in dem sie gesagt hatte, sie wollte meinem Geist eine Opfergabe darbringen.

Am nächsten Tag wachte ich erfrischt auf.

Harry wollte ich später anrufen und ein Treffen für den Abend vereinbaren. Doch zuerst musste ich den Gegenaufklärungsgang ausarbeiten, den zu benutzen ich ihn bitten würde.

Es dauerte fast den ganzen Nachmittag, die Route zusammenzustellen. Alle Elemente mussten exakt zusammenpassen, sonst würde der gesamte Plan ein Fehlschlag sein. Ich konnte nur Gegenden nutzen, die Harry bereits kannte, denn es gab keine Möglichkeit, vorher zu üben. Außerdem war das Timing an mehreren Kreuzungspunkten kritisch, und ich musste sowohl Harrys als auch meine Route komplett abschreiten, um sicherzustellen, dass unsere Wege sich genau wie geplant trafen. Unterwegs machte ich mir detaillierte Notizen auf Durchschlagpapier, das ich in einem Schreibwarengeschäft gekauft hatte.

Als ich fertig war, ging ich in ein Café und zeichnete auf einem einzelnen Blatt eine Karte mit Anmerkungen. Dann machte ich mich auf den Weg nach Shin-Okubo, nördlich von Shinjuku, einer Bastion der koreanischen Mafia, wo es neben Ärzten ohne Approbation in verfallenden Mietshäusern auch Läden ohne Schaufenster oder Auslagen gab, in denen ich gegen Bargeld und ohne Ausweis ein geklontes Handy kaufen konnte.

Der nächste Halt war in Harrys Viertel in Iikura, gleich südlich von Roppongi, wo ich einen geeigneten *Lawson's* Supermarkt nicht weit entfernt von seiner Wohnung entdeckte. Ich stöberte in der Zeitschriftenabteilung und versteckte die zusammengefaltete Karte in einem Magazin.

Am Abend rief ich ihn von einer Telefonzelle aus an. »Aufwachen, Schlafmütze«, sagte ich.

»He, was ist denn los?«, fragte er. »Ich hatte nicht erwartet, so bald wieder von dir zu hören.«

Er klang gar nicht schlaftrunken. Vielleicht war er schon aufgestanden, um sich von Yukiko zu verabschieden, bevor sie zur Arbeit ging.

»Ich habe dich vermisst«, sagte ich. »Bist du allein?«

»Ja.«

»Ich muss dich um einen Gefallen bitten.«

»Sag schon.«

»Hast du gerade Zeit?«

»Ja.«

»Okay. Dann möchte ich, dass du aus dem Haus gehst und mich von einer Telefonzelle aus anrufst. Nimm die vor dem *Lawson's*, Azabu Iikura Katamachi, links, wenn du vor dem Laden stehst. Geh jetzt dahin. Ich gebe dir meine Nummer.«

»Diese Leitung ist in Ordnung, das weißt du doch.«

»Nur für alle Fälle. Es ist wichtig.« Ich benutzte unseren üblichen Code, um ihm die Nummer meines Handys durchzugeben.

Zehn Minuten später klingelte es. »Okay, was ist denn so dringend?«, wollte er wissen.

»Ich fürchte, du wirst verfolgt.«

Eine kurze Pause. »Im Ernst?«

»Hör auf, über die Schulter zu schauen. Wenn sie dich gerade jetzt beobachten, möchte ich nicht, dass sie Lunte riechen. Auf die Art bekommst du sie sowieso nicht zu Gesicht.«

Wieder Stille. Dann: »Ich verstehe das nicht. Ich bin extrem vorsichtig.«

»Das weiß ich.«

»Was glaubst du, worum es geht?«

»Nicht am Telefon.«

»Du willst, dass wir uns treffen?«

»Ja. Aber erst möchte ich, dass du etwas abholst. Ich habe eine

Nachricht auf der letzten Seite der zweiten Ausgabe von hinten der *TV Taro* von dieser Woche im *Lawson's* gleich neben dir hinterlegt. Geh rein und hol dir die Nachricht. Sorg dafür, dass es ganz natürlich aussieht, falls jemand in der Nähe ist. Dann schnapp dir eine Tüte Milch und ein Fertigessen, als hättest du dir nur schnell einen Imbiss kaufen wollen. Nimm alles mit nach Hause, warte eine halbe Stunde und geh dann wieder aus dem Haus, um mich von einem anderen Telefon aus anzurufen. Mach dich auf einen zweistündigen Spaziergang gefasst.«

»Verstanden.«

Eine halbe Stunde verstrich. Das Mobiltelefon klingelte wieder.

»Gefunden?«, fragte ich.

»Ja. Ich verstehe, was du vorhast.«

»Gut. Folge einfach der Route. Fang um Punkt 20:30 Uhr an. Wenn du fertig bist, warte auf mich an dem Ort, den ich in der Nachricht genannt habe. Du weißt ja, wie du ihn zu interpretieren hast.«

Mit dem Stichwort ›interpretieren‹ erinnerte ich ihn daran, dass er unseren Treffpunkt nicht wörtlich nehmen, sondern vermittels unseres üblichen Codes über die Gelben Seiten abgleichen sollte, um das wahre Ziel zu erfahren. Wenn Harry verfolgt wurde und die Leute ihn sich jetzt schnappten, würden sie die Nachricht finden, den Treffpunkt sehen und mir am falschen Ort auflauern.

»Verstanden«, sagte er.

»Bleib cool. Du musst dir keine Sorgen machen. Ich erkläre dir alles, wenn wir uns sehen. Und denk dir nichts dabei, wenn ich mich ein bisschen verspäte.«

»Keine Sorge. Bis dann.«

Ich legte auf.

Harry war sauber gewesen, als wir uns im *Teize* getroffen hatten, doch das hieß nicht, dass das auch auf die Zeit davor zutraf. Ich hatte ihm beigebracht, seine Gegenaufklärungsgänge unauffällig zu beginnen, sich wie ein normaler Zivilist zu benehmen, damit ein Beobachter sich einlullen ließ und annahm, dass er genau das war, was er vorgab zu sein. Aber das ist der einfache Teil für Anfänger. Eine solche Route wird in ihrem Verlauf immer aggressiver, dann geht es weniger darum, potenzielle Beschatter zu täuschen, als sie dazu zu zwingen, sich zu zeigen. Man steigt aus der U-Bahn aus, wartet, bis der Bahnsteig sich komplett geleert hat, und nimmt dann einen Zug, der in die entgegengesetzte Richtung fährt. Man biegt um eine Ecke und bleibt stehen, um zu sehen, wer einem nachgeeilt kommt. Man benutzt häufig Aufzüge, was einen Verfolger zwingt, Schulter an Schulter mit einem zu kuscheln oder aufzugeben. *Et cetera.* Der Grundgedanke lautet: Es ist besser, sich dabei erwischen zu lassen, dass man sich wie ein Spion verhält, als böse Jungs an Orte zu führen, die man eigentlich schützen will.

Harry hatte auf dem Weg zu unserem Treffen im *Teize* dieses Protokoll sicher beachtet. Aber während die Züge zur Gegenaufklärung aggressiver werden, hat der Verfolger die Wahl, sich entweder zu zeigen oder die Zielperson laufen zu lassen, um es bei einer besseren Gelegenheit erneut zu versuchen. Im zweiten Fall wäre Harry sauber bei unserer Verabredung erschienen, ohne zu ahnen, dass er kurz zuvor noch beschattet worden war.

Und da sie mitbekommen haben mussten, dass er sich Methoden der Gegenaufklärung bediente, waren seine Verfolger inzwischen sicher überzeugt, dass er etwas zu verbergen hatte, vielleicht genau das, wonach sie suchten. Was dazu führen würde, dass sie die Überwachung entsprechend verstärkten.

Die heutige Übung war dazu bestimmt, herauszufinden, ob das tatsächlich der Fall war. Die Route, die ich ausgearbeitet hatte, musste jeden, der Harry möglicherweise folgte, im Kreis durch den *Ebisu Garden Palace* führen, ein Einkaufszentrum unter freiem Himmel, das mir verschiedene Möglichkeiten bot, ihn und jeden, der in seinem Kielwasser folgte, unauffällig zu beobachten. Sie war aggressiv genug, dass ich einen Beschatter identifizieren konnte, aber gleichzeitig so zahm, dass er nicht gleich abgeschreckt wurde. Außer ganz am Ende, wo Harry davonziehen und ich mich von hinten anschleichen würde.

Um zwanzig Uhr machte ich mich auf den Weg zum Restaurant *Rue Favart* an der Ecke Ebisu 4-chome, gegenüber dem Sapporo Building. Ich wollte früh genug da sein, um ganz sicher einen der sogenannten ›Drei-Fenster-Sitze‹ in der dritten Etage zu ergattern, von wo aus sich mir ein Panoramablick auf den Gehsteig bot, den Harry in Kürze entlanggehen würde. Falls alle Tische besetzt waren, konnte ich auf den nächsten warten, der frei wurde. Außerdem hatte ich Hunger, und das *Rue* mit seiner großen Auswahl an Pasta und Sandwiches eignete sich gut zum Kraft tanken. Ich hatte öfter dort gegessen, als ich noch in Tokio lebte, und freute mich auf eine Neuauflage.

Ich folgte einer Bedienung die Holztreppe zum dritten Stockwerk hinauf und erfreute mich an dem verrückten Dekor – limonengrüne Wände mit riesigen Blumenfresken, wild durcheinandergewürfelte Stühle und Tische aus Holz und Stahl und Plastik. Die Fensterplätze waren tatsächlich alle besetzt, aber ich sagte der Serviererin, es hätte keine Eile, ich würde gerne auf das Privileg warten, den tollen Blick zu genießen. Ich setzte mich auf ein schmales Sofa und verwöhnte mich mit einem Eiskaffee und dem Anblick der halluzinogenen Deckenbemalung mit Käfern und Schmetterlingen und Libellen. Nach einer halben Stunde standen zwei Büroangestellte an einem der Fensterplätze auf, und ich übernahm ihren Tisch.

Ich bestellte Shiitake-Risotto und eine Minestrone und bat darum, sie schnell zu servieren, weil ich noch rechtzeitig um 21:30 Uhr ins Kino wolle. Ich musste sofort gehen können, nachdem Harry vorbeigekommen war, und auf das richtige Timing achten.

Ich überlegte, was ich tun wollte, wenn mein Experiment erfolgreich verlief – das hieß, wenn sich herausstellte, dass Harry tatsächlich beschattet wurde. Die Antwort hing wohl davon ab, von wem, und warum man sich für ihn interessierte. Meine Hauptsorge galt den Vorbereitungen für meine Abreise, die ich jetzt, nachdem ich den ›Gefallen‹ für Tatsu erledigt hatte, zu beschleunigen gedachte. Es galt, meine eigenen Interessen schützen, selbst wenn ich dafür Harry seinem Schicksal überlassen musste.

Das Risotto war gut, und ich hätte mir gerne mehr Zeit gelassen, es zu genießen. Stattdessen schlang ich ihn hinunter, während ich die Straße beobachtete. Als ich fertig war, sah ich auf die Uhr.

Gerade noch genug Zeit für eine der berühmten heißen Schoko-laden des *Rue*, dickflüssige Mischungen aus reinem Kakao mit Schlagsahne, von denen das Rue nicht mehr als zwanzig am Tag zubereitete. Ich bestellte eine und ließ sie mir schmecken, während ich weiter wartete.

Kurz nach neun entdeckte ich Harry, der im Uhrzeigersinn vom Bahnhof Ebisu zur Kusunoki-dori ging. Er lief schnell, wie ich es ihm gesagt hatte. Um diese Zeit tummelten sich in Ebisu vor allem Vergnügungssüchtige, die sich von den protzigen Restaurants und Bars des *Garden Palace* Komplexes anlocken ließen. Entsprechend gemächlich war das Tempo. Jeder, der sich Harrys Geschwindig-keit anpasste, musste sich außer Takt mit dem Rhythmus des Vier-tels befinden und darum auffallen.

Den ersten möglichen Kandidaten machte ich aus, als Harry an der ›Polizei-Zelle‹ Ebisu 4-chome rechts in die Kusunoki-dori abbog. Ein schmaler, junger Japaner im dunkelblauen Anzug, mit gegelten Haaren und Brille mit Drahtgestell. Er folgte etwa zehn Meter hinter Harry auf der gegenüberliegenden Straßenseite – eine gute Technik, denn die meisten Menschen sind sich, wenn über-haupt, nur dessen bewusst, was direkt hinter ihnen vorgeht. Ich konnte natürlich noch nicht sicher sein, aber Position, Verhalten und Tempo sprachen für einen Verfolger.

Harry entfernte sich jetzt immer weiter von mir. In seinem Kielwasser tauchten zwei Gruppen von Japanern auf, doch die schrieb ich als unwahrscheinlich ab. Sie wirkten zu entspannt und kamen mir auch zu jung vor.

Als Nächster kam ein Weißer, ein großer Kerl, der durch den sackartigen Schnitt seines Anzugs und den selbstsicheren Gestus irgendwie amerikanisch wirkte. Er ging rasch. Möglicherweise ein Geschäftsmann, der im nahegelegenen *Westin Hotel* abgestiegen war und es eilig hatte, zu einer Verabredung zu kommen. Oder auch nicht. Ich speicherte ihn als Möglichkeit ab.

Harry verschwand unter den Ästen eines der *Kusunoki*-Bäume, nach denen die Straße benannt ist. Ebenso der junge Japaner. Ich wandte meine Aufmerksamkeit dem Amerikaner zu. Er blieb stehen, als hätte er ein plötzliches Interesse an einem der Steckbriefe der meistgesuchten Verbrecher an der Polizei-Zelle entwickelt.

Ertappt.

Einen Augenblick später tauchte Harry wieder auf und kam auf der anderen Straßenseite zurück. Er hielt inne, um den beleuchteten Stadtplan an der Ecke vor dem Sapporo Building zu studieren, diagonal gegenüber der Polizei-Zelle, wo der Amerikaner, der es plötzlich gar nicht mehr eilig hatte, seinem neu entdeckten Interesse an Japans Schwerverbrechern frönte.

Harrys Kehrtwendung war gemäßigt aggressiv gewesen, doch meiner Einschätzung nach nicht provokativ genug, dass seine Verfolger ihn für diese Nacht in Ruhe ließen. Sie würden nicht das Gefühl haben, dass er sie entdeckt hatte. Noch nicht.

Aber erst mal weitersehen.

Harry ging nach rechts in die Platanus Avenue. Der Amerikaner hielt seine Position. Einen Moment später tauchte der Japaner wieder in meinem Blickfeld auf. Als er sich auch nach rechts auf die Platanus Avenue gewandt hatte, reihte sich der Amerikaner hinter ihm ein.

Ich wartete eine Minute, ob noch jemand meinen Sensor auslösen würde, doch es kam niemand.

Ich stand auf und ging die Treppe ins Erdgeschoss hinunter, zahlte und bedankte mich für die exzellente Mahlzeit. Dann durchquerte ich den *Garden Palace* Komplex und ging die Treppe wieder hinauf in die zweite Etage der Freiluftpromenade. Ich lehnte mich über die hüfthohe Steinbrüstung vor dem *Garden Palace Tower* Bürogebäude wie ein Wachtposten auf einem Burgturm und beobachtete die Fußgänger, die durch die untere Promenade strömten.

Ich wusste, dass Harry eine der unterirdischen Passagen dorthin genommen und unterwegs ein wenig die Schaufenster betrachtet hatte, damit mir Zeit genug blieb, in Stellung zu gehen. Nach ein paar Minuten tauchte er direkt unter mir auf, überquerte diagonal die Promenade und entfernte sich wieder von mir. Ich hätte mich auch am anderen Ende der Promenade postieren können, sodass er und seine Verfolger auf mich zugekommen wären, doch ich war mir zu neunzig Prozent sicher, dass ich die Beschatter identifiziert hatte, und wollte nicht riskieren, eventuell entdeckt zu werden.

Da waren sie, hinter ihm aufgefächert wie die zwei unteren Spitzen eines beweglichen, ungleichseitigen Dreiecks. Der Japaner sah sich um, betrachtete die Fenster der Geschäfte und Restaurants und die Leute, die von der oberen Promenade herunter sahen. Sein Kopf drehte sich in meine Richtung, und obwohl er mich zwischen den anderen Zuschauern vermutlich nicht entdeckt hätte, trat ich ein paar Schritte zurück, um unsichtbar zu bleiben.

Der Japaner zeigte ein beachtliches, doch in diesem Fall vergebliches Gespür für Gegenaufklärungsmaßnahmen. Offenbar hatte er gemerkt, dass Harry ihn im Kreis herumführte, eine klassische Taktik, die einem statischen Team verschiedene Möglichkeiten verschaffte, einen Beschatter aufzuspüren. Doch diese Reaktion hatte ich vorausgesehen, und von nun an würde die Route beruhigend geradlinig verlaufen, bis zu dem Moment, wenn Harry von der Bühne abging und ich meinen Überraschungsauftritt haben würde.

Ich wartete zehn Sekunden, dann rückte ich vorsichtig wieder nach vorne. Harry hatte soeben das Kopfende der Rampe erreicht, über die er die Promenade verlassen und zur Fußgängerbrücke über den Bahnhof Ebisu gehen würde. Der Japaner und der Amerikaner hielten ihre Positionen hinter ihm. Ich wartete, bis alle drei aus meinem Gesichtsfeld verschwunden waren, und dann noch ein bisschen länger, um mich zu vergewissern, ob es noch andere gab. Wenig überraschend entdeckte ich niemanden mehr von Interesse. Wenn sie über genügend Leute verfügt hätten, hätten sie die Positionen getauscht, um eine mögliche Gegenaufklärung zu vermeiden, als sie merkten, dass sie im Kreis herumgeführt wurden. Da sie das nicht getan hatten, handelte es sich höchstwahrscheinlich nur um ein Zweimannteam.

Ich sah auf die Uhr. Noch fünfzehn Minuten.

Ich ging durch die unterirdische Passage zum *Westin* Hotel, von wo aus ich ein Taxi zum nahegelegenen *Hiro* nahm. Harry und seine zwei Bewunderer waren inzwischen zum selben Ort unterwegs.

Das Taxi sorgte dafür, dass ich vor ihnen eintraf, um sie entsprechend zu empfangen.

Ich ließ mich in der Meiji-dori absetzen, wo ich in ein *Starbucks* schlüpfte.

»Was darf ich Ihnen bringen?«, fragte mich das Mädchen an der Theke auf Japanisch.

»Nur Kaffee«, meinte ich. »Grande. Und könnten Sie ihn bitte extra-heiß servieren?«

»Tut mir leid, der Kaffee wird mit exakt achtundneunzig Grad aufgebrüht und mit fünfundachtzig serviert. Da kann ich nichts machen.«

Herrgott, die bilden ihre Leute wirklich gut aus, staunte ich. »Ich verstehe. Aber ich bin erkältet und hätte gerne etwas richtig Heißes, wegen der Dämpfe. Wie sieht es mit Tee aus?«

»Oh, der Tee ist sehr heiß. Das Wasser läuft nicht durch, deshalb wird er bei achtundneunzig Grad aufgegossen und serviert.«

»Wunderbar. Dann nehme ich einen großen Earl Grey.«

Sie kochte den Tee und stellte ihn neben der Kasse auf die Theke. Ich zahlte und griff danach.

»Warten Sie.« Sie reichte mir einen Extrabecher. »Damit bleibt er heiß.«

Ich zeigte mich mit einem Lächeln für ihre Umsicht erkenntlich. »Dankeschön.«

Der Umweg hatte ungefähr vier Minuten gedauert. Ich ging ein paar hundert Meter weiter auf der rechten Seite der Straße zu einem kleinen Spielplatz, wo ich mich auf eine Bank in der Ecke setzte. Ich stellte den Tee ab und benutzte das geklonte Mobiltelefon, um mich zu vergewissern, dass das vorher bestellte Taxi wartete. Das tat es, und ich teilte der Zentrale mit, dass ihr Fahrgast in wenigen Minuten eintreffen würde.

Fünf Minuten später sah ich Harry auf mich zukommen. Er bog links ab in eine namenlose Straße, die in ein ziemlich dunkles und ruhiges Wohngebiet führte. Kein Ort, wo man einfach ein Taxi heranwinken konnte. Glücklicherweise wusste Harry, dass eines auf ihn wartete. Aber seine beiden Freunde würden in die

Röhre gucken.

Da kamen sie, einer auf jeder Straßenseite. Der Amerikaner hatte auf meiner Hälfte die Führung übernommen. Er überquerte die Straße und folgte Harry in das Wohngebiet. Zehn Sekunden später ging der Japaner hinterher. Ich nahm meinen Tee und schloss mich an.

Fünfzig Meter links, fünfzig Meter rechts, wieder fünfzig Meter links. Diese Straßen waren extrem schmal, flankiert von weißen Betonwänden. Fast ein Labyrinth. Ich ging langsam. Von so weit hinten konnte ich sie nicht sehen, aber ich wusste ja, wohin sie unterwegs waren.

Drei Minuten später zog ein Taxi vor mir aus einer Einmündung und kam auf mich zu. Ich warf einen Blick durch die hintere Seitenscheibe und sah Harry. Ich war froh, dass sein Part so glatt verlaufen war. Im Fall eines Problems wäre er einfach umgekehrt und weitergegangen, und ich hätte improvisieren müssen. Mein Plan war jedoch, die beiden Verfolger durch den plötzlichen und leicht theatralischen Verlust ihrer Zielperson zusammenzubringen, um sich zu besprechen. Es vereinfachte die Dinge, wenn ich sie gemeinsam überraschen konnte.

Weder Harry noch ich gaben ein Zeichen des Wiedererkennens von uns, als das Taxi vorbeifuhr. Ich ging weiter und bog rechts in die Straße ab, aus der das Taxi gekommen war.

Sie war etwa dreißig Meter lang und knickte am Ende um neunzig Grad nach rechts ab. Keine Spur von Tweedle Dee und Tweedle Dum. Kein Problem. Harry hatte sie in eine Sackgasse gelockt.

Ich bog um die Ecke. Da standen sie, ungefähr zwanzig Meter weit entfernt. Der Japaner kehrte mir die linke Seite zu. Er sprach mit dem Amerikaner. Dieser stand mir zugewandt und hatte eine unangezündete Zigarette im Mund. Er klickte ein Feuerzeug in Hüfthöhe und versuchte, es zu zünden.

Ich zwang mich, gleichmütig weiterzugehen wie ein zufälliger Passant. Mein Herz schlug härter. Ich spürte es in der Brust und in den Ohren hämmern.

Zehn Meter. Ich schnippte mit dem Daumen den Plastikdeckel von meinem Pappbecher. Ich spürte, wie er über meinen Handrücken davonsegelte.

Sieben Meter. Adrenalin verlangsamte die Szene in meiner Wahrnehmung. Der Japaner warf einen Blick in meine Richtung. Er sah mein Gesicht. Seine Augen weiteten sich.

Fünf Meter. Der Japaner streckte die Hand nach dem Amerikaner aus, und selbst meine adrenalingeschwängerte Zeitlupenoptik nahm die Dringlichkeit dieser Geste wahr. Er packte den Amerikaner am Arm und schüttelte ihn.

Drei Meter. Der Amerikaner sah hoch und erblickte mich. Die Zigarette baumelte von seiner Unterlippe. In seinen Augen stand kein Wiedererkennen.

Zwei Meter. Ich trat auf sie zu und riss den Becher hoch. Neunzig Grad heißer Earl-Grey-Tee schoss heraus und traf den Amerikaner direkt ins Gesicht. Seine Hände flogen hoch und er kreischte.

Ich wandte mich dem Japaner zu. Er hatte die Augen sperrangelweit aufgerissen, und sein Kopf ruckte verzweifelt in der universellen Geste der Verneinung nach links und rechts. Er hob die Hände, wie um mich abzuwehren.

Ich packte ihn an den Schultern und stieß ihn gegen die Wand. Meinen Schwung ausnützend, ruckte ich ihm das Knie direkt in die Eier. Er grunzte und krümmte sich zusammen.

Ich drehte mich zu dem Amerikaner um. Er taumelte vornübergebeugt herum und hielt die Hände vors Gesicht gepresst. Ich packte ihn gleichzeitig am Jackettkragen und am Hosenbund und rammte ihn mit dem Kopf voran gegen die Wand wie ein Matador einen Stier. Er erzitterte unter dem Aufprall und ging zu Boden.

Der Japaner hatte sich auf die Seite gerollt und hielt sich keuchend den Schritt. Ich riss ihn an den Aufschlägen in die Höhe und stieß ihn zurück gegen die Wand. Ich warf einen Blick nach links und rechts. Wir waren unter uns.

»Wer seid ihr?«, fragte ich auf Japanisch.

Er gab würgende Laute von sich. Ich sah, dass er eine kurze Pause brauchte.

Die linke Hand gegen seine Kehle gedrückt, tastete ich ihn mit der rechten ab. Er war unbewaffnet. Dann überprüfte ich seine Ohren und sein Jackett, um sicherzugehen, dass er nicht verkabelt war. Er war sauber. Ich griff in die Innentasche seiner Anzugjacke, fand eine Brieftasche und klappte sie auf. Sein Ausweis befand sich gleich vorne, in einer laminierten Klarsichthülle.

Tomohisa Kanezaki. Second Secretary, Consular Affairs, US-Botschaft. Das kahle Adlerlogo des Außenministeriums bildete blau und gelb den Hintergrund.

Die Kerle waren also von der CIA. Ich nahm die Brieftasche an mich, damit ich ihren Inhalt später genauer untersuchen konnte.

»Reißen Sie sich zusammen, Kanezaki-san«, sagte ich auf Englisch. »Oder ich muss Ihnen diesmal wirklich wehtun.«

»*Chotto matte, chotto matte*«, keuchte er und hob abwehrend die Hand. Warten Sie eine Minute, warten Sie eine Minute. »Setsumei suru to yakusoku shimasu kara ...« Ich werde alles erklären, ich verspreche es, aber ...

Er sprach Japanisch mit amerikanischem Akzent. »Sprechen Sie Englisch«, befahl ich. »Ich habe keine Zeit, Ihnen Sprachunterricht zu erteilen.«

»Okay, ist gut«, sagte er. Sein Keuchen ließ ein wenig nach. »Mein Name ist Tomohisa Kanezaki. Ich gehöre der US-Botschaft in Tokio an.«

»Ich weiß, wer Sie sind. Ich habe mir gerade Ihre Brieftasche angesehen. Warum haben Sie diesen Mann beschattet?«

Er holte tief Luft und schnitt eine Grimasse. Seine Augen tränten von dem Tritt in die Eier. »Wir waren auf der Suche nach Ihnen. Sie sind John Rain.«

»Und warum wollten Sie mich finden?«

»Das weiß ich nicht. Die Parameter, die mir genannt wurden ...«

Ich stieß ihm hart den Arm gegen die Kehle und schob mein Gesicht ganz nah an seines heran. »Ihre Parameter interessieren mich nicht. Unwissenheit wird Sie nicht schützen. Nicht heute Nacht. Kapiert?«

Er versuchte, mich wegzustoßen. »Lassen Sie mich doch verdammt noch mal erklären, okay? Wenn Sie mich weiter würgen, kann ich gar nichts sagen.«

Sein Mumm verblüffte mich. Er wirkte eher gereizt als verängstigt. Mir wurde klar, dass der Knabe gar nicht begriff, in welchen Schwierigkeiten er steckte. Wenn er mir nicht sagte, was ich wissen wollte, würden wir an seiner Einstellung arbeiten müssen.

Ich warf seinem reglos daliegenden Freund einen schnellen Seitenblick zu, dann sagte ich: »Reden Sie schon!«

»Ich sollte Sie lediglich lokalisieren. Mir wurde explizit gesagt, ich solle keinen Kontakt aufnehmen.«

»Und was war geplant, nachdem Sie mich lokalisiert hatten?«

»Dann wollten meine Vorgesetzten die Sache übernehmen.«

»Aber Sie wissen, wer ich bin.«

»Ja, wie ich schon sagte.«

Ich nickte. »Dann wissen Sie auch, was ich tun werde, falls mich irgendeine Ihrer Antworten nicht zufriedenstellt.«

Er wurde bleich. Langsam schien ich zu ihm durchzudringen.

»Wer ist der da?«, fragte ich und ruckte mit dem Kopf in Richtung des bewusstlosen Amerikaners.

»Diplomatischer Sicherheitsdienst. Die Parameter … Ich wurde angewiesen, unter keinen Umständen das Risiko einzugehen, allein mit Ihnen zusammenzutreffen.«

Ein Leibwächter. Schon möglich. Der Typ hatte mich nicht erkannt. Wahrscheinlich war er nur als Rückendeckung und zur Ablösung bei der Beschattung eingeteilt.

Oder er war als Todesschütze vorgesehen. Die Agency engagierte gerne unabhängige freie Mitarbeiter für die Drecksarbeit. Leute wie mich. So einer könnte er auch sein.

»Und sie sollten nicht allein mit mir zusammentreffen, weil …?«

»Weil Sie gefährlich sind. Wir besitzen ein Dossier über Sie.«

Das war wohl dasjenige, das Holtzer zusammengestellt hatte. Richtig.

»Der Mann, den Sie verfolgt haben. Erzählen Sie mir von ihm.«

Er nickte. »Sein Name ist Haruyoshi Fukasawa. Er ist Ihr einziger bekannter Partner. Wir verfolgten ihn, um an Sie heranzukommen.«

»Das ist zu wenig.«

Er starrte mich kalt an, als wollte er den harten Mann markieren. »Mehr weiß ich nicht.«

Sein Partner stöhnte und fing an, sich auf die Knie hochzurappeln. Kanezaki warf ihm einen Seitenblick zu, und ich wusste, was er dachte: Wenn sein Partner sich erholte, würde es mir schwerfallen, sie beide gleichzeitig unter Kontrolle zu halten.

»Sie sagen nicht die ganze Wahrheit, Kanezaki«, meinte ich. »Ich will Ihnen etwas nachhelfen.«

Ich trat einen Schritt auf seinen Partner zu, der jetzt uns zugewandt auf alle viere hochgekommen war und etwas Unverständliches brabbelte. Ich stemmte ihm das Knie in den Rücken, packte ihn mit einer Hand am Kinn und mit der anderen seitlich am Kopf und versetzte ihm einen kurzen, aber entscheidenden Ruck. Sein Genick brach mit einem lauten Knacken, und er sackte auf dem Boden zusammen.

Ich ließ seinen Kopf los und trat wieder zu Kanezaki. Seine Augen quollen hervor und glitten zwischen mir und dem Toten hin und her. »Allmächtiger Gott!«, blubberte er. »Oh mein Gott!«

»Das erste Mal, dass Sie so etwas sehen?«, fragte ich bewusst beiläufig. »Mit der Zeit wird es leichter. Obwohl, in Ihrem Fall könnte es sein, dass beim nächsten Mal Sie selbst dran sind.«

Sein Gesicht war weiß und wurde noch blasser, während ich einen Moment lang dachte, er würde in Ohnmacht fallen. Aber ich brauchte ihn hellwach.

»Kanezaki. Sie wollten mir gerade von Haruyoshi Fukasawa erzählen. Und davon, woher Sie wussten, dass er mein Partner ist. Bitte, sprechen Sie weiter.«

Er holte tief Luft und schloss die Augen. »Wir wussten ... wir wussten, dass er mit Ihnen in Verbindung steht, weil wir einen Brief abgefangen haben.«

»Einen Brief?«

Er schlug die Augen wieder auf. »Von ihm an Midori Kawamura

in New York. In dem Sie erwähnt wurden.«

Gottverdammt, dachte ich, als ich ihren Namen hörte. Ich wurde diese Leute einfach nicht los. Sie waren wie ein Krebsgeschwür. Man denkt, man hätte es herausgeschnitten, aber es kommt immer wieder.

Und breitet sich auf die Leute aus, die einem am Nächsten stehen.

»Nur immer weiter«, sagte ich mit finsterer Miene.

»Herrgott, ich sage Ihnen doch, das ist alles, was ich weiß!«

Wenn er vollends in Panik geriet, würde ich nichts Sinnvolles mehr aus ihm herausbekommen. Der Trick war, seine Angst weiter zu schüren, doch nicht so sehr, dass er anfing, Dinge zu erfinden, um mir gefällig zu sein.

»Also gut«, sagte ich. »Das ist alles, was Sie über das Wie wissen. Jetzt kommen wir zum Warum. Warum haben Sie versucht, mich zu finden?«

»Hören Sie, Sie wissen, dass ich darüber nicht reden …«

Ich packte seine Kehle und drückte zu. Seine Augen quollen heraus. Er schob einen Arm zwischen meine Arme und versuchte, den Griff zu lösen. Es wirkte wie etwas, das man ihm bei einem Wochenendkurs der Agency zur persönlichen Sicherheit beigebracht hatte. Alle Achtung, dass er sich unter Druck daran erinnerte. Nur Pech, dass es nicht funktionierte.

»Kanezaki«, sagte ich und lockerte den Griff so weit, dass er wieder Luft bekam, »in einer Minute werden Sie entweder Ihr Leben weiterleben oder man wird sie neben Ihrem Freund da finden. Und es hängt ausschließlich davon ab, was Sie mir in dieser Minute erzählen. Fangen Sie an.«

Ich spürte ihn unter dem Druck meiner Hand nachgeben.

»Also gut, also gut«, sagte er. Er redete jetzt sehr schnell. »Seit zehn Jahren drängt die Regierung der Vereinigten Staaten Japan, seine Finanzen in Ordnung zu bringen und das Bankenwesen zu reformieren. Und seit zehn Jahren wird es immer nur noch schlimmer. Die Wirtschaft steht kurz vor dem Zusammenbruch. Wenn es so weitergeht, wird Japan als erster Dominostein fallen. Südostasien, Europa und Amerika werden folgen. Das Land muss sich reformieren. Aber Eigennutz und Gier sind so tief verwurzelt, dass eine Reform unmöglich ist.«

Ich sah ihn an. »Ihnen bleiben noch etwa vierzig Sekunden. Sie machen das nicht besonders gut.«

»Okay, okay! Das Büro in Tokio wurde mit der Aufgabe betraut, ein Programm in Gang zu setzen, das Reformen fördern und Reformhindernisse beseitigen soll. Es heißt ›Crepuscular‹, Dämmerung. Wir wissen von Ihrer Tätigkeit als Freelancer. Ich glaube … ich glaube, was meine Vorgesetzten von Ihnen wollen, ist Ihre Kooperation.«

»Zu welchem Zweck?«, fragte ich.

»Hindernisse zu beseitigen.«

»Aber Sie sind sich nicht sicher?«

»Hören Sie, ich bin gerade einmal seit drei Jahren bei der Agency. Es gibt eine Menge, was man mir nicht anvertraut. Aber jeder, der Ihre Vorgeschichte kennt und von Crepuscular weiß, kann zwei und zwei zusammenzählen.«

Ich sah ihn an und wog die Möglichkeiten gegeneinander ab. Ihn töten? Seine Vorgesetzten würden nicht wissen, was geschehen war. Doch mussten sie natürlich annehmen, dass ich dahintersteckte. Und auch wenn sie an mich nicht herankamen, Harry und Midori standen auf ihrer Liste.

Nein, wenn ich diesen Knaben umbrachte, schaffte das weder mir noch Harry oder Midori die Agency vom Hals.

»Ich werde über Ihren Vorschlag nachdenken«, meinte ich. »Das können Sie Ihren Vorgesetzten ausrichten.«

»Ich habe gar nichts vorgeschlagen. Ich spekuliere nur. Wenn ich meinen Vorgesetzten sage, worüber wir gerade gesprochen haben, werden sie mich nach Langley zurückschicken und mir einen Schreibtischjob verpassen.«

»Erzählen Sie ihnen, was Sie wollen. Falls ich interessiert bin, setze ich mich mit Ihnen in Verbindung. Mit Ihnen persönlich. Wenn nicht, müssen Sie einfach akzeptieren, dass mein Schweigen nein heißt. Außerdem erwarte ich, dass Sie aufhören, mir nachzustellen, insbesondere über andere Leute. Wenn ich erfahre, dass Sie diese Wünsche nicht respektieren, mache ich Sie dafür verantwortlich. Sie persönlich. Verstehen wir uns?«

Er wollte etwas sagen, dann begann er zu würgen. Ich sah es rechtzeitig kommen und trat zur Seite. Er beugte sich vornüber und übergab sich.

Ich nahm das als Zustimmung.

Ich ging zurück nach Ebisu und erwischte einen Zug der Yamanote-Linie nach Shibuya. Über den Ausgang Miyamasuzaka gelangte ich zum Shibuya 1-chome, und von dort war es nicht mehr weit zum Café *Hatou*. Das fensterlose *Hatou* mit seinem dunklen Parkettboden und dem langen Tresen aus *Hinoki*-Holz, Hunderten von exquisiten Porzellantassen und Untersetzern und einem vorzüglich gebrühten Kaffee war eines meiner Stammlokale gewesen, als ich noch in Tokio lebte – wenigstens soweit, wie man bei mir von so etwas sprechen konnte. Ich hatte es vermisst.

Ich trat durch die auf Straßenniveau liegende Tür ein. Der Mann am Tresen murmelte ein gedämpftes *Irasshaimase*, blickte aber nicht auf. Stattdessen goss er weiter dampfendes Wasser aus einem Silberkessel in einen Filter, der auf einer blauen Mokkatasse aus Porzellan ruhte. Er beugte sich zur Seite, sodass er auf Augenhöhe mit dem Kessel war, und sein Arm beschrieb kleine Kreise in der Luft, damit das Wasser gleichmäßig durch den gemahlenen Kaffee im Filter tropfte. Er sah aus wie ein Maler oder der Dirigent eines Miniaturorchesters. Es war ein Vergnügen, eine so hingebungsvolle Intensität zu beobachten, und ich blieb unwillkürlich stehen.

Als er fertig war, verbeugte er sich und grüßte mich noch einmal. Ich erwiderte die Geste und machte mich auf den Weg nach hinten. Am Ende des L-förmigen Raums bog ich links ab und sah Harry an einem der letzten drei Tische sitzen.

»Hey«, sagte er, stand auf und gab mir die Hand.

Ich schüttelte sie. »Schön, dass du problemlos hergefunden hast.«

Er nickte. »Deine Wegbeschreibung war gut.«

Ich musterte die Tischplatte, auf der lediglich ein Glas Eiswasser stand. »Kein Kaffee?«

»Ich wusste nicht, wann du kommst, deshalb habe ich zwei Tassen Mokka bestellt. Irgendetwas, das sich Nire-Mischung nennt. Es dauert eine halbe Stunde, sie zuzubereiten. Ich dachte, du würdest sie mögen – die Kellnerin sagte etwas von ›außerordentlich intensiv‹.«

Ich lächelte wieder. »Das stimmt. Aber ich bin nicht sicher, ob sie auch deinen Geschmack trifft.«

Er zuckte die Achseln. »Ich probiere gerne neue Dinge aus.«

Yukiko, dachte ich.

Wir setzten uns. »Und? Wie ist es ausgegangen?«, fragte er.

Ich zog Kanezakis Brieftasche hervor und ließ sie über die Tischplatte zu ihm hingleiten. »Du wurdest verfolgt«, sagte ich.

Er klappte sie auf und sah sich den Ausweis an. »Ach du Scheiße«, meinte er leise. »CIA?«

Ich nickte.

»Aber wie? Warum?«

Ich informierte ihn über meine Unterhaltung mit Kanezaki.

»Wie es aussieht, waren sie also nur an mir interessiert, weil sie nach dir suchen«, sagte er, als ich geendet hatte.

Ich nickte langsam. »Sieht so aus.«

»Ich frage mich, ob sie wissen, wer ich bin, abgesehen davon, dass ich irgendwie mit dir in Verbindung stehe.«

»Schwer zu sagen. Vielleicht haben sie bei den anderen Diensten nachgefragt, dann wüssten sie, dass du einmal bei der NSA warst. Aber sie sind nicht immer so gründlich.«

»Gute Arbeit, mich über diesen Brief aufzuspüren. Idiotisch, ihn überhaupt abzuschicken.«

»Da muss noch mehr dahinterstecken. Der Brief allein hätte nicht ausgereicht. Aber ich hatte nicht die Zeit, danach zu fragen.«

Wir dachten eine Weile schweigend nach. Dann sagte er: »Vielleicht doch. Ich habe nur mit meinem Vornamen unterzeichnet, aber meine Eltern haben drei *Kanji* dafür gewählt, nicht die üblichen zwei.« Mit der Hand malte er die Zeichen für ›Frühling‹, ›Geben‹ und ›Ehrgeiz‹ in die Luft, eine ungewöhnliche Schreibweise für einen gewöhnlichen Namen.

»Sie müssen auch Midori überwacht haben«, sagte ich.

Er nickte. »Ja. Sie war ein bekannter Kontakt. Vielleicht haben sie sporadische Kontrollen durchgeführt und ihre Post geöffnet, in der Hoffnung, du würdest dich melden. Stattdessen haben sie mich erwischt.«

»Das klingt nachvollziehbar«, meinte ich.

»Und ich habe den Brief in der Nähe der Hauptpost in Chuo-ku aufgegeben, nicht allzu weit von meiner Arbeitsstelle entfernt. Das ließ sich leicht am Poststempel erkennen. Sie könnten ihn genutzt haben, um sich in konzentrischen Kreisen von innen nach außen vorzuarbeiten. Das war dumm von mir. Ich hätte ihn irgendwo anders abschicken sollen.«

»Man kann nicht vorsichtig genug sein«, meinte ich und sah ihn an.

Er seufzte. »Ich werde wieder umziehen müssen. Dass die wissen, wo ich wohne, das geht einfach nicht.«

»Vergiss nicht, sie wissen auch, wo du arbeitest.«

»Das ist mir egal. Das meiste mache ich heute sowieso von zu Hause aus. An den Tagen, an denen ich mich im Büro blicken lassen muss, werde ich einen besonders sorgfältigen Gegenaufklärungsgang machen.«

»Machst du das nicht sowieso?«

»Sorry. Nicht so gründlich, wie ich vielleicht sollte. Aber glaub mir, ich bin sehr vorsichtig, wenn ich mich mit dir treffe.«

Das Problem war unvermeidlich gewesen. Innerhalb von Computernetzwerken bewegte sich Harry wie ein Geist. Aber in der realen Welt war er mehr oder weniger Zivilist. Ein schwacher Punkt in meinem Schutzpanzer.

Ich zuckte die Achseln. »Wenn du das nicht wärst, hätten die Kerle mich inzwischen aufgespürt. Vielleicht im *Teize*, vielleicht ein andermal. Du hast sie abgeschüttelt.«

Das munterte ihn ein wenig auf, und er sagte: »Dann glaubst

du also nicht, dass ich in Gefahr bin, oder?«

Ich überlegte. Ich hatte nicht erwähnt, dass Kanezakis Partner unsere Begegnung nicht überlebt hatte. Jetzt sagte ich es ihm.

»Scheiße«, meinte er. »Genau das meinte ich. Was, wenn sie auf Rache aus sind?«

»Ich bezweifle, dass sie deshalb zu dir kämen. Wenn es um eine Yakuza-Angelegenheit ginge, sähe es vielleicht anders aus – die würden sich meine Freunde schnappen, um mir wehzutun. Aber die CIA würde zu mir kommen, wenn sie ein Hühnchen rupfen wollte. Du stellst für sie keine Gefahr dar. Außerdem sind sie hier unterbesetzt. Der Kongress lässt nicht viel Personal zu. Darum brauchen sie Leute wie mich.«

»Was ist mit der Polizei? Ein Taxi hat mich genau an dem Punkt abgeholt, wo man später eine Leiche finden wird.«

»Kanezaki lässt die Leiche verschwinden, bevor jemand darüber stolpert. Und selbst wenn die Cops ins Spiel kommen sollten, was haben sie denn in der Hand? Falls die den Taxifahrer überhaupt fänden, kennt er nur einen falschen Namen und einen durchschnittlich aussehenden Typen, den er im Dunkeln kaum sehen konnte, oder?«

»Da hast du wohl recht.«

»Trotzdem musst du vorsichtig sein«, meinte ich. »Dieses Mädchen, mit dem du dich triffst, Yukiko. Vertraust du ihr?«

Er sah mich an. Nach einer Sekunde nickte er.

»Wenn du nämlich die Nacht mit ihr verbringst, dann weiß sie, wo du wohnst. Das ist eine ziemliche Lücke in deiner Verteidigungslinie.«

»Ja, aber sie hat nichts mit diesen Leuten zu tun …«

»Das weiß man nie, Harry. Man weiß es wirklich nie.«

Schweigen dehnte sich aus. Endlich sagte er: »So kann ich nicht leben. So wie du.«

Ein Gedanke schoss mir durch den Kopf: *Vielleicht hättest du dir das überlegen sollen, bevor du dich mit meiner Welt eingelassen hast.*

Aber das war nicht fair. Oder besonders hilfreich.

Die Bedienung brachte uns zwei Tassen der Nire-Mischung und setzte sie mit so exquisitem Fingerspitzengefühl ab, als handelte es sich um unbezahlbare Artefakte. Sie verneigte sich und zog sich zurück.

Wir tranken den Kaffee. Harry äußerte sich lobend, doch es kostete ihn einige Mühe. Früher hätte er sich mit Vergnügen über meine gustatorischen Empfehlungen lustig gemacht. Der Kontrast entging mir nicht, und er gefiel mir nicht besonders. Wir machten Small Talk. Als wir ausgetrunken hatten, sagten wir uns Gute Nacht, und ich verließ ihn, um mich auf meinen umständlichen Rückweg zum Hotel zu machen.

Ich fragte mich, ob ich ehrlich davon überzeugt war, dass die Agency für Harry keine große Gefahr darstellte. Im Grunde schon. Die Bedrohung für mich stand auf einem anderen Blatt. Möglicherweise hatten sie sich meiner Hilfe bedienen wollen, wie Kanezaki gesagt hatte. Vielleicht waren sie aber auch auf Vergeltung für Holtzer aus. Ich konnte es nicht genau sagen. Unabhängig davon hatte ich mir mit der Eliminierung von Kanezakis Begleiter bestimmt keine Freunde gemacht.

Und dann war da noch Yukiko. Ich hatte immer noch Vorbehalte ihr gegenüber und wusste nicht, ob sie für die Agency oder sonst jemanden arbeitete.

Zurück im Hotel legte ich mich ins Bett, starrte in die Luft und fand keinen Schlaf.

Dann war es also doch nicht Midori, dachte ich.

Die Agency statt Midori. Was für ein beschissener Trostpreis.

Genug davon. Lass es ruhen.

Plötzlich war ich weniger sicher als noch in der Nacht zuvor, dass dies mein letzter Aufenthalt in Tokio sein würde. Ich starrte noch lange an die Decke, bevor ich endlich Schlaf fand.

KAPITEL 6

Am nächsten Morgen nahm ich den Shinkansen nach Osaka. Bei der Ankunft spätnachmittags am geschäftigen Bahnhof Shin-Osaka war ich überrascht, wie viel Freude mir die Rückkehr machte. Vielleicht reichte es mir langsam, in Hotels zu leben. Oder es hatte mit dem Wissen zu tun, dass ich bald wieder fortgehen musste, diesmal für immer.

Ich wusste, dass ich sauber gewesen war, als ich Tokio verließ, doch die zweieinhalbstündige Zugfahrt hatte mir keine neuen Möglichkeiten eröffnet, mir den Rücken frei zu halten. Für mich war das eine lange Zeit, vor allem nach meinem kürzlichen Zusammentreffen mit Kanezaki und Konsorten, und um mein Unbehagen abzubauen, drehte ich eine angemessen umständliche Runde, bevor ich einen Zug der Tanimachi-Linie nach Miyakojima nahm, wo ich über die Treppe zum Ausgang A4 an der Straße gelangte.

Ohne speziellen Grund bog ich an der Polizei-Zelle Miyakojima-hon-dori links ab und schlängelte mich zwischen den Hunderten von Fahrrädern der Pendler durch, die kreuz und quer in allen Richtungen um den Ausgang durcheinander standen. Ich hätte natürlich auch rechts abbiegen können, vorbei an der örtlichen Highschool in Richtung Okawa-Fluss. Eines der Dinge, die mich an dem Hochhaus in Belfa gereizt hatten, war, dass man den Komplex aus allen Richtungen erreichen konnte.

An der Kita-dori bog ich links ab, dann wieder rechts entgegen dem Verkehr durch eine Einbahnstraße, schließlich noch einmal links. Die Bewegung gegen den Verkehr durchkreuzte den Versuch einer mobilen Beschattung per Fahrzeug. Und jede Ecke gab mir die Möglichkeit, unauffällig einen Blick nach hinten zu werfen, während die Straßen immer schmaler und ruhiger wurden. Jeder, der mir zu Fuß zu folgen versuchte, hatte nur die Wahl, dicht dranzubleiben oder mich zu verlieren. Es gab Dutzende von Hochhäusern in der Gegend, und die Tatsache, dass ich zu jedem beliebigen davon unterwegs sein konnte, hätte alles andere als eine enge Beschattung wirkungslos gemacht.

In gewisser Hinsicht war die Gegend ein Musterbeispiel für verfehlte Stadtplanung. Glänzende Apartmenthäuser aus Glas und Stahl standen Wellblechgaragen gegenüber. Einfamilienhäuser lagen neben Recyclingfirmen und Gießereien. Ein neues, vielstöckiges Schulhaus wandte seine stolze Granitfassade von seinem Nachbarn ab, einer heruntergekommenen Ruine von Autowerkstatt, wie ein undankbares Kind, das sich seiner notleidenden Eltern schämt.

Andererseits schien das Chaos die Anwohner nicht zu stören. Im Gegenteil: Überall gab es kleine Anzeichen des Stolzes, den die Einheimischen für ihr Viertel empfanden. Die monotonen Flächen aus Asphalt und Wellblech wurden aufgelockert durch kleine Oasen der Wildnis aus eingetopftem Bambus und Sonnenblumen. Hier lag ein sorgfältig arrangierter Hügel aus Lavagestein, dort ein Arrangement aus trockenen Korallen. Eine hässliche Stahlbetonmauer verbarg sich hinter einem liebevoll gepflegten Garten mit Engelstrompeten, Salbei und Lavendel.

Ich lebte im sechsunddreißigsten Stock eines Zwillingsturms in einer Eckwohnung mit drei Schlafzimmern. Sie war größer als notwendig und die meisten Zimmer blieben ungenutzt, doch mir gefiel es, im obersten Stockwerk mit freiem Blick hoch über der Stadt zu wohnen. Als ich sie anmietete, hatte ich mir außerdem überlegt, dass eine Wohnung, die nicht in das Profil eines kürzlich untergetauchten einzelnen Mannes mit minimalen Ansprüchen passte, ihre Vorteile besaß. Letztlich spielte es natürlich keine Rolle.

Ich rede mir ein, dass ich gerne an Orten wie dem Belfa lebe, weil hier vor allem Eltern mit Kindern wohnen, die auf alles Ungewöhnliche achten. Wenn sie einem erst einmal Vertrauen geschenkt haben, stellen sie eine unsichtbare und effektive Barriere gegen jeden Hinterhalt dar. Aber ich weiß, dass mehr dahintersteckt. Ich habe keine Familie und werde nie eine haben, und vermutlich fühle ich mich nicht nur aus taktischen Gründen von solchen Orten angezogen, sondern auch wegen der anderen, eher indirekten Form von Sicherheit, die sie einem geben. Früher einmal brauchte ich solche Dinge nicht. Damals wäre ich amüsiert und möglicherweise sogar angewidert gewesen von dem Gedanken, wie eine Art Psycho-Vampir zu leben, ein ewiger Wiedergänger, der mit verlorenen und hoffnungslosen Augen durch einen Einwegspiegel auf das normale Leben starrt, das das Schicksal ihm verwehrt hat.

Es verändert die eigenen Prioritäten. Verdammt, es verändert das eigene Scheiß-Wertesystem.

Von einem öffentlichen Fernsprecher aus rief ich einen Voicemail-Account an, der mit einem speziellen Telefon in meiner Wohnung verbunden war, einem tongesteuerten Apparat mit empfindlicher Freisprechfunktion, der wie eine Wanze funktionierte. Das Gerät wählte lautlos diesen Voicemail-Account an, sobald jemand die Wohnung betrat, ohne den Code zu kennen, der das Telefon abschaltete. So erfuhr ich im Voraus und aus sicherer Entfernung, ob ich ungebetenen Besuch hatte. Eine identische Einrichtung hatte mich in Tokio vor einem durch Holtzer veranlassten Hinterhalt bewahrt, und ich neige dazu, erfolgreiche Strategien beizubehalten. Ich hatte das Konto von Tokio aus täglich ohne Resultat überprüft, und auch diesmal war es so, ich wusste also, dass die Wohnung in meiner Abwesenheit unbehelligt geblieben war.

Von der Telefonzelle aus war es nur noch ein kurzes Stück zum Belfa-Komplex. Auf einem Feld zur Rechten lief gerade ein Softball-Spiel. Neben einem Skulpturengarten aus Granit vor dem Haupteingang kickten ein paar Kinder. Ein alter Mann radelte mit seinem lachenden Enkel auf der Lenkstange an mir vorbei.

Ich ging hinein und achtete wie immer darauf, mich so anzunähern, dass die Überwachungskamera von gegenüber nur meinen Rücken zu Gesicht bekam. Solche Vorsichtsmaßnahmen gehörten bei mir zur täglichen Routine, aber Tatsu hatte es gesagt: Die Kameras sind überall und man kann nicht hoffen, sie immer zu täuschen.

Ich fuhr mit dem Aufzug in den sechsunddreißigsten Stock und ging den Korridor entlang zu meiner Wohnung. Das Stück klaren Tesabands, das ich am Fuß der Tür angebracht hatte, war noch intakt und klebte fest. Wie ich immer zu Harry sagte: Eine gute Verteidigung baut sich aus mehreren Linien auf.

Ich schloss auf und ging hinein. Alles war so, wie ich es verlassen hatte. Was nicht viel besagte. Abgesehen von Futon und Nachttisch in einem der Schlafzimmer gab es an der Wand, von der aus ich in westlicher Richtung über die Stadt hinaussehen konnte, eine olivgrüne Ledercouch, die neu war, aber nicht so aussah, und von der aus ich manchmal den Sonnenuntergang betrachtete. Ein großer Gabbeh-Teppich verdeckte einen Teil des polierten Parkettbodens. Seine Flächen aus Grün- und Blautönen waren mit skurrilen, cremefarbenen Flecken durchsetzt, die wahrscheinlich Schafe in einer ländlichen Umgebung darstellen sollten, und er war dicht gewebt und weich genug, um einmal den Nomaden, die ihn hergestellt hatten, als Matratze gedient zu haben. Es gab einen massiven Schreibtisch mit einer von einer schwarzen Ledereinlage beherrschten Platte, der irgendwie von England den Weg nach Japan gefunden hatte. Das Leder war abgewetzt von mehr als einem Jahrhundert der Nutzung mit Schreibfedern, die die Oberfläche zerkratzt hatten. So waren transozeanische Geschäfte abgewickelt oder Briefe geschrieben worden, die schon viele Wochen alt waren, wenn sie die Verwandten in Übersee erreichten, um von Geburten und Todesfällen zu berichten, Gratulationen, Glückwünsche, Kondolenzen und Entschuldigungen auszusprechen. Vor dem Schreibtisch stand einer dieser fantastisch komplizierten, aber erstaunlich bequemen Herman Miller Aeron Bürostühle, den ich aus einer Laune heraus bei einem kürzlich Pleite gegangenen Startup-Unternehmen in Shibuyas Bit-Valley erstanden hatte. Auf der Tischplatte befanden sich einige High-End-Laptops, von denen ich Harry nichts gesagt hatte, weil er unter dem Eindruck stand, dass ich ein Computer-Analphabet wäre und ich keinen Vorteil darin sah, ihn wissen zu lassen, dass ich im Bedarfsfall durchaus fähig war, die eine oder andere Firewall zu knacken.

Gegenüber der Couch stand eine Bang & Olufsen Anlage mit Sechsfach-CD-Wechsler. Daneben ein Regal mit einer umfangreichen Musiksammlung, hauptsächlich Jazz, und meiner bescheidenen Bibliothek. Darin standen ein paar Werke über *Bugei*, die Kriegskünste, von denen einige ziemlich alt und selten waren und Informationen über Kampftechniken enthielten, die für das moderne Judo zu gefährlich sind – Genickbrecher und Rückenhebel beispielsweise –, und aus diesem Grund inzwischen weitgehend vergessen waren. Es befanden sich auch ein paar ziemlich zerlesene philosophische Werke darunter – Mishima, Musashi, Nietzsche. Und daneben eine Anzahl dünner Bände, die ich von Zeit zu Zeit bei einem ungewöhnlichen Verlag in den Staaten bestellte. Bücher, die in Japan und anderen Ländern illegal waren, in denen die in Amerika vielleicht übertriebene Freiheit des Worts eingeschränkt war. Ich besorgte sie mir dennoch, und zwar unter Verwendung von Techniken, die ich aus einigen dieser Bände selbst kannte. Es gab Arbeiten über die neuesten Überwachungsmethoden und -verfahren, zu Ermittlungstechniken der Polizei und der forensischen Wissenschaft. Darüber, wie man sich falsche Identitäten zulegte, Konten und Briefkastenfirmen in Steueroasen eröffnete, Schlösser knackte und in Häuser einbrach – diese und verwandte Themen. Natürlich hatte ich mir im Lauf der Zeit selbst auf all diesen Gebieten beachtliche Fertigkeiten erworben, doch ich beabsichtigte nicht, über meine Erfahrungen ein Handbuch zu verfassen. Stattdessen las ich diese Bücher, um zu wissen, wie der Gegner arbeitete, zu verstehen, wie die Leute dachten, gegen die ich möglicherweise antreten musste, vorauszusehen, wo sie mir vielleicht eine Falle stellen würden und entsprechende Gegenmaßnahmen zu ergreifen.

Der einzige verdächtige Gegenstand in der Wohnung war eine hölzerne *Wing-Chun* Trainingspuppe, ungefähr von der Statur eines großen Mannes, die ich in der Mitte eines der anderen mit Tatamis ausgelegten Zimmer untergebracht hatte.

Wäre die Wohnung von einer Familie bewohnt gewesen, hätte hier der *Kotatsu* stehen können, ein niedriger Tisch mit einer Abdeckung aus einer warmen Steppdecke, die bis auf den Boden reicht, und einem Elektroheizer darunter. Im Winter würde sich die Familie gemütlich darum versammeln, die Beine unter die Steppdecke gesteckt, die unbeschuhten Füße vom Heizer gewärmt, während sie über die Nachbarn tratschten, die Haushaltsrechnungen überprüften und vielleicht die Zukunft der Kinder planten.

Doch mir war die Holzpuppe nützlicher. Ich hatte fast das ganze Vierteljahrhundert, das ich in Japan verbrachte, Judo trainiert und schätzte die Vorliebe dieser Kampfkunst für Würfe und Bodentechniken. Doch da Holtzer und die Agency mich mit dem Kodokan in Verbindung gebracht hatten, dem großen Judozentrum in Tokio, wäre es ein bisschen zu offensichtlich gewesen, dessen Ableger in Osaka beizutreten. So ähnlich, als würde jemand, der ins Zeugenschutzprogramm aufgenommen wurde, weiterhin dieselben obskuren Magazine abonnieren wie vor der Zeit, als er untertauchen musste. Im Moment fühlte ich mich sicherer, wenn ich allein trainierte. Die Puppe schärfte meine Reflexe und härtete die Hornhäute an den Schlagflächen der Hand. Außerdem konnte ich ein paar der Schläge und Blocks üben, die ich sonst beim Judotraining eher vernachlässigte. Die Puppe hätte einen interessanten Gesprächsstoff abgegeben, wenn jemals jemand meine Wohnung betrat.

Während der folgenden Tage widmete ich mich den Vorbereitungen, Osaka zu verlassen. Zu schnell zu handeln, wäre ein Fehler gewesen: Bei den Übergängen ist man am Verwundbarsten, und auch wenn man mich jetzt nicht aufspüren konnte, mochte es vielleicht dann gelingen, wenn ich mich überhastet in ein Leben mit weniger Sicherheitsvorkehrungen stürzte. Tatsu erwartete vielleicht, dass ich übereilt vorging; in diesem Fall würde er bereit sein. Wenn ich andererseits stillhielt, ließ er sich eventuell so weit einlullen, dass ich ihn später komplett abschütteln konnte, richtiges Timing und sorgfältige Vorbereitung vorausgesetzt. Im Moment wollte er nichts von mir, es stellte also kein großes Risiko dar, wenn ich mir die Zeit nahm, alles richtig zu planen.

Ich hatte mich für Brasilien entschieden und lernte daher Portugiesisch, was mir bei Naomi zupassgekommen war. Hongkong, Singapur, ein anderes asiatisches Land oder ein Ort in den Staaten wäre vielleicht näherliegend gewesen, doch genau das sprach natürlich für Brasilien. Wenn jemand auf die Idee kommen sollte, dort nach mir zu suchen, würde es ihm verteufelt schwerfallen: Zahllose Menschen mit japanischer Herkunft haben in Brasilien alle Bereiche des Lebens durchsetzt, und ein weiterer Übersiedler würde kaum Aufsehen erregen.

Ideal war Rio de Janeiro, denn es verfügte über Kultur, ein gutes Klima und reichlich Durchreisende, hauptsächlich Touristen. Die Stadt lag abseits der Brennpunkte von Geheimdiensten, Terrorbekämpfung und Interpol, also musste ich mir relativ wenig Sorgen über zufällige Begegnungen mit Leuten, die mich kannten, machen, über Überwachungskameras und all die anderen natürlichen Feinde eines Flüchtlings. Ich wäre sogar in der Lage, wieder Judo zu trainieren oder wenigstens einen entfernten Verwandten davon: das brasilianische Jiu-Jitsu. Die Familie Gracie hatte sich dieses Vorläufers des Judos angenommen, der von japanischen Einwanderern mitgebracht worden war. Sie hatten daraus das möglicherweise raffinierteste Bodenkampfsystem entwickelt, das die Welt je gesehen hatte. Es genoss in Brasilien geradezu fanatische Popularität und war inzwischen in aller Welt beliebt, selbst in Japan.

Neben dem richtigen Ort hatte ich auch eine mehr als ›kalte‹ alternative Identität gefunden, an der ich schon lange in Vorbereitung auf den Tag arbeitete, an dem ich vielleicht noch vollständiger von der Landkarte verschwinden musste als je zuvor. Ungefähr zehn Jahre zuvor hatte ich einen gewissen Bürokraten mit dem Ziel seiner Eliminierung beschattet, als mir plötzlich auffiel, dass der Mann mir oberflächlich in hohem Maß ähnelte – Alter, Größe, Statur, selbst vom Gesicht her. Die Zielperson besaß auch einen wundervollen Namen: Taro Yamada, das japanische Äquivalent zu John Smith. Ich forschte nach und stellte fest, dass Yamada-san keine nahen Verwandten hatte. Es schien niemanden zu geben, der ihn so sehr vermissen würde, dass er nach ihm suchte, falls er plötzlich verschwand.

In Romanen heißt es oft, man könne sich eine neue Identität aufbauen, indem man den Namen eines Verstorbenen annimmt, doch das stimmt nur dann, wenn niemand einen Totenschein ausgefüllt hat. Sobald irgendeine Behörde mit dem Fall befasst war – sagen wir, die Person wäre in einem Hospiz oder Krankenhaus gestorben oder begraben oder eingeäschert worden – was genau betrachtet auf so ziemlich jeden zutrifft, funktioniert das nicht. Auch nicht, wenn die betreffende Person als vermisst gemeldet worden wäre. In all diesen Fällen muss ein Totenschein ausgestellt werden. Manchmal will sich auch ein Verwandter einen Teil des Vermögens des Verstorbenen unter den Nagel reißen. Dann müssen Besitztitel an Immobilien und persönlichem Eigentum übertragen werden, was einen Erbschein erfordert – und auch dann wird ein Totenschein ausgestellt. Sollte es einem trotzdem gelingen, sich Papiere basierend auf den persönlichen Daten eines Toten zu beschaffen, hätte die neue Identität einen fatalen Fehler. Denn sobald man beispielsweise einen Führerschein oder einen Kredit beantragt, sich für einen Job bewirbt, eine Steuerrückzahlung fordert oder eine Grenze überqueren will, sprich, wenn man irgendeines der zahllosen Dinge tun möchte, für die man die neue Identität überhaupt benötigt, dann leuchtet auf einem Bildschirm die Warnung auf: Falsches Foto! In dem Moment ist man gründlich und vollständig am Ende.

Und wenn man die Identität von jemandem annimmt, der noch lebt? Das funktioniert bei kurzfristigen Betrügereien, allgemein als ›Identitätsdiebstahl‹ bezeichnet, obwohl man sich das besser als ein Ausleihen einer Identität vorstellen muss – auf Dauer ist es nicht machbar. Denn wer muss letztlich neue Kreditkarten beantragen? An wen gehen die Rechnungen?

Doch wie wäre es, sich als jemand auszugeben, der aus irgendeinem Grund verschwunden ist, vorausgesetzt, man kennt eine solche Person? Ja, wie steht es damit? Hatte diese Person Schulden? War sie ein Drogenhändler? Denn falls jemand hinter ihr her war, gerät man jetzt selbst ins Visier. Und überhaupt, was soll man tun, wenn der Verschwundene wieder auftaucht?

Sollte man jedoch zufällig genau wissen, dass jemand tot ist, weil man ihn persönlich getötet hat, ändert sich die Sachlage. Sicher, man muss die Leiche entsorgen – und zwar so, dass sie auf keinen Fall je gefunden wird – und das ist immer eine riskante und oft ekelerregende Angelegenheit. Doch wenn man das erst geschafft hat und genau weiß, dass niemand die Person als tot oder vermisst melden wird, hält man einen ungeschliffenen Edelstein in der Hand. Falls man außerdem noch weiß, dass der Mann absolut kreditwürdig ist, weil man nämlich sämtliche Rechnungen auf seinen Namen weiterbezahlt, könnte es sein, dass man einen Volltreffer gelandet hat.

Daher führte ich meinen Auftrag bezüglich des unglückseligen Mr Yamada aus, informierte den Klienten aber nicht davon. Stattdessen schien die Zielperson ›abgetaucht‹ zu sein, so berichtete ich. Diese Pointe konnte ich mir einfach nicht entgehen lassen. Vielleicht hatte der Mann ja Wind davon bekommen, dass ein Kopfgeld auf ihn ausgesetzt war? Der Klient heuerte einen Privatdetektiv an, und dieser bestätigte, dass alle Anzeichen für eine überstürzte Flucht sprachen: ein geleertes Bankkonto, andere sorgfältig abgewickelte persönliche Angelegenheiten, Postweiterleitung an ein Postfach im Ausland, fehlende Kleidung und persönliche Gegenstände aus der Wohnung. Um all das hatte ich mich natürlich gekümmert. Der Klient ließ mich wissen, dass für seine Zwecke ein verschwundener Yamada genauso gut war wie ein toter und dass ich mich nicht weiter bemühen sollte. Natürlich erhielt ich trotzdem mein volles Honorar – kein Kunde möchte, dass jemand wie ich sich unfair behandelt fühlt –, und das war das Ende der Geschichte. Der Klient hat mittlerweile längst selbst ein tragisches Ende gefunden, und mir blieb genügend Zeit, Yamada-san langsam wieder zum Leben zu erwecken, indem ich eine kleine Beraterfirma unter seinem Allerweltsnamen eröffnete, Steuern zahlte, eine geeignete Postanschrift besorgte, Schulden machte und sie zurückzahlte – all die kleinen Dinge, die zusammengenommen die absolut unauffällige, absolut legale Existenz eines ehrenwerten Mitglieds der Gesellschaft ausmachten.

Jetzt musste ich nur noch in Yamadas Identität schlüpfen, und mein neues Leben konnte beginnen. Aber zunächst galt es für Taro Yamada, die Dinge zu organisieren, die ein Mann in seiner Position bräuchte, wenn er seine gescheiterte Beraterfirma aufgäbe und nach Brasilien auswanderte, um Japaner der dritten Generation in ihrer inzwischen vergessenen Muttersprache zu unterrichten. Er benötigte ein Visum, ein legales Bankkonto – im Unterschied zu den absolut illegalen, die ich bei verschiedenen Banken in Steueroasen unterhalte – und er müsste sich eine Wohnung suchen, ein Büro. Offiziell würde er sich in São Paulo niederlassen, wo sich fast die Hälfte der japanischstämmigen Bevölkerung Brasiliens konzentrierte, sodass es noch schwieriger werden würde, seine Spur nach Rio zu verfolgen. Natürlich wäre es einfacher gewesen, die Hilfe des japanischen Konsulats in Brasilia in Anspruch zu nehmen, doch Mr Yamada bevorzugte weniger offizielle, weniger nachvollziehbare Wege.

Während ich Yamada in Brasilien ansässig machte, las ich in der Zeitung über eine Serie von Korruptionsskandalen und fragte mich, was für eine Rolle sie in Tatsus Schattenkrieg gegen Yamaoto spielten. Wie sich herausgestellt hatte, hatten die *Universal Studios Japan* Mahlzeiten ausgegeben, deren Verfallsdatum um neun Monate überschritten war und Etiketten gefälscht, um das zu vertuschen, während gleichzeitig ein Wasserspender betrieben wurde, der unbehandeltes Industriewasser ausspie. *Mister Donut* pflegte seine Produkte mit Fleischklößchen anzureichern, die verbotene Zusätze enthielten. *Snow Brand Food* sparte gerne einmal ein paar Yen, indem sie alte Milch recycelten und es unterließen, die Rohre der Fabrik zu reinigen. Das ließ sich ausnahmsweise einmal nicht verschleiern – fünfzehntausend Menschen erlitten Vergiftungen. *Mitsubishi Motors* und *Bridgestone* kamen in die Bredouille, weil sie Defekte an Autos und Reifen verschwiegen, um teure Rückrufaktionen zu vermeiden. Die schlimmste und selbst nach japanischen Maßstäben schockierende Nachricht war, dass *TEPCO*, das Tokioter Energieversorgungsunternehmen, dabei ertappt worden war, seit zwanzig Jahren Sicherheitsberichte über ihre Atomanlagen gefälscht zu haben. Die Berichte unterschlugen ernste Probleme an acht verschiedenen Reaktoren, darunter Risse in den Sicherheitskuppeln ...

Das Erstaunliche waren jedoch nicht die Skandale, sondern wie wenig sich die Leute dafür zu interessieren schienen. Es musste frustrierend für Tatsu sein, und ich fragte mich, woher er die Energie nahm, weiterzumachen. In anderen Ländern hätten derartige Enthüllungen eine Revolution zur Folge gehabt. Aber trotz der Skandale, trotz der lahmenden Wirtschaft, stimmten die Japaner bei der Wahl einfach immer wieder für die üblichen Verdächtigen von der Liberaldemokratischen Partei. Herrgott, die Hälfte der Probleme, die Tatsu bekämpfte, wurde von seinen nominellen Vorgesetzten verursacht, den Leuten, vor denen er in gewissem Sinne strammstehen musste. Wie schaffte man es, angesichts derart geballter Ignoranz und erbarmungsloser Scheinheiligkeit nicht aufzugeben? Warum machte man sich die Mühe?

Ich verfolgte die Nachrichten und versuchte mir vorzustellen, wie Tatsu sie interpretierte, tatsächlich vielleicht sogar zu beeinflussen suchte. Nicht alle waren schlecht. In der Provinz gab es sogar einige ermutigende Entwicklungen. In Mie setzte Kitagawa Masayasu die gesamte Bürokratie matt, indem er auf eigene Faust gegen ein geplantes Atomkraftwerk entschied. In Chiba gewann Domoto Akiko, ein achtundsechzig Jahre alter ehemaliger Fernsehjournalist, gegen Kandidaten, die die Wirtschaft, die Gewerkschaften und verschiedene politische Parteien hinter sich wussten. In Nagano stoppte Gouverneur Tanaka Yasuo alle Dammbauarbeiten gegen den Druck der mächtigen Bauwirtschaft. In Tottori legte Gouverneur Yoshihiro Katayama die Bücher der Präfektur für jeden offen, der sie sehen wollte, und schuf damit einen Präzedenzfall, bei dem sich seine Amtskollegen in Tokio vor Angst in die Hosen machen mussten.

Ich verbrachte einige Zeit damit, im Computer die Daten von Yukiko und dem *Damask Rose* zu überprüfen. Im Vergleich zu Harry war ich als Hacker eine Null, aber wenn ich ihn in diesem

Fall um Hilfe gebeten hätte, hätte er sofort gewusst, dass ich ihm nachspionierte.

Über die Steuerdaten des Klubs kam ich an Yukikos Nachnamen heran: Nohara. Damit kam ich ein ganzes Stück weiter. Sie war siebenundzwanzig, geboren in Fukuoka, Studium an der Universität von Waseda. Sie wohnte in einem Wohnblock in der Kotto-dori in Minami-Aoyama. Keine Verhaftungen. Keine Schulden. Nichts Bemerkenswertes.

Der Klub war schon interessanter und auch undurchsichtiger. Er befand sich im Besitz verschiedener, ineinander verschachtelter Briefkastenfirmen. Falls die individuellen Namen der Eigentümer irgendwo verzeichnet waren, dann höchstens auf einer Urkunde in einem Tresor, nicht im Computer, wo ich vielleicht an sie herangekommen wäre. Wem immer der Klub gehörte, wollte nicht, dass die Welt ihn damit in Verbindung brachte. Für sich allein genommen war das nichts Ungewöhnliches. Bargeldgeschäfte waren immer und überall für das organisierte Verbrechen interessant.

Harry hätte fast mit Sicherheit zu beiden Themen mehr herausgefunden. Ein Jammer, dass ich ihn nicht darum bitten konnte. Ich musste ihm einfach reinen Wein einschenken und ihm empfehlen, dass er selbst ein bisschen nachbohrte. Es war frustrierend, doch was sollte ich sonst tun? Vielleicht würde er es mir übel nehmen, aber ich war ja sowieso nicht mehr lange da. *Und wer weiß?*, dachte ich. *Vielleicht irrst du dich ja. Vielleicht gibt es gar nichts zu finden.*

Naomi schien in Ordnung zu sein. Naomi Nascimiento, brasilianische Staatsbürgerin, seit dem 24. August 2000 im Rahmen des JET-Programms in Japan. Anhand der E-Mail-Adresse, die sie mir gegeben hatte, arbeitete ich mich zu ihrer Wohnanschrift durch – das Lions Gate Building, ein Wohnkomplex in Azabu Juban 3-chome. Keine weiteren Informationen.

Während meine Reisevorbereitungen sich dem Ende näherten, besuchte ich einige Orte in der Umgebung von Osaka, von denen ich wusste, dass ich sie nie wiedersehen würde. Manche waren noch genauso, wie ich mich von Kindheitsausflügen an sie erinnerte. Zum Beispiel Asuka, die Geburtsstätte des Yamato-Reichs und Keimzelle des heutigen Japans, mit seinen schon vor langer Zeit geplünderten Grabhügeln. Ihre Wände sind bedeckt mit Reliefs übernatürlicher Tiere und Halbgötter, deren Bedeutung wie ihre Schöpfer im ewigen Wiegen der umgebenden Reisfelder versunken ist. Oder Koya-san, der heilige Berg, angeblich die letzte Ruhestätte von Kobo Daishi, Japans großem Heiligen. Von ihm heißt es, dass er nicht tot sei, sondern in der Nähe der gewaltigen Nekropole im Berg verharre, sein Meditieren untermalt von den Mantras der Mönche, deren zeitlose Klänge zwischen den Grabmälern der Toten schwirren wie Sommerinsekten durch urzeitliche Haine. Und Nara, das etwa dreizehn Jahrhunderte zuvor für einen kurzen Augenblick die Hauptstadt des Landes gewesen war, wo man, wenn der Morgen jung und die alltägliche Flut der Touristen noch nicht in Gang gekommen ist, einem einsamen Mann hoch in den Achtzigern begegnen kann, die Schultern gebeugt von der Last der Jahre, während er in Sandalen über das Kopfsteinpflaster schlurft, alterslos und unbeirrbar wie die antike Stadt selbst.

Es war schon seltsam, dass ich das Bedürfnis verspürte, mich von all dem zu verabschieden. Schließlich hatte nichts davon jemals mir gehört. Ich hatte schon als Kind verstanden, dass halb Japaner zu sein vor allem bedeutet, ein halber Fremder zu sein, und ein halber Fremder ist … *chigatteiru. Chigatteiru* bedeutet ›anders‹, aber auch ›fehlerhaft‹. Sprache und Kultur machen da keinen Unterschied.

Ich fuhr auch nach Kyoto. Ich hatte seit zwanzig Jahren keinen Anlass mehr gehabt, die Stadt zu besuchen, und war erschrocken, dass die elegante, vitale Metropole, an die ich mich erinnerte, so gut wie ausgelöscht war, verschwunden wie ein ungeliebter Garten, überwuchert von langweiligem, unermüdlichem Unkraut. Wo war die glänzende Spitze des Higashi Honganji Tempels geblieben, die sich zwischen ziegelgedeckten Dächern emporschwang wie das stolz erhobene Kinn einer Prinzessin, umgeben von ihrem Gefolge? Dieser großartige Anblick, der einmal Reisende in der Stadt empfangen hatte, war ausgelöscht vom neuen Bahnhof, einem Ungetüm, das sich entlang von gut siebenhundert Metern Schienen breitmachte wie eine Riesenkröte, die aus dem Weltraum herabgefallen war und sich hier eingegraben hatte, zu gewaltig, um je wieder beseitigt zu werden.

Ich lief stundenlang durch die Gegend und staunte über das Ausmaß des Verfalls. Autos fuhren mitten durch den Daitokuji-Tempel. Hiei-zan, der Berg, an dem der japanische Buddhismus geboren wurde, hatte sich in einen riesigen Parkplatz für den Vergnügungspark am Gipfel verwandelt. Straßen, die einst von alten Holzhäusern gesäumt und von Bambusspalieren gegliedert gewesen waren, erstickten jetzt im Plastik-, Aluminium- und Neonkitsch. Die hölzernen Häuser abgerissen und dem Boden gleichgemacht. Überall wucherten Telefonleitungen wie Metastasen, Stromkabel und Wäscheleinen hingen aus den Fenstern der Fertigbauten wie Tränen in den Augen eines Idioten.

Bevor ich nach Osaka zurückfuhr, betrat ich das Grand Hotel, das mehr oder weniger im geografischen Zentrum der Stadt lag. Ich nahm den Aufzug zum obersten Stockwerk, wo ich, abgesehen von der Toji-Pagode und dem Dach des Honganji-Tempels, in allen Richtungen mit nichts als austauschbarem urbanem Wildwuchs konfrontiert wurde. Die lebendige Schönheit der Stadt war bis auf wenige, auf dem Rückzug befindliche Inseln, zerschlagen worden. Es wirkte wie das Ergebnis eines unbegreiflichen Experiments in kultureller Apartheid.

Ich musste an ein Gedicht von Basho denken, dem wandernden Poeten, das mich sehr bewegt hatte, als meine Mutter es mir bei meinem allerersten Besuch in der Stadt vorgetragen hatte. Sie hatte meine Hand genommen, während wir auf der hoch aufragenden, hölzernen Balkenkonstruktion des Kiyomizu-Tempels standen und auf die stille Stadt vor uns hinabsahen. Sie überraschte mich mit ihrem akzentbehafteten Japanisch und sagte:

Kyou nite mo kyou natsukashiya ...

Selbst in Kyoto sehne ich mich nach Kyoto ...

Doch der Sinn des Gedichts, einst eine Ode an unbeschreibliche, unerfüllbare Sehnsucht, hatte sich verändert. Wie die Stadt selbst strahlte es nur noch eine traurige Ironie aus.

Ich lächelte humorlos und dachte, dass wenn etwas von dem

hier in *meinem* Besitz gewesen wäre, ich mich besser darum gekümmert hätte. *Das bekommt man, wenn man sein Vertrauen in
eine Regierung setzt*, dachte ich. *Die Menschen sollten es besser wissen.*

Ich spürte meinen Pager vibrieren. Er zeigte den Code, den ich
mit Tatsu vereinbart hatte, um uns gegenseitig zu identifizieren,
dazu eine Telefonnummer. Ich hatte schon halb mit so etwas gerechnet, aber nicht so bald. *Verdammt*, dachte ich. *Alles geht Schlag
auf Schlag.*

Ich fuhr mit dem Aufzug in die Lobby hinunter und ging
hinaus auf die Straße. Als ich ein öffentliches Telefon an einer un-
bedenklichen Stelle gefunden hatte, steckte ich eine Telefonkarte
hinein und tippte Tatsus Nummer. Ich hätte ihn auch einfach ig-
norieren können, aber es war schwer vorhersehbar, wie er darauf
reagieren würde. Besser, ich wusste, woran ich war, und erweckte
den Anschein der Kooperationsbereitschaft.

Es klingelte ein einzelnes Mal, dann hörte ich seine Stimme.
»Moshi moshi«, sagte er, ohne sich zu identifizieren.

»Hallo«, erwiderte ich auf Japanisch.

»Bist du immer noch am selben Ort?«

»Warum sollte ich hier weg?«, fragte ich, ohne den Sarkasmus
in meiner Stimme zu verbergen.

»Ich dachte, nach unserem letzten Treffen verspürst du vielleicht wieder ... Reiselust.«

»Schon möglich. Bin nur noch nicht dazu gekommen. Ich
dachte, das wüsstest du.«

»Ich versuche, deine Privatsphäre zu achten.«

Mistkerl. Selbst wenn er drauf und dran war, mein Leben zu
zerstören, konnte er mir immer noch ein Lächeln entlocken. »Das
weiß ich zu schätzen«, meinte ich.

»Ich würde dich gerne wiedersehen, wenn du es einrichten
kannst.«

Ich zögerte. Er wusste, wo ich wohnte. Er musste kein Treffen außerhalb arrangieren, wenn er an mich herankommen wollte.
»Freundschaftlich?«, fragte ich.

»Das liegt ganz bei dir.«

»Freundschaftlich.«

»Gut.«

»Wann?«

»Ich bin heute Abend in der Stadt. Derselbe Ort wie beim letzten Mal?«

Abermals zögerte ich, dann meinte ich: »Ich weiß nicht, ob wir einen Tisch bekommen. Aber es gibt ganz in der Nähe ein Hotel mit einer guten Bar. So, wie ich es gern mag. Du weißt, was ich meine?«

Ich bezog mich auf die Bar im Ritz-Carlton von Osaka.

»Ich schätze, ich werde es finden.«

»Ich treffe dich dann in der Bar zur selben Zeit wie beim letzten Mal.«

»Ja. Ich freue mich darauf, dich zu sehen.« Eine Pause, dann: »Danke.«

Ich legte auf.

KAPITEL 7

Ich nahm die Hankyu-Linie zurück nach Osaka und ging direkt zum Ritz. Ich wollte mindestens zwei Stunden früher an Ort und Stelle sein, falls sich etwas ergab, das ich gerne hätte kommen sehen. Ich bestellte einen Obst- und Käseteller und trank Darjeelingtee, während ich wartete.

Tatsu kam wie immer pünktlich. Außerdem besaß er die Höflichkeit, sich langsam zu bewegen und sich genau ansehen zu lassen, um zu zeigen, dass er keine Überraschungen im Sinn hatte. Er setzte sich mir gegenüber in einen Polstersessel und sah sich um, begutachtete die Täfelung aus hellem Holz, die Wandleuchten und Lüster.

»Ich brauche noch einmal deine Unterstützung«, sagte er nach einer Sekunde.

Vorhersehbar. Und wie immer gleich zur Sache. Aber ich würde ihn schmoren lassen, bevor ich antwortete. »Willst du einen Whisky?«, fragte ich. »Sie haben hier einen guten, zwölf Jahre alten Cragganmore.«

Er schüttelte den Kopf. »Ich würde dir gerne Gesellschaft leisten, aber der Arzt hat mir von solchen Genüssen abgeraten.«

»Ich wusste gar nicht, dass du auf Ärzte hörst.«

Er schürzte die Lippen, als müsste er mir ein schmerzliches Geständnis machen: »Meine Frau ist in solchen Dingen mittlerweile auch sehr strikt.«

Ich sah ihn an und lächelte, leicht überrascht davon, dass dieser harte, listenreiche Mann die Schuld verlegen auf seine Frau abschob.

»Was ist?«, fragte er.

Ich sagte ihm die Wahrheit. »Ich freue mich immer, dich zu sehen, du alter Hund.«

Er erwiderte mein Lächeln, und ein Netzwerk aus Fältchen bildete sich um seine Augenwinkel. »*Kochira koso.*« Geht mir genauso.

Er winkte der Bedienung und bestellte Kamillentee. Ich ließ das mit dem Cragganmore bleiben, weil er keinen mittrinken wollte. Ein Jammer.

Dann sah er mich an. »Wie gesagt, ich brauche noch einmal deine Unterstützung.«

Ich trommelte mit den Fingern gegen das Teeglas. »Ich dachte, das wäre ein freundschaftliches Treffen.«

Er nickte. »Ich habe gelogen.«

Das war mir klar gewesen, und er wusste, dass ich es gewusst hatte. Aber es musste sein: »Sagtest du nicht, ich könne dir vertrauen?«

»In wichtigen Angelegenheiten, sicher. Wie dem auch sei, ein Freundschaftsbesuch schließt eine Bitte um einen Gefallen nicht aus.«

»Ist es das, worum du mich bittest? Einen Gefallen?«

Er zuckte die Achseln. »Du bist mir zu nichts verpflichtet.«

»Ich bekam früher immer eine Menge Geld dafür, Leuten einen Gefallen zu tun.«

»Es freut mich, dass du die Vergangenheitsform benutzt.«

»Die Vergangenheitsform entsprach ziemlich genau der Wahrheit, jedenfalls bis vor Kurzem.«

»Darf ich fortfahren?«

»Solange wir uns von Anfang an einig sind, dass keinerlei Verpflichtung besteht.«

»Wie ich schon sagte.« Er hielt inne, um ein Döschen Pfefferminzpastillen aus der Jacketttasche zu ziehen. Er öffnete es und hielt es mir hin. Ich schüttelte den Kopf. Er nahm eine Pastille und steckte sie in den Mund, ohne dabei den Blick wandern zu lassen oder sonst wie auf seine Umgebung zu achten. Das sah Tatsu gar nicht ähnlich, und es zeigte sich an den kleinen Dingen ebenso wie an den großen.

»Der Gewichtheber war ein Strohmann«, sagte er. »Es stimmt,

dass er wie ein Neandertaler aussah, aber tatsächlich gehörte er der neuen Generation des organisierten Verbrechens in Japan an. Seine Spezialität, in der er sich als ausgesprochen geschickt erwiesen hat, war die Gründung legaler, gewinnträchtiger Unternehmungen, hinter denen seine weniger progressiven Spießgesellen sich verstecken konnten.«

Ich nickte. Es war ein bekanntes Phänomen. Die neue Generation hatte erkannt, dass Tätowierungen, schrille Anzüge und aggressives Benehmen nur in Maßen gesellschaftlichen Aufstieg zuließen, und legte die kriminelle Fassade ab, um in legale Geschäftszweige wie die Immobilien- und Unterhaltungsindustrie zu expandieren. Die ältere Generation, die immer noch bis zum Hals in Drogenhandel, Prostitution und der Manipulation der Bauindustrie steckte, verließ sich zunehmend auf diese Jungunternehmer, was Geldwäsche, Steuerhinterziehung und ähnliche Dienstleistungen anging. Gleichzeitig wandten die Emporkömmlinge sich um Hilfe an ihre Vorgänger, wenn der Druck der Konkurrenz sich durch rechtzeitige Anwendung der traditionelleren Geschäftszweige der älteren Generation reduzieren ließ – Bestechung, Erpressung, Mord. Es war eine symbiotische Arbeitsteilung, die jeder klassische Ökonom mit stolzgeschwellter Brust betrachtet hätte.

»Der Gewichtheber hatte eine effiziente Methode entwickelt«, fuhr Tatsu fort. »Alle traditionellen *Gumi* nutzten seine Dienste. Die Legalität des Systems schützte die *Gumi* vor Strafverfolgung und steigerte ihren Einfluss auf Politik und Vorstandsetagen. Ihren Einfluss auf die gesamte Gesellschaft, genau genommen. Insbesondere unser gemeinsamer Bekannter Yamaoto Toshi war abhängig von den Diensten des Gewichthebers.«

Gumi bedeutet ›Bande‹ oder ›Gang‹. Im Kontext der Yakuza bezieht sich der Ausdruck auf die organisierten Verbrecherfamilien, dem japanischen Äquivalent zu den Gambinos oder den fiktiven Corleones.

»Ich weiß nicht, warum sein Fehlen etwas ändern sollte«, meinte ich. »Wird nicht einfach jemand seinen Platz einnehmen?«

»Langfristig ja. Wo entsprechende Nachfrage besteht, wird sie irgendwann auch befriedigt. Doch im Moment ist der Nachschub zum Erliegen gekommen. Der Gewichtheber war entscheidend für die reibungslose Funktion seiner Organisation. Er hat keinen Nachfolger ausgebildet, da er wie jeder Machtmensch befürchtete, allein dessen Existenz würde das Eintreten besagter Nachfolge beschleunigen. Jetzt, wo er weg ist, wird es in der Organisation zu Machtkämpfen kommen. Dazu gehören Betrug und Verrat. Hintermänner und Verbindungen, die im Augenblick noch im Schatten liegen, werden ans Licht kommen. Der kriminelle Einfluss auf legitime Unternehmen wird zurückgehen.«

»Für eine Weile«, meinte ich.

»Für eine Weile.«

Ich dachte daran, was mir Kanezaki über Crepuscular erzählt hatte.

»Ich hatte kürzlich ein Zusammentreffen mit jemandem von der CIA«, meinte ich. »Er erwähnte etwas, das dich vielleicht interessieren könnte.«

»Ja?«

»Sein Name ist Kanezaki Tomohisa. Er ist Amerikaner, aber japanischer Abstammung. Er sprach von einem Programm, das ›Reformen fördern und Reformhindernisse beseitigen‹ soll. Etwas mit der Bezeichnung Crepuscular. Klingt so, als würde es in deine Zuständigkeit fallen.«

Er nickte eine Weile langsam, dann meinte er: »Erzähl mir von dem Programm.«

Ich fing an, ihm das Wenige zu berichten, was ich wusste. Endlich begriff ich: »Du kennst den Kerl«, sagte ich.

Er zuckte die Achseln. »Er war einer von den Leuten, die bei der Tokioter Polizei Unterstützung bei der Suche nach dir anforderten.«

Na großartig. »Und der andere?«

»Holtzers Nachfolger als Resident der CIA. James Biddle.«

»Nie von ihm gehört.«

»Er ist jung für den Posten. Um die vierzig. Vielleicht Teil einer neuen Generation in der CIA.«

Ich erzählte ihm, wie ich Kanezaki und seinem Begleiter begegnet war, frisierte aber die Details, um Harrys Beteiligung zu verschleiern.

»Wie haben sie es geschafft, dich zu finden?«, fragte er. »Ich habe ein ganzes Jahr dazu gebraucht, selbst mit allen lokalen Ressourcen und Zugang zu Juki Net und den Kameras.«

»Ein Riss in meiner Sicherheit«, meinte ich. »Er wurde bereits ausgebessert.«

»Und Crepuscular?«, fragte er.

»Nur das, was ich dir gesagt habe. Ich kenne keine Details.«

Er trommelte mit den Fingern auf den Tisch. »Es spielt keine Rolle. Ich bezweifle, dass Kanezaki-san dir mehr hätte erzählen können, als ich bereits weiß.«

Ich starrte ihn an, wie immer beeindruckt vom Umfang seiner Informationen. »Was weißt du denn?«

»Die US-Regierung finanziert verschiedene japanische Reformer. Es ist dieselbe Methode, mit der die CIA nach dem Krieg die Liberaldemokratische Partei unterstützte, um sie als Bollwerk gegen den Kommunismus aufzubauen. Nur die Empfänger sind andere.«

»Was ist mit dem Teil, in dem es um die ›Beseitigung von Hindernissen‹ geht?«

Er zuckte die Achseln. »Ich stelle mir vor, dass sie, wie Kanezaki andeutete, dabei deine Hilfe haben wollen.«

Ich lachte. »Manchmal sind diese Kerle derartig überheblich, dass es schon fast wieder Stil hat.«

Er nickte. »Oder sie könnten dem Missverständnis aufgesessen sein, dass du etwas mit William Holtzers Dahinscheiden zu tun hattest. So oder so, du solltest dich von ihnen fernhalten. Ich glaube, wir sind uns einig, dass man denen nicht trauen kann.«

Ich musste lächeln über seine vermutlich absichtliche Verwendung von ›wir‹ und ›die‹, als ob Tatsu und ich Partner wären.

»Na gut«, sagte ich. »Erzähl mir von dem Gefallen.«

Er schwieg kurz, dann sagte er: »Eine weitere Schlüsselfigur für Yamaoto. Außerdem ein Mann, hinter dessen primitiver Erscheinung sich höchst ausgefeilte Fähigkeiten verbergen.«

»Wer ist er?«

Er sah mich an. »Jemand, in den du dich ziemlich gut hineinversetzen können müsstest. Ein Killer.«

»Was du nicht sagst«, meinte ich mit gespielter Nonchalance.

Die Bedienung brachte seinen Tee und stellte ihn vor ihn hin. Er hob die Tasse, prostete mir stumm zu und trank einen Schluck.

»Er ist ein seltsamer Mann«, sagte er, ohne den Blick von mir zu lösen. »Von seinem Hintergrund her könnte man ihn für einen Rohling halten. Er wurde als Kind missbraucht. Schlägereien in der Schule, frühe Anzeichen von sadistischen Neigungen. Er brach die Schule ab, um Sumo-Ringer zu werden, schaffte es aber nicht, sich die nötige Körpermasse anzueignen. Dann fing er mit Thai-Boxen an und machte eine kurze und unspektakuläre Karriere. Vor ungefähr fünf Jahren ließ er sich auf eine Art Gladiatorenkämpfe ein, bei denen so gut wie alles erlaubt ist, ähnlich wie Ultimate Fighting. Diese Form heißt ›Pride Fighting‹. Hast du schon davon gehört?«

»Sicher«, sagte ich. Die ›Pride Fighting‹ Meisterschaften sind eine in Japan angesiedelte Mixed Martial Arts Sportart. Etwa alle zwei Monate werden die Kämpfe im Fernsehen übertragen. Der Grundgedanke, der hinter den sogenannten Mixed Martial Arts oder gemischten Kampfkünsten steht, ist, mit einer Kombination aus den traditionellen Kampfsportarten gegeneinander anzutreten: Boxen, Jiu-Jitsu, Judo, Karate, Kempo, Kung Fu, Muay Thai, Sambo, Wrestling. Das Publikum für Pride Wettbewerbe wächst seit der Gründung der Sportart stetig, wie auch für ähnliche Veranstaltungen wie Käfigkämpfe und Ultimate Fighting in den Staaten. Der Sport hat ein paar Schwierigkeiten mit den Aufsichtsbehörden, denen ein k.o.-geschlagener Boxer anscheinend weit weniger ausmacht, als ein Mixed-Martial-Arts-Kämpfer, der einen Haltegriff abklopft.

»Was ist dein Eindruck?«, fragte er.

Ich zuckte die Achseln. »Ein starkes Teilnehmerfeld. Gute Ausbildung, gute Kondition. Und viel Mut. Einiges ist so nah an einem echten Kampf, wie es überhaupt möglich ist, solange man es noch Sport nennen will. Aber dieses ›alles erlaubt‹ ist reines Marketing.

Solange sie Bisse, Augen ausdrücken und Tritte in die Eier verbieten und nicht alle möglichen geeigneten Waffen für die Kombattanten im Ring herumliegen lassen, kann davon keine Rede sein.«

»Interessant, dass du das sagst. Das fragliche Individuum schien nämlich dieselben Vorbehalte zu haben. Er schied aus dem Sport aus, um in die Welt der Untergrundkämpfe einzutreten, wo wirklich alles geht. Wo ein Kampf nicht selten bis zum bitteren Ende ausgefochten wird.«

Ich hatte von diesen Kämpfen gehört. Kannte sogar jemanden, der daran teilgenommen hatte, einen Amerikaner namens Tom, der im Kodokan Judo trainierte. Er war ein harter, erstaunlich redegewandter Bursche, mit dem ich einige interessante und lehrreiche Gespräche über die Philosophie des waffenlosen Kampfes geführt hatte. Ich hatte ihn beim Judo besiegt, war aber nicht sicher, wie die Sache unter weniger reglementierten Umständen ausgegangen wäre.

»Anscheinend war besagtes Individuum bei diesen illegalen Kämpfen äußerst erfolgreich«, sprach Tatsu weiter. »Nicht nur gegen andere Männer. Auch in Runden gegen Tiere. Hunde.«

»Hunde?«, fragte ich überrascht.

Er nickte mit grimmiger Miene. »Diese Kämpfe werden von den Yakuza ausgerichtet. Es war unvermeidlich, dass die Talente unseres Mannes und sein Hang zur Grausamkeit den Organisatoren auffielen, und sie erkannten, dass er zu Höherem berufen war, als für ein Preisgeld im Ring zu töten.«

Ich nickte. »Er könnte auch in der großen weiten Welt töten.«

»In der Tat. Und das ist genau das, was er während des letzten Jahres gemacht hat.«

»Du sagtest etwas von höchst raffinierten Fähigkeiten.«

»Ja. Ich glaube, er hat ein Talent für etwas entwickelt, das ich früher für deine einzigartige Handschrift hielt.«

Ich schwieg.

»In den letzten sechs Monaten«, fuhr er fort, »gab es zwei Todesfälle, scheinbar durch Selbstmord. Die beiden Opfer waren hochrangige Bankmanager von Finanzinstituten, die eine Fusion beabsichtigten. Jeder scheint vom Dach eines Hauses in den Tod gesprungen zu sein.«

Ich zuckte die Achseln. »Nach allem, was ich über die Bilanzen der Bankhäuser lese, wundert es mich, dass nur zwei gesprungen sind. Ich hätte eher mit fünfzig gerechnet.«

»Das wäre vielleicht vor zehn oder zwanzig Jahren so gewesen. Aber Buße durch Selbstmord gibt es in Japan inzwischen nur noch als Ideal, nicht in der Praxis.« Er trank einen Schluck Tee. »Heute zieht man eine Entschuldigung im amerikanischen Stil vor.«

»›Ich bedauere, dass Fehler gemacht wurden‹«, lächelte ich.

»Manchmal nicht einmal ›ich bedauere‹. Sondern: ›Es ist bedauerlich‹.«

»Wenigstens tun sie nicht so, als wäre Bestechlichkeit eine Krankheit, gegen die man sich lediglich behandeln lassen muss.«

Er schnitt eine Grimasse. »Nein. Noch nicht.«

Er nippte wieder an seinem Tee. »Keiner der Springer hinterließ einen Abschiedsbrief. Und wie ich erfahren habe, befürchteten beide, dass die tatsächliche Summe der faulen Kredite beim jeweils anderen Partner der Fusion wesentlich höher als angegeben sei.«

»Und? Jeder weiß doch, dass die Masse der problematischen Kredite wesentlich höher ist, als Banken und Regierung zugeben.«

»Stimmt schon. Doch diese Männer drohten damit, die fraglichen Daten zu veröffentlichen, um eine Fusion zu verhindern, für die es keinen vernünftigen geschäftlichen Grund gab, die aber dennoch von gewissen Elementen in der Regierung unterstützt wurde.«

»Anscheinend kein sehr kluger Schachzug.«

»Lass mich dir eine Frage stellen«, sagte er und sah mich an. »Rein hypothetisch. Gäbe es eine realistische Möglichkeit, jemanden von einem Gebäude zu werfen und es wie Selbstmord aussehen zu lassen?«

Zufällig wusste ich ganz sicher, dass das möglich war, aber ich beschloss, Tatsus Vorschlag zu folgen und die Dinge auf einer ›hypothetischen‹ Ebene zu belassen.

»Hängt davon ab, wie gründlich die gerichtsmedizinische

Untersuchung ist«, meinte ich.

»Nimm an, sie wäre äußerst gründlich.«

»Das macht es schwierig. Trotzdem ist es durchführbar. Das größte Problem wäre, das Opfer aufs Dach hinaufzuschaffen, ohne dass es jemand bemerkt. Es sei denn, man könnte es dazu verleiten, sich mit einem auf dem Dach zu treffen, oder man wüsste aus irgendeinem Grund im Voraus, dass es sich dort aufhalten wird. Sonst müsste man es selbst hintransportieren. Wenn es dabei bei Bewusstsein wäre, würde es ein höllisches Spektakel veranstalten. Außerdem gäbe es Anzeichen eines Kampfes, wenn es sich wehrt. Haut unter den Nägeln. Vielleicht ein Büschel Haare in seinen todesstarren Fingern. Anzeichen, die mit einer freiwilligen Tat unvereinbar sind. Und er würde sich ohne Rücksicht auf die eigene Sicherheit oder Schmerzen wehren, deshalb trüge man selbst ebenfalls Spuren des Kampfes am Leib. Du hast keine Ahnung, wie wild ein Mann kämpfen kann, wenn ihm klar ist, dass es um sein Leben geht.«

»Und wenn man ihn fesselt.«

»Fesseln hinterlassen Spuren. Selbst ohne Gegenwehr.«

»Und er würde sich wehren!«

»Du nicht?«

»Und wenn man ihn zuerst umbringt?«

»Vielleicht. Aber das ist riskant. Die Veränderungen im Körper setzen sehr schnell nach dem Tod ein. Das Blut sackt ab. Die Temperatur sinkt. Und der Aufprall hat bei einer Leiche nicht dieselbe Wirkung, wie bei einem Lebenden. Der Pathologe würde den Unterschied bemerken. Außerdem müsste man sich immer noch Sorgen machen, dass man Hinweise auf die eigentliche Todesursache hinterlassen hat.«

»Und wenn er bewusstlos wäre?«

»Das wäre mein erster Gedanke gewesen. Doch wenn er bewusstlos ist, muss man ihn schleppen wie einen Toten. Und mit siebzig oder hundert Kilo toten Gewichts zu hantieren, ist nicht einfach. Außerdem, wenn man ihn mit einer Droge betäubt, ließe sie sich höchstwahrscheinlich nach dem Tod immer noch im Blut nachweisen.«

»Und Alkohol?«

»Wenn er so viel getrunken hat, dass er umkippt, hätte man gute Karten. Eine Menge Selbstmörder trinken, bevor sie den Abzug drücken, daran wäre also nichts Verdächtiges. Aber wie willst du den Typen dazu bringen, sich selbst unter den Tisch zu trinken?«

Er nickte. »Die beiden besagten Springer hatten genügend Alkohol im Blut, um das Bewusstsein zu verlieren.«

»Dann könnte dein Verdacht zutreffen. Oder auch nicht. Das ist ja das Schöne daran.«

»Eine Injektion?«

»Denkbar. Aber wenn man ihm ausreichend Alkohol spritzt, würde man eine sichtbare Einstichstelle am Punkt der Injektion hinterlassen. Außerdem hätte er dann Alkohol im Blut, doch keine Rückstände von beispielsweise Asahi Super Dry im Magen. Funktioniert nicht.«

»Eine Falle vielleicht? Eine Frau oder sonst jemand, der seine Drinks aufpeppt, sodass er mehr trinkt, als er vertragen kann.«

»Das könnte gehen.«

»Wie würdest du es machen?«

»Hypothetisch gesprochen?«

Er sah mich an. »Selbstverständlich.«

»Hypothetisch gesprochen würde ich versuchen, spätnachts an die Zielperson heranzukommen, wenn möglichst wenige Leute unterwegs sind. Vielleicht in seiner Wohnung, wenn ich sicher wäre, dass er allein ist und ich eine zuverlässige Möglichkeit habe, unentdeckt hineinzugelangen. Ich würde mich als Hausmeister verkleiden, weil niemand Hausmeister beachtet, ihn mit einem vorsichtig angewandten Würgegriff ausschalten und dann in einen großen Wäschewagen oder einen Abfallcontainer mit Rädern stecken, was eben gerade zur Umgebung passt. Ich würde den Behälter mit etwas Weichem auskleiden, damit er keine Abschürfungen erleidet, die nicht mit dem Sturz vereinbar sind. Man müsste den Würgegriff vielleicht wiederholen, falls er zu sich kommt, aber wenn niemand in der Nähe ist, wäre das kein Problem. Man rollt ihn aufs Dach, fährt ihn an den Rand und schmeißt ihn runter. So würde ich es machen. Hypothetisch gesprochen.«

»Was würdest du denken, wenn du einen kleinen Streifen Plastik unter dem Band der Armbanduhr des Opfers fändest?«

»Was für eine Art von Plastik?«

»Folie. Dick. Die Sorte, die es in Rollen gibt, um Möbel oder andere große Gegenstände abzudecken.

Ich kannte einige Anwendungen für diese Art Plastik und überlegte kurz. »Dein Killer könnte das Opfer betrunken gemacht haben. Lassen wir das Wie erst einmal beiseite. Dann rollt er ihn in Plastikfolie ein, um beim Transport keine Spuren zu hinterlassen und auch selbst keine abzubekommen. Er legt ihn an den Rand des Dachs, packt ein Ende der Folie und gibt ihr einen festen Ruck. Das Opfer rollt aus der Folie ins Leere. Sehr sauber.«

»Es sei denn, die Uhr des Opfers hätte sich irgendwie in der Plastikfolie verfangen.«

»Nicht undenkbar. Aber wenn das alles ist, was du hast, dann ist es nicht viel.«

»Es gab auch einen Augenzeugen. Einen Pagen, der in dem Hotel Nachtdienst hatte, wo eines der Opfer starb. Um drei Uhr morgens, genau zu der Zeit, die der Pathologe als Todeszeitpunkt bestimmte, sah er einen Hausmeister mit einem großen Rollwagen in einem der Aufzüge hochfahren. Exakt die Situation, die du gerade geschildert hast.«

»Er konnte den Mann beschreiben?«

»Bis ins Detail. Eine eingedrückte linke Wange aus seiner Muay-Thai-Zeit. Ungewöhnliche Narben an der anderen Gesichtshälfte unter dem Auge. Das sind verheilte Hundebisse. ›Ein furchteinflößendes Gesicht‹, sagte er. Absolut zutreffend.«

»Und ein solcher Hausmeister arbeitete nicht in dem Hotel?«

»Korrekt.«

»Was wurde aus dem Pagen?«

»Verschwunden.«

»Tot?«

»Wahrscheinlich.«

»Das ist alles, was du hast?«

Er zuckte die Achseln. »Und zwei ähnliche Todesfälle außerhalb von Tokio. Jeweils Angehörige von wichtigen Parlamentsmitgliedern.« Seine Kiefer spannten sich, lockerten sich wieder. »Darunter ein Kind.«

»Ein Kind?«

Anspannen, lockern. »Ja. Und zwar ohne jegliche Vorgeschichte emotionaler Probleme oder Schwierigkeiten in der Schule. Keinerlei Vorzeichen für einen Selbstmord.«

Ich hatte einmal gehört, dass Tatsu seinen kleinen Sohn verloren hatte. Ich hatte nie danach gefragt.

»Wenn diese Todesfälle dazu dienten, den Hauptakteuren eine Nachricht zukommen zu lassen«, meinte ich, »dann war sie ziemlich subtil. Ich meine, wenn der Hauptakteur glaubt, es würde sich um Selbstmord handeln, kann man damit sein Verhalten nicht beeinflussen.«

Er nickte. »Ich hatte Gelegenheit, jeden der Hauptakteure zu vernehmen. Sie verneinten, dass es eine Kontaktaufnahme durch jemanden gegeben hätte, der behauptete, bei den Todesfällen habe es sich nicht um Selbstmord gehandelt. Sie logen.«

Tatsu hatte einen feinen Riecher für solche Dinge, und ich vertraute seinem Urteil. »Es überrascht mich, dass du nicht mich im Verdacht hattest, in die Geschichte verwickelt zu sein«, meinte ich.

Er schwieg einen Moment, bevor er antwortete. »Das hätte ich vielleicht. Aber obwohl ich nicht vorgebe, zu verstehen, wie du das tun kannst, was du tust, kenne ich dich. Du könntest kein Kind töten. Nicht so.«

»Das habe ich dir gesagt«, meinte ich.

»Ich rede nicht davon, was du mir gesagt hast. Ich spreche davon, was ich weiß.«

Ich war auf bizarre Weise dankbar für seine Sicherheit.

»Wie auch immer«, fuhr er fort, »einige Überwachungskameras in Osaka verschafften dir ein Alibi.«

Ich zog die Augenbrauen hoch. »Deine Kameras sind gut genug, um mich aufzuspüren, aber nicht gut genug, um jemanden zu entdecken, der Leute in Plastikfolie wickelt und von Hoteldächern wirft?«

»Wie ich schon sagte, die Netzwerke sind weit davon entfernt, perfekt zu sein. Ich habe keine Kontrolle über sie.« Er sah mich an. »Aber ich bin nicht der Einzige, der Zugang dazu hat.«

Ich trank meinen Tee aus und winkte einer Bedienung nach mehr heißem Wasser. Wir saßen schweigend da, bis sie es gebracht hatte.

Ich nahm die zarte Porzellantasse in die Hand und sah ihn an. »Verrate mir eines, Tatsu.«

»Ja?«

»Diese Fragen. Du kennst die Antworten bereits.«

»Natürlich.«

»Warum stellst du sie mir dann?«

Er zuckte die Achseln. »Ich glaube, der Mann, mit dem wir es hier zu tun haben, ist ein Soziopath. Er ist unter allen denkbaren Umständen zu einem Mord fähig. Ich versuche, zu verstehen, wie eine solche Kreatur tickt.«

»Durch mich?«

Er neigte zustimmend den Kopf.

»Hast du nicht soeben gesagt, ich hätte nicht das passende Schnittmuster?« Die Worte rutschten mir verstimmter heraus, als ich beabsichtigt hatte.

»Du kommst einer solchen Kreatur näher als jeder andere, den ich je gekannt habe. Damit bist du ideal dafür geeignet, ihn zu jagen.«

»Was soll das heißen, ›ihn zu jagen‹?«

»Er bewegt sich mit äußerster Vorsicht. Kein Mann, der leicht aufzuspüren ist. Ich habe einige Spuren, aber jemand müsste ihnen nachgehen.«

Ich trank noch einen Schluck Tee und dachte nach. »Also ich weiß nicht, Tatsu.«

»Ja?«

»Der erste Typ, der mit den Tarnfirmen, okay, das war strategisch. Das verstehe ich. Aber dieser Kerl, der Hundekämpfer, der ist nur ein angeheuerter Gorilla. Warum gehst du nicht auf Yamaoto und die Spitzenleute los?«

»An diese ›Spitzenleute‹, wie du sie nennst, ist schwer heranzukommen. Zu viele Leibwächter, scharfe Sicherheitsvorkehrungen, zu viel Aufsehen. Vor allem Yamaoto hat sich stark abgeschottet, meiner Ansicht nach aus Angst, du könntest hinter ihm her sein, und er ist jetzt so unantastbar wie der Premierminister. Und selbst wenn man an sie herankäme, gibt es einfach zu viele von ihrer Sorte in den verschiedenen Fraktionen, die nur darauf warten, ihre Stelle einzunehmen. Sie sind wie Haifischzähne. Wenn du einen ausschlägst, stehen zehn Reihen bereit, um die Lücke zu füllen. Schließlich ist es nicht so schwierig, ein Spitzenmann zu sein. Was gehört schon dazu? Ein bisschen politische Raffinesse. Die Fähigkeit, zu rationalisieren. Und Gier. Kein besonders ungewöhnliches Profil.«

Er nippte an seinem Tee. »Außerdem ist dieser Mann kein gewöhnlicher Fußsoldat. Er ist skrupellos, gerissen, gefürchtet. Ein ungewöhnliches Individuum, dessen Verlust für seine Herren und Meister keinen geringen Schlag darstellen würde.«

»Na schön«, sagte ich. »Was hast du mir anzubieten? Davon ausgehend, dass keine Verpflichtung besteht.«

»Ich habe kein Geld, das ich dir geben könnte. Selbst wenn es mir gelänge, etwas aufzutreiben, bezweifle ich, dass es so viel wäre, wie Yamaoto und die Agency dir bisher gezahlt haben.«

Vielleicht wollte er mir damit eine Zahl entlocken. Ich ignorierte es.

»Tut mir leid, das so unverblümt sagen zu müssen, alter Freund, aber du bittest mich da, ein höllisch großes Risiko einzugehen. Allein, mich in Tokio aufzuhalten, ist gefährlich. Das weißt du.«

Er sah mich an. Als er sprach, war sein Ton gemessen, zuversichtlich. »Es sähe dir gar nicht ähnlich, davon auszugehen, dass das Risiko, das Yamaoto und die CIA für dich darstellen, auf Tokio beschränkt bleiben würde«, sagte er.

Ich war nicht sicher, worauf er damit hinauswollte. »Dort ist die Gefahr am größten«, meinte ich.

»Wie schon gesagt, Yamaoto fühlt sich seit eurer letzten Begegnung gezwungen, ein sehr zurückgezogenes Leben zu führen. Er hat seine politischen Auftritte reduziert, er trainiert nicht mehr im Kodokan, er geht nur noch umgeben von Bodyguards aus dem Haus. Meines Wissens gefallen ihm diese Einschränkungen nicht besonders. Im Gegenteil, er hasst sie. Und vor allem hasst er ihre Ursache.«

»Du musst mir nicht sagen, dass Yamaoto ein Motiv hat«, sagte ich. »Ich weiß, was er mir gerne antun würde. Und es geht nicht nur ums Geschäft. Er ist die Art von Mensch, die sich durch die Art und Weise gedemütigt fühlt, wie ich dazu beigetragen habe, ihm die CD abzuluchsen. Das wird er mir nicht vergessen.«

»Ach ja? Und das bereitet dir keine schlaflosen Nächte?«

»Wenn ich mich von solchem Mist um den Schlaf bringen lassen würde, hätte ich Augenringe so groß wie die Insel Sado. Von mir aus kann er so motiviert sein, wie er will. Ich werde ihm keine Gelegenheit geben.«

Er nickte. »Da bin ich sicher. Jedenfalls nicht bewusst. Aber wie bereits erwähnt, bin ich nicht der Einzige, der Zugriff auf das Juki Net hat.«

Ich musterte ihn und fragte mich, ob sich dahinter eine Art von Drohung verbarg. Tatsu ging immer sehr subtil vor.

»Was willst du damit sagen, Tatsu?«

»Wenn ich dich finden konnte, kann es auch Yamaoto, das ist alles. Und er steht mit seinen Bemühungen nicht allein da. Die CIA ist, wie du weißt, ebenfalls sehr erpicht darauf, die Bekanntschaft mit dir zu erneuern.«

Er trank einen Schluck. »Wenn ich mich in deine Lage versetze, sehe ich zwei Möglichkeiten. Die eine ist, dass du in Japan bleibst, aber nicht in Tokio, und zu deinen alten Gewohnheiten zurückkehrst. Das ist vielleicht der leichtere Weg, aber nicht der sicherste.«

Er nippte wieder an seinem Tee. »Zweitens könntest du das

Land verlassen und irgendwo anders neu anfangen. Das ist der härtere Weg, doch er verschafft dir möglicherweise größere Sicherheit. In jedem Fall ist das Problem, dass du unerledigte Angelegenheiten mit gewissen Parteien zurücklässt, die dir übelwollen. Und zwar solchen mit globaler Reichweite und einem langen Gedächtnis. Und dort wirst du keine Alliierten gegen sie haben.«

»Ich brauche keine Alliierten«, sagte ich, doch selbst für mich klang die Entgegnung schwach.

»Wenn du planst, Japan zu verlassen, können wir als Freunde auseinandergehen«, sagte er. »Aber wenn ich heute nicht auf dich zählen kann, wird es mir morgen vielleicht schwerfallen, zur Stelle zu sein, wenn du Hilfe brauchst.«

Direkter würde Tatsu sich nicht mehr ausdrücken. Ich überlegte, was ich tun sollte. Alles stehen und liegen lassen und nach Brasilien verschwinden, selbst wenn die Vorbereitungen noch nicht abgeschlossen waren? Vielleicht. Aber ich hasste den Gedanken, lose Enden zurückzulassen, die jemanden zu mir führen könnten. Und auch wenn Tatsu die Gefahr, die Yamaoto für mich darstellte, übertrieb, da er eigene Interessen verfolgte, unterschied sich doch seine generelle Einschätzung nicht sehr von meiner eigenen.

Die andere Möglichkeit war, diesen letzten Job anzunehmen, damit Tatsu mir nicht mehr im Nacken saß und ich meine Vorbereitungen ungestört beenden konnte. Was er mir im Gegenzug anbot, war auch nicht zu verachten. Tatsu besaß Zugang zu Personen und Orten, vor denen selbst Harrys Hackerfähigkeiten kapitulieren mussten. Ganz egal, wie mein weiteres Leben aussähe, er würde ein verdammt nützlicher Kontakt sein.

Ich durchdachte die Sache noch eine Weile. Dann meinte ich: »Irgendetwas sagt mir, dass du einen Umschlag bei dir hast.«

Er nickte.

»Gib ihn mir«, verlangte ich.

KAPITEL 8

Ich nahm den Umschlag mit in meine Wohnung und öffnete ihn dort. Dann setzte ich mich an den Schreibtisch und breitete die Papiere vor mir aus. Ich kritzelte Notizen an den Rand. Einen Teil des Materials las ich chronologisch. Manchmal sprang ich hin und her. Ich versuchte, ein Muster zu erkennen, einen Angelpunkt.

Der Name der Zielperson lautete Murakami Ryu. Das Dossier lieferte eindrucksvolle Hintergrundinformationen, von denen mir Tatsu einige bereits mitgeteilt hatte. Doch es war dünn, in Bezug auf aktuelle Details, mit deren Hilfe ich mich der Zielperson hätte nähern können. Wo wohnte er? Wo arbeitete er? Was waren seine Gewohnheiten, seine Lieblingsorte, seine Routinen? Mit wem pflegte er Umgang? Alles weiße Flecken oder zu ungenau beschrieben, um von unmittelbarem Nutzen zu sein.

Er war kein Geist, aber auch kein Zivilist. Zivilisten haben Adressen, Arbeitsplätze, Steuerunterlagen, Autozulassungen, Patientenakten. Das Fehlen solcher Details im Dossier Murakamis war für sich genommen schon eine Art Information. Information, die mir einen Rahmen gab, doch mir fehlte noch das passende Bild dazu.

Das macht nichts. Fang beim Rahmen an.

Keine Informationen bedeuteten, dass der Mann vorsichtig war. Gründlich. Ein Realist. Einer, der keine Risiken einging, seine Züge sorgfältig vorausplante und vermutlich selten Fehler machte.

Ich blätterte die Papiere durch. Selbst seine bekannten Kontakte im organisierten Verbrechen stammten aus den verschiedensten Familien. Er arbeitete nicht exklusiv für eine bestimmte der bekannten Yakuza-*Gumi*. Er war ein Freischaffender, ein Chamäleon, das mit vielen Welten in Verbindung stand, doch zu keiner gehörte.

Wie ich.

Anscheinend bevorzugte er Hostessen-Bars. Man hatte ihn in mehreren gesichtet, vor allem in edlen Lokalen, wo er in Yen manchmal 20.000 Dollar pro Nacht ausgab.

Anders als ich.

Verschwender bleiben im Gedächtnis hängen. In meiner Branche bedeutet Vorsicht, dass *niemand* sich an einen erinnern darf. War das ein Anzeichen für Impulsivität? Mangelnde Disziplin? Vielleicht. Trotzdem ließ sich in seinem Verhalten kein Muster erkennen. Keine Spur, die ich verfolgen konnte.

Und doch lag in diesen periodischen Exzessen ein Ansatzpunkt versteckt. Ich speicherte den Gedanken für spätere Betrachtung ab. Dann schloss ich die Augen und versuchte, ein Gesamtbild zusammenzusetzen.

Die Kämpfe. Das war der rote Faden. Doch Tatsus Informationen über Zeitpunkte, Orte und Veranstalter der illegalen Kämpfe waren skizzenhaft.

Die Polizei hatte mehrere davon aufgelöst, alle an unterschiedlichen Orten. Dass sie überhaupt gegen die Kämpfe einschritt, bedeutete, dass sie nicht dafür bezahlt wurde, ein Auge zuzudrücken. Das wiederum hieß, dass die Veranstalter bereit waren, weniger Mitwisser für den Preis einiger zufälliger Unterbrechungen zu erkaufen. Das bewies gutes Urteilsvermögen und vielleicht auch ein gewisses Maß an Gier.

Pech, von meiner Perspektive aus gesehen. Wo Schmiergelder flossen, gab es auch Informanten, und dann hätte Tatsu Bescheid gewusst.

Halte dich an die Kämpfe, dachte ich, während ich versuchte, zu visualisieren. *Die Kämpfe. Für diesen Typen bedeutete das nicht Arbeit. Er ist ein Killer. Ihm macht das Spaß.*

Wie hoch mochten die Prämien sein? Wie viel bezahlt man

zwei Männern, die in dem vollen Bewusstsein in den Ring steigen, dass möglicherweise nur einer von ihnen ihn wieder verlässt?

Wie viele Zuschauer gab es? Wie viel würden sie bezahlen, um einen Kampf auf Leben und Tod zu sehen? Wie hoch wären die Wetten? Wie viel davon würde der Veranstalter kassieren?

Sie mussten das Publikum relativ übersichtlich halten. Sonst sprach sich die Sache herum, und die Polizei schritt ein.

Enthusiasten. Fanatiker. Vielleicht fünfzig Männer. Eintritt für hundert- oder zweihunderttausend Yen. Wetten ohne Limit. Eine Menge Geld würde den Besitzer wechseln.

Ich lehnte mich mit geschlossenen Augen und hinter dem Kopf verschränkten Händen in den Aeron-Stuhl zurück. Mal angenommen, der Gewinner erhielt das Yen-Äquivalent von zwanzigtausend Dollar. Der Verlierer bekam ein paar Tausend für seine Anstrengungen, falls er überlebte. Und wenn nicht, erhielt das Team das Geld, das die Leiche entsorgte. Minimale Unkosten. Der Veranstalter steckte um die achtzigtausend ein. Nicht schlecht für einen Abend.

Murakami kämpfte gerne. Verdammt, nicht einmal Pride war ihm genug. Er brauchte mehr. Und es ging ihm nicht ums Geld. Bei Pride würde inklusive Werbung und Pay-per-View eine Menge mehr herausspringen, für Sieger und Verlierer gleichermaßen.

Nein. Diesem Kerl war das Geld egal. Es ging um die Erregung. Die Nähe des Todes. Den Rausch, den man nur erlebt, wenn man einen Mann tötet, der gleichzeitig alles in seiner Macht stehende tut, um den Spieß umzudrehen.

Ich kenne das Gefühl. Es fasziniert mich und stößt mich gleichzeitig ab. Und für einige wenige Menschen, die nur als die härtesten der harten Söldner ihrer Natur treu bleiben können, wird es zur Sucht.

Diese Menschen leben, um zu töten. Nur wenn sie töten, fühlen sie sich lebendig.

Ich hatte einen von ihnen gekannt. Meinen Blutsbruder. Crazy Jake.

Ich erinnerte mich gut daran, wie überdreht Jake von seinen

Missionen zurückgekehrt war. Er war wie aufgezogen, nicht bloß euphorisch, sein ganzer Stoffwechsel lief auf Hochtouren. Man konnte die Hitzewellen geradezu von ihm ausstrahlen sehen. Das waren die einzigen Gelegenheiten, bei denen er gesprächig wurde. Er erzählte, wie der Einsatz gelaufen war, die Augen blutunterlaufen, die Lippen zu einem irren Grinsen verzerrt.

Und er zeigte seine Trophäen herum. Skalps und Ohren. Die Trophäen sagten: *Sie sind tot! Ich lebe!*

In Saigon hielt er immer alle frei. Er zahlte für die Huren. Er schmiss Partys. Er brauchte eine Gruppe, die mit ihm feierte. *Ich bin am Leben! Sie sind tot und ich bin verdammt noch mal am Leben!*

Ich beugte mich vor und presste die Handflächen auf die Schreibtischplatte. Ich schlug die Augen auf.

Die Bars.

Du hast soeben getötet und überlebt. Du willst feiern. Sie haben dich in bar bezahlt. Aufs Feiern verstehst du dich.

Es passte zusammen. Der erste Schimmer einer Erkenntnis über diesen Burschen, der Anfang eines Fadens, den ich weiterverfolgen musste, um ihn zu finden.

Er liebte diese Kämpfe. Er war süchtig nach dem Hochgefühl. Aber er war auch ein ernsthafter Mann. Ein Profi.

Denke in umgekehrter Richtung. Er muss trainieren. Und zwar nicht per Monatskarte in irgendeinem *Dojo* neben den Freizeit-Kriegern. Nicht einmal an einem der professionelleren Orte wie dem Kodokan, wo die *Judoka* der Polizei sich fit halten. Er braucht etwas Härteres.

Finde diesen Ort, und du findest ihn.

Ich machte einen Spaziergang entlang des Okawa-Flusses. Plumpe Müllkähne dümpelten träge im grünen Wasser. Fledermäuse schwirrten auf der Jagd nach Insekten wie Sturzkampfbomber um mich herum. Ein paar Kinder ließen von einer betonierten Ufermauer ihre Angeln ins Wasser hängen. Weiß Gott, was sie aus der trüben Brühe herauszufischen hofften.

Ich erreichte ein Münztelefon und wählte die Nummer, die

Tatsu mir gegeben hatte.

Er nahm beim ersten Klingeln ab. »Kannst du reden?«, fragte ich.

»Ja.«

»Unser Mann trainiert für seine Kämpfe. Aber nicht in einem normalen *Dojo*.«

»Das dürfte stimmen.«

»Hast du irgendwelche Informationen über den Ort?«

»Nicht mehr, als in dem Umschlag war.«

»Okay. Wir suchen Folgendes: einen kleinen *Dojo*. Hundert Quadratmeter vielleicht. Nicht in einer gehobenen Umgebung, aber auch nicht zu schmierig. Diskret. Keine Werbung. Harte Klientel. Mafia, Biker, Schläger. Typen mit Strafregister. Gewalttäter. Schon einmal von einem solchen Ort gehört?«

»Nein. Aber ich weiß, wo ich mich erkundigen kann.«

»Wie lange?«

»Einen Tag. Vielleicht weniger.«

»Leg es auf der sicheren Website ab. Pieps mich an, wenn du fertig bist.«

»Mache ich.«

Ich legte auf.

Der Pager summte am nächsten Morgen. Ich ging in ein Internet-Café in Umeda, um die sichere Website zu überprüfen. Tatsus Nachricht bestand aus drei Teilen. Eine Adresse: Asakusa 2-chome, Nummer 14. Dann die Mitteilung, dass ein Mann, auf den Murakamis unverwechselbare Beschreibung passte, dort gesehen worden war. Und schließlich die Information, dass der Gewichtheber einer der Finanziers dieses speziellen *Dojo* gewesen war. Der erste Punkt sagte mir, wo ich suchen musste. Der zweite, dass es sich lohnte. Der dritte gab mir eine Idee ein, wie ich hineinkommen konnte.

Ich verfasste eine Nachricht an Harry, in der ich ihn bat, festzustellen, ob mein ehemaliger Gewichtheber-Freund jemals mit seinem Handy Gespräche über den Mobilfunkmast empfangen oder geführt hatte, der der Adresse in Asakusa am nächsten lag. Nach Tatsus Informationen vermutete ich ein Ja als Antwort. Dann musste ich nur noch feststellen, ob der Gewichtheber in diesem *Dojo* trainiert hatte und dort bekannt war. Falls ja, konnte ich seinen Namen nutzen, um mich dort einzuführen. Außerdem fragte ich Harry, ob er in letzter Zeit etwas von irgendwelchen US-Regierungsstellen gehört hätte. Ich lud die Nachricht auf unsere sichere Website hoch und piepste ihn an, um ihn darauf aufmerksam zu machen.

Eine Stunde später piepste er zurück. Ich sah auf der Website nach und las seine Nachricht. Nichts Neues vom Finanzamt, mit einem kleinen Smiley daneben. Und ein Verzeichnis von Anrufen, die der Gewichtheber über den Asakusa 2-chome Funkmast getätigt hatte. Ich war im Geschäft.

Ich lud eine Mitteilung für Tatsu hoch, dass ich den Dojo überprüfen und ihm mitteilen würde, was ich vorgefunden hatte. Außerdem sagte ich ihm, dass ich eine wasserdichte Legende für einen gewissen Arai Katsuhiko brauche, die falsche Identität, die ich im Klub des Gewichthebers benutzt hatte. Arai-san musste kürzlich aus der Provinz nach Tokio gekommen sein, was seinen Mangel an hiesigen Kontakten erklärte. Ein Gefängnisaufenthalt in besagter Provinz, beispielsweise wegen Körperverletzung, wäre ein Pluspunkt. Ideal wären Arbeitsverträge vor Ort – irgendetwas bei einer kleineren Firma, die nicht direkt vom Mob kontrolliert wurde. Wenn mich jemand überprüfen wollte, und ich war zuversichtlich, dass das der Fall sein würde, wenn alles gut ging, würde er auf die simple Geschichte eines Mannes stoßen, der seine gescheiterte Vergangenheit hinter sich lassen wollte und in die große Stadt gezogen war, um schmerzliche Erinnerungen zu vergessen und einen Neuanfang zu versuchen.

Ich erwischte noch einen Shinkansen nach Tokio und traf gegen Mitternacht dort ein. Diesmal stieg ich im *Imperial* in Hibiya ab, einem zentral gelegenen Hotel, dem die Annehmlichkeiten und das Flair des *Seiyu Ginza*, des *Chinzanso* oder des *Marunouchi Four Seasons* fehlten. Nachteile, die es allerdings durch Größe, Anonymität und verschiedene Ein- und Ausgänge wieder wettmachte. Auch war das *Imperial* das letzte Hotel, in dem ich mit Midori zusammen gewesen war, doch ich wählte es nicht aus Sentimentalität, sondern aus Sicherheitsgründen.

Am nächsten Morgen sah ich auf der sicheren Website nach. Tatsu hatte mir die gewünschte Identität verschafft und nannte die Nummer eines Schließfachs im Hauptbahnhof, in dem ich den entsprechenden Ausweis finden würde. Ich prägte mir die Nachricht ein und löschte sie dann.

Ich machte einen Gegenaufklärungsgang, der den Hauptbahnhof von Tokio mit einschloss – wo ich die benötigten Papiere abholte – und der an der Toranomon-Station der Ginza-Linie endete, der ältesten U-Bahn der Stadt. Von dort nahm ich den Zug nach Asakusa. Dieser Stadtteil im Nordwesten gehört zu dem, was von *Shitamachi* noch übrig ist, der ›Unterstadt‹ des alten Tokio.

Asakusa 2-chome lag nordöstlich der U-Bahn-Station, also näherte ich mich über den Senso-ji, den Tempelbezirk von Asakusa. Ich betrat ihn durch Kaminari-mon, das ›Donnertor‹, das von Kannon beschützt werden sollte, der Göttin des Mitgefühls, deren Verehrung der Tempelkomplex gewidmet war. Meine Eltern hatten mich im Alter von fünf Jahren dorthin mitgenommen, und der Anblick der drei Meter hohen Papierlaterne des Tors gehört zu meinen frühesten Erinnerungen. Meine Mutter bestand darauf, sich im Tokiwado-Laden anzustellen, um *Kaminari okoshi* zu kaufen, die typischen Spezialitäten von Asakusa, von denen man sagte, dass diese Reiskuchen dort am besten sein sollten. Meinem Vater missfiel es, Zeit für so einen touristischen Unsinn zu verschwenden, doch sie ignorierte ihn. Die Reiskuchen schmeckten herrlich – knusprig und süß – und meine Mutter lachte, während wir aßen, und fragte mich immer wieder: »*Oichi, ne? Oichi, ne?*« Lecker, was? Lecker, was? So lange, bis mein Vater sich erweichen ließ und auch einen Bissen aß.

Am Sensoji-Tempel blieb ich stehen und blickte zurück auf den Komplex. Um mich herum wirbelte das übliche Durcheinander aus aufgeregten Touristen und Schleppern, die potenziellen Kunden »*Hai, irasshiae! Hai, dozo!*« zuschrien. Darum herum kreischten Schulkinder, die sich von den Legionen von Tauben attackieren ließen, die sich im Tempelbezirk angesiedelt hatten. Jemand schüttelte eine *Omikuji*-Wahrsagedose voller Hundert-Yen-Münzen, die dort in der Hoffnung auf Glück hineingesteckt worden waren. Der Duft von Räucherwerk aus den riesigen Messingbecken waberte an mir vorbei, gleichzeitig süß und scharf in der kühlen Luft. Die Menschen drängten sich um die Räuchergefäße und wedelten den Rauch zu denjenigen Körperteilen, die sie mit seinen angeblich magischen Eigenschaften zu heilen hofften. Ein alter Mann mit Anglermütze schaufelte große Mengen davon gegen seinen Unterleib und lachte dabei vergnügt. Ein Reiseleiter versuchte, ein Gruppenfoto zu arrangieren, doch Wellen von Passanten liefen ihm ständig vor die Kamera. Das gewaltige Hozo-mon Tor selbst stand still und stumm daneben, sinnend, würdevoll, unbeeindruckt von Jahrzehnten des Touristenrummels, den hektischen Fotografen oder dem Vogelkot, der sich an seinen Traufen sammelte wie das Wachs von Opferkerzen.

Ich ging weiter nach Westen. Der Radau verklang und wich einer seltsamen, drückenden Stille, die sich über die Gegend legte wie ein Rauchschleier. Abseits des Touristenrummels des Senso-ji schien Japans jahrzehntelanger Abstieg Asakusa hart getroffen zu haben.

Ich drehte den Kopf von einer Seite auf die andere und speicherte die Umgebung ab. Rechts lauerte trotzig der Hanayashiki-Vergnügungspark. Sein leeres Riesenrad drehte sich ohne Sinn vor dem aschgrauen Himmel. Die Promenade dahinter blieb weitgehend ein paar Tauben überlassen, die vom nahegelegenen Tempelbezirk hergezogen waren, und deren gelegentliches Flügelflattern durch die Stille schallte. Hier und da sah man kleine Grüppchen von Obdachlosen, die aus Stummeln gedrehte Zigaretten rauchten. Ein Postbote angelte ein paar Umschläge hinten aus einem Briefkasten und eilte weiter, als hätte er Angst, sich mit dem anzustecken, das die Bevölkerung der Gegend befallen hatte. Der Besitzer eines Cafés saß zusammengesunken im Hintergrund seines verlassenen Lokals und wartete auf Kundschaft, die schon seit Langem nicht mehr kam. Selbst die Pachinko-Hallen waren menschenleer, und künstlich fröhliche Musik schallte bizarr und ironisch aus ihren Eingängen.

Ich bog um die Ecke in die Straße ein, nach der ich gesucht hatte. Ein untersetzter japanischer Bursche mit rasiertem Schädel lehnte an der Mauer, die Augen hinter einer Sonnenbrille verborgen. Ich identifizierte ihn als Wachtposten. Und tatsächlich, am anderen Ende der Straße stand sein Zwilling.

Ich ging an dem ersten Typen vorbei. Nach ein paar Schritten drehte ich unauffällig den Kopf, um einen Blick auf ihn zurückzuwerfen. Er beobachtete mich und sprach in ein Funkgerät. Es war eine ruhige Seitenstraße und ich wirkte nicht wie einer der Rentner aus der Gegend. Der Anruf sah nach Routine aus: Es kommt jemand, ich kenne ihn nicht.

Ich ging weiter, bis ich die angegebene Adresse erreichte – ein unauffälliges zweigeschossiges Gebäude mit Betonfassade. Die Tür war alt und bestand aus dickem Stahl. Drei Reihen großer horizontaler Riegel verschlossen sie, wahrscheinlich verschraubt mit Verstärkungsprofilen auf der Innenseite. Die Riegel sagten: *Besucher unerwünscht.*

Ich sah mich um. Gegenüber lag ein blauer, baufälliger Wellblechschuppen mit einwärts gebogenen Fenstern, die aussahen wie die Augen einer Leiche. Zur Rechten befand sich eine winzige Münzwäscherei, deren drei Waschmaschinen und Trockner einander gegenüber angeordnet standen, als warteten sie nur auf den Schrotthändler, der sie abholte. An den vergilbten Wänden klebten abblätternde Poster. Der Boden war von verschüttetem Waschmittel und Zigarettenkippen übersät. An der Wand hing ein Automat, der den Kunden, die genauso gut Gespenster hätten sein können, Waschmittel für fünfzig Yen pro Portion offerierte.

In die schlammfarbenen Backsteine rechts von der Tür des Gebäudes, vor dem ich stand, war ein kleiner schwarzer Druckknopf eingelassen. Ich drückte ihn und wartete.

In Gesichtshöhe öffnete sich ein Schieber. Ein Paar leicht blutunterlaufener Augen betrachtete mich von der anderen Seite durch ein Drahtgitter.

»Ich möchte trainieren«, sagte ich abgehackt auf Japanisch.

Eine Sekunde verstrich. »Hier wird nicht trainiert«, lautete die Antwort.

»Ich bin Judo, vierter *Dan*. Ein Freund hat Sie mir empfohlen.« Ich nannte den Namen des Gewichthebers.

Die Augen hinter dem Schlitz verengten sich. Er glitt zu. Ich wartete. Eine Minute verging, dann noch einmal fünf. Der Schieber öffnete sich wieder.

»Wann hat Ihnen Ishihara-san diesen Klub empfohlen?«, wollte der Besitzer eines anderen Paars Augen wissen.

»Vor etwa einem Monat.«

»Das ist lange her.«

Ich zuckte die Achseln. »Ich war lange nicht in der Stadt.«

Die Augen beobachteten mich. »Wie geht es Ishihara-san?«

»Gut, als ich ihn das letzte Mal gesehen habe.«

»Und wann war das?«

»Vor ungefähr einem Monat.«

»Und wie lautet Ihr Name?«

»Arai Katsuhiko.«

Die Augen zwinkerten nicht. »Ishihara-san hat Sie nie erwähnt.«

»Hätte er das tun sollen?«

Immer noch kein Zwinkern. »Wir sind ein Privatklub. Wenn ein Mitglied ihn einem Nichtmitglied gegenüber erwähnt, erwähnt er das Nichtmitglied auch gegenüber dem Klub.«

Auch ich blinzelte nicht. »Ich wusste nicht, dass es ein Privatklub ist. Ishihara-san sagte, ich wäre hier an der richtigen Adresse. Kann ich jetzt trainieren oder nicht?«

Die Augen senkten sich zu der Sporttasche, die ich bei mir trug. »Sie wollen jetzt trainieren?«

»Deshalb bin ich hier.«

Der Schieber schloss sich wieder. Eine Sekunde später öffnete sich die Tür.

Dahinter befand sich ein kleiner Vorraum. Eine Betonziegelkonstruktion. Abblätternde graue Farbe. Der Besitzer der Augen musterte mich von Kopf bis Fuß. Er wirkte unbeeindruckt. Das tun sie immer.

»Sie dürfen trainieren«, meinte er. Er war barfuß, trug Shorts und ein T-Shirt. Ich schätzte ihn auf einen Meter fünfundsiebzig und achtzig Kilo. Eher stämmig. Militärisch kurz geschnittene, grau melierte Haare, um die sechzig. Er schien über seinen – meinem Eindruck nach – beachtlichen Höhepunkt hinaus zu sein, war aber trotzdem noch ein hart wirkender Bursche ohne Kinkerlitzchen oder Getue.

Rechts hinter dem stämmigen Kerl stand ein kleineres, drahtigeres Exemplar, ziemlich dunkelhäutig für einen Japaner, den Schädel zu einem schwarzen Stoppelacker rasiert. Ich erkannte die blutunterlaufenen Augen wieder, die mich durch das Drahtgitter angestarrt hatten. Obwohl er schmächtiger war als der andere Typ, strahlte er etwas Intensives und Unberechenbares aus.

Schmächtige Kerle sind oft gefährlich. Da sie niemandem durch ihre Größe imponieren können, müssen sie stattdessen kämpfen lernen. Das weiß ich, denn bevor ich bei der Army Muskeln aufbaute, gehörte ich selbst dazu.

Das Vorzimmer führte in einen rechteckigen Raum, der ungefähr neun mal neun Meter maß. Er roch nach kaltem Schweiß. Eine Judo-Tatamimatte beherrschte den Raum. Ein halbes Dutzend Muskelprotze veranstaltete darauf eine Art von *Randori* Training. Sie trugen Shorts und T-Shirts wie der Typ an der Tür, keine *Judogi*. In einer Ecke der Matte übte jemand Ellenbogen- und Kniewürfe mit einer am Boden liegenden, lebensgroßen Puppe. Kopf, Hals und Brust der Puppe waren praktisch mumifiziert von Klebebandverstärkungen.

In einer anderen Ecke baumelten zwei schwere Sandsäcke an dicken Ketten von offenen Deckenbalken. Große Säcke, siebzig Kilo oder schwerer. Ein paar stiernackige Typen mit Yakuza-Tollen bearbeiteten sie ohne Handschuhe, ohne Tape. Ihre Schläge fielen nicht rasch, aber schwer, und das Klatschen ihrer Knöchel auf Leder hallte in dem engen Raum wider.

Das Fehlen von Tapes an Fingern und Handgelenk war auffällig. Boxer tapen ihre Hände, um sie zu schützen. Doch man wird abhängig davon, und dann kann man ohne nicht mehr richtig zuschlagen. Selbst Mike Tyson hat sich einmal die Hand gebrochen, als er bei einer Kneipenschlägerei seinen Gegner mit bloßen Fäusten angriff. Falls das in einem echten Kampf geschieht, hat man normalerweise verloren. Wenn man um sein Leben kämpft, kann man sich vermutlich davon verabschieden.

Und keine *Judogi*. Auch das war interessant, vor allem im traditionsbewussten Japan. Puristen wollen einem weismachen, dass der Kampf mit dem *Judogi* realistischer ist als ohne, weil die Leute selten nackt kämpfen. Aber moderne Kleidung – T-Shirts zum Beispiel – entspricht oft eher einem unbekleideten Kampf, als der verstärkte *Gi* mit Gürtel. Ausschließlich mit dem *Gi* zu trainieren mag daher traditionell sein, ist aber nicht der Gipfel des Realismus.

Alles Anzeichen dafür, dass es diesen Leuten ernst war.

»Sie können sich da drüben umziehen«, sagte der grau melierte Typ. »Wärmen Sie sich auf und machen Sie ein bisschen Randori. Dann sehen wir mal, warum Ishihara-san dachte, dass Sie zu uns passen könnten.«

Ich nickte und ging in die Umkleidekabine. Es war ein feuchtkalter Raum mit schmutzig-grauem Teppichboden. Ein halbes Dutzend verbeulter Stahlspinde flankierte eine massiv wirkende Außentür, die mit einem Kombinationsschloss gesichert war. Ich zog mir baumwollene Judohosen und ein T-Shirt an und ließ die Judojacke in der Sporttasche. Besser, man passt sich an.

Ich kehrte in den Trainingsraum zurück und machte Dehnübungen. Niemand schien groß Notiz von mir zu nehmen – außer dem dunkelhäutigen Typen, der zusah, während ich mich aufwärmte.

Nach etwa fünfzehn Minuten kam er auf mich zu. »*Randori?*«, fragte er in einem Tonfall, der mehr nach Herausforderung als Einladung klang.

Ich nickte und senkte die Augen vor seinem harten Blick. Für mich hatte der Kampf bereits begonnen, und ich bevorzuge es, von meinem Gegner unterschätzt zu werden.

Ich folgte ihm in die Mitte der Matte, wirkte kleinlaut, leicht eingeschüchtert.

Wir umkreisten einander und suchten nach einer Lücke in der Deckung des Gegners. Aus dem Augenwinkel sah ich, dass die anderen Männer ihre Übungen eingestellt hatten und uns zusahen.

Ich klemmte seinen rechten Arm mit meinem linken fest und drehte mich für einen Hüftwurf ein, eine simple und wirksame Eröffnung aus meinen Ringertagen in Amerika. Aber er war schnell: Er ließ den Arm fallen, duckte sich und drehte sich im Uhrzeigersinn aus meinem Griff. Ich verlagerte den Angriff augenblicklich auf seine linke Seite, doch auch dort parierte er geschickt. Kein Problem. Ich fintierte ohnehin nur, testete seine Verteidigung, ohne ihm zu zeigen, wie gut ich war.

Ich zog mich aus dem Angriffsmodus zurück und begann, mich aufzurichten. Während ich das tat, sah ich seine Hüften eindrehen und nahm eine verschwommene Bewegung an der rechten Kopfseite wahr. Ein linker Haken. *Mannomann.* Ich ließ die rechte Hand in die Lücke schießen und duckte den Kopf nach vorne weg. Der Schlag glitt an meinem Hinterkopf ab, und er zog sich augenblicklich zurück.

Ich trat rasch einen Schritt nach hinten. »Machen wir hier *Randori*, oder boxen wir?« Ich sorgte dafür, dass ich besorgter wirkte, als ich es war. Ich habe einige Erfahrung im Boxen. Und nicht nur mit Handschuhen.

»So machen wir hier Randori«, erwiderte er höhnisch.

»Ohne Regeln?«, fragte ich mit gespieltem Unbehagen. »Ich bin nicht sicher, ob mir das gefällt.«

»Wenn Ihnen das nicht gefällt, trainieren Sie einfach nicht hier, *Judoyaro*«, sagte er. Jemand lachte.

Ich blickte mich um, als wäre ich unsicher, was ich tun sollte, aber tatsächlich war es nur ein Routinecheck meiner Umgebung. Adrenalin verursacht einen Tunnelblick. Mit Erfahrung und dem Wunsch zu überleben, kann man ihn abmildern. Die Gesichter um den Tatami signalisierten Amüsement, nicht Gefahr.

»An so etwas bin ich eigentlich nicht gewöhnt«, meinte ich.

»Dann verpissen Sie sich von dem verdammten Tatami«,

spuckte er aus.

Wieder sah ich mich um. Es wirkte nicht wie eine Falle. Sonst hätten sie nicht einzeln ein Tänzchen mit mir veranstaltet.

»Okay«, sagte ich mit höhnisch verzerrter Miene, wie ein Weichling, der den harten Burschen markiert. Mimte das Opfer eines törichten Stolzes. »Machen wir es auf Ihre Tour.«

Wir gingen wieder in Stellung. Ich speicherte seine Finten ab. Er führte gerne mit dem rechten Fuß. Sein Timing war Standard – eine Schwäche, die er vermutlich immer mit seiner Schnelligkeit ausgeglichen hatte.

Er bevorzugte tiefe Tritte. Den rechten Fuß vorgesetzt, linker Halbkreistritt, zurück in die Grundstellung. Ich steckte zwei Treffer am rechten Oberschenkel ein. Sie taten weh. Sie spielten keine Rolle.

Sein rechter Fuß kam wieder nach vorne. Als er sich nur noch ein paar Millimeter über dem Tatami befand und er nicht mehr anders konnte, als das Gewicht darauf zu verlagern, schoss ich vor. Die rechte Hand hakte ich hinter sein Genick, die linke glitt hinter seinen rechten Fußknöchel. Ich hängte mein ganzes Gewicht an seinen Hals, zog seinen Kopf nach unten und brachte ihn aus dem Gleichgewicht. Ich warf mich massiv gegen ihn, mit dem Ellbogen voran gegen die Brust. Sein Knöchel war blockiert, und ihm blieb keine andere Möglichkeit, als sich rücklings auf den Tatami fallen zu lassen.

Ich hielt seinen Knöchel fest, während er fiel, riss ihn nach oben und drehte mich im Uhrzeigersinn, sodass ich in derselben Richtung aufkam, wie er. Ich hockte rittlings über seinem Bein und hatte den Knöchel vor mir. In einer einzigen fließenden Bewegung blockierte ich ihn mit dem rechten Bizeps, packte seine Zehen mit der linken Hand und drehte in entgegengesetzte Richtungen. Sein Knöchel brach mit einem Geräusch wie ein Holzhammer auf einem Hartholzklotz. Seiner Verankerung beraubt, bog der Fuß sich gewaltsam nach rechts. Muskelansätze und Sehnen zerrissen.

Er stieß einen schrillen Schrei aus und versuchte, mich mit dem anderen Bein wegzustoßen. Doch seine Tritte waren schwach. Sein Nervensystem war vom Schmerz kurzgeschlossen.

Ich stand auf und sah auf ihn hinab. Sein Gesicht hatte eine kränklich grüne Farbe angenommen und war mit einem öligen Schweißfilm bedeckt. Er hielt sich das Knie des kaputten Beins und starrte mit hervorquellenden Augen den Fuß an, der an seinem Ende baumelte. Er holte zitternd Atem, dann noch einmal, tiefer, und stieß ein lang anhaltendes Geheul aus.

Knöchelverletzungen tun weh, das weiß ich. Ich habe Füße gesehen, die Tretminen zum Opfer fielen.

Er sog die Luft ein und schrie weiter. Wären wir allein gewesen, ich hätte ihm das Genick gebrochen, nur um ihn zum Schweigen zu bringen. Ich sah mich im Raum um und fragte mich, ob seine Kumpane mir Schwierigkeiten machen würden.

Einer von ihnen, ein großer, langbeiniger Typ mit Adonisfigur und wasserstoffblondem, kurz geschnittenem Haar rief »Oi!«, und bewegte sich auf mich zu. Hey!

Der grau melierte Typ vertrat ihm den Weg. »Das reicht«, sagte er und stieß den Adonis zurück. »Es reicht.«

Der Graumelierte kam zu mir. Sein Gesicht trug einen leicht amüsierten Ausdruck, der an ein Lächeln grenzte.

»Beim nächsten Mal, wenn Sie einen Gelenkhebel ansetzen, sollten Sie es etwas kontrollierter tun«, meinte er sachlich.

Der dunkelhäutige Typ wand sich. Adonis und ein paar der anderen kamen ihm zu Hilfe.

Ich zuckte die Achseln. »Das hätte ich. Aber er sagte: ohne Regeln.«

»Das ist wahr. Er wird wahrscheinlich der Letzte gewesen sein, der Ihnen diesen Vorschlag macht.«

Ich sah ihn an. »Hier gefällt es mir. Ihr Leute scheint es ernst zu meinen.«

»Das tun wir.«

»Darf ich hier trainieren?«

»Zwischen vier und acht Uhr jeden Abend. Meistens auch am Morgen, wenn Sie von acht bis mittags Zeit haben. Es ist nicht umsonst, aber darüber können wir ein andermal reden.«

»Sind Sie der Manager?«

Er lächelte. »Etwas in der Art.«

Jemand brachte eine Tragbahre. Der dunkelhäutige Typ knirschte mit den Zähnen und wimmerte. Jemand ermahnte ihn: »*Urusei na! Gaman shiro!*« Halt den Mund! Schluck den Schmerz hinunter!

»Ich heiße Arai«, sagte ich mit einer leichten Verneigung.

»Washio«, sagte der Manager und erwiderte die Verbeugung. »Übrigens, wussten Sie, dass Ishihara-san kürzlich gestorben ist?«

Ich sah ihn an. »Nein, das wusste ich nicht.«

Er nickte. »Ein Unfall in seinem Fitnessstudio.«

»Tut mir leid, das zu hören. Hat das Studio trotzdem noch geöffnet?«

»Seine Geschäftspartner führen es weiter.«

»Gut. Obwohl ich das Gefühl habe, dass ich von jetzt an mehr Zeit hier verbringen werde.«

Er grinste. »*Yoroshiku.*« Ich freue mich darauf.

»*Yoroshiku.*«

Ich blieb noch zwei Stunden. Adonis warf mir von Zeit zu Zeit wütende Seitenblicke zu, hielt sich aber ansonsten fern. Murakami tauchte nicht auf.

Washios Fragen wegen Ishiharas Tod waren weder überraschend noch besonders beunruhigend. Sein Tod hatte wie ein Unfall gewirkt. Selbst wenn sie sich fragten, ob es in Wirklichkeit vielleicht anders abgelaufen war, hatten sie nicht mehr Grund, mich zu verdächtigen, als jeden anderen, der dort trainiert hatte.

Wenn sich natürlich weitere Nachfragen anschlossen, vor allem augenscheinlichere, würde ich meine Einschätzung vielleicht revidieren müssen.

Ich kam am nächsten und übernächsten Tag wieder. Immer noch keine Spur von Murakami. Das störte mich nicht. Es gefiel mir, wieder in Tokio zu sein, und ich dachte, ich könnte durchaus ein paar Tage mehr dranhängen, wenn ich vorsichtig war. Außerdem ist es großartig, im Job trainieren zu können. Nicht gerade das gesunde Leben eines Aerobiclehrers, doch allemal besser, als bei einer Beschattung die ganze Nacht in einem Van zu sitzen, kalten Kaffee zu trinken und in eine Plastikflasche zu pinkeln.

Am vierten Tag kam ich abends. Dreimal hintereinander zur

selben Zeit am selben Ort ist das Maximum, was meine paranoide Natur mir gestattet. Ich war überrascht, viele der gleichen Gesichter wiederzusehen. Einige dieser Typen trainierten anscheinend zweimal am Tag. Ich fragte mich, womit sie ihren Lebensunterhalt verdienten. Vermutlich mit Verbrechen. Man ist sein eigener Herr. Hat flexible Arbeitszeiten.

Ich tauschte Grüße mit Washio und einigen anderen, die ich näher kennengelernt hatte, dann zog ich mich um. Einer der schweren Säcke war frei, und ich begann, ihn mit Knie- und Ellbogenkombinationen zu bearbeiten. Jeweils eine Minute Angriff, dann dreißig Sekunden Ausruhen. Ich las die Zeiten von einer kleinen Uhr an der Wand ab.

Meine Schnelligkeit und Kraft waren noch da. Die Ausdauer ebenfalls. Die Regenerationszeiten waren nicht mehr das, was sie einmal gewesen waren, doch eine regelmäßige Diät mit flüssigen Aminosäuren für die Muskeln, Glucosamin für die Gelenke und Cognamine für die Reflexe schien zu wirken.

Während einer der Ruhepausen spürte ich, wie die Leute bei ihren Übungen innehielten und ihre Aufmerksamkeit sich verlagerte. Die Atmosphäre im Raum veränderte sich.

Ich drehte den Kopf und sah jemanden in einem schlecht sitzenden, dunkelblauen Zweireiher. Der Anzug hatte breite Aufschläge und übermäßig gepolsterte Schultern. Die Art Anzug, die auch dann noch einen wiegenden Gang suggerieren soll, wenn man stillsteht. Er wurde von zwei untersetzten Typen flankiert, legerer gekleidet, mit Yakuza-Tolle. Nach Größe und Verhalten zu schließen Bodyguards.

Sie mussten gerade eingetreten sein. Der Typ im Anzug sprach mit Washio, der wachsam und irgendwie unbehaglich zuhörte.

Ich beobachtete sie und sah, dass andere das Gleiche taten. Der Neuankömmling konnte höchstens einen Meter siebzig oder fünfundsiebzig groß sein, doch er hatte einen massiven Hals, und ich schätzte ihn auf fünfundachtzig bis neunzig Kilo. Seine Ohren waren deformierte Massen von hervorstehendem Narbengewebe, die sogar in Japan auffallen mussten, wo Blumenkohlohren bei *Judoka* und *Kendoka* nicht ungewöhnlich sind.

Washio gestikulierte zu verschiedenen Männern hin, die gerade trainierten. Der Neuankömmling nickte. Es wirkte wie eine Einsatzbesprechung.

Die dreißigsekündige Pause war um. Ich wandte mich wieder dem Sack zu. Linker Ellbogen. Rechter Uppercut. Linkes Knie. Und wieder von vorne.

Als die einminütige Sequenz um war, sah ich wieder hin. Washio und der Neuankömmling kamen auf mich zu. Die Leibwächter blieben an der Tür stehen.

»*Oi*, Arai«, rief Washio mich schon aus ein paar Metern Entfernung an. »Machen Sie mal eine Minute Pause.«

Ich hob mein Handtuch vom Boden auf und wischte mir den Schweiß aus dem Gesicht. Sie kamen näher und Washio sagte mit einer Geste zu dem Mann neben ihm: »Ich möchte Ihnen jemanden vorstellen. Einen der Unterstützer dieses *Dojo*.«

Ich hatte ihn bereits erkannt. Wie in Tatsus Dossier beschrieben, war die linke Wange eingedrückt, während sich auf der anderen Seite eine etwa golfballgroße Naht mit pockennarbigen Rändern befand. Ich stellte mir vor, dass sich dort ein Hund verbissen und nicht mehr losgelassen hatte, auch als man ihn wegriss.

Irgendetwas sagte mir, dass der Hund den Kürzeren gezogen hatte.

Ich spürte, wie sich die Härchen in meinem Nacken aufstellten und ein Adrenalinstoß durch meine Adern schoss. Mein Kampf- oder Fluchtreflex ist fein geschärft, und die Gegenwart dieses Typen brachte ihn zum Klingeln.

»*Arai desu*«, sagte ich mit einer knappen Verbeugung.

»*Murakami da*«, nickte er. Seine Stimme war kaum mehr als ein Knurren. »Washio sagte mir, dass Sie gut sind.« Er blickte zweifelnd.

Ich zuckte die Achseln.

»Morgen Nacht findet ein Kampf statt«, fuhr er fort. »Wie wir sie gelegentlich veranstalten. Die meisten Leute zahlen hunderttausend Yen, um zusehen zu dürfen, aber für Angehörige dieses

Dojo ist der Eintritt frei. Sind Sie interessiert?«

Hunderttausend Yen – ich hatte mich kaum verschätzt, was die ökonomische Seite dieses Geschäfts anging. Und wenn der Typ eine Einladung aussprach, musste mich bereits jemand überprüft haben. Ich war froh, dass ich Tatsu gebeten hatte, mir die Arai-Identität zu verschaffen.

Ich zuckte wieder die Achseln und sagte: »Sicher.«

Er sah mich an, und seine Augen wirkten flach, als wären sie auf etwas hinter mir fokussiert und würden durch mich hindurchsehen. »Der Kampf beginnt Punkt zehn Uhr. Die Leute kommen schon ein wenig früher, um Wetten abzuschließen. Diese Veranstaltung findet in Higashi Shinagawa 5-chome statt. Direkt gegenüber dem Kanal zur Insel Tennozu.«

»Im Hafenviertel?«, fragte ich. Das Gebiet gehörte zu Tokio, aber ich war nie dort gewesen, während ich in der Stadt lebte. Es lag im Südosten, bei den Fleischfabriken und Kläranlagen, den Dampfkraftwerken und Großhandelslagerhäusern, dick und fett geworden durch Tokios großen Seehafen. Vermutlich lag die besondere Attraktivität des Gebiets darin, dass es nachts menschenleer war.

»Richtig. Die Adresse ist acht-fünfundzwanzig. Ein Lagerhaus, auf dem das Zeichen für ›Transport‹ in einem großen Kreis auf die Tür gemalt ist. Gegenüber dem *Lady Crystal* Jachtklub. Rechter Hand, wenn Sie von der Einschienenbahn kommen. Sollte nicht schwer zu finden sein.«

»Es ist wichtig, dass Sie niemandem davon erzählen«, fügte Washio hinzu. »Es kommen sowieso nur Leute hinein, die eingeladen sind, und wir wollen keine Schwierigkeiten mit der Polizei.«

Murakami nickte kurz und nahm Washios Einwurf zur Kenntnis, als wäre er kaum der Rede wert. Ich nahm an, dass es Murakami ziemlich egal war, wer bei diesen Veranstaltungen auftauchte, solange der Kampf stattfand. Washio dagegen war vermutlich für die Organisation verantwortlich und würde zur Verantwortung gezogen werden, wenn es Probleme gäbe.

»Kämpfen Sie auch?«, fragte ich und sah Murakami an.

Zum ersten Mal lächelte er. Seine Schneidezähne waren zu groß und gleichmäßig, und ich sah, dass er eine billige Brücke trug.

»Manchmal kämpfe ich. Aber nicht morgen«, meinte er.

Ich wartete, ob noch mehr kam. Das tat es nicht.

Ich überlegte kurz, ob es sich um eine Falle handelte. Doch wenn sie mir auf die Schliche gekommen waren, hätte sich der Ort hier perfekt geeignet. Sie mussten mich nicht erst anderswo hinlocken.

»Ich werde da sein«, meinte ich.

Murakami musterte mich noch einen Moment lang mit diesem flachen Blick, ohne dass sein Lächeln auch nur einen Augenblick flackerte, dann ging er davon. Washio folgte ihm.

Ich stieß einen langen Atemzug aus und sah auf die Uhr. Als der Sekundenzeiger auf zwölf stand, fing ich wieder an, den Sack zu attackieren und baute den Adrenalinüberschuss ab, den Murakamis Gegenwart erzeugt hatte.

Er war Furcht einflößend, ohne Zweifel. Und das lag nicht nur an dem zerstörten Gesicht. Selbst ohne Narben hätte ich es erkannt. Er strahlte dieselbe tödliche Aura aus, die ich an Crazy Jake gesehen und respektiert hatte. Die äußerlichen Narben waren ein vernachlässigbarer Teil dessen, was ihn zu dem machte, was er war.

Ich würde diesen Kerl mit nichts weniger ausschalten wollen als einem Gewehr mit Zielfernrohr. Was natürlich ziemlich schwer mit einem Ableben aus natürlich Ursachen zu verwechseln ist.

Zum Teufel damit, dachte ich. *Risiken einzugehen, ist eine Sache. Aber das hier ist Selbstmord.* Wenn Tatsu ihn so sehr tot sehen wollte, empfahl sich ein Sechsmannteam mit Schusswaffen. So gerne ich mir sein Wohlwollen gesichert hätte, das hier war es nicht wert.

Ich fragte mich, ob mein alter Freund mir drohen würde. Ich glaubte es nicht. Und falls doch, musste ich einfach meine Rio-Pläne vorantreiben. Die Vorbereitungen waren noch nicht vollständig abgeschlossen, aber eine überhastete Abreise hatte ihre Vorzüge, wenn ich zwischen einer Selbstmordmission auf der einen und Tatsus *Keisatsucho Geheimdienst* auf der anderen Seite wählen musste.

Doch ich würde mir den Kampf morgen ansehen und so viele

Informationen wie möglich sammeln. Und sie Tatsu als Trostpreis dafür überreichen, dass ich kniff.

Der Sekundenzeiger der Uhr durchlief die Zwölf. Ich feuerte ein letztes Trommelfeuer von Ellbogenstößen ab und trat zurück. Der Adrenalinüberschuss war weitgehend abgebaut, aber ich fühlte mich immer noch angespannt. Normalerweise half eine Trainingseinheit dagegen. Diesmal nicht.

Ich suchte mir einen Partner und übte eine weitere Stunde lang Beinangriffe. Danach machte ich Dehnübungen und ging unter die Dusche. Ich war froh, dass die Sache bald vorbei sein würde.

TEIL II

Die Musik enthüllt uns eine persönliche Vergangenheit, die uns bis dahin unbewusst war, und lässt uns Missgeschicke beklagen, die wir nie erlitten, Unrecht, das wir nie begangen haben.

– Jorge Luis Borges

KAPITEL 9

In dieser Nacht unternahm ich einen langen, ausgedehnten Spaziergang durch Tokio. Ich fühlte mich ruhelos und verspürte das Bedürfnis, mich zu bewegen, mich von den Strömungen der Stadt treiben zu lassen.

Ich wanderte von Meguro nach Norden, hielt mich an Nebenstraßen und Gassen, einsame Pfade durch die lichtlosen Parks.

Irgendetwas an dieser verdammten Stadt zog mich immer noch an, verlockte mich. Ich musste endlich weg. Verdammt, ich hatte es versucht. Aber schon war ich wieder hier.

Vielleicht ist es Schicksal.

Doch ich glaube nicht an Schicksal. Schicksal ist Blödsinn.

Was dann?

Ich erreichte Hikawa Jinja in Hiro, einen von zahlreichen Shinto-Schreinen, mit denen die Stadt übersät war. Mit seinen etwa dreißig Quadratmetern war Hikawa nicht besonders groß, aber keineswegs die kleinste dieser andachtsvollen Grünflächen. Ich trat durch das alte Steintor und fand mich von tröstlicher Dunkelheit umhüllt.

Ich schloss die Augen, neigte den Kopf und atmete tief durch die Nase, hob die Arme und streckte die Finger vor mir aus wie ein Blinder, der versucht, seine Umgebung zu ertasten.

Da war es, knapp außerhalb der Grenzen normaler Wahrnehmung. Dieses Gefühl, dass die Stadt selbst ein lebendes Wesen war, wie ein vielschichtiges und vieltöniges Summen überall um mich herum. Und meine Lebendigkeit ein Teil davon.

Ich schlug die Augen auf und hob den Kopf. Der Schrein war

auf einer Klippe erbaut, und durch die Bäume an der Peripherie konnte ich die Lichter von Hiro und weiter hinten Meguro sehen.

Tokio ist riesig und kann so grausam unpersönlich sein, dass der Trost, den seine verstreuten Oasen spenden, süßer ist als an jedem anderen Ort, den ich kenne. Es gibt stille Schreine wie Hikawa mit jener düsteren Aura von Nachdenklichkeit, die für mich immer denselben Klang hat wie der Schall einer Tempelglocke. Andere Oasen sind die winzigen *Nomiya*, Nachbarschaftskneipen mit nur zwei oder vier Stühlen an einer Bar, die nur halb so lang ist wie eine Tür, und hinter der eine alterslose Mama-san thront, die beruhigend oder barsch auftreten kann, je nachdem, wie es der Gast gerade braucht. Ein Arrangement, das mehr Zuspruch und Verständnis ausstrahlt als jede Psychiatercouch. Dann ist da noch die seltsam anonyme Kameraderie der *Yatai* und *Tachinomi*, der Garküchen im Freien, die Bier in großen Krügen und Gegrilltes am Spieß verkaufen. Buden, die wie wilde Pilze an den dunklen Ecken und Winkeln der Hochbahn aus dem Boden schießen, und das Gelächter ihrer Kunden breitet sich in der Nachtluft aus wie kleine Lichtteiche inmitten von Dunkelheit.

Ich bewegte mich tiefer in die Düsternis hinein und setzte mich mit dem Rücken zum *Honden* hin, dem symmetrischen, ziegelgedeckten Bauwerk, in dem der Gott dieses kleinen Schreins wohnte. Ich schloss die Augen und atmete tief und vollständig aus, dann lauschte ich eine Weile der Stille.

Als Kind hatte man mich einmal dabei erwischt, wie ich in einem Laden in der Nachbarschaft eine Tafel Schokolade klaute. Natürlich kannte mich das ältere Ehepaar, dem das Geschäft gehörte, und sie verständigten meine Eltern. Ich hatte entsetzliche Angst vor der Reaktion meines Vaters und leugnete alles ab, als er mich zur Rede stellte. Er wurde nicht zornig. Er nickte vielmehr langsam und sagte mir, dass es das Wichtigste für einen Mann sei, sich selbst einzugestehen, was er getan habe, und wenn ihm das nicht gelinge, könne er nur ein Feigling sein. Ob ich das verstünde, hatte er gefragt.

Damals begriff ich nicht, was er sagen wollte. Doch seine

Worte lösten in mir eine so brennende Scham aus, dass ich alles gestand. Er nahm mich mit in den Laden, wo ich eine tränenreiche Entschuldigung vorbrachte. In Gegenwart der Besitzer war die Miene meines Vaters streng, beinahe grimmig. Aber während wir davongingen und ich weiter in meiner Schande vor mich hin weinte, zog er mich kurz und unbeholfen an sich und legte mir die Hand in den Nacken.

Ich habe nie vergessen, was er damals zu mir sagte. Ich weiß, was ich getan habe, und ich stehe dazu.

Mein erster persönlicher Abschuss war ein Vietcong in der Nähe des Xe Kong Flusses an der laotischen Grenze. In Vietnam galt es als ›persönlicher Abschuss‹, wenn man ein bestimmtes Individuum unter direktem Beschuss getötet hatte und sicher sein konnte, es selbst getan zu haben. Ich war damals siebzehn.

Ich gehörte zu einem dreiköpfigen Aufklärungsteam. Die Teams waren klein, denn entscheidend für Erfolg und Überleben war die Fähigkeit, unbemerkt hinter den gegnerischen Linien zu operieren. Daher wurden zur Aufklärung nur Männer eingesetzt, die sich absolut lautlos bewegen konnten. Diese Missionen erforderten eher Gespenster als Killer.

Es war im Morgengrauen. Ich erinnere mich noch, dass ich undeutlich den Dunst vom feuchten Boden aufsteigen sah, während das Tageslicht sich langsam in den Himmel schlich. Ich fand immer, dass es ein schönes Land war. Eine Menge Soldaten hassten es, weil sie ihren aufgezwungenen Aufenthalt dort hassten, aber mir ging es nie so.

Wir waren zwei Nächte lang ohne Feindberührung im Feld gewesen und schon auf dem Rückweg zum Abholpunkt, als wir diesen Typen allein auf einer Lichtung stehen sahen. Wir erstarrten und beobachteten ihn von einem Punkt unmittelbar hinter der Dschungelgrenze aus. Er trug ein AK, daher wussten wir, dass er ein Vietcong sein musste. Er ging auf und ab und sah nach links und rechts. Anscheinend versuchte er, sich zu orientieren. Ich erinnere mich noch, dass ich mich fragte, ob er vielleicht von seiner Einheit getrennt worden war. Er wirkte ein wenig ängstlich.

Nach unseren Richtlinien sollten wir Kontakt vermeiden, doch unser Auftrag lautete, Geheiminformationen zu sammeln, und wir sahen, dass er ein großes Buch bei sich trug. Eine Art Journal. Das konnte eine hübsche Beute sein. Wir sahen uns an. Der Teamführer nickte mir zu.

Ich kniete mich hin, setzte mein CAR-15 an die Schulter, brachte den Vietcong ins Fadenkreuz und wartete darauf, dass er stehen blieb.

Ein paar Sekunden verstrichen. Ich wusste, dass ich mir Zeit lassen konnte, und wollte, dass mein Schuss sicher sein Ziel fand.

Er kniete sich hin und legte das Buch und sein Gewehr ab. Dann stand er wieder auf, öffnete die Hose und pisste. Dampfwolken stiegen auf, wo die heiße Flüssigkeit auf die Erde traf. Ich hielt ihn im Fadenkreuz und musste die ganze Zeit daran denken, dass er keine Ahnung hatte, was ihm bevorstand, und dass das eine Scheißart war, zu sterben.

Ich wartete, bis er fertig war und seine Hosen wieder hochgezogen hatte. Dann: *Ka-pop!* Ich legte ihn um. Ich sah ihn fallen. Ich hatte dieses unbeschreibliche Hochgefühl – ich hatte gewonnen! Ich hatte gesiegt! Ich war besser gewesen!

Wir gingen hinüber, wo er lag. Ich sah überrascht, dass er noch lebte. Ich hatte das Brustbein getroffen, und er hatte einen offenen Lungenschuss. Er war nach hinten gefallen, die Beine gespreizt. Der Boden unter ihm war bereits dunkel von seinem Blut.

Ich erinnere mich noch daran, wie betroffen mich seine Jugend machte. Er sah nicht älter aus als ich. Ich erinnere mich, welcher Gedanke mir durch den Kopf schoss – *oh Gott, das bin ich!* –, während wir im Kreis um ihn herumstanden und nicht wussten, was wir tun sollten.

Er blinzelte heftig, und sein Blick sprang von einem von uns zum anderen und wieder zurück. Er blieb an mir hängen, und ich dachte, er wüsste, dass ich derjenige war, der auf ihn geschossen hatte. Später wurde mir klar, dass die Erklärung wahrscheinlich viel prosaischer war. Vermutlich verwirrten ihn nur meine asiatischen Gesichtszüge.

Einer schraubte eine Feldflasche auf und hielt sie ihm hin. Er machte keine Anstalten, danach zu greifen. Sein Atem ging immer schneller und flacher. Tränen rollten ihm aus den Augenwinkeln, und er murmelte etwas mit einer hohen, angestrengten Stimme, die niemand von uns verstand. Später wusste ich, dass die auf dem Schlachtfeld Verwundeten oder Sterbenden oft nach ihrer Mutter riefen. Vielleicht hatte er das getan.

Wir beobachteten ihn. Die Brustwunde hörte auf zu pfeifen. Das Blinzeln endete. Sein Kopf kam in einem seltsamen Winkel auf dem Boden zu liegen, als lauschte er auf etwas.

Wir standen schweigend um ihn herum. Das anfängliche Hochgefühl war verschwunden, abgelöst von einer eigenartigen, intimen Zärtlichkeit, einer entsetzten Traurigkeit, die so plötzlich und hart zuschlug, dass ich tatsächlich aufstöhnte.

Das bin ich, dachte ich abermals. Er sah nicht aus wie ein Böse-wicht. Ich wusste, dass wir in einem anderen Universum nicht versucht hätten, uns gegenseitig zu töten. Vielleicht wären wir sogar Freunde gewesen. Er hätte nicht auf dem Dschungelboden gelegen, getränkt mit seinem eigenen Blut.

Einer der Männer, die bei mir waren, begann zu weinen. Der andere stöhnte: *Oh Gott, oh Gott, oh Gott*, immer wieder. Beide übergaben sich.

Ich nicht.

Wir sahen uns das Buch an. Es stellte sich heraus, dass es ganz brauchbare Informationen enthielt, über Zahlungen der Vietcong an Dorfälteste und andere Versuche, sich Einfluss zu erkaufen. Obwohl das alles natürlich letzten Endes unwichtig war.

Einer in dem Huey-Hubschrauber, der uns später abholte, lachte und sagte, dass ich jetzt meine Jungfräulichkeit verloren hätte. Niemand sprach darüber, wie es sich in Wirklichkeit angefühlt hatte oder was geschehen war, während wir in einem stummen Kreis um den Mann herumstanden und ihm beim Sterben zusahen.

Als die Army meine Eignung für ein SOG genanntes Projekt

zur Zusammenarbeit zwischen Special Forces und CIA beurteilte, zeigte der Psychiater großes Interesse an meiner ersten Tötungserfahrung. Er schien es bemerkenswert zu finden, dass ich mich nicht übergeben hatte. Und dass das, was er als ›assoziierte negative Emotionen‹ beschrieb, abgeklungen war. Es hatten sich keine Albträume angeschlossen. Auch das schien ein Pluspunkt zu sein.

Später erfuhr ich, dass man mich unter die magischen zwei Prozent der Soldaten eingestuft hatte, die wiederholt und ohne Zögern töten können, ohne spezielle Konditionierung und ohne Reue zu empfinden. Ich weiß nicht, ob ich wirklich dazugehörte. Es fiel mir nicht so leicht wie Crazy Jake. Aber jedenfalls ordneten sie mich so ein.

Durchschnittsbürger sind oft überrascht, in welchem Maß Soldaten mit Zaudern vor der Tat und Reue danach zu kämpfen haben. Doch natürlich musste der Durchschnittsmensch noch nie einen Fremden im Nahkampf umbringen.

Wer aus nächster Nähe getötet hat, weiß, dass dem Menschen eine tief verwurzelte Hemmung angeboren ist, die eigene Spezies umzubringen. Ich schätze, es gibt evolutionäre Erklärungen dafür, doch eigentlich spielt das keine Rolle. Wichtig ist, dass der wesentliche Teil der Grundausbildung für Soldaten darauf abzielt, diese Hemmung mit klassischen und wirkungsvollen Konditionierungstechniken auszuschalten. Ich habe erlebt, mit welcher skrupellosen Effizienz die modernen Ausbildungsmethoden dieses Ziel erreichen. Ich weiß auch, dass das Training eher geeignet ist, das Zaudern davor zu unterdrücken, als die Reue danach.

Lange saß ich so da und kramte in meinen Erinnerungen. Irgendwann wurde es kalt. Ich kehrte zurück ins Hotel und sorgte dabei wie immer dafür, dass ich den Rücken freihatte. Ich nahm ein gerade noch erträglich heißes Bad, dann schlüpfte ich in einen baumwollenen *Yukata*, den das Hotel in weiser Voraussicht zur Verfügung gestellt hatte. Ich zog mir einen Stuhl ans Fenster und betrachtete im Dunkeln sitzend den Verkehr auf der Hibiya-dori zwanzig Stockwerke tiefer. Ich dachte an Midori und fragte mich, was sie in diesem Moment auf der anderen Seite der Welt tun mochte.

Als der Verkehr dünner zu werden begann, ging ich zu Bett. Der Schlaf ließ lange auf sich warten. Ich träumte von Tokio. Es fühlte sich weit entfernt an.

KAPITEL 10

Am nächsten Abend lief ich vor dem Kampf meinen üblichen Gegenaufklärungsgang. Als ich sicher war, dass mir niemand folgte, nahm ich ein Taxi nach Tennozu zum Bahnhof der Einschienenbahn. Von dort aus ging ich zu Fuß. Es war niemand in Sicht.

Am Wasser war es kühler. An einem Gehsteig fanden Reparaturarbeiten statt, und eine Ansammlung von Warnschildern mit der Aufschrift *Anzen daiichi!* – Sicherheit geht vor – schwang steif im Wind und quietschte wie ein närrisches Glockenspiel. Ich ging über die rostige Stahlmasse der Higashi Shinagawa Brücke. Um mich herum dehnte sich ein Netz aus Eisenbahnbrücken und Überführungen aus, der Beton geschwärzt von den jahrelangen Ablagerungen der Dieselabgase, so dicht ineinander verflochten vor dem schwarzen Himmel, dass die Erde darunter sich fast unterirdisch anfühlte. An einer Straßenecke duckte sich ein einsamer Verkaufsautomat, dessen Neonlicht flackerte wie ein sterbendes SOS.

Ich erblickte den *Lady Crystal* Jachtklub, wahrscheinlich ein Werbeeuphemismus für ein Restaurant, das zufällig am Wasser lag, und wandte mich nach links. Rechts von mir lag eine weitere Überführung mit Lagerhäusern darunter. Gegenüber ein fast leerer Parkplatz. Dahinter ein weiterer düsterer Kanal.

Ich fand das Lagerhaustor, das Murakami beschrieben hatte. Es wurde flankiert von zwei Blumenkästen aus Beton, die von Unkraut überquollen. Links warnte ein Schild vor Brandgefahr. Dahinter kroch Rost die Wand herab wie Blut über eine sich ablösende Bandage.

Ich sah mich um. Jenseits des Wassers standen hell erleuchtete Bürohochhäuser, Apartments und Hotels. Die Namen ihrer Besitzer leuchteten stolz in rotem und blauem Neon: JAL, JTB, Daichi Seafort. Es sah so aus, als wäre die Erde auf dieser Seite vergiftet und nicht in der Lage, solche Bauten hervorzubringen.

Links von mir befand sich eine Lücke in der langen Reihe der Lagerhäuser. Ich trat hinein und erblickte eine Tür, die von der Straße aus nicht zu sehen gewesen war. In Augenhöhe befand sich ein kleines Guckloch. Ich klopfte und wartete.

Ich hörte einen Riegel zurückgleiten, dann öffnete sich die Tür. Es war Washio. »Sie sind früh dran«, meinte er.

Ich zuckte die Achseln. Ich treffe selten Verabredungen. Besser, man gibt niemandem die Möglichkeit, einen zeitlich und örtlich zu lokalisieren. Bei den seltenen Gelegenheiten, wenn mir keine andere Wahl bleibt, komme ich lieber zu früh, um die Verhältnisse auszukundschaften. Wenn jemand eine Party für mich schmeißt, bin ich da, bevor die Musik zu spielen anfängt.

Ich warf einen Blick hinein. Vor mir gähnte ein Raum, der mit Betonpfeilern gespickt war. Mit Drahtkörben geschützte Glühbirnen hingen in acht Meter Höhe von der Decke. Auf allen Seiten stapelten sich Kartons fünf Meter hoch. An einer Wand standen zwei Gabelstapler, die in dem riesigen Raum wie Spielzeuge aussahen. Ein Paar niederrangige *Chinpira* in schwarzen T-Shirts stellten rundherum Stühle auf. Abgesehen davon waren wir allein.

Ich sah Washio an. »Ist das ein Problem?«

Er zuckte die Achseln. »Macht nichts. Die Leute kommen sowieso bald.«

Ich trat ein. »Sie bewachen die Tür?«

Er nickte. »Wenn ich jemanden nicht kenne, kommt er nicht herein.«

»Wer kämpft?«

»Keine Ahnung. Ich organisiere die Kämpfe nur, ich richte sie nicht aus.«

Ich lächelte ihn an. »Nehmen Sie je daran teil?«

Er lachte. »Nein. Ich bin ein bisschen zu alt für den Mist. Vielleicht, wenn ich noch jünger wäre. Aber diese Kämpfe gibt es erst seit ein oder anderthalb Jahren, und da lag meine beste Zeit schon lange hinter mir.«

Ich dachte an die Art, wie er mit Murakami geredet hatte, als wäre es eine Einsatzbesprechung. »Die Leute im Klub«, sagte ich, »Sie trainieren sie für diese Kämpfe?«

»Einige von ihnen.«

»Was ist mit Murakami?«, fragte ich.

»Was soll mit ihm sein?«

»Was macht er?«

Er zuckte die Achseln. »Eine Menge. Manche der Jungs trainiert er. Manchmal kämpft er selbst. Wenn ja, machen wir gute Umsätze.«

»Warum?«

»Murakami beendet seine Kämpfe immer. Das gefällt den Leuten.«

»›Beendet‹ sie?«

»Sie wissen schon, was ich meine. Wenn Murakami kämpft, dann steht fest, dass einer der Kämpfer sterben wird. Und Murakami hat noch nie verloren.«

Es fiel mir nicht schwer, das zu glauben. »Was macht ihn so gut?«, fragte ich.

Er sah mich an. »Hoffen Sie lieber, dass Sie das nie herausfinden müssen.«

»Stimmt es, dass er gegen Hunde kämpft?«

Er stutzte. »Wo haben Sie das gehört?«

Ich zuckte die Achseln. »Nur so Gerede.«

Er schwieg. Dann: »Ich weiß nicht, ob es stimmt. Aber ich weiß, dass er illegale Hundekämpfe besucht. Er ist Züchter. Tosas und American Pitbulls. Seine Hunde sind Killer. Er füttert sie mit Schießpulver und pumpt sie voll mit Steroiden. Sie hassen alles in dieser Welt und sind aggressiv wie der Teufel. Einmal hat Murakami einem Hund eine Jalapeño-Chili in den Arsch gesteckt. Danach kämpfte er wie ein Dämon.«

Es klopfte an der Tür. Washio stand auf. Ich zeigte ihm eine leichte Verbeugung, um ihn wissen zu lassen, dass ich ihn nicht weiter aufhalten wollte.

Er streckte die Hand aus und hielt mich am Arm zurück. »Warten Sie. Erst brauche ich Ihr Handy.«

Ich sah seine Hand an. »Ich habe keines dabei«, sagte ich.

Er beäugte mich misstrauisch. Ich starrte zurück. Es stimmte, was ich ihm gesagt hatte, doch wenn ich gelogen hätte, hätte es schon mehr als einer finsteren Miene bedurft, dass ich es zugab.

Sein Ausdruck entspannte sich und er ließ mich los. »Ich werde Sie nicht durchsuchen«, sagte er. »Aber niemand darf hier mit einem Mobiltelefon rein. Manche Leute rufen Freunde an und berichten von dem, was sie gerade sehen. Das ist zu unsicher.«

Ich nickte. »Klingt vernünftig.«

»Wenn einer der Rausschmeißer Sie mit einem Handy sieht, machen die Sie fertig, und zwar gründlich. Nur, damit Sie Bescheid wissen.«

Ich nickte, um zu zeigen, dass ich verstanden hatte, und zog mich in eine Ecke zurück, um mir die eintreffenden Leute anzusehen. Einige kannte ich aus dem Klub. Adonis trug Trainingshosen. Ich fragte mich, ob er zum Kampf antreten würde.

Nach und nach füllten sich die Reihen. Ungefähr eine Stunde später traf Murakami ein, flankiert von zwei Bodyguards, andere als die, die ich im *Dojo* gesehen hatte. Er wechselte ein paar Worte mit Washio, der sich umsah und dann auf mich zeigte.

Ich hatte plötzlich das Gefühl, dass mir mehr Aufmerksamkeit von Murakami zuteilwurde, als mir lieb war.

Ich sah, wie er seine beiden Männer anstieß. Die Drei bewegten sich auf mich zu.

Adrenalin schoss in meine Adern. Ich spürte den Stoß. Ich blickte mich beiläufig um und hielt nach etwas Ausschau, das sich als Waffe verwenden ließ. Nichts in Reichweite.

Sie kamen heran und reihten sich nebeneinander vor mir auf, Murakami ein kleines Stück weiter vorn als die anderen.

»Ich war nicht sicher, ob Sie kommen würden«, meinte er. »Ich freue mich, Sie zu sehen.«

»Ich bin schon gespannt«, sagte ich und rieb mir die Hände wie in Vorfreude auf das abendliche Unterhaltungsprogramm. Tatsächlich handelte es sich um eine brauchbare Defensivhaltung.

»Wir veranstalten drei Kämpfe. Oder kämpfen maximal dreißig Minuten lang. Was immer zuerst abgelaufen ist. So bekommt jeder etwas für sein Geld. Ich erkläre Ihnen die Regeln.«

Ich begriff nicht, warum er mir das erzählte. »Wer kämpft denn?«, fragte ich.

Er lächelte. Seine Zahnbrücke leuchtete weiß. Raubtierhaft.

»Sie«, meinte er.

Ach du Scheiße.

Ich sah ihn an und sagte: »Ich denke eher nicht.«

Das Lächeln erlosch, und seine Augen verengten sich. »Ich werde meine Zeit nicht damit vergeuden, mich mit Ihnen herumzuärgern. Washio sagt, Sie sind gut. Behauptet, Sie hätten einem Typen binnen Sekunden den Knöchel gebrochen. Und jetzt will der Freund dieses Typen Revanche. Sie werden gegen ihn antreten.«

Adonis. Das hätte ich wissen müssen.

»Oder …«

»Oder Sie können gegen drei Gegner meiner Wahl gleichzeitig kämpfen. Weil Sie so gut sind, werde ich sie mit Schlagstöcken ausstatten. Das wird den Leuten gefallen. Mir ist es egal.«

Ich saß in der Klemme. Ich wählte den einfacheren Ausweg.

»Ich kämpfe«, sagte ich.

Lachfältchen von unterdrücktem Vergnügen bildeten sich um seine Augen. »Ja, das werden Sie.«

»Sonst noch etwas, das ich wissen sollte?«

Er zuckte die Achseln. »Keine Hemden, keine Schuhe, keine Waffen. Ansonsten ist alles erlaubt. Es gibt keinen Ring. Wenn Sie den Zuschauern zu nahe kommen, werden die Sie in die Mitte zurückstoßen. Wenn sie glauben, Sie würden vor ihrem Gegner wegrennen, kann es auch ein paar Schläge setzen. Die gute Nachricht ist: Der Sieger bekommt zwei Millionen Yen.«

»Und der Verlierer?«

Er lächelte wieder. »Wir tragen die Beerdigungskosten.«

Ich sah ihn an. »Dann nehme ich das Geld.«

Er lachte. »Mal sehen. Und jetzt aufgepasst. Sie sind im ersten Kampf dran. Sie haben noch fünfzehn Minuten. Die Jungs hier bleiben bei Ihnen und helfen Ihnen bei den Vorbereitungen.« Er wandte sich ab und ging davon.

Ich betrachtete die zwei Gorillas. Sie hielten respektvollen Abstand, was meine Chancen verringerte, einen plötzlichen Ausfall zu machen und an ihnen vorbeizukommen. Und selbst wenn es mir gelänge, bewachten andere die Tür. Mehrere sahen in unsere Richtung. Mit Adonis standen meine Chancen besser.

Ich wunderte mich über die Anzahl der Kämpfe. Mehrere Preisgelder würden die Einnahmen des Hauses verringern oder sogar ganz auffressen.

Ich schob den Gedanken beiseite und zog meinen dunkelblauen Blazer aus, anschließend Hemd und Schuhe. Ich blickte hinüber und sah, dass Adonis es genauso machte.

Etwas Bösartiges regte sich in mir. Ich spürte es in den Eingeweiden, im Genick, in den Händen.

Ich dachte an Musashi, den Meisterschwertkämpfer, der geschrieben hatte: *Du darfst weder an Sieg noch an Niederlage denken, nur daran, deinen Gegner zu treffen und zu töten.*

Ich machte Dehnübungen und ein wenig Schattenboxen. Ich bündelte meine Energien. Es spielte keine Rolle, wo ich mich befand.

Murakami kam herüber. Er sagte: »Es geht los.«

Ich begab mich ins Zentrum des Raums. Adonis erwartete mich schon.

Seine Pupillen waren erweitert und seine Hände zitterten. Er wirkte aufgeputscht, vielleicht nahm er *Kakuseizai*. Wenn er auf Speed war, würde ihm das einen kurzfristigen Energieschub liefern und seine Aufmerksamkeit schärfen.

Ich beschloss, ihm etwas zu geben, auf das er sich konzentrieren konnte.

Ich ging auf ihn zu, bis mein Gesicht nur noch Zentimeter von seinem entfernt war. »Wie geht's dem Knöchel deines Kumpels?«, fragte ich. »Klang so, als hätte es wehgetan.«

Er starrte mich an. Er atmete schnell. Die Pupillen waren groß wie schwarze Baseballs. Definitiv *Kakuseizai.*

»Versuch das mal bei mir«, zischte er durch zusammengebissene Zähne.

»Aber nein«, sagte ich. »Dir werde ich nicht den Knöchel brechen. Dir breche ich das Knie.« Ich trat einen halben Schritt zurück und zeigte mit dem Finger. »Und zwar das da.«

Der Idiot folgte tatsächlich mit dem Blick meinem ausgestreckten Finger. Ich spannte mich für einen Uppercut in seinen Unterleib, doch der erfahrene Washio hatte es kommen sehen und sprang dazwischen.

»Ihr fangt erst an, wenn ich es sage«, knurrte er mich an.

Ich zuckte die Achseln. Einen Versuch war es wert gewesen.

»Sie werden dich in einem Leichensack rausschleifen, du Arsch«, sagte Adonis. »Das ist ein Versprechen.«

Washio stieß uns auseinander. Die Menge schloss sich um uns wie eine Schlinge.

»Fertig?«, fragte Washio Adonis, der auf den Fußballen tänzelte wie ein hyperaktiver Boxer.

Adonis nickte und funkelte mich an.

Washio wandte sich zu mir. »Fertig?«

Ich nickte, die Augen auf Adonis gerichtet.

»*Hajime!*«, schrie Washio, und ein kollektiver Aufschrei ertönte um uns herum.

Adonis täuschte sofort einen Tritt an und sprang mit einem Seitschritt wieder zurück. Dann noch einmal. Wir fingen an, uns in kleinen, wandernden Kreisen umeinander zu drehen.

Ich sah, was er vorhatte. Für ihn war das im Grunde ein Heimspiel. Er musste Freunde unter den Zuschauern haben. Die Richtung unseres Kreiselns würde uns nach und nach auf sie zuführen und mich in ihre Reichweite bringen.

Aber die Anwesenheit dieser Freunde würde auch sein Ego anstacheln.

»*Doko ni ikunda?*«, verspottete ich ihn und bewegte mich ins

Zentrum. »*Koko da.*« Wo willst du denn hin? Hier bin ich.

Er machte einen Schritt nach vorne, aber nicht weit genug, um die Lücke zwischen uns zu schließen. Meine Stichelei hatte dafür gesorgt, dass er sich auf seine Knie konzentrierte. Er hatte Angst, ich würde ihn so abschießen wie seinen Freund, und dachte, wenn er Abstand hielt, würde mich das daran hindern.

Ich ließ die Arme ein paar Zentimeter sinken und lehnte Kopf und Oberkörper leicht nach vorne. Er suchte seine Balance und ich spürte, wie er *Tritt* dachte. Seine Tritte waren gut. Ich hatte ihn beim Training gesehen. An seiner Stelle hätte ich versucht, mich aus der Distanz zu ermüden und mich mit diesen langen Beinen von sich wegzuhalten.

Er stellte den linken Fuß vor und feuerte einen rechten Roundhouse-Kick ab. Sein Fuß klatschte gegen meinen linken Oberschenkel und dann zurück zu Boden. Ich spürte, wie mich eine Schmerzlanze durchzuckte. Von den Zuschauern kamen begeisterte Anfeuerungsrufe. Adonis tänzelte wieder auf den Fußballen.

Er war schnell. Gab mir keine Chance, sein Bein zu packen.

Ich musste ihm den Eindruck vermitteln, dass die Tritte eine gute Taktik waren, damit er sie mit ein wenig mehr Zuversicht ausführte. Ein paar Millisekunden zusätzlicher Kontakt konnten den entscheidenden Unterschied ausmachen.

Er schoss den Kick ein zweites Mal ab. Er traf meinen Oberschenkel wie ein Baseballschläger, und sein Bein klatschte zurück auf den Boden. Die Menge tobte. Ich hörte ein Tosen in den Ohren.

Der Treffer tat diesmal mehr weh. Noch ein paar von der Sorte und ich würde das Bein nicht mehr voll einsetzen können. Ich wusste, dass er in ähnlichen Bahnen dachte.

Ich wich einen halben Schritt zurück und duckte mich und bot ihm mehr von meiner rechten Seite an, als wollte ich mein Führbein schützen. Durch das Adrenalin nahm ich ihn wie in Zeitlupe wahr.

Seine Nasenflügel blähten sich, und seine Blicke bohrten sich in meine. Er tänzelte vorwärts, die Füße immer dicht am Boden.

Aus dem Augenwinkel nahm ich wahr, dass er den rechten Fuß ein wenig kräftiger aufsetzte. Er begann, das Gewicht auf das vordere Bein zu verlagern. Seine Hüfte knickte ein zum Tritt.

Ich zügelte mein Bedürfnis, zu handeln, und zwang mich, die zusätzliche halbe Sekunde zu warten, die ich brauchen würde.

Der Tritt kam und ich schoss vorwärts, halbierte die Entfernung. Er erkannte seinen Fehler und versuchte, ihn zu korrigieren, doch ich war schon zu nah dran. Ich blockte den Kick mit der linken Hüfte und schlang den linken Arm um sein ausgestrecktes rechtes Knie.

Die Menge hauchte: »Ahhh.«

Er improvisierte schnell, umfasste meinen rechten Trizeps mit der rechten Hand und ließ die ausgestreckten Finger der freien Hand gegen mein Gesicht vorschnellen, um meine Augen zu treffen. Ich verstärkte den Griff an seinem Knie und machte einen Ausfallschritt mit dem linken Bein, um ihn zu Boden zu hebeln. Er hüpfte auf einem Bein zurück und versuchte, das Gleichgewicht wiederzufinden. Ich knallte ihm einen scharfen rechten Uppercut in die Eier.

Er grunzte und versuchte, sich loszureißen. Ich machte mit dem rechten Bein einen langen Schritt nach vorne, duckte mich unter seinem linken Arm durch und ließ gleichzeitig sein Knie los. Ich trat hinter ihn, umklammerte seine Taille mit den Händen, senkte die Hüften und beugte mich scharf nach hinten. Ein Suplex – eher ein Wrestling-Wurf als eine Judotechnik. Adonis ragte über mir auf wie der hinterste Wagen einer Achterbahn, Arme und Beine in grotesken Winkeln von sich gestreckt. Sein Genick und seine Schultern fingen den Aufprall ab, und seine Beine wurden von dem Schwung des Wurfs über seinen Kopf hinwegkatapultiert.

Wenn ich seine Taille losgelassen hätte, hätte er einen kompletten Purzelbaum geschlagen. Stattdessen hielt ich den Griff, und seine Beine klatschten auf den Boden zurück, sodass er auf dem Rücken zu liegen kam. Ich packte sein Gesicht mit der linken Hand und drückte ihm den Kopf nach hinten, während ich mich gleichzeitig unter ihm hervorwand. Ich erhob mich auf das rechte Knie, spannte die Hüften und schmetterte ihm den rechten Unterarm mit der vollen Wucht meines Körpergewichts gegen die entblößte Kehle. Ich spürte das Knirschen eines systemischen Bruchs – Schilddrüsen- und Ringknorpel, wahrscheinlich auch der Dornfortsatz am Wirbel. Seine Hände flogen hoch zur Kehle, und sein Körper zuckte krampfhaft.

Ich stand auf und trat zurück. Die Menge war verstummt.

Sein Hals begann von Blutergüssen anzuschwellen, die von den Brüchen ausgingen. Er trat und scharrte mit den Beinen, wälzte sich von einer Seite auf die andere. Sein Gesicht lief blau an und verzerrte sich über den fahrig herumtastenden Fingern. Niemand traf Anstalten, ihm zu helfen. Nicht, dass das möglich gewesen wäre. Nach ein paar Sekunden fing sein Körper an, sich in merkwürdigen Spasmen zu verkrampfen, als erhielte er Elektroschocks. Noch ein wenig später hörte das Zittern auf.

Jemand schrie: »*Yatta!*« Ich habe gewonnen! Der Raum hallte wider von Jubelrufen. Die Menge drängte auf mich zu. Leute schlugen mir auf den Rücken und schüttelten mir die Hände. Mir war unangenehm klar, dass einer von Adonis' Freunden die Gelegenheit nutzen könnte, mir ein Messer in den Leib zu rammen, doch es gab nichts, was ich dagegen tun konnte.

Ich hörte Washios Stimme: »*Hora, sagatte, sagatte. Ikisasete yare!*« Kommt schon, kommt schon, lasst ihn doch erst mal zu Atem kommen! Er und ein paar der Rausschmeißer schoben sich an mich heran und begannen, die Menge zurückzudrängen.

Jemand reichte mir ein Handtuch, und ich trocknete mir das Gesicht. Die Menge wich zurück. Ich blickte mich um und sah, wie stapelweise Zehntausend-Yen-Scheine den Besitzer wechselten.

Murakami betrat den Kreis. Er lächelte.

»*Yokuyatta zo*«, sagte er. Gute Arbeit.

Ich ließ das Handtuch fallen. »Wo ist mein Geld?«

Er griff in die Brusttasche und zog einen dicken Umschlag heraus. Er öffnete ihn, damit ich sehen konnte, dass er mit Zehntausend-Yen-Scheinen vollgestopft war, dann schloss er ihn und steckte ihn wieder ein.

»Es gehört Ihnen«, sagte er. »Ich gebe es Ihnen später.« Er sah sich um. »Einige dieser Leute könnten versuchen, Sie zu berauben.«

»Geben Sie es mir jetzt«, sagte ich.

»Später.«

Scheiß auf das Geld, dachte ich. Ich war froh, einfach nur am Leben zu sein.

Ich setzte mich in die Richtung in Bewegung, wo ich Jacke, Hemd und Schuhe zurückgelassen hatte. Die Menge teilte sich respektvoll vor mir. Hier und da erhielt ich noch ein paar Klapse auf die Schultern.

Murakami folgte mir. »Das Geld gehört Ihnen. Ich will nur noch eine Sache, bevor ich es Ihnen gebe.«

»Sie können mich mal.« Ich streifte mein Hemd über und begann, es zuzuknöpfen.

Er lachte. »Okay, okay.« Er zog den Umschlag hervor und warf ihn mir zu.

Ich fing ihn beidhändig auf und warf einen Blick hinein. Die Summe schien so ungefähr zu stimmen. Ich schob ihn in die Hosentasche und knöpfte weiter mein Hemd zu.

»Was ich noch wollte«, sagte er, »war, Ihnen zu sagen, wie sie zehn, zwanzig Mal so viel verdienen können, wie in dem Umschlag steckt.«

Ich starrte ihn an.

»Interessiert?«

»Ich höre.«

Er schüttelte den Kopf. »Nicht hier. Gehen wir irgendwo hin, wo wir feiern können.« Er lächelte. »Sie sind eingeladen.«

Ich stieg in die Schuhe und band sie zu. »Was haben Sie sich vorgestellt?«

»Ein kleines Lokal, das mir gehört. Es wird Ihnen gefallen.«

Ich überlegte. Eine ›Feier‹ mit Murakami würde mir Gelegenheit geben, weitere Informationen für Tatsu zu sammeln. Ich sah eigentlich nicht, was dagegen sprechen sollte.

»Also gut«, stimmte ich zu.

Murakami lächelte.

Zwei Typen zogen gerade den Reißverschluss von Adonis' Leichensack zu. *Herrgott*, dachte ich, die sind wirklich auf alles vorbereitet. Sie hievten ihn auf eine Rollbahre und schoben ihn zur Tür hinaus. Im unteren Teil der Bahre lag ein Stapel Metallplatten. Einer der Kerle trug ein Stück Kette, und ich begriff, dass sie die Leiche beschweren und in einem der Kanäle der Gegend versenken wollten.

Der nächste Kampf dauerte sehr lange. Die Kämpfer waren konservativ und schienen sich wortlos darauf geeinigt zu haben, keine potenziell tödlichen oder verkrüppelnden Techniken anzuwenden. Nach ungefähr zehn Minuten sagte Murakami zu mir: »Lohnt sich nicht, das anzusehen. Gehen wir.«

Er winkte seinen Bodyguards, und zu viert gingen wir nach draußen. Washio sah uns nach und verbeugte sich.

Ein schwarzer Mercedes S-Klasse stand am Straßenrand. Einer der Leibwächter hielt uns die hintere Tür auf. Auf dem Rücksitz zusammengerollt lag ein Hund. Ein weißer Pitbull, die Ohren amputiert, der Körper bedeckt von dicken Muskelsträngen. Er trug einen Maulkorb, neben dessen Rand man Narben und Bisswunden sah, die mir sagten, dass es sich um einen von Murakamis Kampfhunden handelte. Das Vieh sah mich an, als wäre die Schnauze unter dem Maulkorb ein Zielfernrohr, und ich glaubte, das hündische Äquivalent von Irrsinn aus den leicht blutunterlaufenen Augen leuchten zu sehen. Nun, es heißt ja, dass Hunde ihren Herrchen ähnlich werden.

Murakami bedeutete mir, einzusteigen. »Keine Sorge«, meinte er. »Solange er den Maulkorb trägt, ist alles in Ordnung.«

»Trotzdem, warum steigen Sie nicht zuerst ein?«, schlug ich vor.

Er lachte und schob sich in den Wagen. Der Hund machte ihm Platz. Ich stieg ein und der Leibwächter schloss die Tür hinter mir. Er und der andere Typ nahmen die Vordersitze. Wir fuhren auf der

Kaigan-dori nach Norden, dann auf die Sakura-dori und anschlie-ßend die Gaienhigashi-dori in Roppongi. Niemand sprach. Der Hund ließ mich während der ganzen Fahrt keinen Moment lang aus den Augen.

Als wir die Roppongi-dori überquerten, wurde ich langsam un-ruhig. Als wir über die Aoyama-dori fuhren, wusste ich Bescheid.

Wir waren unterwegs zum *Damask Rose*.

KAPITEL 11

Jeder weitere Rationalisierungsversuch, dass Harry mit seiner Hostess einfach Glück gehabt hatte, erübrigte sich. Das klimatisierte Innere des Mercedes kam mir plötzlich heiß vor.

Aber ich stand vor einem unmittelbareren Problem, das mit Harry nichts zu tun hatte. Bei meinem letzten Besuch im *Damask Rose* hatte ich Englisch gesprochen und mich als Amerikaner ausgegeben, der Japanisch nur rudimentär beherrschte. Außerdem hatte ich einen anderen Namen benutzt. Ich musste entscheiden, wie ich die Sache angehen wollte.

Als der Benz vor dem Klub anhielt, sagte ich: »Ah, ja, ein gutes Lokal.«

»Waren Sie schon einmal hier?«, fragte Murakami.

»Nur einmal. Sehr schöne Mädchen.«

Seine Lippen teilten sich zu einem Lächeln, und die übermäßig weiße Brücke tauchte dazwischen auf. »Das hoffe ich. Ich wähle sie selbst aus.«

Der Fahrer öffnete die Tür auf der Beifahrerseite und wir stiegen aus. Der Hund blieb zurück und sah mir mit seinen hungrigen Dämonenaugen nach, bis der Fahrer die Tür wieder geschlossen hatte und das getönte Glas uns trennte.

Die Nigerianer flankierten wieder den Eingang. Sie verbeugten sich unterwürfig tief vor Murakami und hauchten im Chor: »*Irasshaimase*«. Der auf der rechten Seite sprach in das Mikrofon an seinem Revers.

Wir gingen die Treppe hinunter. Der rotgesichtige Mann, den

ich schon vom ersten Mal kannte, sah auf. Er erblickte Murakami und schluckte.

»Ah, Murakami-san, guten Abend«, sagte er auf Japanisch mit einer tiefen Verbeugung. »Es ist immer ein Vergnügen, Sie hier begrüßen zu dürfen. Wünschen Sie heute Abend jemand Bestimmtes?«

Ein dünner Schweißfilm brach ihm über den Augenbrauen aus. Seine volle Aufmerksamkeit galt Murakami. Mich nahm er gar nicht wahr.

Murakami sah sich im Raum um. Mehrere der Mädchen lächelten ihn an. Ich nahm an, dass sie sich bereits kannten. »Yukiko«, sagte er.

Harry, dachte ich.

Mr Rotgesicht nickte und wandte sich zu mir. »*Okyakusama?*«, fragte er. Und Sie? Dass er Japanisch sprach, zeigte, dass er sich nicht an das letzte Mal erinnerte, als wir uns auf Englisch unterhalten hatten.

»Ist Naomi heute Abend hier?«, fragte ich ebenfalls auf Japanisch. Falls sie da war, wollte ich sie sofort sehen, um eine minimal bessere Chance zu haben, das Gespräch unter Kontrolle zu behalten. Wenn es schlecht lief, würde es zumindest nicht so aussehen, als hätte ich versucht, ihr aus dem Weg zu gehen.

Mr Rotgesichts Augen verengten sich leicht, als fiele ihm wieder ein, dass vor ein paar Wochen schon einmal jemand nach Naomi gefragt hatte. Ich war mir nicht sicher.

Er neigte den Kopf. »Ich bringe sie zu Ihnen.«

Ich hatte mir bereits eine Geschichte zurechtgelegt, falls Naomi etwas zu meiner Namensänderung oder anderen Ungereimtheiten sagen sollte: Ich war verheiratet und wollte nicht riskieren, dass diese Art nächtlicher Ausflüge sich zu meiner Frau herumsprach. Dass ich bar zahlte statt mit Karte, passte zu dieser Story. Nicht die beste Erklärung der Welt, aber wenigstens hatte ich eine Antwort parat, falls sie die Widersprüche bemerkte.

Mr Rotgesicht ergriff zwei Speisekarten und führte uns in den Hauptsaal. Unterwegs flüsterte er einem Mädchen, das ich vom letzten Mal als Elsa wiedererkannte, etwas ins Ohr. Elsa berührte ein anderes Mädchen, Emi, am Arm.

Er brachte uns zu einem Ecktisch. Murakami und ich nahmen nebeneinander Platz, beide mit dem Gesicht zum Eingang. Ich sah Emi zu dem Tisch gehen, an dem Yukiko gerade einen anderen Gast unterhielt. Sie setzte sich und flüsterte Yukiko etwas ins Ohr. Einen Moment später stand sie auf und entschuldigte sich. Elsa spielte dieselbe Szene an dem Tisch, an dem Naomi arbeitete. Sehr unauffällig.

Yukiko kam auf uns zu, und ihre Lippen verzogen sich zu einem katzenhaften Lächeln, als sie Murakamis ansichtig wurde. Naomi folgte ihr einen Moment später. Sie trug wieder ein elegantes schwarzes Cocktailkleid, diesmal aus Seide, auf Taille gearbeitet, darüber aber locker fallend. Das Diamantarmband funkelte wie beim ersten Mal an ihrem linken Handgelenk.

Sie sah mich und ihre Miene wollte sich zu einem Lächeln verziehen, das jedoch erlosch, als ihr Blick von meinem Gesicht zu Murakami glitt. Sie kannte ihn natürlich, und angesichts der Geschichte, die ich ihr aufgetischt hatte, hatte sie wohl nicht damit gerechnet, uns zusammen zu sehen. Sie musste die Ungereimtheit erst verarbeiten. Doch die Plötzlichkeit, mit der ihr Ausdruck sich geändert hatte, sagte mir, dass da noch mehr sein musste. Sie hatte Angst.

Yukiko setzte sich neben Murakami. Sie sah mich einen langen Augenblick an, dann kurz Murakami und anschließend wieder mich. Ihre Lippen verzogen sich zur Andeutung eines winzigen, kühlen Lächelns. Murakami starrte sie an, als würde er mehr von ihr erwarten, doch sie ignorierte ihn. Ich spürte, wie sich die Spannung aufbaute und dachte: *Spiel bloß nicht mit diesem Kerl. Er könnte explodieren.* Dann richtete sie die Augen wieder auf ihn und schenkte ihm ein strahlendes Lächeln, das besagte: *Ich habe dich doch nur geneckt, Liebling. Sei nicht kindisch.*

Die Spannung löste sich. Ich dachte, wenn irgendjemand eine Spur von Kontrolle über die Kreatur besaß, die da neben mir saß, dann wahrscheinlich diese Frau.

Naomi setzte sich auf den letzten freien Stuhl. »*Hisashiburi desu ne*«, begrüßte ich sie. Lange nicht gesehen.

»*Un, so desu ne*«, erwiderte sie mit neutraler Miene. Ja, nicht wahr? Vielleicht fand sie es seltsam, dass ich jetzt Japanisch sprach, während ich neulich auf Englisch bestanden hatte. Aber vielleicht tat ich es ja unseren Tischgenossen zuliebe.

»Sie kennen sich«, warf Murakami auf Japanisch ein. »Gut. Arai-san, das hier ist Yukiko.«

Naomi ließ nicht erkennen, ob sie meinen neuen Namen bemerkt hatte.

»*Hajimemashite*«, sagte Yukiko. Sie fuhr auf Japanisch fort: »Ich erinnere mich an Sie. Es muss vor ein paar Wochen gewesen sein.«

Ich neigte leicht den Kopf und erwiderte ihren Gruß. »Und ich erinnere mich an Sie. Sie sind eine großartige Tänzerin.«

Sie legte den Kopf schief. »Sie sehen irgendwie anders aus.«

Meine amerikanische und japanische Persönlichkeit unterscheiden sich deutlich voneinander, und meine Haltung verändert sich, je nachdem, welche Sprache ich spreche und in welchem Modus ich mich befinde. Wahrscheinlich war das ein weiterer Grund gewesen, warum mich Mr Rotgesicht nicht wiedererkannt hatte, ebenso, wie seine Nervosität in Murakamis Gegenwart. Auch Yukiko reagierte auf diesen Unterschied, wusste aber nicht recht, wie sie ihn einordnen sollte.

Ich fuhr mir mit den Fingern durch die Haare, wie um sie zu glätten. »Ich komme gerade von einem harten Training«, meinte ich.

Murakami lachte leise. »Das kann man so sagen.«

Eine Bedienung kam an den Tisch. Sie legte vier *Oshibori* vor uns hin, heiße Handtücher, mit denen wir uns die Hände und je nach Wunsch das Gesicht abtupfen konnten, um uns frisch zu machen, außerdem eine Auswahl kleiner Snacks. Als sie das Arrangement vervollständigt hatte, sah sie Murakami an und fragte, da sie anscheinend seine Vorlieben kannte: »Bombay Sapphire?« Er nickte kurz und bedeutete ihr, dass Yukiko dasselbe nehmen würde.

Die Serviererin sah mich an. »*Okyakusama?*«, fragte sie.

Ich wandte mich zu Naomi. »Den Springbank?«, fragte ich. Sie nickte und ich bestellte zwei.

Die lebhafte Halb-Latina, die bei meinem letzten Besuch zum Vorschein gekommen war, hatte sich wie eine Schildkröte in ihren Panzer zurückgezogen. Was mochte sie denken? *Neuer Name, neue japanische Persönlichkeit, neue*r Yakuza-*Kumpel*. Alles Gründe für dringenden Gesprächsbedarf, doch sie sagte nichts.

Warum? Wären wir uns zufällig auf der Straße begegnet, hätte ihre erste Frage gelautet: »Was machen Sie denn schon wieder in Tokio?« Hätte ich einen anderen Namen genannt, würde sie sich sicher auch deswegen erkundigt haben. Und wenn sie mich akzentfreies Japanisch wie meine Muttersprache sprechen hörte, hätte sie gemeint: »Ich dachte, Englisch wäre Ihnen geläufiger.«

Also war ihre Zurückhaltung situationsbezogen. Ich dachte an die Angst, die in ihren Augen aufgeleuchtet hatte, als sie Murakami erblickte. Sie fürchtete sich davor, etwas zu tun oder zu sagen, das seine Aufmerksamkeit auf sie lenkte.

Bei unserer letzten Begegnung hatte ich das Gefühl gehabt, dass sie mehr wusste, als sie zugeben wollte. Ihre Reaktion auf Murakami bestätigte diesen Verdacht. Aber wenn sie mich hätte auffliegen lassen wollen, hätte sie das schon getan. Jetzt teilten wir ein Geheimnis. Das machte sie zur Komplizin. Darauf konnte ich aufbauen.

Yukiko griff nach einem *Oshibori* und wischte damit Murakamis Hände ab, kühl wie eine Dompteuse, die ihren Löwen pflegt. Naomi reichte mir meines.

»Arai-san ist ein Freund von mir«, sagte Murakami, sah erst mich und dann die Mädchen an und lächelte sein Zahnbrücken-Lächeln. »Bitte seid nett zu ihm.«

Yukiko sah mir tief in die Augen und lächelte, als wollte sie sagen: *Wenn wir nur allein wären, würde ich mich sooooo nett um dich kümmern.* Aus dem Augenwinkel sah ich, wie Murakami den Blick bemerkte und die Stirn runzelte.

Ich würde nicht wollen, dass dieser Mistkerl auf mich eifersüchtig wird, dachte ich, und stellte mir dabei Harry vor.

Die Bedienung kam mit unseren Getränken. Murakami leerte

sein Glas in einem einzigen Zug. Yukiko tat es ihm nach.

»*Ii yo*«, brummte Murakami. Gut. Yukiko stellte ihr Glas mit geübter Eleganz ab. Murakami sah sie an. Sie erwiderte seinen Blick mit einem Ausdruck, dem eine fast theatralische Nonchalance inne lag. Der Blickwechsel zog sich eine Weile hin. Dann grinste er und ergriff ihre Hand.

»*Okawari*«, rief er der Bedienung zu. Noch zweimal dasselbe. Er zog Yukiko hoch und führte sie weg vom Tisch. Ich sah, wie er sie in einen Raum an der Seite einer der Bühnen geleitete.

»Was war denn das?«, fragte ich Naomi auf Japanisch.

Sie sah mich an. Argwöhnisch, dachte ich.

»Ein Lap-Dance«, sagte sie.

»Die beiden scheinen sich gut zu kennen.«

»Ja.«

Ich sah mich um. An den umliegenden Tischen saßen Grüppchen von Japanern in der Standarduniform der *Sarariman*. Trotz des Hintergrundlärms waren sie zu nahe, um ein ungestörtes Gespräch zuzulassen.

Ich beugte mich zu Naomi. »Ich hatte nicht erwartet, noch einmal hierherzukommen«, sagte ich leise.

Sie zuckte zusammen. »Ich freue mich, dass Sie hier sind.«

Ich wusste nicht, was ich von dem Widerspruch zwischen ihrer Reaktion und ihren Worten halten sollte. »Sie müssen eine Menge Fragen haben«, meinte ich.

Sie schüttelte den Kopf. »Ich möchte nur alles tun, damit Sie sich heute Abend wohlfühlen.«

»Ich glaube, ich weiß, warum Sie sich so verhalten«, begann ich.

Sie brachte mich mit plötzlich erhobener Hand zum Schweigen. »Wie wäre es jetzt mit einem Lap-Dance?«, fragte sie. Ihr Ton klang einladend, doch ihre Augen drückten etwas zwischen Unnachgiebigkeit und Ärger aus.

Ich musterte sie und versuchte, mir darüber klar zu werden, worauf sie hinauswollte. Dann sagte ich: »Sicher, warum nicht?«

Wir gingen durch dieselbe Tür, hinter der Murakami und Yukiko ein paar Minuten zuvor verschwunden waren. Ein weiterer Nigerianer empfing uns. Er verbeugte sich und zog ein halbkreisförmiges Sofa mit hoher Lehne zur Seite. Direkt gegenüber stand ein identisches Möbelstück. Wir traten hinein, und der Nigerianer schob die vordere Hälfte hinter uns zu. Wir befanden uns jetzt in einem kreisförmigen, gepolsterten Abteil.

Naomi zeigte auf das weiche Sofa. Ich ließ mich hineinsinken und beobachtete ihr Gesicht.

Sie trat zurück, die Augen auf mich gerichtet. Sie griff nach hinten und ich hörte einen Reißverschluss aufgehen. Dann glitt ihre rechte Hand zum linken Träger ihres Kleids und zog ihn langsam über die glatte Haut ihrer Schulter herunter.

In meiner Tasche vibrierte es plötzlich.

Himmelarsch. Harrys Wanzendetektor.

Durchgehend, unterbrochen, durchgehend. Das hieß sowohl Audio, als auch Video.

Ich achtete sorgfältig darauf, mich nicht umzusehen oder sonst etwas zu tun, das verdächtig hätte wirken können. Ich machte den Mund auf, um etwas zu ihr zu sagen, irgendetwas, was der aufgeregte Empfänger eines bevorstehenden Lap-Dance vielleicht sagen würde. Aber sie zog ein Gesicht – halb unmutig, halb entnervt –, sodass ich mich zurückhielt. Sie hob subtil den Zeigefinger der Hand, die am Träger lag, und deutete zur Decke. Dann legte sie den Kopf leicht schief und zeigte auf ihr Ohr.

Ich verstand. Man sah und hörte uns zu.

Nicht nur hier, auch am Tisch. Darum hatte sie so seltsam reagiert. Dort hatte sie mich nicht warnen können.

Und warum sie vorhin so verärgert gewirkt hatte, wurde mir jetzt auch klar. War ich nur der amerikanische Buchhalter, der zu sein ich vorgab, oder zumindest ein neutraler Beobachter? Wenn ja, war es am sichersten für sie, zu schweigen. Oder hatte ich mit Murakami zu tun, der ihr Angst machte? In dem Fall waren Schweigen und besonders eine Warnung, wie sie sie mir gerade erteilt hatte, gefährlich. Ich hatte sie unabsichtlich gezwungen, eine Wahl zu treffen.

Aber am Tisch hatte der Detektor nicht angeschlagen. Dann

begriff ich: Murakami. Wenn die Tische abgehört wurden, schalteten sie das Gerät ab, solange der Boss dabei war. Das war die Regel, und ich stellte mir vor, niemand würde wollen, dass ein Typ wie Murakami herausbekäme, dass man die Regeln nicht befolgte. Bei meinem letzten Besuch war das Gerät noch nicht wieder frisch aufgeladen gewesen und hatte mich deshalb nicht gewarnt.

Ich griff in die Tasche, um den Detektor auszuschalten, und nickte, um ihr zu bedeuten, dass ich verstanden hatte.

Sie hatte den Träger inzwischen heruntergestreift und zog den Arm heraus und wiederholte den Vorgang auf der anderen Seite. Sie verschränkte die Arme vor der Brust. Ihre Nasenflügel blähten sich leicht beim Atmen. Sie hielt einen Moment inne. Dann ließ sie mit noch immer finsterer Miene und verkrampft die Arme sinken. Das Kleid glitt herunter, über ihre Brüste, über ihren Bauch und sammelte sich in schwarzen Wellen an ihren Hüften.

»Du darfst hinfassen«, sagte sie. »Aber nur oberhalb der Taille.«

Ich stand auf, ohne sie aus den Augen zu lassen. Ich beugte mich vor und legte meine Lippen an ihr Ohr. »Danke für die Warnung«, flüsterte ich.

»Bedank dich nicht«, flüsterte sie zurück. »Es ist ja nicht so, als hättest du mir eine Wahl gelassen.«

»Ich gehöre nicht zu diesen Leuten.«

»Nein? Aber du hast heute gekämpft, oder nicht?«

»Wie kommst du darauf?«

»Du hast Schrammen im Gesicht. Und ich habe die Anspielung auf das ›harte Training‹ verstanden.«

Adonis musste mich ein bisschen angekratzt haben. Es war mir gar nicht aufgefallen.

»Du weißt von diesen Kämpfen?«, fragte ich.

»Jeder weiß davon. Die Kämpfer kommen danach hierher und prahlen damit. Manchmal benehmen sie sich, als wären wir taub.«

»Ich war nicht freiwillig dort. Ich trainiere in einem Dojo, und ein paar Leute haben mich zu einem Kampf eingeladen. Ich wusste nicht, worum es ging. Wie sich herausstellte, war ich nicht zum

Essen eingeladen. Ich war der Hauptgang.«

»Pech für dich«, flüsterte sie.

»Wenn du glaubst, ich würde zu diesen Leuten gehören«, fragte ich, »warum sprichst du dann jetzt mit mir? Warum hast du mich vor den Abhöranlagen gewarnt?«

»Weil ich genauso blöd bin wie du.« Sie trat einen Schritt zurück und sah mich an, die Hände in die Hüften gestemmt, das Kinn vorgereckt. Sie zog die Augenbrauen hoch und lächelte. »Hast du etwa Angst, mich anzufassen?«

Ich betrachtete ihr Gesicht. Was ich wollte, waren Informationen, kein Lap-Dance.

»Traust du dich nicht einmal hinzuschauen?«, fragte sie mit aufreizendem Lächeln.

Ich hielt ihren Blick noch einen Moment fest, dann senkte ich die Augen.

»Gefällt dir, was du siehst?«, fragte sie.

»Nicht schlecht«, sagte ich nach einem Augenblick, obwohl es tatsächlich besser als gut war. Viel besser.

Sie drehte sich um und drückte sich mit dem Rücken an mich, leicht vornübergebeugt, sodass sich ihr Hintern an meinen Bauch schmiegte.

Plötzlich wurde mir klar, dass ich in diesem Spiel nur verlieren konnte.

Sie stützte die Hände auf die Knie und schwenkte die Hüften. Die von ihrem Po ausgehende Reibung drängte sich in meinem Bewusstsein in den Vordergrund.

»Gefällt dir das?«, fragte sie über die Schulter blickend.

»Nicht schlecht«, wiederholte ich, diesmal leiser, und sie lachte. »Es fühlt sich so an, als ob es dir besser gefällt als ›nicht schlecht‹, ja?«

»Ich muss mit dir reden«, sagte ich. Ich stellte fest, dass ich die Hände auf ihre Hüften gelegt hatte, und nahm sie weg.

»Dann rede«, sagte sie und presste sich enger an mich. »Sag alles, was du willst.«

Sie versuchte, mich abzulenken. Sie wollte nicht reden, und ich wusste nicht, wie ich sie dazu bringen sollte.

Sie drückte den Rücken durch und hob den Hintern höher. Ein Schatten bildete sich wie ein dunkler Teich entlang ihrer Wirbelsäule.

»Alles, was du willst«, sagte sie wieder.

Der Schatten wuchs und schrumpfte im Rhythmus ihrer Bewegungen.

»Hör auf damit, verdammt«, flüsterte ich. Meine Hände lagen wieder auf ihren Hüften.

»Aber du magst es«, gurrte sie. »Ich mag es auch.«

Abbruch, dachte ich. Doch meine Hände blieben dort. Sie bewegten sich. Ich beobachtete sie wie aus weiter Ferne. Der Klang von Stoff an Haut wirkte überlaut in der Enge des Raums.

Sie spielt mit dir, dachte ich.

Dann: *Zum Teufel damit. Außerdem solltest du dich benehmen wie ein normaler Gast.*

Ich sank auf ein Knie, ließ die Hände hinten zu ihren Oberschenkeln gleiten, stand wieder auf und streifte ihr dabei das Kleid hoch. Sie trug einen schwarzen String-Tanga. Das Kleid lag jetzt eng zusammengerafft um ihre Taille. Ich ergriff es mit einer Hand wie einen Zügel und packte mit der anderen ihren Hintern.

»Nur oberhalb der Hüfte«, sagte sie und lächelte mir über die Schulter zu. Ihre Stimme war ein kühler Kontrapunkt zur Hitze in meinem Kopf und in meinen Lenden. »Sonst muss ich den Mann an der Tür rufen.«

Ich fühlte Zorn in mir hochsteigen. *Lass es sein*, dachte ich. *Sieh zu, dass du hier rauskommst. Was du längst hättest tun sollen, bevor du mit diesem Mist hier angefangen hast.*

Ich nahm meine Hand von ihrem Po und trat einen Schritt zurück, doch der Ärger übermannte mich. Immer noch ihr Kleid mit einer Hand gepackt haltend, drehte ich mich in den Hüften und knallte ihr die Handfläche auf die entblößte rechte Hinterbacke. Es gab ein lautes *Klatsch!*, und sie kreischte auf und schnellte von mir weg wie durch einen elektrischen Schlag.

Sie wirbelte herum, eine Hand auf ihr schmerzendes Hinterteil gelegt. Sie hatte die Augen weit aufgerissen, die Nasenflügel empört gebläht. Aus dem Augenwinkel sah ich, dass sie das Gewicht auf das hintere Bein verlagerte, und dachte, sie würde mit dem vorderen einen Tritt in die Kronjuwelen versuchen.

Stattdessen wich sie zurück. Sie ließ die Arme fallen, reckte das Kinn in die Luft und zog die Schultern hoch, ein Abbild unterdrückten königlichen Zorns. Sie sah mich an.

»*Mo owari, okyakusama?*«, fragte sie so verächtlich sie konnte. Sind wir hier fertig, ehrenwerter Gast?

»War das gegen die Regeln?«, fragte ich und sah ihr lächelnd in die Augen.

Sie zog ihr Kleid hoch und schlüpfte mit den Armen in die Träger. Ihr Gesicht war immer noch rot vor Wut, und ich musste unwillkürlich die Fassung bewundern, mit der sie sich unter Kontrolle hielt. Sie zog den Reißverschluss ohne Unterstützung hoch und sagte dann: »Das waren drei Songs, also dreißigtausend Yen. Und du solltest dem Mann an der Tür ein Trinkgeld von zehn Prozent geben. Ken?«

Ken musste der Nigerianer sein, denn eine Sekunde später wurde das halbkreisförmige Sofa beiseite gezogen, und er stand vor uns. Ich zog meine Brieftasche und bezahlte die beiden.

»Danke«, sagte ich zu Naomi. Ich strahlte wie ein hochzufriedener Kunde. »Das war ... etwas Besonderes.«

Sie erwiderte mein Lächeln auf eine Art, die mich Gott dafür danken ließ, dass sie unbewaffnet war. »*Kochiru koso*«, antwortete sie. Das Vergnügen war ganz auf meiner Seite.

Sie begleitete mich zurück zu meinem Stuhl. Auf dem Weg schaltete ich wieder den Wanzenscanner ein. Murakami und Yukiko erwarteten uns schon.

»*Yokatta ka?*«, fragte mich Murakami und ließ seine falschen Zähne blitzen. Gut?

»*Maa na*«, erwiderte ich. Ziemlich gut.

Er nahm Yukikos Hand und stand auf. »Wir besprechen das Geschäftliche ein andermal«, sagte er.

»Wann?«

»Bald. Ich finde Sie ja im *Dojo*.«

Er traf ebenso ungern Verabredungen wie ich.

»Morgens? Abends?«, fragte ich.

»Morgens. Bald.« Er wandte sich zu Naomi und sagte: »Kümmern Sie sich gut um ihn.« Naomi neigte den Kopf, um anzudeuten, dass sie das gewiss tun würde.

Murakami und Yukiko gingen. Eine Minute später begann der Detektor zu vibrieren – anhaltend, also nur Audio. Ich hatte recht gehabt, was die Regeln des Hauses betraf.

Naomi und ich machten den Mikrofonen zuliebe ein paar Minuten Small Talk. Ihr Tonfall war kühl und korrekt. Ich wusste, unser kleiner Ausflug hatte sich nicht ganz so entwickelt, wie sie geplant hatte, aber es war ihr gelungen, mich von meinen Fragen abzulenken, was ihr eigentliches Anliegen gewesen war. Wahrscheinlich redete sie sich ein, dass der Kampf unentschieden geendet hatte und sie damit leben konnte.

Sie wusste nicht, dass das nur die erste Runde gewesen war.

Ich sagte ihr, dass ich ziemlich müde sei und gehen müsse. »Du kannst jederzeit wiederkommen«, sagte sie mit sarkastischem Lächeln.

»Für einen weiteren Lap-Dance?«, fragte ich und erwiderte das Lächeln. »Mit Vergnügen.«

Ich ging die Straße entlang zur Gaienhigashi-dori. Als ich sie erreichte, hörte ich ein Hupen. Es war Yukiko in einem weißen BMW M3 mit Murakami auf dem Beifahrersitz. Sie winkte, dann verschwand sie auf die Aoyama-dori.

Es war erst kurz nach ein Uhr morgens. Der Klub schloss um drei. Naomi würde sich irgendwann danach auf den Heimweg machen.

Ich hatte sie am Computer überprüft. Ich wusste, wo sie wohnte. Im Lion's Gate Building, Azabu Juban 3-chome.

Es fuhren bereits keine Züge mehr. Ich bezweifelte, dass sie ein Auto besaß. In der Stadt war der Unterhalt zu teuer und außerdem kam man mit der U-Bahn überall hin. Nach Hause zu fahren, bedeutete ein Taxi.

Ich nahm eines zum U-Bahnhof Azabu Juban und spazierte

dann durch 3-chome, bis ich ihr Wohngebäude gefunden hatte. Ein gehobenes *Manshon*-Apartment, beigefarbener Stahlbeton, neu und schick aussehend. Ein schnörkelloser Vordereingang mit gläserner Doppeltür, elektronisch gesichert. Überwachungskamera gleich hinter dem Eingang an der Decke.

Das Gebäude stand an der Ecke einer Einbahnstraße. Ich ging hinten herum, wo ich einen Nebeneingang fand – kleiner und diskreter als der vorne, nur für Anwohner gedacht. Hier gab es keine Kamera.

Der zweite Zugang komplizierte die Sache. Wenn ich am falschen Eingang wartete, würde ich sie verpassen.

Ich dachte nach. Alle Straßen hier waren Einbahnstraßen – das Markenzeichen von Azabu Juban. Vom *Damask Rose* würde das Taxi zunächst am Nebeneingang vorbeikommen. Höchstwahrscheinlich stieg sie dort aus. Doch selbst wenn sie zur Vorderseite weiterfuhr, blieb mir Zeit genug, das Haus zu umrunden und sie abzufangen, bevor sie hineinging.

Okay. Ich sah mich nach der geeignetsten Stelle um. Normalerweise ziehe ich maximale Tarnung und das dazugehörige Überraschungsmoment vor, wenn ich jemandem auflauere. Doch das gilt nur für Begegnungen, die tödlich enden sollen. Hier wollte ich einfach nur reden. Wenn ich sie zu sehr erschreckte und sie sich zu verwundbar fühlte, würde sie sich einfach nach drinnen flüchten, und das wäre dann das Ende.

Es gab eine kleine Straße, die gleich am Seiteneingang ihres Gebäudes endete. Ich ging sie entlang. Das Gebäude links von mir hatte ein Vordach, und in dessen Schatten standen mehrere große Plastikmülleimer. Dort im Dunkel konnte ich gut warten, ohne dass mich jemand bemerkte, selbst wenn er direkt an mir vorbeikam.

Ich sah auf die Uhr. Beinahe zwei. Ich schlug die Zeit tot, indem ich in der Umgebung herumwanderte. Ich begegnete nicht mehr als einem halben Dutzend Leuten. Um drei würde die Gegend fast gänzlich menschenleer sein.

Ich dachte daran, was ich im Klub gesehen hatte. Ich wusste

von Tatsu, dass Yamaoto gelegentlich auf Erpressung zurückgriff, um sein Netzwerk aus willfährigen Politikern zu kontrollieren. Tatsu hatte mir erzählt, dass die CD, die Midoris Vater Yamaoto gestohlen hatte, unter anderem Videos von Politikern in kompromittierenden Situationen enthalten hatte. Er hatte auch eine Verbindung zwischen Yamaoto und Murakami angedeutet. Wahrscheinlich war das *Damask Rose* also einer jener Orte, wo Yamaoto Politiker in peinlichen Lagen filmte.

Das bedeutete, dass jemand in Yamaotos Netzwerk jetzt mein Gesicht auf Video besaß. Das wäre unter allen Umständen schlecht gewesen. Doch Murakamis Interesse an mir verschlimmerte die Sache. Ich hielt es für wahrscheinlich, dass er das Video im Rahmen einer zusätzlichen Überprüfung jemandem zeigen würde. Vielleicht sogar Yamaoto, der mich persönlich kannte. Und ich hatte den Namen des Gewichthebers als Eintrittskarte in Murakamis *Dojo* benutzt. Wenn ihnen klar wurde, mit wem sie es in Wirklichkeit zu tun hatten, wussten sie auch, dass der ›Unfall‹ des Gewichtshebers alles andere als ein solcher gewesen war.

Ich versuchte, mir den Rest zusammenzureimen. Der Einsatz von Yukiko bedeutete, dass jemand in den höheren Rängen des *Damask Rose*, vielleicht sogar Yamaoto selbst, versuchte, seine Fänge in Harry zu schlagen. Wenn sie an ihm interessiert waren, dann nur, weil er sie zu mir führen konnte.

Und die Agency? Auch die war Harry gefolgt. Laut Kanezaki, um mich zu finden. Die Frage war, ob Yamaoto und die CIA in irgendeiner Form zusammenarbeiteten – oder nur zufällig die gleichen Interessen verfolgten? In ersterem Fall: Welcher Art war die Verbindung? In letzterem: Welcher Art war das Interesse?

Naomi konnte mir möglicherweise dabei helfen, diese Fragen zu beantworten, falls ich meine Karten richtig ausspielte. Ich musste die Angelegenheit schnell aufklären. Auch wenn Harry für diese Leute nur interessant war, um an mich heranzukommen, befand er sich vielleicht selbst in Gefahr. Und wenn Murakami dahinter kam, dass Arai Katsuhiko in Wirklichkeit John Rain war, hätten sowohl Harry als auch ich ein nicht unbedeutendes Problem am

Hals.

Kurz vor drei begann es zu regnen. Ich kehrte rasch zurück zu meinem Vordach in der Nähe von Naomis Wohngebäude und postierte mich im Dunkeln. Jetzt war ich zwar aus dem Regen heraus, aber es wurde kühl. Mein Bein schmerzte, wo Adonis' Tritte mich getroffen hatten. Ich machte Dehnübungen, um locker zu bleiben.

Um 3:20 Uhr bog ein Taxi in die Straße ein. Ich beobachtete aus meinem Versteck, wie es vorbeifuhr. Da war sie, auf dem Rücksitz. Naomi.

Das Taxi bog links ab und hielt kurz hinter dem Nebeneingang des Gebäudes an. Die automatische Fahrgasttür klappte einen Spalt weit auf, und die Innenbeleuchtung ging an. Ich sah, wie Naomi dem Fahrer ein paar Scheine reichte und er ihr das Wechselgeld gab. Die Tür schwang ganz auf und sie stieg aus. Sie trug einen schwarzen Kurzmantel, den sie eng um sich zog. Die Tür schloss sich, und das Taxi brauste davon.

Sie klappte ihren Schirm auf und wandte sich zum Eingang. »Naomi«, sagte ich leise.

Sie fuhr herum und ich hörte ein scharfes Atemholen. »Was zum Teufel soll das?«, rief sie in ihrem portugiesisch gefärbten Englisch.

Ich hob beschwichtigend die Hände. »Ich möchte nur mit dir reden.« Ich sprach Englisch, weil es die Sprache der Person war, als die sie mich ursprünglich kennengelernt hatte – und der sie eher vertrauen würde.

Sie blickte kurz über die Schulter, schätzte vielleicht die Entfernung zur Tür ab, dann wandte sie sich, anscheinend beruhigt, wieder zu mir. »Ich will *nicht* reden, nicht mit *dir*.« Ihre Betonung machte den Sachverhalt deutlich, und ihr Akzent klang in der Erregung ein wenig stärker.

»Das musst du nicht, wenn du nicht willst. Ich bitte dich nur darum, das ist alles.«

Sie sah sich wieder um. Sie hatte einen guten Instinkt für Gefahr. Die meisten Leute konzentrieren sich voll auf die Quelle der Bedrohung, wenn sie eine erkannt haben. Das macht sie zur leichten Beute, falls es sich um eine Finte handelt und der wahre Hinterhalt sie von der Flanke trifft.

»Woher weißt du, wo ich wohne?«, wollte sie wissen.

»Ich habe im Internet nachgesehen.«

»Ach ja? Bildest du dir ein, bei der Art Job würde ich meine Adresse angeben?«

Ich zuckte die Achseln. »Du hast mir deine E-Mail-Adresse gegeben. Du wärst überrascht, was man mit einem so kleinen Ansatzpunkt alles herausfinden kann.«

Ihre Augen wurden schmal. »Bist du ein Stalker?«

Ich schüttelte den Kopf. »Nein.«

Der Regen wurde stärker. Mir wurde klar, dass mir das schlechte Wetter abgesehen von der Ungemütlichkeit zupasskam. Sie stand trocken und gefasst unter ihrem Schirm; ich war durchnässt und zitterte fast vor Kälte. Der Gegensatz würde ihr das Gefühl geben, die Situation unter Kontrolle zu haben.

»Bin ich in Schwierigkeiten?«, fragte sie.

Das überraschte mich. »Welche Schwierigkeiten denn?«

»Ich habe nichts Unrechtes getan. Ich mache nichts Illegales. Ich bin lediglich eine Tänzerin, okay?«

Ich wusste nicht, was das bedeuten sollte, wollte sie aber auch nicht bremsen. »Du machst nichts Illegales?«, plapperte ich ihr nach.

»Nein! Und ich habe auch kein Interesse daran. Ich kümmere mich um meine eigenen Angelegenheiten.«

»Du bist nicht in Schwierigkeiten, jedenfalls nicht, was mich betrifft. Ich will wirklich einfach nur mit dir reden.«

»Nenn mir einen guten Grund dafür.«

»Weil du mir vertraust.«

Ihre Miene schwankte irgendwo zwischen ungläubig und amüsiert. »Ich vertraue dir?«

Ich nickte. »Du hast mich vor den Abhörvorrichtungen im Klub gewarnt.«

Sie schloss einen Moment lang die Augen. »Herrgott, ich wusste, dass ich das noch bereuen würde.«

»Aber du hast auch gewusst, du würdest es noch mehr bereuen, wenn du nichts sagst.«

Sie schüttelte langsam und bedächtig den Kopf. Ich ahnte, was sie dachte. *Da tue ich dem Kerl einen Gefallen, und jetzt werde ich ihn nicht mehr los. Und er bedeutet Probleme. Probleme, auf die ich gerne verzichten kann.*

Ich schob mir die triefenden Haare aus der Stirn. »Können wir irgendwo reingehen?«

Sie sah nach links, dann nach rechts. Die Straße war menschenleer.

»Na gut«, sagte sie. »Rufen wir ein Taxi. Ich kenne ein Lokal, das jetzt noch geöffnet hat. Dort können wir reden.«

Wir fanden ein Taxi. Ich stieg zuerst ein, und sie glitt nach mir auf den Rücksitz. Sie nannte dem Fahrer die Adresse 3-3-5 Shibuyku, an der Südseite der Roppongi-dori. Ich lächelte.

»Das *Tantra*?«, fragte ich.

Sie sah mich womöglich ein bisschen enttäuscht an. »Du kennst es?«

»Es existiert schon lange. Gutes Lokal.«

»Ich hätte nicht gedacht, dass du dort verkehrst. Du wirkst ein bisschen … zu alt.«

Ich lachte. Wenn das als Spitze gedacht gewesen war, hatte sie Pech gehabt. Ich reagiere niemals empfindlich, was mein Alter angeht. Die meisten Leute, die ich als jüngerer Mann gekannt habe, sind längst tot. Tatsächlich bin ich ein bisschen stolz darauf, dass ich immer noch lebe und atme.

»Mit dem *Tantra* ist es wie mit Sex«, teilte ich ihr mit leicht selbstgefälligem Lächeln mit. »Jede Generation denkt, es wäre ihre eigene Entdeckung.«

Sie wandte den Blick ab und wir fuhren schweigend weiter. Mir wäre es lieber gewesen, wenn das Taxi uns, wie ich es normalerweise hielt, irgendwo in Gehweite statt direkt vor der Tür abgesetzt hätte. Aber angesichts der Gesamtumstände hielt ich die Wahrscheinlichkeit, dass aus Naomis mangelndem Sicherheitsbewusstsein ein Problem entstehen könnte, für akzeptabel gering.

Ein paar Minuten später blieben wir vor einem unauffälligen

Geschäftsgebäude stehen. Ich bezahlte die Fahrt und wir stiegen aus. Der Regen hatte aufgehört, doch die Straße war leer, beinahe verlassen. Wenn ich nicht gewusst hätte, wo wir uns befanden, wäre es mir seltsam vorgekommen, sich mitten in der Nacht von einem Taxi an diesem Ort absetzen zu lassen.

Hinter uns glühte ein schwach erleuchtetes ›T‹ sanft über einer Kellertreppe, das einzige äußere Anzeichen für die Existenz des *Tantra*. Wir gingen hinunter und erreichten durch eine imposante, metallene Doppeltür ein mit Kerzen beleuchtetes Foyer, von dem aus man über einen kurzen Tunnel den Gastraum erreichte.

Ein Kellner tauchte auf und fragte uns leise, ob wir nur zu zweit wären. Naomi bestätigte, und er geleitete uns nach innen.

Die Wände bestanden aus braunem Beton, die Decke war schwarz. Es gab ein paar Punktstrahler, doch der größte Teil der Beleuchtung stammte von den Kerzen auf den Tischen, an der Decke und auf dem lackierten Betonboden. Hier und da standen in Alkoven Statuen, die Szenen aus dem Kamasutra darstellten. Ein halbes Dutzend Grüppchen saß auf Sitzkissen oder niedrigen Stühlen zusammen. Der Raum summte von gedämpften Gesprächen und leisem Gelächter. Aus unsichtbaren Lautsprechern tönte sanft eine leichte, arabisch klingende Technomusik.

Ich wusste, dass es zwei zusätzliche Räume weiter hinten gab, zum Teil verborgen hinter schweren, violetten Vorhängen. Ich fragte den Kellner, ob einer frei sei, und er deutete auf den zur Rechten. Ich sah Naomi fragend an und sie nickte.

Durch die Vorhänge gelangten wir in einen Raum, der eher wie eine kleine Opiumhöhle wirkte. Die Decke war niedrig, und Kerzenlicht warf flackernde Schatten auf die Wände. Wir setzten uns in einer Ecke auf die Sitzkissen, im Neunzig-Grad-Winkel einander zugewandt. Der Kellner ließ uns eine Speisekarte da und verschwand wortlos.

»Hast du Hunger?«, fragte ich.

»Ja.«

»Ich auch.« Ich massierte mir die nassen Schultern. »Und mir ist kalt.«

Der Kellner kam zurück. Wir bestellten Tee und die Spezialität des Hauses, Ayu-Chips, und Frühlingsrollen. Naomi wählte einen achtzehn Jahre alten Highland Park, und ich schloss mich ihr an.

»Jetzt mal ehrlich, woher kennst du dieses Lokal?«, fragte Naomi, als der Kellner uns verlassen hatte.

»Wie gesagt, es existiert schon ewig. Zehn Jahre, vielleicht sogar länger.«

»Dann lebst du also in Tokio.«

Ich zögerte: »Früher. Bis vor Kurzem.«

»Was führt dich wieder her?«

»Ich habe einen Freund hier. Er steckt in gewissen Schwierigkeiten wegen der Leute aus deinem Klub, und er weiß es nicht einmal.«

»Was für Schwierigkeiten?«

»Das versuche ich gerade herauszufinden.«

»Warum hast du mir diesen Unsinn aufgetischt, von wegen du wärst Buchhalter?«

Ich zuckte die Achseln. »Ich war auf der Suche nach Informationen. Ich sah keinen Grund, dir zu viel zu erzählen.«

Wir schwiegen eine Weile. Der Kellner brachte das Essen und unsere Getränke. Ich widmete mich erst dem Tee. Er wärmte angenehm. Der Highland Park wirkte noch besser.

»Das hatte ich nötig«, sagte ich und lehnte mich gegen die Wand, während die Hitze sich in meinem Bauch ausbreitete.

Sie nahm sich eine Frühlingsrolle. »Warst du wirklich schon in Brasilien?«, fragte sie.

»Ja.« Es war eine Lüge, aber möglicherweise das moralische Äquivalent einer Wahrheit. Ich konnte ihr schlecht sagen, dass ich alles über das Land in Erfahrung zu bringen versuchte, um meine erste und letzte Reise dorthin vorzubereiten.

Sie biss von ihrer Frühlingsrolle ab und kaute, den Kopf nachdenklich leicht schräg gelegt. »Als ich heute Abend sah, mit wem du zusammen warst, dachte ich, du hättest vielleicht nur ein paar Worte Portugiesisch gelernt, um mich besser aushorchen zu können. Dass ich vielleicht selbst in Schwierigkeiten stecke.«

»Nein.«

»Das heißt, du hast nicht versucht, speziell mich kennenzulernen.«

»Du hast gerade getanzt, als ich in der ersten Nacht hereinkam, deshalb habe ich nach dir gefragt. Es war reiner Zufall.«

»Wenn du kein amerikanischer Buchhalter bist, wer bist du dann?«

»Ich bin … eine Art Dienstleister. Und durch diese Dienstleistungen lerne ich die unterschiedlichsten Leute kennen. Cops und Yakuza. Politiker. Manchmal Leute irgendwo zwischendrin.«

»Steht das so auf deinen Visitenkarten?«

Ich lächelte. »Ich habe es mal versucht. Der Druck wurde so klein, dass niemand sie lesen konnte.«

»Dann bist du also was, so eine Art Privatdetektiv?«

»In gewisser Weise.«

Sie sah mich an. »Und für wen arbeitest du gerade?«

»Wie gesagt, im Moment versuche ich, einem Freund zu helfen.«

»Entschuldige, aber das klingt nach ziemlichem Bockmist.«

Ich nickte. »Das kann ich verstehen.«

»Du schienst vorhin mit Murakami ziemlich gut auszukommen.«

»Hat dir das Sorgen gemacht?«

»Er macht mir Angst.«

»Dafür gibt es allen Grund.«

Sie griff nach ihrem Highland Park und lehnte sich an die Wand zurück. »Ich habe üble Geschichten über ihn gehört.«

»Sie sind vermutlich wahr.«

»Alle haben Angst vor ihm. Bis auf Yukiko.«

»Was glaubst du, woran das liegt?«

»Ich weiß nicht. Sie übt irgendeine Art von Macht über ihn aus. Das kann sonst niemand.«

»Du magst sie nicht.«

Sie sah mich an und wandte dann den Blick ab. »Sie kann genauso gruselig sein wie er.«

»Du hast gesagt, sie sei bereit, Dinge zu tun, die du ablehnst.«

»Ja.«

»Hat es etwas mit den Abhöranlagen zu tun?«

Sie kippte ihren Drink, leerte ihn in einem Zug. Dann sagte sie: »Ich bin nicht sicher, dass es Wanzen gibt, aber ich glaube schon. Wir haben eine Menge prominente Kunden – Politiker, Beamte, Geschäftsleute. Die Männer, denen der Klub gehört, ermuntern die Mädchen dazu, mit ihnen zu reden, ihnen Informationen zu entlocken. Alle Mädchen glauben, dass diese Unterhaltungen aufgezeichnet werden. Und es geht das Gerücht, dass bestimmte Kunden sogar in den Lap-Dance-Räumen gefilmt werden.

Langsam gewann ich ihr Vertrauen. Wenn sie so weiterredete, konnte ich noch mehr herausholen. Ich war wie ein Spieler, der sich Ewigkeiten mit der Entscheidung quält, ob er seine Chips auf Rot oder Schwarz setzen soll. Und dann, wenn der Croupier das Rad dreht, den Einsatz in der Überzeugung verdoppelt oder verdreifacht, dass er unmöglich falsch gewettet haben kann. Sonst würde er doch nicht das ganze zusätzliche Geld einsetzen, oder?

Ich deutete auf ihr Glas. »Noch einen?«

Sie zögerte kurz, nickte dann.

Ich trank aus und bestellte noch zwei Whisky. Das Kerzenlicht flackerte über die Wände. Der Raum fühlte sich warm und angenehm an, wie eine unterirdische Kultstätte.

Der Kellner brachte die Drinks. Nachdem er sich schweigend entfernt hatte, sah ich sie an und sagte: »Und du hast damit nichts zu tun?«

Sie blickte in ihr Glas. Sekunden verstrichen.

»Willst du eine ehrliche Antwort oder eine ganz ehrliche?«, fragte sie.

»Gib mir beide.«

»Okay«, nickte sie. »Die ehrliche Antwort lautet nein.«

Sie trank einen Schluck Highland Park. Schloss die Augen.

»Die ganz ehrliche Antwort ist … ist …«

»Ist ›noch nicht‹«, meinte ich leise.

Ihre Augen öffneten sich und ruhten auf mir. »Woher weißt du das?«

Ich betrachtete sie einen Augenblick lang, spürte ihre Bekümmerung und sah eine Chance.

»Du wirst dazu verleitet«, sagte ich. »Es ist ein Prozess, eine systematisch durchgeführte Technik. Wenn dir auch nur eine Spur davon aufgefallen ist, bist du klüger als die meisten. Außerdem hast du dann die Möglichkeit, etwas dagegen zu unternehmen, wenn du willst.«

»Wie meinst du das?«

Ich nippte an meinem Glas, betrachtete die bernsteinfarbene Glut der Flüssigkeit und dachte zurück. »Es fängt langsam an. Man lotet die Grenzen der Zielperson aus und verleitet sie dazu, immer weiter zu gehen. Sie gewöhnt sich daran. Es dauert nicht lange, und die Grenzen verschieben sich. Jeweils nur um ein winziges Stückchen. Man lässt die Person in dem Glauben, es wäre ihre eigene Entscheidung.«

Ich sah sie an. »Du hast mir erzählt, als du im Klub angefangen hast, warst du so schüchtern, dass du dich auf der Bühne kaum bewegen konntest.«

»Ja, das stimmt.«

»Damals hattest du noch nie einen Lap-Dance gemacht.«

»Nein.«

»Aber jetzt kannst du es.«

»Ja.« Sie sprach leise, fast flüsternd.

»Bei deinem ersten Lap-Dance hast du dir wahrscheinlich gesagt, du würdest niemals zulassen, dass ein Gast dich anfasst.«

»Das habe ich«, sagte sie. Ihre Stimme war fast unhörbar.

»Natürlich. Ich könnte weitermachen. Ich könnte dir sagen, wo du in drei Monaten, sechs Monaten, einem Jahr angekommen sein wirst. Oder auch in zwanzig Jahren, wenn du so weitermachst. Naomi, glaubst du denn, das würde einfach so passieren? Es ist eine Wissenschaft. Da draußen gibt es eine Menge Leute, die Experten darin sind, andere dazu zu bringen, am nächsten Tag etwas zu tun, was ihnen heute noch unmöglich erscheint.«

Außer ihrem Atem, der in schnellen Zügen in der Nase pfiff, war sie stumm, und ich fragte mich, ob sie gegen die Tränen ankämpfte.

Ich musste es noch ein klein wenig weiter treiben, bevor ich sie in Ruhe ließ. »Weißt du, was als Nächstes kommt?«, fragte ich.

Sie sah mich an, sagte aber nichts.

»Du weißt, dass die Mädchen im *Damask Rose* dazu benutzt werden, Politiker zu erpressen oder jedenfalls etwas Ähnliches. Die anderen Mädchen flüstern darüber, doch das ist nicht alles. Man ist an dich herangetreten, nicht wahr? Etwa in der Art: ›Es gibt da einen speziellen Gast und wir glauben, du könntest ihm gefallen. Wir möchten, dass du mit ihm ausgehst und ihm eine wirklich schöne Zeit bereitest. Wenn er danach zufrieden ist, zahlen wir dir dies und das.‹ Vielleicht hatten sie eine Suite in einem Hotel gebucht, in das du ihn mitnehmen solltest. Dort würden sie ihn abhören und filmen. Ich vermute, du hast abgelehnt. Aber es wurde kein Druck ausgeübt. Warum auch? Sie wissen, dass dich allein die ständige Möglichkeit zermürben wird.«

»Das stimmt nicht!«, sagte sie zornig und stieß mir den Zeigefinger vors Gesicht.

Ich sah sie an. »Falls ich mich geirrt hätte, würdest du nicht so reagieren.«

Sie betrachtete mich wütend und verletzt und ihre Lippen bewegten sich, als würde sie nach Worten ringen.

Das reichte. Es war Zeit, zu sehen, ob ich die gewünschte Wirkung erzielt hatte.

»He«, sagte ich weich, aber sie blickte nicht auf. »He.« Ich legte die Hand auf ihre. »Tut mir leid.« Ich drückte ihre Finger kurz, dann zog ich die Hand zurück.

Sie hob den Kopf und sah mich an. »Du denkst, ich wäre eine Prostituierte. Oder auf dem besten Weg dazu.«

»Das denke ich nicht«, sagte ich kopfschüttelnd.

»Woher weißt du das alles?«

Zeit für eine ehrliche, aber ungefährlich vage Antwort. »Vor langer Zeit, in einem anderen Kontext, habe ich dasselbe durchgemacht wie du jetzt.«

»Was meinst du damit?«

Einen Moment lang trat mir Crazy Jakes Bild vor Augen. Ich schüttelte den Kopf, um ihr zu bedeuten, dass ich nicht darüber sprechen wollte.

Wir schwiegen eine Zeit lang. Dann sagte sie: »Du hast recht. Ich hätte nicht so scharf reagiert, wenn an dem, was du gesagt hast, nicht etwas dran wäre. Ich habe eine Menge darüber nachgedacht, aber ich war nicht so ehrlich zu mir selbst, wie du gerade eben.« Sie streckte den Arm aus und nahm meine Hand. Sie drückte sie, fest. »Vielen Dank.«

Ich spürte ein seltsames Konglomerat von Empfindungen: Befriedigung darüber, dass meine Manipulation gelungen war; Mitgefühl mit ihrer komplizierten Lage; Selbstvorwürfe, dass ich mir ihre Naivität zunutze gemacht hatte.

Und neben all dem fühlte ich mich von ihr angezogen. Ich war mir der Berührung ihrer Hand überdeutlich bewusst.

»Danke mir nicht«, sagte ich, ohne sie anzusehen. Ich erwiderte den Druck ihrer Hand nicht. Nach einem Augenblick zog sie sie zurück.

»Tust du das alles wirklich nur für einen Freund?«, fragte sie.

»Ja.«

»Ich würde dir helfen, wenn ich könnte. Aber ich weiß nicht mehr, als ich dir schon gesagt habe.«

Ich nickte und dachte an die Agency und Yamaoto und welcher Art ihre Verbindung wohl sein mochte. »Lass mich dir eine Frage stellen«, sagte ich. »Wie oft bekommst du, weiße Amerikaner oder Europäer im Klub zu sehen?«

Sie zuckte die Achseln. »Relativ häufig. Vielleicht zehn oder zwanzig Prozent der Gäste. Warum?«

»Hast du je erlebt, dass Murakami sich mit ihnen abgibt?«

Sie schüttelte den Kopf. »Nein.«

»Und was ist mit Yukiko?«

»Eigentlich nicht. Ihr Englisch ist ziemlich schlecht.«

Uneindeutig. Sie wusste nichts. Langsam kamen mir Zweifel, dass sie mir helfen konnte.

Ich sah auf die Uhr. Es war beinahe fünf. Bald würde die Sonne aufgehen.

»Wir sollten langsam aufbrechen«, sagte ich.

Sie nickte. Ich zahlte und wir gingen.

Draußen war es nass, regnete aber nicht mehr. Die Laternenmasten in der Roppongi-dori malten schimmernde Kegel in den wirbelnden Dunst. Es war so spät, wie es werden konnte, ohne schon wieder früh zu sein, und die Straße erstreckte sich stumm vor uns.

»Bringst du mich nach Hause?«, fragte sie und sah mich an.

Ich nickte. »Sicher.«

Nach der Hälfte des zwanzigminütigen Spaziergangs fing es wieder an, zu regnen.

»*Droga!*«, fluchte sie auf Portugiesisch. »Ich habe meinen Schirm im *Tantra* vergessen.«

»*Shoganai*«, meinte ich und schlug den Kragen meines Blazers hoch. Kann man nichts machen.

Wir gingen schneller. Der Regen wurde stärker. Ich fuhr mir mit den Fingern durchs Haar und spürte, wie mir kleine Rinnsale in den Nacken liefen.

Als wir nur noch einen halben Kilometer vor uns hatten, gab es einen gewaltigen Donnerschlag, und dann begann es richtig zu schütten.

»*Que merda!*«, rief sie mit einem Auflachen. »Wir sind verloren.«

Wir rannten, doch es half alles nichts. Als wir das Apartmenthaus erreichten, duckten wir uns unter das schmale Vordach am Hintereingang.

»*Me Deus*«, sagte sie lachend, »so patschnass war ich schon ewig nicht mehr!« Sie knöpfte ihren triefenden Mantel auf, dann sah sie mich an und lächelte. »Wenn man erst einmal völlig durchweicht ist, ist es irgendwie ganz angenehm.«

Dünne Dunstschwaden stiegen von ihrem feuchten Kleid auf. »Du dampfst«, bemerkte ich.

Sie sah an sich herunter und hob dann wieder den Blick zu mir. Sie schob sich ein paar nasse Haarsträhnen aus dem Gesicht. »Von der Rennerei ist mir warm geworden«, sagte sie.

Ich wischte mir die Regennässe aus dem Gesicht und dachte: *Zeit zu gehen.*

Aber ich blieb.

»Danke für den interessanten Abend«, meinte sie nach einer Pause. »Für einen Stalker bist du gar nicht so übel.«

Ich lächelte schief. »Das sagen alle.«

Ein seltsamer Moment der Stille entstand. Dann trat sie näher und umarmte mich, das Gesicht an meine Schulter gedrückt.

Ich war überrascht. Unwillkürlich legte ich die Arme um sie.

Nur ein bisschen Trost, dachte ich. *Du bist sie sehr hart angegangen. Lass sie mit einem guten Gefühl gehen.*

Ich war mir vage darüber im Klaren, dass das nach einer Rationalisierung klang. Das beunruhigte mich ein wenig. Normalerweise komme ich gut ohne zurecht.

Ich konnte ihre weichen Formen spüren, ihre Hitze, die mit elektrisierender Klarheit durch die Nässe unserer Kleider übertragen wurde.

Ich fühlte, wie mein Körper reagierte. Und wusste, dass sie es auch spürte. *Oh, verdammt.*

Sie hob den Kopf von meiner Schulter. Ihr Mund lag sehr dicht an meinem Ohr. »Komm mit rein«, flüsterte sie.

Die letzte Person, mit der ich mich eingelassen hatte, während ich sie nur als Informantin hätte behandeln sollen, war Midori gewesen. Dafür zahlte ich immer noch den Preis.

Mach nicht den gleichen Fehler noch einmal, dachte ich. *Komm ihr nicht zu nahe. Lass die Grenzen nicht verschwimmen.*

Aber die Gedanken waren abgeschaltet. Niemand schien auf sie zu hören.

Sie ist ein Bargirl. Du weißt nicht, wem ihre Loyalitäten gehö-

ren.

Das klang nicht überzeugend. Niemand hatte sie auf mich angesetzt – ich war derjenige, der sie nicht in Ruhe ließ. Sie hätte mich auch nicht vor den Wanzen warnen müssen. Mein Bauchgefühl sagte mir, dass sie nichts vortäuschte.

Sie legte mir die Hand auf die Brust. »Du bist ... schon lange nicht mehr mit jemandem zusammen gewesen«, sagte sie.

Ich rief mir ins Gedächtnis, dass das einer der Gründe war, warum ich so lange gelebt hatte.

»Wie kommst du darauf?«, fragte ich.

»Ich weiß es. So, wie du mich ansiehst.«

Ihre Hand legte sich fester auf meine Brust. »Ich kann dein Herz spüren«, sagte sie.

Mit einer Hand an meiner Brust und ihren Hüften, die sich gegen meinen Unterleib pressten, hätte sie mich genauso gut an einen Lügendetektor anschließen können.

Ich blickte unter dem Vordach heraus auf die Straße. Der Regen fiel in grauen, schrägen Schwaden. Meine Hand glitt zu ihrem Gesicht. Ich schloss die Augen. Ihre Haut war regennass, und ich dachte an Tränen.

Sie hob den Kopf und ich spürte ihre Wange an meiner. Sie bewegte den Kopf leise auf und ab, wie im Takt einer Musik, die nur sie hören konnte. Mit geschlossenen Augen dachte ich: *Lass es bleiben, sei kein Idiot.*

Ich konnte meinen eigenen Atem hören, spürte ihn durch meinen Mund strömen, vorbei an Zunge und Zähnen.

Ich wollte mich zurückziehen, und meine nasse Wange glitt an ihrer entlang. Sie legte eine Hand in meinen Nacken und hielt mich zurück.

Ich drehte leicht den Kopf. Unsere Mundwinkel streiften sich. Ich fühlte ihren Atem auf meiner Wange.

Dann küssten wir uns. Ihr Mund war warm und weich. Unsere Zungen fanden sich, und ich dachte gleichzeitig: *Mein Gott, du blöder Idiot* und *Mein Gott, fühlt sich das schön an.*

Meine Hände fanden den Weg unter ihren Mantel und zu ihren Hüften. Sie nahm mein Gesicht in beide Hände und küsste mich leidenschaftlicher.

Ich liebkoste ihre Hüften, dann ließ ich die Hände über die Rundung ihrer Rippen zu den Brüsten hinaufgleiten. Ihre Nippel waren hart unter dem nassen Stoff des Kleids. Sie strahlte Hitze aus. Ich hörte mich stöhnen. Es klang nach Kapitulation.

Sie trat zurück und fummelte in ihrer Handtasche herum, zog einen Schlüssel heraus, und sah mich mit dunklen Augen an. Sie keuchte.

»Komm mit«, sagte sie.

Sie drehte sich um und steckte den Schlüssel ins Schloss. Die Tür glitt auf und wir gingen hinein.

Im Aufzug, auf dem kurzen Weg zum fünften Stock, setzten wir unseren Kuss fort. Als wir den Gang entlanggingen, zerrten wir gegenseitig an unserer Kleidung.

Ihre Wohnung lag am Ende eines kurzen Korridors. Hinter einem kleinen Foyer schloss sich der Wohnraum an. Schwaches graues Licht drang von der Straße herein.

Sie schloss die Tür hinter mir und stieß mich dagegen. Sie küsste mich wieder hungrig, während sie mein Hemd aufknöpfte. Normalerweise fühlte ich mich an einem unbekannten Ort nicht wohl, bevor ich mich umsehen konnte, doch die enge Diele mit Naomi zwischen mir und einem potenziellen Angreifer hätte sich für einen Überfall nicht besonders geeignet. Ich spürte keine Gefahrensignale, jedenfalls nicht von dieser Art. Und Harrys Wanzen- und Videodetektor blieb glücklicherweise auch stumm.

Ich streifte ihr den Mantel über die Schultern und ließ ihn hinter ihr zu Boden fallen. Sie küsste meinen Hals, meine Brust, während ihre Finger an meinem Gürtel und dem Hosenbund zerrten. Ich öffnete den Reißverschluss ihres Kleids am Rücken. Dann zog ich ihr die Träger über die Schulter, und es glitt lautlos an ihr herab. Ich spürte, wie sie die Schuhe wegkickte.

Sie schob mir den Blazer herunter, doch der nasse Stoff klebte an mir. Sie presste mir einen Moment lang die warme Hand auf den Bauch, als wollte sie mich in dieser Position festhalten. Ich spürte das Diamantarmband wie einen kleinen kalten Kreis um ihr Handgelenk. Dann glitt ihre Hand tiefer und wollte mir die Hose abstreifen. Ich hinderte sie daran, um erst Schuhe und Socken auszuziehen. Mit heruntergelassenen Hosen um die Fußknöchel dazustehen, war mir eine zu verwundbare Position.

Ich stieg aus Hose und Unterhose und trat sie weg. Sie drückte mich wieder gegen die Tür und schlang die Arme um mich. Ihre Brüste und ihr Bauch pressten sich weich und warm und unglaublich einladend an mich. In diesem Augenblick war es mir egal, was mich das alles kosten würde. Was es sie kosten könnte.

Ich nahm ihr Gesicht zärtlich in beide Hände und drückte ihren Kopf sanft zurück. Ich sah ihr in die Augen. Im düsteren Licht der Diele schienen sie eine innere Leuchtkraft zu besitzen.

Ihre Hände legten sich auf meine Hüften und sie ließ sich vor mir auf die Knie nieder. Ich betrachtete sie und atmete schneller. Die Tür fühlte sich kalt an an meinem nackten Rücken, dann umfing mich ihr Mund, und einen Moment lang konnte ich nichts anderes mehr spüren.

Sie hob eine Hand zu meinem Bauch und ich ergriff sie, ließ sie wieder los. Mit einem leisen Schlag fiel mein Kopf gegen die Tür zurück. Ein paar Haarsträhnen streiften meinen Oberschenkel. Ich spürte jedes Haar, als würden mich glühende Fäden streicheln.

Meine Hand verirrte sich nach unten und zeichnete den Rand ihres Ohrs nach, die Rundung ihrer Wange, die Linie ihres Kiefers. Ich stieß den Atem aus und spannte das Zwerchfell, bis sich kein Hauch mehr in meiner Lunge befand, bevor ich scharf durch die Nase einatmete.

Ich legte ihr die Finger unters Kinn und versuchte, sie zu mir hochzuziehen.

Sie legte den Kopf in den Nacken und sah zu mir auf. »Ich will nicht aufhören«, sagte sie.

Ich bückte mich, legte ihr die Hände unter die Achseln und zog sie auf die Füße. Ich schob einen Arm hinter ihren Nacken, den anderen unter ihren Hintern, trat einen Schritt vor und hob sie hoch. Sie lachte überrascht auf und schlang mir die Arme um den Hals.

»Und ich möchte etwas zu Ende bringen«, sagte ich.

An das Wohnzimmer schlossen sich eine kleine Küche und ein noch kleineres Schlafzimmer an. Ich hielt auf Letzteres zu. Mir war vage bewusst, dass mein Ständer vor mir herschwang wie ein absurder Blindenstock, während ich sie hineintrug.

Gleich hinter der Tür lag ein Futon auf dem Boden. Ich trat darauf und legte sie sanft auf den Rücken. Ihre Arme glitten von meinem Hals und strichen mir über Ohren und Gesicht. Ich griff mit beiden Händen nach unten und streifte ihr den String-Tanga über den flachen Bauch herab. Sie hob die Hüften, und der Stoff glitt über die Rundung ihres Pos. Ich zog ihn über die Knöchel und warf ihn beiseite.

Ich stemmte die Hände auf den Futon neben sie und küsste ihren Hals, ihre Brüste, ihren Bauch. Dann arbeitete ich mich weiter nach unten. Sie packte eine Handvoll Haare an meinem Hinterkopf und zerrte fest genug daran, dass es wehtat, doch ich ließ sie noch ein Weilchen zappeln, bevor ich ihr gab, was sie wollte.

Als es so weit war, stieß sie einen scharfen Atemzug aus und fasste meine Haare fester. Ich zog die Knie an, ergriff ihren Hintern mit beiden Händen und hob ihn vom Futon hoch. Ich hörte sie sagen »*Isso, isso, continua*«, fühlte, wie ihre andere Hand zu meinem Nacken wanderte. Ich blickte hoch. Ihre Bauchmuskeln waren angespannt und ihre Brüste bebten leise von dem, was ich mit Mund und Händen anstellte.

Ich ließ mir Zeit. Sie schmeckte sauber und salzig und köstlich. Ihre Finger fuhren durch meine Haare, zogen mich an sich und schoben mich wieder weg, synchron mit meinen Berührungen. Ich übereilte nichts, selbst wenn ihre Hände mich drängten, schneller zu machen.

Ich hörte sie abermals »*Isso*« sagen, wieder und wieder. Sie hob die Beine an und ihre Schenkel klammerten sich um meine Ohren, bis ihre Stimme plötzlich weit entfernt klang, als würde ich sie unter Wasser hören. Sie umfing mich fester, und ihre Fingerknöchel gruben sich in meine Kopfhaut. Dann löste sich ihr Körper langsam von mir, und der Ton kehrte ins Zimmer zurück.

Ich ließ ihren Rücken auf den Futon zurücksinken und betrachtete sie. Das graue Licht war eine Spur heller geworden. Es brachte das Grün ihrer Augen zum Schimmern, und ohne nachzudenken sagte ich: »Du bist schön.«

Sie streckte die Arme aus und nahm mein Gesicht in die Hände. »*Agora, venha aqui*«, sagte sie auf Portugiesisch. Komm her.

Ich kam zu ihr. Sie streckte die Hand nach unten, doch ich fand selbst den Weg hinein.

Ich schob die Hände unter ihren Armen hindurch und hinauf zu ihrem Gesicht. Ich neigte den Kopf und schloss die Augen, so, wie man mir einst beigebracht hatte, zu beten. Ich spürte ihre Lippen an meinem Gesicht lautlose Worte formen.

Eine Minute verging, vielleicht zwei. Unsere gemeinsamen Bewegungen, vor und zurück, verlangsamten sich nach und nach, wie Wellen, die sich auf einem Strand brachen und wieder zurückströmten. Nur ein bisschen mehr als das, und ich würde mich nicht mehr zurückhalten können.

Sie drehte den Kopf zu mir und küsste mich tief und intensiv. Ich spürte etwas wie ein Schnurren oder ein sanftes Knurren auf ihren Lippen und ihrer Zunge.

»*Agora, mete tudo*«, sagte sie, die Lippen auf meinen Lippen bewegend. Jetzt, gib mir alles.

Sie stieß mit den Hüften zu und gab jede Zurückhaltung auf. Ich hielt ihr Gesicht in den Händen und küsste sie leidenschaftlicher. Sie hob die Knie, und ich spürte ihre Schenkel und Fußknöchel über meine Hüften gleiten. Sie umklammerte mich mit den Beinen und stöhnte etwas auf Portugiesisch. Ich drückte den Rücken durch, meine Zehen gruben sich in den Futon und ich verlor mich mit einem lang gezogenen *Kussouu* in ihr, das ebenso sehr nach Schmerz wie nach Freude klang.

Alle Kraft wich aus mir, und mein Körper fühlte sich plötzlich schwer an. Ich rollte mich neben ihr auf die Seite, ihr zugewandt, die Hand sanft auf ihren Bauch gelegt.

»*Isso, foi otimo*«, sagte sie und drehte mir den Kopf zu. Das war wundervoll.

Ich lächelte. »*Otimo*«, wiederholte ich. Meine Glieder fühlten sich an wie Gummi.

Sie legte die Hand auf meine und drückte meine Finger. Einen Moment lang waren wir still. Dann sagte sie: »Darf ich dich etwas fragen?«

Ich sah sie an. »Sicher.«

»Warum hast du anfangs so gezögert? Ich habe gespürt, dass du es wolltest. Und du wusstest es auch.«

Ich schloss einen Moment lang die Augen und flirtete mit dem Schlaf. »Vielleicht hatte ich Angst.«

»Angst wovor?«

»Ich bin nicht sicher.«

»Ich bin diejenige, die Angst hätte haben sollen. Als du sagtest, du müsstest etwas zu Ende bringen, hatte ich halb erwartet, du würdest mir wieder den Hintern versohlen.«

Ich lächelte mit geschlossenen Augen. »Das hätte ich auch, wenn du es verdient hättest.«

»Und ich hätte dafür gesorgt, dass du es bereust.«

»Das hast du nicht. Du hast mich glücklich gemacht.«

Sie lachte. »Gut. Du hast mir immer noch nicht gesagt, wovor du Angst hattest.«

Ich dachte einen Augenblick nach. Schläfrigkeit legte sich über mich wie eine Decke.

»Mich auf etwas einzulassen. Wie du sagtest, war ich seit langer Zeit mit niemandem mehr zusammen.«

Sie lachte wieder. »Wie könnten wir uns aufeinander einlassen? Ich weiß nicht einmal, wer du bist.«

Mit einiger Mühe schlug ich die Augen auf. Ich sah sie an. »Du weißt es besser als die meisten«, sagte ich.

»Vielleicht ist es das, wovor du Angst hast«, meinte sie.

Wenn ich noch eine Sekunde länger blieb, würde ich einschlafen. Ich setzte mich auf und fuhr mir mit der Hand übers Gesicht.

»Ist schon gut«, sagte sie. »Ich weiß, dass du gehen musst.«

Sie hatte natürlich recht. »Ja?«, fragte ich.

»Ja.« Sie zögerte. »Ich würde dich gerne wiedersehen. Aber nicht im Klub.«

»Das klingt vernünftig«, sagte ich. Mein Verstand hatte in den üblichen Sicherheitsmodus zurückgeschaltet. Ihre Brauen zogen sich bei meiner Erwiderung zusammen. Ich erkannte den Fehler und versuchte, ihn auszubügeln. »Nach heute Nacht könnte ich mich sowieso nicht mehr an die ›Nicht unterhalb der Hüfte‹-Regel halten, glaube ich.« Das brachte sie zum Lachen, aber es war kein ganz entspanntes Gelächter.

Ich ging zur Toilette und dann zurück in die Diele, wo ich meine immer noch nassen Kleider anzog. Sie waren kalt und klamm.

Sie kam zu mir, als ich mir die Schuhe zuband. Sie hatte sich die Haare zurückgekämmt und trug einen dunklen Flanellbademantel. Nachdenklich betrachtete sie mich.

»Ich werde versuchen, dir zu helfen«, meinte sie.

Ich sagte ihr die Wahrheit. »Ich weiß nicht, ob du viel tun kannst.«

»Das weiß ich auch nicht. Aber ich will es versuchen. Ich möchte nicht … ich möchte nicht an irgendeinem Ort enden, von dem es kein Zurück gibt.«

Ich nickte. »Das ist ein guter Grund.«

Sie griff in eine Tasche des Bademantels und zog ein Blatt Papier heraus. Als sie den Arm ausstreckte, um es mir zu geben, bemerkte ich wieder das Diamantarmband. Ich griff sanft nach ihrem Handgelenk.

»Ein Geschenk?«, fragte ich neugierig.

Sie schüttelte langsam den Kopf. »Es gehörte meiner Mutter«, sagte sie.

Ich nahm das Blatt Papier und sah, dass sie eine Telefonnummer aufgeschrieben hatte. Ich steckte es ein.

Ich gab ihr die Nummer meines Pagers. Ich wollte, dass sie eine Möglichkeit hatte, sich mit mir in Verbindung zu setzen, falls sich im Klub etwas ergab.

Ich sagte nicht: »Ich rufe dich an.« Ich umarmte sie nicht, wegen der nassen Kleider. Nur ein schneller Kuss. Dann wandte ich mich ab und ging.

Leise bewegte ich mich durch den Gang zur Treppe. Ich wusste, dass sie nicht erwartete, mich wiederzusehen. Und musste zugeben, dass sie damit recht haben könnte. Dieses Bewusstsein war ebenso unangenehm und bedrückend wie die durchnässten Klamotten.

Ich erreichte das Erdgeschoss und warf einen Blick aus dem Vordereingang des Gebäudes. Eine Sekunde lang stellte ich mir vor, wie sie mich hier umarmt hatte. Es schien so lange her zu sein. Ich spürte eine ungemütliche Mischung aus Dankbarkeit und Sehnsucht, gefärbt mit Schuldgefühl und Bedauern.

Und in einem Aufblitzen von Selbsterkenntnis, das mit kalter Klarheit durch den Nebel meiner Müdigkeit schoss, wurde mir bewusst, was ich vorhin nicht hatte ausdrücken können, nicht einmal mir selbst gegenüber, als sie mich fragte, wovor ich Angst hätte.

Es war dieser Augenblick danach, jetzt, wenn ich mich der Erkenntnis stellen musste, dass es schlimm mit mir enden würde. Wenn nicht an diesem Morgen, dann am nächsten. Oder übernächsten.

Ich verließ das Haus durch den Hintereingang, wo es keine Kamera gab. Es regnete immer noch. Das erste Tageslicht hing grau und kraftlos in der Luft. Ich ging in meinen nassen Schuhen los, bis ich ein Taxi fand, das mich zum Hotel zurückbrachte.

Kapitel 12

Am nächsten Tag setzte ich mich per Pager mit Tatsu in Verbindung und arrangierte ein Treffen am Mittag im Ginza-yu *Sento*, einem öffentlichen Badehaus. Das *Sento* ist eine japanische Institution, wenn auch im Abstieg begriffen, seit kurz nach dem Krieg die ersten Wohnungen mit eigenen Bädern gebaut wurden und das *Sento* von einer hygienischen Notwendigkeit zu einem gelegentlichen Genuss abstieg. Aber wie alle Genüsse, die nicht bloß als Produkt, sondern wegen des damit verbundenen Erlebnisses geschätzt werden, wird auch das *Sento* nie ganz verschwinden. Denn in den gemütlichen Ritualen des Schrubbens und Einweichens und jenem Augenblick der Tiefenentspannung, der sich nur durch das Eintauchen in Wasser erreichen lässt, das man nicht anders als kochend heiß bezeichnen kann, liegt eine Qualität von zeremonieller Hingabe und Meditation, diesen unverzichtbaren Zutaten eines lebenswerten Lebens.

Das Badehaus stellte geografisch und psychologisch ein Rückzugsgebiet von der umgebenden Einkaufs-Glitzerwelt des berühmten Stadtviertels Ginza dar und lag geradezu lauernd verborgen im Schatten der Takaracho-Schnellstraßenüberführung. Lediglich ein verblasstes, handgemaltes Schild zeugte von seiner Existenz. Ich wartete in einem Hauseingang gegenüber, bis ich Tatsu in einem zivilen Polizeiwagen ankommen sah. Er parkte am Straßenrand und stieg aus. Ich beobachtete, wie er um die Ecke bog und zum Seiteneingang des Ginza-yu ging. Ich folgte ihm.

Er blickte auf, als ich hinter ihm eintrat. Er hatte bereits die

Schuhe ausgezogen und wollte sie gerade in einem der kleinen Spinde gleich beim Eingang verstauen.

»Sag mir, was du hast«, forderte er.

Ich wich ein bisschen zurück, als wäre ich beleidigt. Er sah mich für einen langen Augenblick an, dann seufzte er und fragte: »Wie geht es dir?«

Ich bückte mich und streifte die Schuhe ab. »Gut, danke der Nachfrage. Und dir?»

»Sehr gut.«

»Und deiner Frau? Deinen Töchtern?«

Bei der Erwähnung seiner Familie musste er unwillkürlich lächeln. Er nickte und sagte: »Allen geht es gut. Danke.«

Ich grinste. »Alles andere dann im Bad.«

Wir schlossen unsere Schuhe weg. Ich hatte das nötige Badezubehör bereits in dem Mini-Markt auf der anderen Straßenseite eingekauft – Shampoo, Seife, Rubbeltuch und Handtücher – und reichte Tatsu, was er brauchte, während wir hineingingen. Wir bezahlten die vorgeschriebenen und staatlich subventionierten 400 Yen pro Person und gingen die Holztreppe zu den Umkleideräumen hinauf, wo wir uns in einem schmucklosen Raum mit Spinden auszogen. Durch eine gläserne Schiebetür gelangten wir in den eigentlichen Badebereich. Er war menschenleer – die Stoßzeit begann erst abends – und wie die Umkleidekabine spartanisch in seiner Einfachheit: lediglich ein großer, quadratischer Raum mit hoher Decke, weißen Kachelwänden, an denen Kondenswasser herablief, grellem Neonlicht und einem einzelnen Lüfter an der Wand, der seinen Kampf gegen den Dampf im Inneren schon lange aufgegeben zu haben schien. Das einzige Zugeständnis an eine nicht strikt utilitaristische Ästhetik war ein buntes Mosaik von Ginza 4-chome an der Wand über dem Bad selbst.

Wir hockten uns vor die Wasserhähne, um uns abzuschrubben. Der Trick dabei ist, die flachen, vom *Sento* zur Verfügung gestellten Plastikbottiche zunehmend heiß zu befüllen, und sie sich über Kopf und Körper zu gießen. Wenn man dazu nur lauwarmes Wasser verwendet, ist das Tauchbecken unerträglich heiß, wenn man endlich hineinsteigt.

Tatsu vollendete seinen Reinigungszyklus mit der ihm eigenen Schroffheit und stieg als Erster ins Becken. Ich brauchte etwas länger. Als ich fertig war, ließ ich mich neben ihm hineingleiten. Sofort spürte ich, wie meine Muskeln versuchten, sich vor der Hitze zurückzuziehen, wusste aber, dass sie gleich den sinnlosen Kampf aufgeben und sich einer rauschhaften Lockerung ergeben würden.

»*Yappari, kore ga saiko da na?*«, sagte ich zu ihm, während ich mich zu entspannen begann. Das ist großartig, nicht wahr?

Er nickte. »Ein ungewöhnlicher Treffpunkt. Aber gut gewählt.«

Ich ließ mich tiefer ins Wasser sinken. »Du hast in letzter Zeit nur Tee getrunken, daher dachte ich, ein Ort, an dem man etwas für seine Gesundheit tut, würde dir gefallen.«

»Ah, sehr vorausschauend. Und ich dachte schon, es wäre deine Art, mir zu zeigen, dass du nichts zu verbergen hast.«

Ich lachte. Dann berichtete ich ihm von dem *Dojo* und meinem Untergrundkampf und Murakamis Verbindung zu beidem. Ich gab ihm meine Einschätzung von Murakamis Stärken und Schwächen: einerseits tödlich, andererseits unfähig, in der Menge unterzutauchen.

»Du meinst also, die Veranstalter dieser Kämpfe verlieren Geld?«, fragte er, als ich geendet hatte.

Ich betrachtete das Wandmosaik durch halb geschlossene Augen. »Wenn es stimmt, was Murakami mir erzählt hat, ja. Bei drei Kämpfen pro Nacht mit Zwei-Millionen-Yen-Prämien plus Unkosten können sie nur rote Zahlen schreiben. Selbst an Abenden, an denen sie lediglich zwei oder sogar nur eine auszahlen müssen, sind sie von den Einnahmen bestenfalls gedeckt.«

»Und was sagt uns das?«

Ich schloss die Augen. »Dass es nicht ums Geld geht.«

»Ja. Die Frage ist, worum dann? Welchen Vorteil haben sie davon?«

Ich stellte mir Murakamis raubtierhaftes Zahnbrücken-Grinsen vor. »Einige dieser Leute, darunter Murakami, sind ziemlich krank. Ich glaube, es gefällt ihnen einfach.«

»Da bin ich sicher. Aber ich denke, Unterhaltung allein würde als Motiv nicht ausreichen, um ein derartiges Unternehmen zu gründen und durchzuführen.«

»Was meinst du dann?«

»Als du bei den Special Forces warst«, begann er sinnend und nachdenklich, »wie habt ihr das da mit dem Personal gehandhabt, das für die Einheit lebenswichtig war?«

Ich öffnete die Augen und sah ihn an. »Es musste immer Ersatz geben. Eine Reserve. Wie eine zweite Niere.«

»Ja. Und jetzt versetze dich in Yamaotos Lage. Mit deiner Hilfe konnte er unauffällig jeden eliminieren, der sich für seine Bestechungsversuche unzugänglich zeigte, nicht erpressbar war oder auf andere Weise eine Bedrohung für die Maschinerie darstellte, die er geschaffen hatte. Du hast eine vitale Funktion für ihn erfüllt. Nach deinem Verlust musste Yamaoto klar sein, dass er sich nie mehr derart auf eine einzige Person verlassen durfte. Er wird versuchen, eine Reserve in das System einzubauen.«

»Selbst für den Fall, dass Murakami ein vollwertiger Ersatz gewesen wäre.«

»Was er, wie du sagst, nicht ist.«

»Der *Dojo*, den Murakami betreibt, die Kämpfe …«

»Es scheint sich um eine Art Auslese zu handeln.«

»Ein Trainingslager …«, sagte ich kopfschüttelnd. Er sah mich abwartend an, wie immer einen Schritt voraus.

Dann begriff ich endlich. »Auftragskiller?«, fragte ich.

Er zog die Augenbrauen hoch, als wollte er ausdrücken: *Sag du's mir.*

»Der *Dojo* ist der Einführungskurs«, nickte ich. »Und bei der Art von Ausbildung, die sie dort betreiben, treffen sie bereits eine Vorauswahl von Individuen, die eine gewalttätige Ader besitzen. Jeden Tag, manchmal sogar zweimal am Tag solcher Gewalt ausgesetzt zu sein, macht unempfindlich gegen Brutalität. Und der nächste Schritt ist, Zuschauer bei einem echten Kampf auf Leben und Tod zu sein.«

»Und die Kämpfe selbst …«

»Die Kämpfe vervollständigen den Ausbildungsprozess. Aber ja, das Ganze ist wie die Grundausbildung. Sogar noch besser, denn nur wenige Soldaten, die sie durchlaufen, machen später auch Erfahrungen mit Kampf und Tod. Hier gehört das Töten schon zum Lehrplan. Und der Kader, den man damit aufbaut, besteht nur aus den Überlebenden, denen, die das Erlernte am besten beherrschen.«

Es klang einleuchtend. Sich eines Reservoirs von Auftragskillern zu bedienen, war nicht einmal besonders originell. Schon in vergangenen Jahrhunderten setzten die *Shogune* und *Daimyos* Ninjas bei ihren internen Auseinandersetzungen ein. Ich dachte an Yamaoto zurück, wie ich ihn vor einem Jahr kennengelernt hatte, und wusste, dass ihm dieser Vergleich geschmeichelt hätte.

»Siehst du jetzt, wie diese Entwicklung in Yamaotos langfristige Pläne passt?«, fragte er.

Ich schüttelte den Kopf. Das Denken fiel mir bei dieser alles durchdringenden Hitze schwer.

Er sah mich an wie ein etwas zurückgebliebenes, aber trotzdem liebenswertes Kind. »Wie sehen die Zukunftsaussichten für Japan ganz allgemein gesprochen aus?«, fragte er.

»Wie meinst du das?«

»Als Nation. Wie stehen wir in zehn, zwanzig Jahren da?«

Ich überlegte. »Nicht so besonders, schätze ich. Es gibt eine Menge Probleme – Deflation, Energie, Arbeitslosigkeit, Umweltzerstörung, das Bankendesaster –, und niemand scheint in der Lage zu sein, etwas dagegen zu unternehmen.«

»Ja. Du hast Japans Probleme korrekt umrissen. Die haben zwar alle Länder, aber was uns unter den Industrienationen einzigartig macht, ist unsere Machtlosigkeit, sie zu lösen.«

Er sah mich an und ich wusste, was er dachte. Bis vor Kurzem war ich eine der Ursachen dieser Machtlosigkeit gewesen.

»Es braucht Zeit, einen Konsens aufzubauen«, sagte ich.

»Manchmal ewig. Aber unsere kulturelle Disposition für die

Erzielung eines Konsens ist nicht das eigentliche Problem.« Der Hauch eines Lächelns verzog seine Lippen. »Selbst du warst nicht das eigentliche Problem. Das wahre Problem ist unsere tief verankerte Korruption.«

»Eine Menge Skandale in letzter Zeit«, nickte ich. »Autos, Kernkraftwerke, die Lebensmittelindustrie … Ich meine, wenn man nicht einmal mehr *Mister Donut* vertrauen kann, wem denn dann?«

Er verzog das Gesicht. »Die Vorgänge in den TEPCO-Kernkraftwerken waren mehr als eine Schande. Die Manager sollte man exekutieren.«

»Willst du mich um einen weiteren ›Gefallen‹ bitten?«

Er lächelte. »Ich muss besser auf meine Wortwahl achten, wenn ich mit dir spreche.«

»Egal, sind die verantwortlichen TEPCO-Manager nicht zurückgetreten?«

»Ja, das sind sie. Doch die Aufsichtsbehörden sind geblieben – dieselben Beamten, die ihren Obolus von den Geldern kassiert haben, die für Wartung und Bau unserer Atomkraftwerke bestimmt sind, und die soeben erst Gefahrenpotenziale veröffentlicht haben, von denen sie schon seit vielen Jahren wussten.«

Er stemmte sich hoch und setzte sich auf den Rand des Beckens, um sich von der Hitze zu erholen. »Weißt du, Rain-san«, sagte er, »Gesellschaften sind wie lebende Organismen, und kein Organismus ist gegen Krankheiten gefeit. Entscheidend ist, ob er eine effektive Verteidigung aufbauen kann, wenn er feststellt, dass er angegriffen wird. In Japan hat das Virus der Korruption das Immunsystem selbst angegriffen, wie eine gesellschaftliche Form von AIDS. Dadurch kann sich der Körper nicht mehr verteidigen. Das meine ich damit, wenn ich sage, dass alle Länder Probleme haben, aber nur Japan die Fähigkeit verloren hat, sie zu lösen. Die TEPCO-Manager treten zurück, aber die Männer, die ihnen schon seit Jahren auf die Finger hätten sehen sollen, dürfen bleiben? Nur in Japan …«

Er wirkte ziemlich deprimiert, und einen Moment lang

wünschte ich mir, er würde das alles nicht so ernst nehmen. Wenn er so weitermachte, hatte er bald ein Magengeschwür in der Größe eines Asteroiden. Ich setzte mich auf.

»Ich weiß, es ist schlimm, Tatsu«, sagte ich, um seine Perspektive ein wenig zurechtzurücken, »aber Japan ist wohl kaum ein Einzelfall, wenn es um Korruption geht. Vielleicht ist es hier noch ein bisschen schlimmer, aber in Amerika haben sie Enron, Tyco, WorldCom und Börsenanalytiker, die die Vermögen ihrer Klienten anzapfen, um ihre Kinder auf die richtige Vorschule schicken zu können …«

»Ja, nur sieh dir den Aufruhr an, den diese Enthüllungen bei den amerikanischen Regulierungsbehörden ausgelöst haben«, meinte er. »Es finden öffentliche Anhörungen statt. Neue Gesetze werden erlassen. Firmenchefs wandern ins Gefängnis. Aber in Japan gilt Empörung als empörend. Unsere Kultur scheint auf stillschweigende Billigung geeicht zu sein.«

Ich lächelte und antwortete mit einer der verbreitetsten Phrasen der japanischen Sprache. »*Shoganai*«, sagte ich. Wörtlich: Kann man nichts machen.

»Ja«, nickte er. »Anderswo heißt es *C'est la vie* oder *So ist das Leben*. Aber dort liegt der Schwerpunkt auf den Umständen. Nur hier in Japan kleben wir an unserer Unfähigkeit, diese Umstände zu verändern.«

Er wischte sich über die Stirn. »Gut. Und jetzt betrachte diesen Stand der Dinge aus Yamaotos Perspektive. Ihm ist klar, dass eine Unterdrückung des Immunsystems irgendwann zu einem katastrophalen Zusammenbruch des Wirtsorganismus führen muss. Wir sind oft gerade noch einmal davongekommen – in finanzieller, ökologischer und nukleartechnischer Hinsicht – und es ist nur eine Frage der Zeit, bis es zu einer wirklich verheerenden Katastrophe kommt. Vielleicht zu einem atomaren Störfall, der eine ganze Stadt ausradiert. Oder einem landesweiten Run auf die Banken mit einem Verlust aller Einlagen. Was immer es ist, es wird irgendwann eine Größenordnung erreichen, die die japanischen Wähler aus ihrer Apathie schreckt. Yamaoto weiß, dass extreme Unzufrie-

223

denheit mit einem Regime historisch gesehen zu extremistischen Reaktionen führt. Wie in der Weimarer Republik und im zaristischen Russland, um nur zwei Beispiele zu nennen.«

»Am Ende würden die Leute für eine Veränderung stimmen.«

»Ja. Die Frage ist nur, in welche Richtung?«

»Du glaubst, Yamaoto versucht, sich richtig zu positionieren, um auf dieser kommenden Welle der Empörung zu reiten?«

»Aber natürlich. Sieh dir Murakamis Killerakademie an. Sie wird Yamaoto ermöglichen, noch mehr Menschen einzuschüchtern und zum Schweigen zu bringen. Diese Fähigkeit ist eine der historischen Voraussetzungen für alle faschistischen Bewegungen. Ich sagte dir ja schon, Yamaoto ist im Herzen ein Rechtsradikaler.«

Ich dachte an die guten Nachrichten, die ich aus den Provinzen gelesen hatte, wo einige Politiker gegenüber Bürokraten und anderen korrupten Interessenvertretern Rückgrat zeigten, ihre Bücher offenlegten und die Art von öffentlichen Aufträgen mieden, die das Land beinahe unter einer Schicht Beton begraben hätten.

»Und du arbeitest mit unverdächtigen Politikern zusammen, damit Yamaoto sich den empörten Wählern nicht als einzige Alternative anbieten kann?«, fragte ich.

»Ich tue, was ich kann«, meinte er.

Was bedeutete: Ich habe dir so viel gesagt, wie du wissen musst.

Aber mir war klar, dass der Inhalt der CD praktisch ein Who's who von Yamaotos Netzwerk der Korruption repräsentierte und im Ausschlussverfahren einen unschätzbaren Wegweiser darstellte, wer diesem Netzwerk *nicht* angehörte. Ich konnte mir vorstellen, dass Tatsu mit den guten Jungs zusammenarbeitete, sie warnte und zu schützen versuchte. Sie wie Spielsteine auf seinem Go-Brett platzierte.

Ich erzählte ihm vom *Damask Rose* und Murakamis mutmaßlicher Verbindung dazu.

»Diese Frauen werden benutzt, um Yamaotos Feinde in die Falle zu locken und auf Linie zu bringen«, sagte er, als ich geendet hatte.

»Nicht alle«, sagte ich und dachte an Naomi.

»Nein, nicht alle. Manche wissen vielleicht gar nicht, was geschieht, obwohl ich mir vorstellen könnte, dass sie es zumindest ahnen. Yamaoto betreibt solche Etablissements vorzugsweise als legale Betriebe. So sind sie schwer zu lokalisieren und stillzulegen. Ishihara, der Gewichtheber, spielte dabei eine entscheidende Rolle. Es ist gut, dass er nicht mehr da ist.«

Er wischte sich wieder die Stirn. »Ich finde es interessant, dass Murakami auch in dieser Hinsicht in Yamaotos Organisation eine wichtige Funktion auszuüben scheint. Vielleicht ist er für seine Macht noch wichtiger, als ich zunächst vermutet habe. Kein Wunder, dass Yamaoto zu diversifizieren versucht. Er muss seine Abhängigkeit von diesem Mann verringern.«

»Tatsu«, sagte ich.

Er sah mich an und ich wusste, dass er vorausahnte, was ich sagen würde.

»Ich werde ihn nicht ausschalten.«

Ein langes Schweigen entstand. Seine Miene blieb ausdruckslos.

»Ich verstehe«, sagte er schließlich leise.

»Es ist zu gefährlich. Es war schon früher gefährlich, aber jetzt haben sie im *Damask Rose* mein Bild auf Video. Wenn die falsche Person diesen Film in die Hände bekommt, wissen sie genau, wer ich bin.«

»Sie interessieren sich für Politiker und Beamte und dergleichen. Das Risiko, dass Yamaoto das Video zu sehen bekommt oder eine der wenigen anderen Personen in seiner Organisation, die dich erkennen würden, ist minimal.«

»Mir kommt es nicht minimal vor. Aber egal, dieser Typ ist ein hartes Ziel, ein sehr hartes. Jemanden wie ihn so auszuschalten, dass es nach einer natürlichen Todesursache aussieht, ist so gut wie unmöglich.«

Er sah mich an. »Dann lass es von mir aus unnatürlich aussehen. Der Einsatz ist hoch genug, um das Risiko einzugehen.«

»Das wäre denkbar. Aber ich tauge nicht als Scharfschütze mit einem Gewehr und eine Bombe kann ich nicht verwenden, weil sie Unschuldige mit in den Tod reißen würde. Abgesehen von diesen beiden Optionen ist es so gut wie unmöglich, diesen Typen umzulegen und damit davonzukommen.«

Ich merkte, dass ich mich auf die Diskussion von Sachfragen eingelassen hatte. Ich hätte einfach Nein sagen und den Mund halten sollen.

Wieder eine lange Pause. Dann sagte er: »Was glaubst du, was er von dir hält?«

Ich füllte mir die Lunge mit der feuchtheißen Luft und stieß sie wieder aus. »Ich weiß nicht. Einerseits hat er gesehen, wozu ich fähig bin. Andererseits sende ich keine gefährlichen Schwingungen aus wie er. Er hat das nicht unter Kontrolle, deshalb kommt er vielleicht gar nicht auf die Idee, jemand anderes wäre dazu in der Lage.«

»Dann unterschätzt er dich.«

»Vielleicht. Aber höchstens ein wenig. Männer wie Murakami unterschätzen selten jemanden.«

»Du hast bewiesen, dass du an ihn herankommen kannst. Ich könnte dir eine Schusswaffe besorgen.«

»Ich sagte dir doch, er hat immer mindestens zwei Leibwächter bei sich.«

Noch als ich es aussprach, wünschte ich, ich hätte es nicht getan. Jetzt waren wir schon am Verhandeln. Das war idiotisch.

»Leg sie dir zurecht«, meinte er. »Schalte alle drei aus.«

»Tatsu, du verstehst nicht, wie geschärft die Instinkte dieses Kerls sind. Der lässt sich von niemandem zurechtlegen. Als wir vor dem Klub aus dem Wagen stiegen, habe ich gesehen, wie er die umliegenden Dächer nach Scharfschützen absuchte. Und er wusste genau, wo er nachsehen musste. Wenn ich mich in eine günstige Angriffsposition zu bringen versuchte, würde er das aus einem Kilometer Entfernung wittern. Genauso wie ich es bei ihm merken würde. Vergiss es.«

Er runzelte die Stirn. »Wie kann ich dich überzeugen?«

»Überhaupt nicht. Hör zu, es war von Anfang an eine riskante Sache, doch ich war bereit, das Wagnis einzugehen, weil du sehr viel für mich getan hast. Jetzt weiß ich, dass das Risiko noch wesentlich höher liegt, als ursprünglich angenommen. Der Lohn dagegen bleibt derselbe. Also geht die Gleichung nicht mehr auf. So einfach ist das.«

Lange Zeit sagte keiner von uns etwas. Endlich seufzte er und fragte: »Was hast du vor? Aussteigen?«

»Vielleicht.«

»Du kannst nicht aussteigen.«

Ich schwieg kurz. Als ich sprach, war meine Stimme leise, kaum mehr als ein Flüstern. »Ich hoffe, du willst nicht sagen, dass du mir dabei in die Quere kommen würdest.«

Er zuckte nicht mit der Wimper. »Ich muss dir gar nicht in die Quere kommen«, sagte er. »Du bist nicht geschaffen für den Ruhestand. Ich wünschte, du würdest das endlich begreifen. Was willst du tun? Dir irgendeine Insel suchen und die Tage am Strand verbringen, endlich all die Bücher lesen, zu denen du nie gekommen bist? Einem *Go*-Klub beitreten? Dich mit Whisky betäuben, wenn deine ruhelosen Erinnerungen dich um den Schlaf bringen?«

Ohne die lähmende Hitze wäre ich vielleicht wütend geworden.

»Vielleicht eine Therapie«, fuhr er fort. »Ja, Psychotherapie ist heutzutage sehr gefragt. Das könnte dich mit all den Leben versöhnen, die du genommen hast. Vielleicht sogar mit dem einen, das du jetzt verschwenden willst.«

Ich sah ihn an. »Du versuchst, mich aufzustacheln, Tatsu«, meinte ich sanft.

»Das hast du nötig.«

»Nicht von dir.«

Er legte die Stirn in Falten. »Du sagst, du möchtest aussteigen. Das verstehe ich. Aber was ich tue, ist gut und wichtig. Dies ist unser Land.«

Ich schnaubte. »Es ist nicht ›unser‹ Land. Ich bin nur ein Besucher.«

»Wer hat denn das behauptet?«

»Jeder, auf den es ankam.«

»Dann würden sie sich freuen, dass du so gut zugehört hast.«

»Egal. Ich war dir etwas schuldig. Ich habe bezahlt. Ich bin fertig.«

Ich stand auf und spülte mich an einem der Hähne mit kaltem Wasser ab. Er tat es mir nach. Wir zogen uns an und gingen die Treppe hinunter.

Als wir die Straße erreichten, wandte er sich zu mir. »Rain-san«, sagte er. »Werde ich dich wiedersehen?«

Ich sah ihn an. »Bist du eine Bedrohung für mich?«, fragte ich.

»Nicht, wenn du wirklich aussteigst, dann nicht.«

»In dem Fall sehen wir uns vielleicht wieder. Aber erst einmal nicht.«

»Also müssen wir nicht *Sayonara* sagen.«

»Nein, müssen wir nicht.«

Er lächelte sein trauriges Lächeln. »Ich habe noch eine Bitte.«

Ich erwiderte das Lächeln. »Weißt du, Tatsu, bei dir ist es ein bisschen gefährlich, voreilig etwas zu versprechen.«

Er nickte zustimmend. »Stell dir selbst die Frage, was du dir von deinem Ruhestand erhoffst. Und ob du es erreichen kannst, indem du dich zurückziehst.«

Ich sagte: »Das werde ich tun.«

»Danke.«

Er streckte mir die Hand hin und ich schüttelte sie.

»*De wa*«, sagte ich anstelle eines Lebewohls. Na dann.

Er nickte wieder. »*Ki o tsukete*«, meinte er, ein Abschied, den man als unverfängliches *Halt die Ohren steif* verstehen kann, oder wörtlicher: *Pass auf dich auf.*

Die Zweideutigkeit klang beabsichtigt.

KAPITEL 13

An diesem Abend wartete ich bis nach sieben Uhr, bevor ich Harry anrief, weil Yukiko dann schon auf dem Weg zum Klub war. Ich würde ihm sagen, was er hören musste. Das war ich ihm schuldig. Was er mit der Information anfing, war sein Problem, nicht meines.

Wir vereinbarten als Treffpunkt ein Café in Nippori. Ich sagte, er solle sich Zeit lassen. Er verstand die Übersetzung: Die Agency schnüffelt herum, also mach einen verdammt gründlichen Gegenaufklärungsgang.

Wie es meine Gewohnheit war, kam ich zu früh und schlug die Zeit mit einem Espresso und einem Magazin tot, das jemand auf dem Tisch vergessen hatte. Nach etwa einer Stunde tauchte Harry auf.

»He, Kleiner«, sagte ich, als ich ihn erblickte. Ich bemerkte, dass er eine modische Lammlederjacke trug und eine Schurwollhose statt der üblichen Jeans. Außerdem hatte er sich die Haare schneiden lassen. Er sah beinahe vorzeigbar aus. Mir wurde klar, dass er auf keinen Fall auf mich hören würde, und ich hätte fast beschlossen, ihm doch nichts zu sagen.

Aber das wäre nicht in Ordnung gewesen. Ich musste ihm die Information geben, und es lag bei ihm, danach zu handeln. Oder auch nicht.

Er setzte sich, und bevor ich den Mund aufmachen konnte, sagte er: »Keine Sorge. Es ist ausgeschlossen, dass mir jemand gefolgt ist.«

»Ist das nicht selbstverständlich?«

Seine Augen wurden groß, aber dann merkte er, dass ich ihn nur veräppelte. Er lächelte.

»Du siehst gut aus«, sagte ich mit leicht erstaunter Miene.

Er beäugte mich und überlegte, ob ich ihn schon wieder auf den Arm nahm. »Findest du?«, fragte er zögerlich.

Ich nickte. »Sieht aus, als hättest du dir die Haare in einem dieser teuren Salons in Omotesando schneiden lassen.«

Er errötete. »Habe ich.«

»Jetzt werd nicht rot. Es war den Preis wert.«

Seine Röte vertiefte sich. »Mach dich nicht lustig.«

Ich lachte. »Höchstens ein wenig.«

Er grinste. »Was ist los?«

»Warum muss denn immer etwas los sein? Vielleicht habe ich dich nur vermisst.«

Er warf mir einen überraschend wissenden Blick zu. Ich hatte so eine Ahnung, wo er den aufgeschnappt hatte. »Ja, ich dich auch.«

Ich freute mich nicht gerade auf den weiteren Verlauf dieser Unterhaltung, wenn ich das Gespräch auf Yukiko brachte, und hatte es nicht eilig damit.

Eine Bedienung kam. Harry bestellte Kaffee und ein Stück Karottenkuchen.

»Hast du in letzter Zeit etwas von unseren Freunden von der Regierung gehört?«, fragte ich.

»Keinen Pieps. Du musst sie abgeschreckt haben.«

»Darauf würde ich nicht wetten.« Ich trank einen Schluck Espresso und sah ihn an. »Immer noch in derselben Wohnung?«

»Ja. Aber beinahe umzugsfertig. Du weißt ja, wie es ist. Die Vorbereitungen dauern eine Weile, wenn man es richtig machen will.«

Wir blieben einen Moment lang still und ich dachte: *Also los.*

»Hast du vor, Yukiko in die neue Wohnung einzuladen?«

Er warf mir einen vorsichtigen Blick zu. »Vielleicht.«

»Dann würde ich mir die Mühe mit dem Umzug sparen.«

Er zuckte zusammen, und seine Miene wirkte auf vertraute

Weise konfus unter dem schicken neuen Haarschnitt.

»Warum?«, fragte er unsicher.

»Sie steckt mit üblen Leuten unter einer Decke, Harry.«

Er runzelte die Stirn. »Ich weiß.«

Jetzt war ich überrascht. »Das weißt du?«

Er nickte, immer noch mit gerunzelter Stirn. »Sie hat es mir erzählt.«

»Was erzählt?«

»Dass der Klub den Yakuza gehört. Na und? Tun sie doch alle.«

»Hat sie dir auch gesagt, dass sie mit einem der Besitzer zusammen ist?«

»Was meinst du mit ›zusammen‹?«

»›Zusammen‹ wie liiert.«

Er wippte unter dem Tisch nervös mit dem Fuß. Ich spürte das Vibrieren.

»Ich weiß nicht, was sie im Klub alles tun muss. Ist vielleicht auch besser so.«

Er verschloss die Augen vor der Wahrheit. Das hier war reine Zeitverschwendung.

Na schön. Ich würde es noch einmal aus einer anderen Richtung versuchen.

»Okay«, sagte ich. »Tut mir leid, dass ich das Thema aufgebracht habe.«

Er starrte mich einen Moment lang fassungslos an. »Woher weißt du eigentlich das alles?«, fragte er. »Spionierst du mir hinter meinem Rücken nach?«

Die Frage gefiel mir nicht, auch wenn sie im Kern nicht weit daneben lag. Meine Antwort war nicht direkt gelogen. Nur unvollständig.

»Ich habe eine … Beziehung zu einem Yakuza aufgebaut, dem meines Erachtens das *Damask Rose* gehört. Ein eiskalter Killer namens Murakami. Er hat mich dorthin mitgenommen. Er und Yukiko kannten sich offenbar sehr gut. Ich sah sie zusammen weggehen.«

»Das ist es, was du mir sagen wolltest? Das klingt, als wäre er ihr Boss. Sie sind zusammen weggegangen, na und?«

Mach doch die Augen auf, du Idiot, wollte ich schreien. *Diese Frau ist ein Hai. Sie stammt aus einer anderen Welt, gehört einer anderen Spezies an. Hier stimmt etwas ganz und gar nicht.*

Stattdessen sagte ich: »Harry, mein Bauchgefühl funktioniert bei solchen Gelegenheiten ziemlich gut.«

»Also, ich werde mich lieber auf mein eigenes Bauchgefühl verlassen.«

Die Serviererin brachte seinen Kaffee und Kuchen und ging wieder. Harry schien es nicht zu bemerken.

Ich wollte ihm noch mehr sagen, von Naomis Eindrücken berichten. Doch ich sah, dass es nichts nützen würde. Außerdem musste Harry nicht wissen, wie ich an meine Informationen kam.

Ich versuchte es ein letztes Mal. »Der Klub ist verkabelt, Audio und Video. Der Detektor, den du mir gegeben hast, spielte die ganze Zeit verrückt. Ich glaube, dort werden Politiker in verfängliche Situationen gebracht, um sie später zu erpressen.«

»Selbst wenn das stimmt, bedeutet es nicht, dass Yukiko damit zu tun hat.«

»Hast du dich eigentlich schon einmal gefragt, ob es Zufall war, dass du dieser Frau genau zu dem Zeitpunkt begegnet bist, als wir herausfanden, dass du von der CIA observiert wirst?«

Er sah mich an, als wäre ich jetzt völlig übergeschnappt. »Willst du sagen, dass Yukiko für die CIA arbeitet? Ich bitte dich!«

»Denk darüber nach«, bat ich. »Wir wissen, dass die Agency dir nachspürte, um mich zu finden. Auf dich sind sie durch Midoris Brief gestoßen. Und was haben sie durch den Brief über dich erfahren? Nur einen ungewöhnlich geschriebenen Namen und einen Poststempel.«

»Und?«

»Die Agency kann aus eigener Kraft mit einer solchen Information wenig anfangen. Dazu brauchen sie hiesige Unterstützung.«

»Und?«, wiederholte er patzig.

»Und sie kennen Yamaoto über seinen Kontakt zu Holtzer. Sie

bitten ihn um Hilfe. Er lässt seine Leute Melderegister und Beleg-
schaftslisten in konzentrischen Kreisen überprüfen, ausgehend vom
Postamt in Chuo-ku. Vielleicht haben sie sogar Zugang zu Steuerunterlagen und finden heraus, wo ein ungewöhnlich geschriebener
Haruyoshi angestellt ist. Damit haben sie deinen kompletten Namen, aber sie können nicht herausfinden, wo du wohnst, weil du
dich sorgfältig abschirmst. Sie versuchen, dir von der Arbeit aus
zu folgen, aber du entpuppst dich als zu überwachungsbewusst,
und es funktioniert nicht. Also bringt Yamaoto deinen Boss dazu,
dich irgendwohin zum ›Feiern‹ mitzunehmen, und dort lernst du
eine wirklich atemberaubende Frau kennen, damit sie herausfinden, wo du wohnst und sie dich besser observieren können, immer
in der Hoffnung, dass du einmal unvorsichtig wirst und sie zu mir
führst.«

»Und warum ist sie dann noch mit mir zusammen?«

Ich sah ihn an. Gute Frage.

»Ich meine, wenn es ihre Aufgabe gewesen wäre, meine Adresse
herauszufinden, hätte sie mich danach einfach sitzen lassen können. Hat sie aber nicht. Sie ist immer noch bei mir.«

»Dann liegt ihre Rolle vielleicht darin, deine Gewohnheiten
auszuspionieren und an Informationen zu gelangen, die ihren
Leuten helfen, mir wieder einen Schritt näher zu kommen. Vielleicht sollte sie ihre Leute alarmieren, wenn einer von uns telefo-
nisch Verbindung mit dem anderen aufnimmt. Ich weiß es nicht
genau.«

»Tut mir leid. Das klingt alles weit hergeholt.«

Ich seufzte. »Harry, du kannst hier schlecht objektiv sein. Das
musst du zugeben.«

»Und du bist es?«

Ich sah ihn an. »Welchen Grund sollte ich haben, etwas falsch
darzustellen?«

Er zuckte die Achseln. »Vielleicht, weil du Angst hast, ich würde dir nicht mehr helfen. Du hast selbst gesagt: ›Du kannst nicht
mit einem Fuß in der Sonne und dem anderen im Schatten leben‹.
Vielleicht hast du Angst, dass ich in die Sonne hinaustrete und

dich zurücklasse.«

Ich spürte eine Welle der Empörung in mir aufsteigen und unterdrückte sie rechtzeitig. »Ich will dir mal was sagen, Kleiner«, sagte ich. »In sehr, sehr kurzer Zeit habe ich vor, selbst in der Sonne zu leben. Dann brauche ich deine ›Hilfe‹ nicht mehr. Also, selbst wenn ich das selbstsüchtige, manipulative Stück Scheiße wäre, für das du mich anscheinend hältst, gäbe es kein Motiv, dich in den Schatten zurückzudrängen.«

Er errötete. »Tut mir leid«, meinte er nach einem Augenblick.

Ich wischte es beiseite. »Vergiss es.«

Er sah mich an. »Nein, ehrlich. Es tut mir leid.«

Ich nickte. »Okay.«

Wir schwiegen einen Moment. Dann sagte ich: »Hör zu, ich kann mir ziemlich genau vorstellen, was du für diese Frau empfindest, okay? Ich habe sie gesehen. Sie ist umwerfend.«

»Sie ist mehr als das«, meinte er leise.

Dieser dämliche, sentimentale Idiot. Seine einzige Hoffnung bestand darin, dass diese Eiskönigin erkannte, wie hilflos er war und wenigstens ein paar Skrupel bekam.

Aber ich hätte nicht darauf gewettet.

»Der springende Punkt ist«, meinte ich, »dass es mir keinen Spaß macht, dir Grund zum Misstrauen zu geben. Aber ich sage dir, hier stimmt etwas nicht, Harry. Sei vorsichtig. Nichts macht einen unvorsichtiger als die Art von Gefühlen, die dich gerade beherrschen.«

Nach einer Weile meinte er: »Ich werde darüber nachdenken. Okay?«

Aber er sah nicht so aus, als würde er das tun. Eher so, als würde er sich am liebsten die Ohren zuhalten. Seinen friseurgepflegten Kopf in den Sand stecken. Die Löschtaste für alles drücken, was ich gesagt hatte.

»Hör mal, ich sehe sie heute Nacht«, sagte er. »Ich werde die Augen offen halten. Und daran denken, was du gesagt hast.«

Mir wurde klar, dass ich meine Zeit verschwendet hatte.

»Ich dachte, du wärst klüger«, sagte ich kopfschüttelnd. »Ganz ehrlich.«

Ich stand auf und warf ein paar Scheine auf den Tisch. Dann ging ich, ohne ihn noch einmal anzusehen.

Auf dem Weg zur U-Bahn-Station dachte ich darüber nach, was ich kurz zuvor zu Tatsu über Risiken und den Lohn dafür gesagt hatte.

Harry hatte eine Menge zu bieten. Das würde wohl immer so bleiben. Aber er hatte jede Vorsicht fallen lassen. Ihn jetzt noch in meiner Umgebung zu dulden, wäre gefährlich gewesen.

Ich seufzte. Zwei Abschiede an einem Tag. Es war deprimierend. Und es war ja nicht so, als hätte ich einen ganzen Karteikasten voller Freunde.

Doch es hatte keinen Sinn, sentimental zu werden. Sentimentalität ist dumm. Harry war zum Risiko geworden. Ich musste ihn hinter mir lassen.

TEIL III

Gott. Der Lump, er existiert nicht.

– Samuel Beckett

KAPITEL 14

Ich kehrte ins *Imperial* zurück und betrat das Hotel durch den Seiteneingang vom Hibiya Park aus. Für mich war jeder Ort, an dem ich wohnte, ein potenzieller Hinterhalt, und mein Radarsystem schaltete sich ein, als ich durch die geräumige Lobby zu den Aufzügen ging. Automatisch überprüfte ich meine unmittelbare Umgebung, zuerst die Stellen, die den besten Blick auf den Eingang boten und wo ein Team seinen Späher postieren würde, jene Person, die eine positive Identifizierung durchführte. Keine Gefahr dort. Mein Radarsystem blieb auf gelbem Alarm.

Als ich mich den Aufzügen näherte, bemerkte ich eine auffallende Japanerin, Mitte dreißig, mit schulterlangen, gewellten, schimmernd schwarzen Haaren und glatter, schneeweißer Haut. Sie trug verblichene Bluejeans, schwarze Slipper und einen schwarzen Pulli mit V-Ausschnitt. Sie stand in der Mitte vor der Aufzugreihe und sah mich direkt an.

Es war Midori.

Nein, dachte ich. *Sieh genauer hin.*

Seit dem letzten Mal, als ich sie vor etwa einem Jahr aus dem Dunkel heraus beobachtet hatte, als sie im *Village Vanguard* in New York aufgetreten war, war ich etlichen Frauen begegnet, die Midori auf den ersten Blick ähnelten. Jedes Mal füllte ein Teil meines Verstands die fehlenden Details aus, vielleicht aus dem Wunsch, sie könnte es tatsächlich sein. Diese Illusion hielt ein oder zwei Sekunden lang an, bevor eine nähere Inspektion den hoffnungsvollen Teil meiner selbst von seinem Irrtum überzeugte.

Die Frau beobachtete mich. Ihre Arme, die sie vor der Brust verschränkt hielt, begannen sich zu öffnen.

Midori. Kein Zweifel möglich.

Mein Herz fing an zu pochen. Ein Trommelfeuer von Fragen explodierte in meinem Hirn: *Wie kann sie hier sein? Wie ist das möglich? Was tut sie in Tokio? Woher wusste sie, wo ich zu finden bin? Wie kann das überhaupt jemand wissen?*

Ich schob die Fragen beiseite und begann, die Umgebung in weiterem Umkreis zu checken. Wenn man *eine* überraschende Entdeckung gemacht hat, heißt das nicht, dass nicht noch mehr auf einen lauern könnten. Im Gegenteil, die erste könnte ein bewusstes Ablenkungsmanöver sein, bevor der tödliche Schlag aus dem Hinterhalt erfolgt.

Doch alles schien völlig in Ordnung zu sein. Nichts löste meinen empfindlichen Gefahrensensor aus. Okay.

Ich sah sie wieder an und erwartete immer noch halb, auf den zweiten Blick zu erkennen, dass ich halluziniert hatte. Aber nein. Sie war es.

Ich ließ den Blick noch einmal durch den Raum huschen, dann ging ich langsam auf sie zu und blieb vor ihr stehen. Das *Ka-bumm, ka-bumm* in meiner Brust musste fast so laut sein, dass sie es hören konnte.

Reiß dich zusammen, dachte ich. Aber ich wusste nicht, was ich sagen sollte.

»Wie hast du mich gefunden?«, war alles, was ich herausbrachte.

Ihr Gesichtsausdruck war gelassen, fast gleichgültig. Ihre Augen waren dunkel. Sie strahlten die für sie charakteristische, unantastbare Hitze aus.

»Ich habe in einem Adressbuch für Personen nachgesehen, die angeblich tot sind«, meinte sie.

Wenn sie mich aus dem Gleichgewicht hatte bringen wollen, war ihr das gründlich gelungen. Wieder sah ich mich um.

»Hast du vor etwas Angst?«, fragte sie milde.

»Immer«, antwortete ich und richtete den Blick wieder auf sie.

»Vor mir? Warum denn das?«

Eine Pause. Ich fragte: »Was tust du hier?«

»Ich suche dich.«

»Warum?«

»Stell dich nicht dumm. Das passt nicht zu dir.«

Mein Pulsschlag beruhigte sich allmählich wieder. Wenn sie dachte, ihre ausweichenden Antworten würden mich dazu bringen, ihr mein Herz auszuschütten, dann irrte sie sich gewaltig. So lief das Spiel nicht, nicht einmal ihretwegen.

»Sagst du mir jetzt, wie du mich gefunden hast?«, fragte ich.

»Ich weiß nicht.«

Wieder eine Pause. Ich sah sie an. »Willst du etwas trinken?«

»Hast du meinen Vater getötet?«

Meine Pulsrate stieg wieder an.

Ich sah sie lange an. Dann sagte ich sehr leise: »Ja.«

Ich wandte den Blick nicht von ihr.

Sie schwieg einen Moment. Als sie wieder sprach, klang ihre Stimme tief und heiser.

»Ich dachte nicht, dass du es zugeben würdest. Jedenfalls nicht so leicht.«

»Es tut mir leid«, sagte ich. Ich wusste, wie lachhaft das klang.

Sie presste die Lippen zusammen und schüttelte den Kopf, als wollte sie sagen: *Das kann doch wohl nicht dein Ernst sein.*

Wieder sah ich mich in der Lobby um. Nirgends konnte ich jemanden erkennen, der mich überfallen wollte, doch es herrschte ein reges Kommen und Gehen, sodass ich nicht sicher sein konnte. Ich wollte hier weg. Falls sie Komplizen hatte, würden sie sich zeigen müssen.

»Warum gehen wir nicht in die Bar?«, fragte ich. »Dann erzähle ich dir alles, was du wissen willst.«

Sie nickte, ohne mich anzusehen.

Ich hatte dabei nicht die *Rendezvous* Bar auf der Lobby-Ebene im Sinn, sondern die *Old Imperial* Bar im Mezzaningeschoss. Letztere ist ein Überbleibsel des ursprünglichen, von Frank Lloyd Wright entworfenen *Imperial*, das 1968 abgerissen wurde, angeblich im Namen der Erdbebensicherheit, doch vermutlich eher als Verbeugung vor einer fehlgeleiteten Vorstellung von ›Fortschritt‹. Ein Gang ins Mezzanin bedeutete, quer durch die Lobby und anschließend eine Treppenflucht hinaufzugehen, wobei man mehrere Abbiegungen durch größtenteils verlassene Korridore mit verschiedenen Abzweigungen nehmen musste. Wenn jemand Midori folgte, ob mit oder ohne ihr Wissen, hätte er unterwegs seine liebe Mühe, unentdeckt zu bleiben.

Wir nahmen die Treppe zum Mezzaningeschoss. Bis auf etwa ein Dutzend Gäste in den Restaurants, an denen wir vorbeikamen, war niemand zu sehen. Ich blickte mich um, während wir am Eingang der Bar darauf warteten, dass Plätze frei wurden. Niemand tauchte auf. Sie schien allein zu sein.

Wir setzten uns nebeneinander in eine der hohen, halbkreisförmigen Nischen, wo wir vom Eingang aus nicht zu sehen waren. Jeder, der etwas von uns wollte, musste hereinkommen und sich zeigen. Ich bestellte zwei achtzehn Jahre alte Bunnahabhains aus der hervorragenden Auswahl an Single Malts.

Das Gefühl mochte unter den Umständen etwas eigenartig sein, doch ich freute mich, wieder einmal im *Old Imperial* zu sein. Die niedrige Bar war fensterlos, dunkel und gedämpft, und wirkte trotz ihrer Größe gemütlich. Sie atmete eine Aura von Geschichte und Bedeutung, vielleicht, weil sie der letzte überlebende Teil des hingemetzelten alten Hotels war. Wie das *Imperial* selbst erweckte auch die *Old Imperial* Bar den Eindruck, ihre besten Zeiten hinter sich zu haben. Und doch strahlte sie eine würdevolle Schönheit und einen mysteriösen Zauber aus, wie eine Grande Dame, die im Leben viel durchgemacht hatte, viele Liebhaber und viele Geheimnisse hatte und sich zwar nicht im Ruhm ihrer wilden Jugend sonnte, diese aber auch nicht vergessen hatte.

Wir saßen schweigend da, bis die Drinks kamen. Dann sagte sie: »Warum?«

Ich nahm meinen Bunnahabhain. »Du weißt, warum. Ich wurde bezahlt.«

»Von wem?«

»Von den Leuten, denen dein Vater diese CD entwendet hatte. Denselben, die dachten, sie wäre in deinem Besitz, und dich zu töten versuchten.«

»Yamaoto?«

»Ja.«

Sie sah mich an. »Du bist ein Auftragskiller, nicht wahr? Wenn das Gerücht geht, die Regierung hätte einen auf ihrer Lohnliste stehen, dann bist du gemeint, richtig?«

Ich stieß einen langen Atemzug aus. »So ähnlich.«

Eine Pause entstand. Dann fragte sie. »Wie viele Menschen hast du umgebracht?«

Ich senkte den Blick auf mein Glas. »Ich weiß nicht.«

»Ich spreche jetzt nicht von Vietnam. Seitdem.«

»Ich weiß nicht«, wiederholte ich.

»Findest du nicht, das sind ein paar zu viel?« Die Milde in ihrer Stimme machte die Frage noch unangenehmer.

»Ich weiß nicht ... Ich habe Regeln. Keine Frauen. Keine Kinder. Nur Anschläge auf Hauptakteure.« Die Worte klangen hohl in meinen Ohren, wie ein idiotisches Mantra, das plötzlich allen Zauber und jede beflügelnde Magie verloren hat.

Sie lachte freudlos. »›Ich habe Regeln‹. Du klingst wie eine Hure, die für ihre Ehrbarkeit gelobt werden will, weil sie die Freier nicht küsst, von denen sie sich ficken lässt.«

Das tat weh. Aber ich steckte es ein.

»Und später hat dein Freund bei der Tokioter Polizei mir weisgemacht, du wärst tot. Du hast mich in dem Glauben gelassen. Weißt du, dass ich um dich getrauert habe? Weißt du, wie das ist?«

Ich habe auch um dich getrauert, wollte ich sagen.

»Warum?«, fragte sie. »Warum hast du mich dieser Qual ausgesetzt? Ganz abgesehen davon, was du meinem Vater angetan hast, warum hast du mich das durchmachen lassen?«

Ich wandte den Blick ab.

»Sag es mir, gottverdammt noch mal«, hörte ich ihre Stimme.

Ich umklammerte mein Glas. »Ich wollte es dir ersparen. Dieses ... Wissen.«

»Ich glaube dir nicht. Ich ahnte es ohnehin schon. Was hast du denn gemeint, was ich denken würde, wenn die umfassenden Beweise für Korruption, die sich auf dieser CD befanden, und für die mein Vater sein Leben gegeben hat, nicht veröffentlicht werden? Wenn ich versuchen würde, herauszufinden, was aus deinen sterblichen Überresten geworden ist, damit ich sie ehren kann, und sich das als unmöglich herausstellt?«

»Ich erwartete, dass die Beweise veröffentlicht würden«, sagte ich, ohne sie anzusehen. »Ich war davon überzeugt. Aber unabhängig davon rechnete ich damit, dass du mich vergessen würdest. Manchmal hatte ich meine Zweifel, doch was hätte ich zu dem Zeitpunkt noch tun können? Einfach wieder in deinem Leben auftauchen und alles erklären? Was, wenn ich mich geirrt hätte, wenn du mich vergessen und keinen Verdacht geschöpft hättest, einfach dein Leben so weitergelebt hättest, wie ich es hoffte?« Ich sah sie an. »Ich hätte dir nur noch mehr Schmerzen zugefügt.«

Sie schüttelte den Kopf. »Du hättest mir nicht noch mehr Schmerz zufügen können.«

Eine lange Stille entstand. Ich fragte: »Wirst du mir sagen, wie du mich gefunden hast?«

Sie zuckte die Achseln. »Dein Freund bei der Tokioter Polizei.«

Ich war bestürzt. »Tatsu hat mit dir Kontakt aufgenommen?«

Sie schüttelte den Kopf. »Ich mit ihm. Mehrmals, genau gesagt. Er wimmelte mich immer wieder ab. Letzte Woche kam ich nach Tokio zurück und suchte ihn in seinem Büro auf. Ich sagte der Dame am Empfang, wenn Ishikura-san mich nicht sprechen wolle, würde ich mich an die Presse wenden und alles tun, um einen öffentlichen Skandal zu provozieren. Und es war mir ernst damit, weißt du. Ich hätte nicht aufgegeben.«

Das war mutig, fast ein wenig tollkühn gewesen. Tatsu hätte ihr nichts getan, nicht einmal als Reaktion auf eine solche Drohung, doch das hatte sie nicht wissen können. Ein Indiz für das Ausmaß ihres Zorns und ihrer Verzweiflung.

»Und er hat dich empfangen?«, fragte ich.

»Nicht sofort. Er hat mich erst heute Nachmittag angerufen.«

Heute Nachmittag. Gleich, nachdem ich ihm einen Korb gegeben hatte.

»Und er sagte, dass du mich hier finden kannst?«

Sie nickte.

Wie hatte er es geschafft, mich schon wieder aufzuspüren? Wahrscheinlich diese verdammten Kameras. *Du kannst einige davon sehen, aber nicht alle*, hatte er gesagt. Klar, so konnte er mich grob lokalisieren. Dann musste er nur noch seine Leute in die Hotels in der Gegend schicken, wenn nötig mit demselben Foto, das er in die Gesichtserkennung des Kameranetzwerks eingespeist hatte, und schon hatte er mich am Wickel.

Es war eine Idiotie gewesen, in Tokio zu bleiben, auch wenn ein Überseegespräch sich nicht optimal für die Warnung geeignet hätte, die ich Harry hatte zukommen lassen müssen.

Aber was hatte dieser gerissene alte Fuchs im Sinn? »Hast du eine Ahnung, warum Tatsu plötzlich bereit war, mit dir zu sprechen, nachdem er ein Jahr lang abgeblockt hat?«, fragte ich.

Sie zuckte die Achseln. »Wahrscheinlich meine Drohung.«

Das bezweifelte ich. Tatsu kannte sie nicht so gut wie ich. Er hätte irrigerweise angenommen, dass sie nur bluffte.

»Du glaubst wirklich, dass das alles war?«, fragte ich.

»Vielleicht. Eventuell hatte er Hintergedanken dabei, wenn wir uns sehen. Aber was hätte ich tun sollen? Ihn kränken, indem ich mich weigerte, dich zu treffen?«

»Eher nicht.« Und Tatsu hätte dasselbe angenommen. Ich spürte einen Anflug von Verärgerung über seine ewigen Machenschaften, die an Feindseligkeit grenzten.

Sie seufzte. »Er sagte, es wäre seine Idee gewesen, dich für tot auszugeben, nicht deine.«

Das sollte wohl Druck auf mich ausüben. Bildete er sich wirklich ein, ich würde aus Dankbarkeit Murakami ausschalten, á la: eine Hand wäscht die andere?

»Was hat er dir sonst noch erzählt?«

»Dass du ihm die CD verschafft hast, weil du glaubtest, er würde sie den Medien zur Veröffentlichung übergeben.«

»Hat er dir auch gesagt, warum er es nicht getan hat?«

Sie nickte. »Weil die Informationen darauf so explosiv waren, dass sie möglicherweise das Ende der Liberaldemokraten bedeutet und so Yamaotos Aufstieg den Weg bereitet hätten.«

»Klingt, als wärst du ziemlich umfassend informiert.«

»Ich bin weit entfernt davon, umfassend informiert zu sein.«

»Was ist mit Harry?«, fragte ich nach einem Augenblick. »Warum hast du dich nicht an ihn gewandt?«

Sie senkte den Blick und sagte: »Das habe ich. Ich schrieb ihm einen Brief. Er meinte, er hätte gehört, du wärst tot und wüsste ansonsten auch nicht mehr.«

Die Art, wie sie weggesehen hatte ... irgendetwas verschwieg sie mir.

»Du hast ihm geglaubt?«

»Hätte ich das nicht tun sollen?«

Gut pariert. Aber das war nicht alles, dachte ich.

»Erinnerst du dich an das letzte Mal, als wir uns gesehen haben?«, fragte sie.

Das war im *Imperial Hotel* gewesen. Wir hatten die Nacht zusammen verbracht. Am nächsten Morgen war ich weggegangen, um Holtzers Limousine abzufangen. Danach musste ich ein paar Tage in Polizeigewahrsam verbringen. Währenddessen hatte Tatsu Midori erzählt, ich wäre tot. Und er hatte die CD verschwinden lassen. *Game over.*

»Ich erinnere mich«, sagte ich.

»Du sagtest: ›Ich komme irgendwann gegen Abend zurück. Wartest du auf mich?‹ Nun, ich habe zwei Tage lang gewartet, bevor ich etwas von deinem Freund Ishikura-san hörte. Ich hatte niemanden, den ich fragen konnte, keine Möglichkeit, etwas zu erfahren.«

Ihre Augen glitten einen Moment lang zur Decke. Vielleicht wandte sie sie von der Erinnerung ab, die sie nicht sehen wollte. Vielleicht unterdrückte sie die Tränen.

»Ich konnte nicht glauben, dass es dich nicht mehr geben sollte«, fuhr sie fort. »Dann fing ich an, mich zu fragen, ob du wirklich tot warst. Und falls nicht, was das zu bedeuten hätte. Ich zweifelte an mir selbst. Ich glaubte nicht mehr an mich. Ich dachte: ›Er kann nicht mehr am Leben sein, das hätte er dir niemals angetan.‹ Aber ich konnte den Verdacht nicht abschütteln. Ich wusste nicht, ob ich um dich trauern oder dich lieber umbringen wollte.«

Sie wandte sich zu mir und sah mich an. »Begreifst du, was ich deinetwegen durchgemacht habe?«, fragte sie. Ihre Stimme sank zu einem Flüstern herab. »Du … es war verdammt noch mal die reinste Folter!«

Aus dem Augenwinkel konnte ich erkennen, wie sie sich rasch mit dem Daumen erst über die eine, dann die andere Wange fuhr. Ich senkte den Blick in mein Glas. Das Letzte, was sie jetzt wollte, war, dass ich sie weinen sah.

Nach einem Augenblick sagte ich: »Midori.« Meine Stimme klang leise und war mir selbst fremd. »Ich bedaure das alles mehr, als ich es ausdrücken kann. Wenn ich etwas daran ändern könnte, würde ich es tun.«

Wir verstummten. Ich dachte an Rio und sagte: »Es mag nicht mehr viel zu bedeuten haben, aber ich habe ehrlich versucht, auszusteigen.«

Sie sah mich an. »Hat es dich viel Mühe gekostet? Die meisten Leute kommen ganz gut zurecht, ohne jemanden umzubringen. Sie müssen sich nicht furchtbar anstrengen, um es zu vermeiden.«

»Bei mir ist das ein bisschen komplizierter.«

»Warum?«

Ich zuckte die Achseln. »Im Moment wollen anscheinend alle Leute, die mich kennen, mich entweder töten oder für sie morden lassen.«

»Ishikura-san?«

Ich nickte. »Tatsu hat sein Leben der Bekämpfung der Korruption in Japan gewidmet. Er hat seine eigenen Leute, doch die Mächte, die ihm entgegenstehen, sind ihm weit überlegen. Er versucht, das Gleichgewicht zu seinen Gunsten zu verschieben.«

»Es fällt mir schwer, ihn als einen der Guten zu sehen.«

»Das kann ich mir vorstellen. Aber die Welt, in der er lebt, ist nicht so schwarz-weiß wie deine. Du musst es nicht glauben, aber er hat versucht, deinem Vater zu helfen.«

Und plötzlich begriff ich, warum er sie hergeschickt hatte. Nicht, weil er hoffte, ich würde ihm als Gegenleistung für die paar entlastenden Worte, die er Midori gegenüber geäußert hatte, helfen. Jedenfalls nicht ausschließlich. Nein, eigentlich ging es ihm darum, dass Midori, wenn sie glaubte, er würde in gewisser Hinsicht den Kampf ihres Vaters fortsetzen, mich vielleicht dazu zu überreden versuchte, ihm zu helfen. Er wollte meine alten Schuldgefühle wegen ihres Vaters wieder hochkochen lassen, um mich empfänglicher dafür zu machen, mit ihm zusammenzuarbeiten.

»Also versuchst du jetzt ›auszusteigen‹«, sagte sie.

Ich nickte und dachte, das sei es, was sie hören wollte.

Aber sie lachte. »Soll das deine Sühne für alles sein, was du angerichtet hast? Ich wusste gar nicht, dass es so einfach ist, in den Himmel zu kommen.«

Vielleicht hatte ich kein Recht dazu, aber ich wurde langsam ärgerlich. »Hör zu, das mit deinem Vater war ein Fehler. Ich habe dir gesagt, dass es mir leidtut, dass ich es ändern würde, wenn ich könnte. Was sonst soll ich tun? Willst du, dass ich mich mit Benzin übergieße und ein Streichholz anzünde? Die Hungernden speise? Was?«

Sie senkte die Augen. »Ich weiß es nicht.«

»Nun, ich auch nicht. Aber ich bemühe mich.«

Tatsu, dieser alte Mistkerl, dachte ich. Er hatte das alles vorausgesehen. Er wusste, dass sie mich aus der Fassung bringen würde.

Ich trank meinen Bunnahabhain aus, stellte das leere Glas auf den Tisch und starrte es an.

»Ich will etwas von dir«, sagte sie nach einer kurzen Pause.

»Ich weiß«, antwortete ich, ohne sie anzusehen.

»Aber ich weiß nicht, was es ist.«

Ich schloss die Augen. »Ich weiß, dass du es nicht weißt.«

»Ich kann einfach nicht glauben, dass ich hier sitze und mit dir rede.«

Dazu konnte ich nur nicken.

Wieder entstand ein langes Schweigen, während ich im Geiste all die Dinge durchging, die ich ihr gerne gesagt hätte, Dinge, von denen ich wünschte, sie könnten etwas ändern.

»Wir sind noch nicht fertig miteinander«, sagte sie.

Ich sah sie an, ohne zu wissen, was sie meinte, und sie fuhr fort.

»Wenn ich weiß, was ich von dir will, werde ich es dir sagen.«

»Das weiß ich zu schätzen«, meinte ich trocken. »Auf die Art kann ich es wenigstens kommen sehen.«

Sie lachte nicht. »Du bist der Killer, nicht ich.«

»Richtig.«

Sie sah mich noch einen Moment länger an, dann sagte sie: »Kann ich dich hier finden?«

Ich schüttelte den Kopf. »Nein.«

»Wo dann?«

»Es ist besser, wenn ich dich finde.«

»Nein!«, sagte sie mit einer Heftigkeit, die mich überraschte. »Ich habe diesen Unsinn satt. Wenn du mich wiedersehen willst, dann sag mir, wo ich dich erreichen kann.«

Ich nahm mein leeres Glas und umklammerte es.

Geh weg, riet ich mir selbst. *Du musst nicht einmal etwas sagen. Leg einfach ein paar Scheine auf den Tisch und geh. Du wirst sie nie wiedersehen.*

Aber ich würde sie trotzdem überall sehen. Davor konnte ich nicht weglaufen.

Ich hatte mich so daran gewöhnt, mir so wenig zu erhoffen, dass ich jetzt jede natürliche Immunität gegen diese Gefühle verloren zu haben schien. Meine Hoffnung auf Midori hatte sich tief eingenistet, und so lächerlich sie sein mochte, ich konnte sie nicht unterdrücken.

»Hör mal«, sagte ich, obwohl ich schon wusste, dass es sinnlos war. »Ich lebe schon sehr lange so. Auf die Art habe ich es überhaupt geschafft, so lange am Leben zu bleiben.«

»Dann vergiss es«, sagte sie. Sie stand auf.

»Also gut«, gab ich nach. »Du kannst mich hier erreichen.«
Sie sah mich an und nickte. »Okay.«

Ich zögerte. »Werde ich von dir hören?«, fragte ich.

»Liegt dir etwas daran?«

»Ich fürchte schon.«

»Gut«, nickte sie. »Mal sehen, wie dir die Ungewissheit schmeckt.«

Sie wandte sich ab und ging davon.

Ich zahlte die Rechnung, wartete eine Minute und verließ dann das Hotel über einen der Ausgänge im Keller.

Ich durfte dort nicht länger bleiben. Ich konnte vielleicht damit leben, dass Midori meinen Aufenthaltsort kannte, doch sie besaß keinerlei Sicherheitsbewusstsein und das Risiko war zu groß, dass sie vielleicht unabsichtlich jemanden zu mir führte. Auch Tatsu wollte ich es nicht allzu leicht machen. Es mochte zu diesem Zeitpunkt keine große Rolle spielen, ob er wusste, wo ich mich aufhielt, doch der Gedanke daran gefiel mir nicht.

Ich würde nur noch in den anonymsten Hotels für Geschäftsreisende absteigen, jede Nacht in einem anderen. Das würde mich vor jedem schützen, der Midori folgen mochte, und Tatsu würde sich anstrengen müssen, um Schritt zu halten.

Natürlich behielt ich das Zimmer im *Imperial* trotzdem. Auch das mochte Tatsu von meiner Spur abbringen. Außerdem konnte ich die Voicemail des Zimmers von auswärts abrufen, falls Midori mich zu erreichen versuchte. Wenn ich mich besonders vorsah, konnte ich sogar von Zeit zu Zeit dort auftauchen, um den Anschein aufrechtzuerhalten.

Ich hielt den Kopf gesenkt und tat alles Menschenmögliche, um zu verhindern, dass ich ein hübsches Bild für die Kameras abgab, doch ich konnte mir unmöglich sicher sein. Ich fühlte mich eingesperrt, klaustrophobisch.

Vielleicht sollte ich einfach abhauen. Gleich am nächsten Morgen, Osaka, Rio, *finito*.

Aber ich hasste den Gedanken, dass Midori versuchen könnte,

Kontakt aufzunehmen, nur um festzustellen, dass ich abermals verschwunden war.

Du lügst sie schon wieder an, dachte ich. *Hat dich keine halbe Stunde gekostet.* Also würde ich eventuell noch einen Tag lang bleiben, höchstens zwei. Ja, vielleicht. Und danach, das nächste Mal, wenn Midori oder Tatsu oder sonst jemand von mir hörte, würde es per Postkarte sein, *por avião.* Per Luftpost.

Ich machte ein paar aggressive Gegenaufklärungszüge, um sicherzustellen, dass ich nicht verfolgt wurde. Dann verlangsamte ich meine Schritte und ließ mich ziellos durch das nächtliche Tokio treiben. Es war mir gleichgültig, wohin.

Ich sah zwei junge *Furita* – Aushilfskräfte –, Tagelöhner, die auf Japans jahrzehntelange Rezession dadurch reagierten, dass sie die festen Arbeitsplätze mieden, von denen es ohnehin nicht mehr genügend gab. Stattdessen stiegen sie aus und schlugen sich mit Gelegenheitsjobs durch, bei der Nachtschicht in den Supermärkten, wo sie die Bedürfnisse anderer Geschöpfe der Nacht befriedigten. Da waren hohläugige Eltern auf der Suche nach Putzmitteln für den Haushalt, den sie wegen der langen Wege zur Arbeit und plärrenden Babys nicht mehr bei Tag erledigen konnten. Einsame Männer in Hemdsärmeln, die mitten in der riesigen Stadt so an akuter Vereinsamung litten, dass nicht einmal die einschläfernde Wirkung der nächtlichen Talkshows im Fernsehen sie von gelegentlichen Vorstößen nach draußen abhalten konnten, auf der Suche nach fremdem Leben. Oder andere *Furita* auf dem Rückweg in die elterliche Wohnung, wo sie immer noch lebten, damit das spärliche Geld reichte; sie teilten sich Zigaretten und erzählten sich fade Witze, bevor sie bis weit in den Tag hinein schliefen und alles wieder von vorne anfing.

Ich kam an Müllmännern vorbei, Bauarbeitern, die unter Halogenlampen Schlaglöcher in den nächtlich-ruhigen Straßen reparierten, schlaflose Lastwagenfahrer, die lautlos ihre Waren auf verlassenen Gehsteigen und in stummen Hauseingängen abluden.

Irgendwann fand ich mich in der Nähe des Bahnhofs Nogizaka

wieder und merkte, dass ich mich unbewusst in Richtung Nordwesten bewegt hatte. Ich blieb stehen. Der Friedhof Aoyama Bochi lag direkt gegenüber auf der anderen Straßenseite, schweigend und düster, und zog mich an wie ein klaffendes schwarzes Loch, dessen Schwerkraft größer war als die des umgebenden Tokio.

Ohne nachzudenken, lief ich über die Straße und übersprang die stählerne Leitplanke in der Mitte. Vor der Steintreppe zögerte ich kurz, dann gab ich auf und bahnte mir meinen Weg zwischen die Gräber.

Sogleich klangen die Laute der Straße gedämpft, weit entfernt, das belanglose Echo der Stimme der Stadt, ein drängender Ton, der die Nekropole zwar erreichte, dort aber wirkungslos verklang. Von meinem Standpunkt aus schien sich der Friedhof endlos auszubreiten. Er lag vor mir wie eine eigene Stadt, mit Myriaden von Grabsteinen, fensterlosen Wohntürmen *en miniature*, angelegt in stiller Symmetrie, lange Boulevards der Toten.

Ich drang tiefer ein in die sanfte Düsternis, folgte einem gepflasterten Weg, den eine Schicht von Kirschblütenblättern wie Schnee bedeckte. Nur wenige Tage zuvor hatten die lebenden Tokioter hier das Kirschblütenfest gefeiert und waren in trunkenen Scharen hergepilgert, um in der kurzen und vitalen Schönheit der Blüten ein Spiegelbild ihrer eigenen Vergänglichkeit zu erblicken. Aber jetzt waren die Blüten gefallen, die Feiernden hatten sich zerstreut, und selbst der Müll ihrer Partys war gründlich und effizient entfernt worden, sodass das Gelände wieder den Toten allein gehörte.

Ich dachte daran, wie Midori einmal das Konzept des *Mono no aware* beschrieben hatte, jene besondere Empfindsamkeit, die fest verwurzelt ist in der japanischen Kultur, auch wenn sie zur Zeit der Kirschblüte überdeckt wird von einer Kakofonie betrunkener Horden und mobiler Fernsehteams mit ihren Generatoren. Sie hatte es die ›Traurigkeit des Menschseins‹ genannt. Eine weise, sich abfindende Traurigkeit. Ich bewunderte sie für die Charaktertiefe, die aus einer solchen Beobachtung sprach. Für mich war traurig immer ein Synonym für bitter gewesen, und ich fürchte, das wird auch so bleiben.

Meine Schritte hallten melancholisch in der respektvollen Stille, die mich umschloss. Anders als die Stadt, die ihn umgab, veränderte sich der Friedhof Aoyama Bochi niemals, und es fiel mir nicht schwer, das zu finden, wonach ich suchte, obwohl seit meinem letzten Besuch Jahrzehnte vergangen waren.

Der Grabstein war schlicht und einfach und informierte den Betrachter knapp, dass Fujiwara Shuichi von 1912 bis 1960 gelebt hatte und alles, was von ihm geblieben war, hier begraben lag. Fujiwara Shuichi, mein Vater, getötet bei den Straßenunruhen, die Tokio einen schrecklichen Sommer lang erschüttert hatten, als ich noch ein Kind war.

Ich stand lange tief verneigt vor dem Grab, die Hände in der buddhistischen Geste des Respekts vor den Toten vor dem Gesicht zusammengelegt. Meine tote Mutter hätte gewünscht, dass ich ein Gebet sprach und mich bekreuzigte, und wäre es ihr Grab gewesen, hätte ich das auch getan. Doch mein Vater würde sich zu Lebzeiten durch dieses westliche Ritual beleidigt gefühlt haben, und warum sollte ich etwas tun, das ihm missfallen hätte?

Ich lächelte. Es fiel mir schwer, nicht in diese Denkweise zu verfallen. Mein Vater war tot.

Trotzdem sprach ich kein Gebet.

Ich wartete einen Moment und ließ mich dann im Schneidersitz auf der Erde nieder. Einige der Gräber waren mit Blumen in verschiedenen Stadien der Frische oder des Verfalls geschmückt. Als ob die Toten den Duft riechen könnten.

Eine Brise seufzte durch die Grabsteine. Ich legte die Stirn in die Hände und starrte zu Boden.

Jeder Mensch hat seine eigenen Rituale, um mit den Toten zu kommunizieren, Rituale, die mehr mit persönlichen Eigenheiten als kulturellen Einflüssen zu tun haben. Manche besuchen Gräber. Manche sprechen mit Fotografien oder Urnen auf dem Kaminsims. Manche gehen an Orte, die der Verstorbene zu Lebzeiten besonders geliebt hat, murmeln stumme Gebete in Gotteshäusern oder lassen zum Gedenken Bäume in einem fernen Land pflanzen.

Der gemeinsame Nenner liegt natürlich in dem völlig unlogischen Gefühl, dass die Toten all dies mitbekommen, dass sie die Gebete hören und die Beweise andauernder Liebe und Sehnsucht wahrnehmen. Die Menschen scheinen dieses Gefühl beruhigend zu finden.

Ich glaube kein Wort davon. Ich habe nie eine Seele aus dem Körper entweichen sehen. Ich wurde nie von einem zornigen oder liebevollen Geist verfolgt. Nie hat ein Reisender aus diesem unerforschten Land sich an mir gerächt oder mich berührt. Ich weiß so genau, wie ich überhaupt etwas weiß, dass die Toten einfach tot sind.

Mehrere Minuten saß ich stumm da und widerstand dem Wunsch, mit meinem Vater zu sprechen, weil ich wusste, dass es idiotisch war. Von ihm war nichts mehr übrig. Und selbst wenn, war es lächerlich, anzunehmen, dass er genau hier sein sollte, durch Staub und Asche schwebte und sich mit den Hunderten und Tausenden von Toten, die hier bestattet lagen, um den besten Platz stritt.

Die Menschen legen Blumen nieder und sprechen Gebete, sie glauben an diese Dinge, weil es ihnen hilft, das unbequeme Eingeständnis zu vermeiden, dass die Person, die man geliebt hat, einfach *weg* ist. Es ist leichter zu glauben, dass sie einen immer noch sieht und hört und liebt.

Ich betrachtete den Grabstein. Nach den Maßstäben des Friedhofs war er jung, knapp über vier Jahrzehnte alt, aber bereits schmutzig und verwittert. Moos wuchs dünn und empfindungslos an seiner linken Seite empor. Ohne nachzudenken streckte ich die Hand aus und zeichnete mit dem Finger die erhabenen Schriftzeichen mit dem Namen meines Vaters nach.

»*Hisashiburi, Papa*«, flüsterte ich und sprach ihn an wie der Junge, der ich zum Zeitpunkt seines Tods gewesen war. Es ist lange her, Papa.

Vergib mir, Vater. Es ist dreißig Jahre her, dass ich zum letzten Mal gebeichtet habe.

Lass den Quatsch.

»Es tut mir leid, dass ich dich nicht öfter besuchen komme«, sagte ich leise auf Japanisch. »Oder auch nur an dich denke. Es gibt so viele Dinge, die ich von mir fernhalte, weil sie schmerzhaft sind. Die Erinnerung an dich gehört dazu. Tatsächlich steht sie an erster Stelle.«

Ich schwieg einen Moment und ließ die Stille auf mich wirken. »Aber du hörst sowieso nicht zu.«

Ich sah mich um. »Das ist idiotisch«, sagte ich. »Du bist tot. Du bist nicht hier.«

Dann ließ ich den Kopf wieder in die Hände sinken. »Ich wünschte, ich könnte es ihr erklären«, sagte ich. »Ich wünschte, du könntest mir helfen.«

Verdammt, sie war mich hart angegangen. Mich eine Hure genannt.

Vielleicht war es nicht einmal unfair. Schließlich ist das Töten der ultimative Ausdruck von Hass und Furcht, und Sex ist der ultimative Ausdruck von romantischer Liebe und Begehren. Und wie Sex mit einem Fremden ist es im Grunde unnatürlich, jemanden zu töten, ohne dass es eine emotionale Reaktion in einem selbst hervorruft. Wahrscheinlich kann man mit einiger Berechtigung sagen, dass ein Mann, der einen Fremden tötet, einer Frau nicht unähnlich ist, die unter vergleichbaren Voraussetzungen Sex hat. Dass ein Mann, der fürs Töten bezahlt wird, wie eine Frau ist, die man fürs Ficken bezahlt. Mit Sicherheit unterliegt er demselben Widerstreben, derselben Abstumpfung, denselben Schuldgefühlen. Erleidet denselben Schaden an der Seele.

»Aber gottverdammt noch mal«, sagte ich laut, »ist es denn moralisch, jemanden zu töten, den man nicht einmal kennt, irgendeinen Rekruten eines anderen Landes, nur weil die eigene Regierung sagt, dass es okay ist? Oder wenn man eine Bombe aus zehntausend Meter Höhe abwirft und dabei Frauen und Kinder unter dem Schutt ihrer eigenen Häuser begräbt? Aber das macht ja nichts, weil man den Schaden nicht sehen muss, den man angerichtet hat. Ist das moralisch? Ich verstecke mich nicht außer Reichweite der feindlichen Geschütze oder hinter dem Zeichentrickfilm, der im Wärmebild-Zielfernrohr eines Scharfschützengewehrs abläuft, oder hinter den Medaillen, die einem später verliehen werden, damit man glaubt, dass die Schlächterei gerecht war. All dieser Mist ist doch nur eine Illusion, ein Schlafmittel, das man Killern nach dem Mord verabreicht. Was ich tue, ist nicht schlimmer als vieles, was ständig auf der Welt geschieht und schon immer geschehen ist. Der Unterschied ist, dass *ich* mir nichts vormache.«

Eine Weile schwieg ich und dachte nach.

»Und wie wäre es mit ein bisschen Nachsicht gewesen?«, sagte ich. »Ihr alter Herr wäre doch sowieso mit Lungenkrebs abgetreten, und zwar wesentlich schmerzhafter als durch meine Methode. Hieß es nicht früher mal ›wer Böses will und Gutes schafft‹? Ich meine, ich habe ihm praktisch einen Gefallen getan. Verflixt, in manchen Kulturen würde das, was ich getan habe, mehr oder weniger als Sterbehilfe gelten. Sie sollte mir fast dankbar sein.«

In Osaka war die Welt für mich noch halbwegs in Ordnung gewesen. Im Rückblick hatte ich das Gefühl, dass seit Tatsus Auftauchen alles in Scherben ging.

Ich dachte daran, ihn auszuschalten. Es gab ein Dutzend Gründe, warum ich es nicht tun wollte. Leider fing er an, sich zu benehmen, als ob er das genau wüsste, und das war nicht gut.

Ich musste schnellstens zurück nach Osaka, meine Vorbereitungen abschließen und verschwinden. Tatsu konnte sich um sich selbst kümmern. Harry war ein hoffnungsloser Fall. Midori wusste jetzt, was sie hatte erfahren wollen. Naomi war süß, aber sie hatte ihren Zweck erfüllt.

Ich stand auf. Meine Beine waren auf dem kalten Boden steif geworden und ich massierte sie, um den Kreislauf wieder in Gang zu bekommen. Ich verneigte mich vor dem Grab meines Vaters und betrachtete es noch lange.

»*Jaa*«, sagte ich schließlich. Dann: »*Arigato*.«

Ich drehte mich um und verließ den Friedhof.

KAPITEL 15

Am nächsten Morgen rief ich Harry von einem öffentlichen Telefon aus an. Er hatte im Lauf der Jahre viel für mich getan, und ich bereute die Art, wie wir uns getrennt hatten. Ich wusste, es würde ihn verletzen, und das machte wiederum mir etwas aus.

Eine unbekannte Stimme meldete sich. »*Moshi moshi?*«

»*Moshi moshi*«, antwortete ich und krauste die Stirn. »*Haruyoshi-san irasshaimasu ka?*« Ist dort Haruyoshi?

Es gab eine Pause. »Sind Sie ein Freund von Haruyoshi?«, fragte die Stimme auf Japanisch.

»Ja. Ist alles in Ordnung?«

»Hier spricht Haruyoshis Onkel. Ich muss Ihnen leider mitteilen, dass Haruyoshi letzte Nacht verstorben ist.«

Ich packte den Hörer fester und schloss die Augen. Ich dachte an die letzten Worte, die er zu mir gesagt hatte: *Hör mal, ich sehe sie heute Nacht. Ich werde die Augen offen halten. Und daran denken, was du gesagt hast.*

Er hatte sie tatsächlich gesehen. Aber nicht nachgedacht.

»Verzeihen Sie mir die Frage«, bat ich mit noch immer geschlossenen Augen, »könnten Sie mir sagen, wie er gestorben ist?«

Wieder entstand eine Pause. »Wie es scheint, hatte Haruyoshi ein wenig zu viel getrunken und ging auf dem Dach seines Hauses spazieren. Er ist wohl dem Rand zu nah gekommen und hat das Gleichgewicht verloren.«

Ich zerdrückte beinahe den Hörer. Ich hatte nie erlebt, dass

Harry Alkohol trank. Auf keinen Fall im Übermaß. Obwohl es natürlich sein konnte, dass er alle möglichen neuen Dinge ausprobiert hatte, wenn Yukiko ihn dazu gedrängt hätte.

»Danke, dass Sie es mir gesagt haben«, teilte ich der Stimme mit. »Ich möchte Ihnen mein tiefstes Beileid aus diesem traurigen Anlass aussprechen. Bitte richten Sie dies auch Harrys Eltern aus. Ich werde ein Gebet für seinen Geist sprechen.«

»Danke«, sagte die Stimme.

Ich legte den Hörer wieder auf die Gabel.

Mein Bauchgefühl versuchte mich davon zu überzeugen, dass das, was ich gerade gehört hatte, stimmte. Trotzdem rief ich die Polizei-Zelle in seiner Nachbarschaft an, um sicherzugehen. Ich sagte dem Cop, der an den Apparat ging, ich sei ein Freund von Haruyoshi Fukasawa und hätte gerade die schlimme Nachricht erhalten. Der Cop bestätigte mir, dass Harry tot war. Ein Sturz. Anscheinend ein Unfall. Er sagte, dass es ihm leidtue. Ich dankte ihm und legte auf.

Einen Moment lang stand ich einfach da und fühlte mich elend und einsam.

Sie hatten von ihm erfahren, was sie wissen wollten. Sie schnitten die losen Enden ab.

Nun, es gab nichts mehr, was ich für ihn tun konnte. Ich hatte ihm zu helfen versucht, als es noch möglich gewesen war. Jetzt war es zu spät.

In gewisser Weise war es meine Schuld. Ich hatte gewusst, dass Yukiko eine konkrete Gefahr darstellte, und dennoch hatte ich ihm lediglich von meinem Verdacht erzählt. Stattdessen hätte ich ihm lieber gar nichts sagen und einfach einen kleinen Unfall arrangieren sollen. Harry hätte um sie getrauert, aber er wäre noch am Leben.

Ich merkte, dass ich mit den Zähnen knirschte, und befahl mir, damit aufzuhören.

Ich dachte daran, wie glücklich er gewesen war, als er mir zum ersten Mal von ihr erzählte, wie schüchtern und sentimental – und bis über beide Ohren verliebt.

Und dann fiel mir ein, wie diese eiskalte Schlange Murakami

abwechselnd gereizt und beschwichtigt hatte. Wie Naomi gesagt hatte: *Sie ist zu Dingen bereit, die ich nicht tun würde.*

Ich stellte mir vor, wie sie ihn mit Alkohol abfüllte, an den sein Stoffwechsel nicht gewöhnt war. Sah ihn vor mir, wie er, um ihr zu gefallen, trotzdem trank. Und dann sie, wie sie einen Spaziergang auf dem Dach vorschlug, wo schon Murakami wartete.

Vielleicht hatte sie es auch selbst getan. Es wäre nicht schwierig gewesen. Sie kannte das Haus, seinen Rhythmus, seine Routine, die Anordnung der Überwachungskameras. Und er vertraute ihr. Egal, was ich ihm erzählt hatte, wenn er betrunken genug gewesen war, hätte er nicht gezögert, direkt an den Abgrund zu treten. Vielleicht zum Spaß. Oder als Mutprobe.

Ohne nachzudenken nahm ich den Hörer aus der Gabel, schwang ihn hoch über den Kopf, um ihn gegen den Apparat zu schmettern. Einen langen Augenblick stand ich nur da, den Arm angewinkelt, alle Muskeln angespannt und zitternd, und zwang mich dazu, keine Szene zu machen, keine Aufmerksamkeit zu erregen.

Endlich legte ich den Hörer zurück auf die Gabel. Ich schloss die Augen, holte tief Luft und ließ sie wieder ausströmen. Dann noch einmal. Und wieder.

Ich ging zu einem anderen Telefon und rief Tatsu an. Ich sagte ihm, er solle unsere sichere Website checken, weil ich ihn sehen wollte. Dann ging ich in ein Internet-Café und teilte ihm das Wann und Wo mit.

Wir verabredeten uns im Café *Peshaworl* im Geschäftsviertel Nihonbashi, das mir während meiner Zeit in Tokio gut gefallen hatte.

Wie üblich traf ich früher ein und ging die Stufen von der Sakura-dori zum dezenten Innenraum hinunter. Das *Peshaworl* hat einen Grundriss wie ein Doppel-T-Träger, und ich suchte mir einen Platz in einer Ecke der beiden kurzen Enden des T. Vom

Eingang aus blieb ich verborgen, doch ich selbst konnte noch einen Streifen der Theke überblicken, auf der eine rote Waage stand, um die Menge der Kaffeebohnen präzise abzumessen. Es gab mitgenommen aussehende Blechkannen zum Aufbrühen des Kaffees, auf deren Beulen wahrscheinlich, wie bei guten Single-Malt Whiskydestillerien, der einzigartige Geschmack des Peshaworl-Gebräus zurückgeführt wurde. Die vielen seltsamen Gerätschaften, einschüchternd in ihrer Ausgeklügeltheit, dienten zweifellos der Entwicklung der außergewöhnlichsten Mischungen, und ihre Betriebsgeheimnisse blieben Eingeweihten vorbehalten.

Ich bestellte die Roa-Mischung des Hauses und lauschte Monica Borrfors, die ›August Wishing‹ sang, während ich auf Tatsus Eintreffen wartete. Unmittelbar nach zwölf hörte ich die Tür auf- und zugehen, gefolgt von Tatsus vertrautem, schlurfendem Gang. Eine Sekunde später steckte er den Kopf um die Ecke und sah mich. Er kam herüber und setzte sich im Neunzig-Grad-Winkel zu mir hin, sodass wir uns mit maximaler Privatsphäre unterhalten konnten. Er knurrte einen Gruß und sagte dann: »Nach deiner kürzlichen Begegnung mit Kawamura Midori kann ich mir nur zwei Gründe denken, warum du mich hergebeten hast: um mir zu danken oder mich zu töten.«

Ich schüttelte den Kopf. »Weder noch.«

Er musterte mich einen Moment lang stumm, versuchte in meiner Miene und Stimme zu lesen.

Die Bedienung kam, und ich fragte ihn, was er haben wolle. Er bestellte Tee mit Milch. Es wirkte auf mich eher wie ein Zugeständnis an seine Umgebung, als wie der Wunsch, etwas zu trinken.

Während wir auf den Tee warteten, sagte er: »Ich hoffe, du verstehst, warum ich es tun musste.«

»Klar. Du bist ein manipulativer, fanatischer Mistkerl, der glaubt, dass sein Ziel jedes Mittel rechtfertigt.«

»Jetzt klingst du schon wie meine Frau.«

Mir war nicht nach Lachen zumute. »Du hättest Kawamura

Midori nicht wieder mit hineinziehen sollen.«

»Das habe ich nicht. Ich hatte gehofft, sie würde dich für tot halten. Wenn sie es hätte glauben wollen, hätte sie es getan. So war es unvermeidlich, dass sie Nachforschungen anstellte. Sie ist ziemlich hartnäckig.«

»Sie sagte mir, sie hätte dir mit einem Skandal gedroht.«

»Wahrscheinlich ein Bluff.«

»Sie blufft nicht, Tatsu.«

»Egal. Ich habe ihr gesagt, wo du zu finden bist, weil es keinen Sinn mehr hatte, sie in die Irre zu führen. Sie ließ sich nicht täuschen. Außerdem dachte ich, eure Begegnung könnte dir von Nutzen sein.«

Ich schüttelte den Kopf. »Hast du ehrlich geglaubt, sie würde mich dazu bringen, dir zu helfen?«

»Selbstverständlich.«

»Warum?«

»Du weißt, warum.«

»Halte mich nicht zum Narren, Tatsu.«

»Na schön. Bewusst oder unbewusst willst du dich ihrer würdig erweisen. Für diesen Wunsch respektiere ich dich, denn es gibt viel Bewundernswertes an Kawamura-san. Aber es könnte sein, dass du es falsch anpackst, und ich wollte dir die Chance geben, das rechtzeitig zu erkennen.«

»Du irrst dich«, sagte ich.

»Warum bist du dann hier?«

Ich sah ihn an. »Ich werde dir helfen. Aber es hat nichts mit Midori zu tun.« Eine Sekunde lang dachte ich an Harry, dann fügte ich hinzu: »Nein, du wirst mir helfen.«

Die Bedienung stellte Tatsus Tee auf den Tisch und ging wieder.

»Was ist los?«, fragte er.

Mein Instinkt riet mir, ihm nichts zu sagen, um Harry zu schützen, wie ich es immer getan hatte. Aber das spielte jetzt keine Rolle mehr.

»Murakami hat einen Freund von mir ermordet«, sagte ich. »Einen Jungen namens Haruyoshi. Ich glaube, Yamaoto hat ihn dazu benutzt, um mich zu finden. Als sie dachten, sie hätten bekommen, was sie wollten, legten sie ihn einfach um.«

Eine lange Pause. Dann sagte er: »Das tut mir leid.«

Ich zuckte die Achseln. »Für dich läuft die Sache glänzend. Wenn ich dich nicht so gut kennen würde, wäre ich misstrauisch geworden.«

Sobald es heraus war, bedauerte ich, das gesagt zu haben. Tatsu besaß zu viel Würde, um mir zu antworten.

»Wie dem auch sei, ich möchte, dass du etwas für mich nachprüfst.«

»Gut.«

Ich berichtete ihm davon, wie Kanezaki Harry verfolgt hatte, dass Midoris Brief der Auslöser für alles gewesen war, und was es mit Yukiko und dem *Damask Rose* auf sich hatte.

»Ich werde sehen, was ich herausfinden kann«, meinte er.

»Danke.«

»Dein Freund war ... jung?«, fragte er.

Ich sah ihn an. »Jung genug.«

Er nickte mit traurigen Augen.

Ich dachte daran, wie seine Kiefer sich verkrampft hatten, als er zum ersten Mal mit mir über Murakami sprach und mir sagte, dass dieser seiner Ansicht nach mit der Ermordung eines Kindes zu tun hatte. Ich musste einfach fragen.

»Tatsu, hattest du ... hattest du einen Sohn?«

Lang gezogenes Schweigen folgte, während er vermutlich erst einmal verdauen musste, dass ich etwas über sein Privatleben wusste, und überlegte, wie er darauf reagieren sollte.

»Ja«, nickte er nach einer Weile. »Er wäre im vergangenen Februar zweiunddreißig geworden.«

Er schien die Worte sorgfältig abzuwägen, sogar besonders sorgfältig auszusprechen. Ich fragte mich, wann er das letzte Mal darüber geredet hatte.

»Er war acht Monate alt, eben erst abgestillt«, fuhr er fort. »Meine Frau und ich waren lange nicht mehr zusammen ausgegangen und wir engagierten eine Babysitterin. Als wir wieder nach Hause kamen, war sie verstört. Sie hatte den kleinen Jungen fallen lassen, und er hatte eine Beule am Kopf. Er habe geweint, so sagte sie, doch jetzt schien alles wieder gut zu sein. Er schlief.

Meine Frau wollte auf der Stelle mit ihm zum Arzt gehen, aber als wir nach ihm sahen, schien er friedlich zu schlafen. ›Warum sollten wir den Kleinen unnötig aufwecken?‹, meinte ich. ›Wenn ihm etwas fehlte, würden wir es doch merken.‹ Meine Frau wollte auch glauben, dass alles in Ordnung war, und so gelang es mir, sie zu überzeugen.«

Er trank einen Schluck Tee. »Am nächsten Morgen war das Baby tot. Der Arzt sagte, es sei ein subdurales Hämatom gewesen. Es hätte auch nichts genützt, wenn wir sofort medizinischen Beistand gesucht hätten. Aber natürlich werde ich es mir mein Leben lang vorwerfen. Denn ich hatte die Wahl, verstehst du? Es klingt schlimm, wenn ich es so ausdrücke, doch es wäre leichter gewesen, wenn mein Sohn auf der Stelle tot gewesen wäre. Oder die Babysitterin weniger anständig gewesen wäre und uns nichts gesagt hätte. Im Ergebnis dasselbe und doch völlig unterschiedlich.«

Ich sah ihn an. »Wie alt waren deine Mädchen zu der Zeit, Tatsu?«, fragte ich.

»Zwei und vier.«

»Großer Gott«, murmelte ich.

Er nickte und machte sich nicht die Mühe, sich stoisch zu geben und zu verstellen. »Ein Kind zu verlieren, ist das Schlimmste«, sagte er. »Es gibt keinen größeren Schmerz. Lange Zeit wollte ich mir das Leben nehmen. Sicher zum Teil in der Hoffnung, das würde mich mit meinem Sohn wiedervereinen, sodass ich ihn trösten und beschützen konnte. Aber auch als Buße für meinen Fehler. Und damit der Schmerz endlich aufhörte. Aber mein Pflichtgefühl gegenüber meiner Frau und meinen Töchtern war stärker und ließ diese irrationalen und selbstsüchtigen Impulse nicht überhandnehmen. Ich begann, meine Qual als Bestrafung zu empfinden, mein Karma. Und dennoch denke ich immer noch jeden Tag an meinen kleinen Sohn. Jeden Tag frage ich mich, ob ich ihn einmal wiedersehen darf.«

Wir schwiegen einen Moment lang. Hinter der Theke wurde

das Geräusch einer Kaffeemühle laut.

»Wir werden diesen Kerl ausschalten«, sagte ich. »Ich kann es nicht allein tun, und du auch nicht, aber vielleicht schaffen wir es gemeinsam.«

»Was schlägst du vor?«

»Murakami taucht gelegentlich im *Dojo* auf, aber den kannst du nicht überwachen lassen. Er liegt in einer ruhigen Straße mit minimalem Auto- und Fußgängerverkehr, also gibt es kaum Deckung. Außerdem habe ich auf dem Weg dorthin mindestens zwei Wachposten bemerkt.«

Er nickte. »Ich weiß. Ich habe einen Mann unauffällig vorbeigeschickt.«

»Das dachte ich mir. Aber vielleicht können wir uns die Überwachung sparen. Wenn ich dort auftauche, wird sicher jemand Murakami anrufen. Dann nageln wir ihn fest.«

Er sah mich an. »Wenn Murakami deinen Freund getötet hat, weil er glaubte, dass sie ihn nicht mehr brauchen, dann wissen sie jetzt vermutlich, wer du bist.«

»Genau. Darum bin ich mir ja sicher, dass ihn jemand holen wird, wenn ich auftauche. Und selbst wenn ich mich irren sollte und sie mich nicht kennen, hat Murakami gesagt, dass er mich im *Dojo* treffen wolle. Früher oder später kommt er. Und dann rufe ich dich an. Du kommst mit handverlesenen Leuten und verhaftest ihn.«

»Er könnte sich der Festnahme widersetzen«, meinte er trocken.

»Aber ja. Ich bin sicher, ein Typ wie der würde vehementen Widerstand leisten. Ein finaler Todesschuss könnte durchaus im Rahmen sein.«

»In der Tat.«

»Nachdem du ihm Handschellen angelegt hast, könnte jemand auftauchen, der sich später als ›einer seiner Helfershelfer‹ beschreiben lässt, und ihm das verdammte Genick brechen.«

Er nickte. »So einen Fall könnte ich mir gut vorstellen.«

»Ich werde für jeweils zwei Stunden hingehen«, meinte ich.

»Während dieser Phasen musst du eine mobile Truppe in der Nähe postieren, die auf mein Signal hin zuschlagen kann.«

Er blieb einen Moment lang stumm, dann meinte er: »Es widerstrebt mir, es auszusprechen, aber es wäre auch möglich, dass Murakami sich nicht zeigt. Er könnte den Auftrag delegieren. In diesem Fall würdest du dich umsonst in äußerste Gefahr begeben.«

»Er kommt«, sagte ich. »Ich kenne den Kerl. »Wenn er weiß, wer ich bin, wird er sich mich persönlich vorknöpfen wollen. Und ich werde ihm die Möglichkeit geben.«

KAPITEL 16

In dieser Nacht stieg ich in einem kleinen Hotel für Geschäftsreisende in Nishi-Nippori ab. Es war so anspruchslos, dass ich das *New Otani* und das *Imperial* vermisste, doch die Lage war ruhig und abgeschieden, sodass ich mich für eine Nacht sicher fühlte.

Am nächsten Morgen trainierte ich in Murakamis *Dojo* in Asakusa. Bei meinem Eintreffen unterbrachen die bereits anwesenden Männer ihre Übungen und verneigten sich kollektiv vor mir – ein Zeichen ihres Respekts dafür, wie ich mit Adonis umgesprungen war. Anschließend wurde ich auf ein Dutzend subtile Weisen mit einer Hochachtung behandelt, die an Ehrfurcht grenzte. Selbst Washio, der älter war als ich und eine wesentlich tiefer gehende Verbindung zu diesem *Dojo* hatte, benutzte nun andere Verbformen, die andeuteten, dass er mich inzwischen für höherrangig hielt. Ich hatte das Gefühl, dass Yamaoto und Murakami, egal, was sie über mich herausgefunden hatten, ihr Wissen nicht mit den niederen Chargen geteilt hatten.

Tatsu hatte mir eine Glock 26 gegeben, die kurzläufigste Pistole aus der exzellenten 9mm-Reihe von Glock. Definitiv nicht das Standardmodell des *Keisatsucho Geheimdienstes*. Ich wusste nicht, wie Tatsu angesichts von Japans strikten Waffengesetzen dazu gekommen war, und ich fragte auch nicht. Trotz ihrer relativ schmalen Bauform konnte ich sie nicht unentdeckt am Leib tragen, während ich trainierte. Stattdessen ließ ich sie in meiner Sporttasche, die ich bei den Übungen immer in der Nähe behielt.

Tatsu hatte mir außerdem ein Mobiltelefon gegeben, mit dem

ich ihn alarmieren konnte, wenn Murakami aufkreuzte. Ich hatte eine Schnellwahltaste dafür programmiert, sodass ich diese nur drücken musste und wieder auflegen konnte, sobald der Anruf durchgekommen war. Wenn Tatsu sah, dass der Anruf von meiner Nummer stammte, würde er seine in der Nähe postierten Leute den *Dojo* stürmen lassen.

Aber Murakami kreuzte nicht auf. Nicht an diesem Tag, nicht am nächsten.

Ich bekam langsam Hummeln im Hintern. Jede Nacht in einem anderen Hotel abzusteigen, war anstrengend. Zu viele Sorgen wegen Überwachungskameras. Zu viel Zeit, über Harry und seinen sinnlosen Tod nachzudenken, und darüber, wie unerbittlich ich ihm gegenüber in der letzten Nacht gewesen war.

Und zu viele Erinnerungen an Midori, während ich mich fragte, ob sie je wieder zu mir Kontakt aufnehmen würde, und was sie von mir verlangen würde, falls es dazu käme.

Es war mein dritter Tag im *Dojo*. Ich zog das Training in die Länge, um Murakami ein möglichst großes Zeitfenster zu öffnen, aber immer noch keine Spur von ihm. Langsam fing ich an zu glauben, er würde nicht kommen.

Doch er kam. Ich lag gerade auf dem Boden und machte Dehnübungen, als ich den Türsummer hörte. Ich sah auf und erblickte Murakami, der in einer schwarzen Lederjacke, mit Panoramasonnenbrille und zwei ähnlich gekleideten Leibwächtern hereinkam. Wie üblich veränderte sich die Atmosphäre im *Dojo* bei seinem Eintreten. Seine Gegenwart erzeugte bei jedem Menschen mit auch nur rudimentär ausgeprägten Antennen einen leichten Fluchtreflex.

»*Oi, Arai-san, yo*«, sagte er im Näherkommen. »Reden wir miteinander.«

Ich stand auf. »Okay.«

Einer der Bodyguards kam näher. Ich wollte nach meiner Tasche greifen, doch er war schneller. Er nahm sie und schlang sie sich über die Schulter. »Die nehme ich«, meinte er.

Ich gab nicht zu erkennen, dass das für mich ein Problem war.

Wenigstens das Mobiltelefon steckte in meiner Hosentasche. Ich zuckte die Achseln und sagte: »Danke.«

Murakami deutete mit einem Neigen des Kopfes zur Tür. »Draußen.«

Meine Pulsrate verdoppelte sich, aber meine Stimme blieb kühl. »Gleich«, rief ich ihm zu. »Ich gehe nur noch schnell zur Toilette.«

Ich ging nach hinten. Schon jetzt war ich vom Adrenalin so aufgeputscht, dass ich um keinen Preis hätte pinkeln können, aber darum ging es ja auch nicht.

Ich hielt Ausschau nach einer brauchbaren Waffe. Vielleicht eine Tüte Trockenseife, die ich jemandem in die Augen schütten konnte, oder einen Schrubber, um einen Schlagstock davon abzubrechen. Alles, was die momentan ziemlich düsteren Aussichten verbesserte.

Mein Blick glitt durch den Raum, doch da war nichts. Es gab nur Flüssigseife. Falls sie einen Schrubber hatten, bewahrten sie ihn anderswo auf.

Verdammt, du hättest dich darum kümmern sollen, bevor es ernst wird. Idiot. Idiot.

Da. Direkt über dem Boden befand sich hinter der Tür ein Türstopper aus Messing an der Wand. Ich kniete mich hin und versuchte, ihn zu drehen. Er befand sich zu nah am Boden, als dass ich ihn mit der ganzen Hand hätte umfassen können. Mindestens zehn Schichten Farbe bedeckten ihn und er wirkte so alt wie das Gebäude. Er gab nicht nach.

»Scheiße«, hauchte ich. Ich hätte versuchen können, mit dem Absatz darauf einzutreten, doch ich wollte den Dorn nicht abbrechen, mit dem er in die Wand geschraubt war.

Stattdessen versuchte ich, ihn mit der Handfläche abwechselnd hin und her zu drücken. Rauf, runter. Links, rechts. Ich ruckelte daran, aber er hatte kein Spiel. *Verdammt, das dauert zu lang.*

Ich klemmte ihn so fest ich konnte zwischen Daumen und Zeigefinger beider Hände und drehte gegen den Uhrzeigersinn. Einen Moment lang dachte ich, meine Finger wären abgerutscht, aber dann begriff ich, dass er nachgegeben hatte.

Ich schraubte ihn ganz heraus und stand im selben Moment auf, als die Toilettentür aufging. Es war einer der Bodyguards.

Er sah mich an. »Alles in Ordnung?«, fragte er, die Tür offen haltend.

Ich verbarg den Türstopper in der hohlen Hand. »Ich wasche mir nur schnell noch die Hände. Ich komme gleich.«

Er nickte und ging. Die Tür schloss sich hinter ihm, und ich schob den Türstopper in die rechte Hosentasche. Dann drückte ich sofort die Schnellwahltaste für Tatsu.

Natürlich wusste ich nicht sicher, ob sie mir auf die Schliche gekommen waren. Möglicherweise wollte Murakami nur darüber reden, was ihm damals im *Damask Rose* durch den Kopf gegangen war. Aber es spielte keine Rolle. Das Wichtigste ist immer, die Tatsachen frühzeitig zu akzeptieren. Die meisten Menschen wollen nicht wahrhaben, dass sie Opfer eines Verbrechens oder einer Gewalttat werden könnten. Auf einer bestimmten Ebene wissen sie Bescheid, doch sie weigern sich, die Realität zur Kenntnis zu nehmen, bis sie sie eingeholt hat. Und dann ist es natürlich zu spät.

Wenn ich mich irre, dann lieber, indem ich das Schlimmste annehme. Falls ich mich getäuscht habe, kann ich mich immer noch entschuldigen. Oder Blumen schicken. Andernfalls wird man selbst zum Empfänger der Blumen. Als Trauerkranz.

Das Erste, was mir auffiel, als ich aus der Toilette kam, war, dass das Fitnessstudio sich geleert hatte. Nur noch Murakami und seine zwei Gorillas standen zwischen mir und der Tür. Sie hatten meine Sporttasche in der Nähe des Eingangs abgestellt. Die Waffe sah ich nirgends, also hatten sie vielleicht nicht daran gedacht, die Tasche während meiner kurzen Abwesenheit zu durchsuchen.

»Was ist denn hier los?«, fragte ich beiläufig, als wäre ich zu dumm, um zu merken, dass etwas ganz und gar nicht stimmte, und rechnete ernsthaft mit einer Antwort von Murakami.

»Alles bestens«, sagte er, und sie setzten sich in Bewegung, kamen auf mich zu. »Wir haben die anderen nur gebeten, draußen zu warten, damit wir ungestört sind.«

»Ach so«, meinte ich. Ich hielt das Handy in die Höhe. »Ich muss nur schnell telefonieren.«

»Später«, meinte er.

Ich hoffte, dass Tatsu und seine Männer ganz in der Nähe waren. Sie durften nicht weiter entfernt sein als hinter der nächsten Ecke, wenn sie mir noch etwas nützen sollten.

»Ganz sicher?«, fragte ich und sah ihn an, um dem Anruf Zeit zu geben, den Empfänger zu erreichen. »Es dauert nur eine Minute.«

»Später«, wiederholte er. Die Bodyguards hatten sich zu beiden Seiten von ihm aufgefächert.

Ich warf einen kurzen Blick nach unten und sah, dass der Anruf durchgekommen war. »Gut«, sagte ich mit einem Achselzucken. Ich schob die Hände in die Taschen – mit der Linken steckte ich das Handy zurück, mit der Rechten griff ich nach dem Türstopper. Ich würde warten, bis sie in Reichweite kamen.

Aber sie blieben knapp außerhalb stehen. Ich musterte sie mit einem fragenden, belämmerten Blick, als wollte ich sagen: »He, Jungs, was soll denn das?«

Murakami starrte mich einen Moment lang an. Als er sprach, klang seine Stimme wie ein tiefes Knurren. »Wir haben ein Problem«, sagte er.

»Ein Problem?«

»Ja. Ein Problem. Ihr Name ist nicht Arai. Er lautet Rain.«

Ich ließ meinen Blick besorgt von Gesicht zu Gesicht, zum Ausgang und dann wieder zurückwandern. Ich wollte sie glauben lassen, dass ich die Flucht ergreifen wollte. Was ich so sicher getan hätte, wie Scheiße stinkt, aber es gab keine Chance.

»Packt ihn«, befahl Murakami.

Der linke Mann stürzte sich auf mich. Ich war bereit. Die Hände hatte ich bereits aus den Taschen gezogen, und ich streckte den linken Arm aus, als wollte ich ihn zurückhalten. Er schnappte nach dem Köder und packte meinen Unterarm mit beiden Händen, während sein Partner von rechts auf mich zukam. Ich schob die Hand, die er festzuhalten versuchte, über sein linkes Handgelenk, blockierte es damit und nutzte den Griff, um mich auf ihn zuzuschnellen. Er hatte erwartet, dass ich in der anderen Richtung zerrte, und konnte nicht mehr reagieren, bevor ich zu dicht dran war. Den Türstopper hielt ich bereits in der Faust, sodass die Spitze der Schraube zwischen Zeige- und Mittelfinger herausragte wie der bösartigste Siegelring der Welt.

Ich feuerte eine kurze Gerade über seinen blockierten Arm auf den Hals ab, auf einen Punkt direkt unterhalb der Kieferlinie. Es war kein harter Schlag, doch das war gar nicht nötig. Hier kam es auf Präzision an, und über die verfügte ich. Die Spitze bohrte sich hinein wie eine korkenzieherartige Injektionsnadel, und bevor er zurückweichen konnte, verdrehte ich sie nach unten und riss sie gewaltsam heraus. Er jaulte auf und legte unwillkürlich die Hand auf die offene Wunde. Blut spritzte zwischen seinen Fingern hervor und ich wusste, dass ich die Halsschlagader erwischt hatte.

Er gab ein entsetztes Gurgeln von sich und klatschte auch die andere Hand über die verletzte Stelle, doch das Blut floss weiter in Strömen. Ich schwenkte zurück nach rechts. Sein Freund hatte innegehalten, geschockt von all dem Blut und unsicher darüber, was passiert war. Ich schob den Türstopper zwischen Daumen und Zeigefinger und fuhrwerkte mit ausgestrecktem Arm herum wie in einem Hollywoodfilm, als wäre die hervorstehende Schraube ein Messer. Ich hielt die Waffe viel zu weit von meinem Körper entfernt.

Als ihm klar wurde, dass ich nicht gerade eine Machete schwang, schnappte er nach dem saftigen Köder, den mein Arm darstellte. Ich überließ ihm mein Handgelenk und tat so, als wollte ich mich losreißen. Er stemmte sich dagegen und drückte das vordere Knie durch, die Augen und seine gesamte Aufmerksamkeit auf die Waffe gerichtet. Ich benutzte ihn als Gegengewicht, hob den rechten Fuß und rammte ihn gegen sein Knie. Im letzten Moment sah er es kommen und versuchte, sich wegzudrehen, doch er hatte zu viel Gewicht auf das Bein verlagert. Der Tritt knickte sein Knie nach hinten durch, und er sackte kreischend auf dem Boden zusammen.

Murakami stand immer noch zwischen mir und der Tür. Er betrachtete gelassen die beiden zusammengebrochenen Männer, von denen der eine sich schreiend auf dem Rücken wand, während der andere aufrecht dasaß und die Hände in einer Pose des Entsetzens fest um den Blut spritzenden Hals gelegt hatte. Dann sah er zu mir hoch. Er lächelte und zeigte seine Brücke.

»Sie sind gut«, sagte er. »Sie sehen nicht nach viel aus, aber Sie sind gut.«

»Ihr Freund braucht einen Arzt«, sagte ich schwer atmend. »Wenn er nicht richtig versorgt wird, ist er in fünf Minuten verblutet, vielleicht sogar früher.«

Er zuckte die Achseln. »Glauben Sie, ich würde ihn danach noch als Leibwächter haben wollen? Wenn er nicht ohnehin sterben müsste, würde ich ihn selbst töten.«

Der Mann am Boden starrte Murakami blutüberströmt mit leerem Blick an. Sein Mund öffnete und schloss sich, ohne dass ein Laut herauskam. Nach ein paar Sekunden sackte er lautlos zur Seite.

Murakami sah auf ihn hinab, dann wieder zu mir. Noch einmal zuckte er die Achseln.

»Wie es aussieht, haben Sie mir die Mühe erspart«, meinte er.

Komm schon, Tatsu, wo zum Teufel steckst du?

Er zog den Reißverschluss seiner Jacke auf und trat respektvoll einen Schritt zurück, bevor er sie über die Schultern heruntergleiten ließ. Wäre er nur einen Tick näher geblieben, hätte ich einen Angriff versuchen können, sobald sie um seine Ellbogen lag, aber das wusste er.

Er musterte den Türstopper in meiner blutbespritzten Hand. »Wollen wir das bewaffnet erledigen?«, fragte er völlig ausdruckslos. »Einverstanden.«

Er griff in eine Gesäßtasche und zog ein Messer. Mit dem Daumen drückte er einen Knopf am Griff, und die Klinge schnappte heraus. An dem schnellen, halb automatischen Aufklappen erkannte ich, dass es ein Kershaw-Messer war, ein hochwertiges, legales Klappmesser mit ungefähr zehn Zentimeter langer Klinge. *Verdammt.*

Ich habe die unangenehme Erfahrung gemacht, dass es gegen ein Messer grundsätzlich nur vier Möglichkeiten gibt. Vorzugsweise rennt man wie der Teufel davon, wenn man kann. Das Nächstbeste ist, den Angriff zu unterbinden, bevor er richtig angefangen hat. Die dritte Möglichkeit besteht darin, einen ausreichenden Abstand herzustellen, damit man eine Waffe mit größerer Reichweite einsetzen kann. Viertens kann man zum Berserker werden und hoffen, dass man keine tödlichen Verletzungen davonträgt, während man den Angreifer in Grund und Boden zu stampfen versucht.

Egal, wie gut man ausgebildet ist, das sind die einzigen realistischen Chancen, und keine davon taugt viel, außer vielleicht die erste Möglichkeit. Waffenlose Techniken gegen ein Messer einzusetzen, ist reine Glückssache, und bei einem entschlossenen Angreifer mit gezückter Klinge stehen die Aussichten miserabel.

Meine Macho-Jahre liegen mindestens zwei Jahrzehnte zurück, und ich hätte liebend gern kehrtgemacht und die Flucht ergriffen. Aber in dem beengten Raum des *Dojo*, gegen einen jüngeren und wahrscheinlich schnelleren Gegner, war Weglaufen keine echte Option. Mir wurde klar, dass meine ohnehin schon deprimierenden Aussichten, unverletzt davonzukommen, in einem Messerkampf richtiggehend hoffnungslos waren.

Ich warf einen Blick zu meiner Tasche. Sie lag ein paar Meter entfernt, und die Chancen, sie zu erreichen und die Pistole herauszuziehen, bevor Murakami mich mit dem Messer erwischte, standen nicht gut.

Er lächelte. Seine Brücke leuchtete wie ein raubtierhaftes Todesgrinsen. »Werfen Sie Ihres weg, dann werfe ich meines weg«, schlug er vor.

Der Mann war wirklich krank. Ich hatte kein Interesse daran, mit ihm zu kämpfen, wollte ihn nur töten oder weglaufen, um auf einen geeigneteren Moment zu warten. Doch vielleicht konnte ich

Zeit schinden.

»Sagen Sie mir endlich, was das alles eigentlich soll?«, fragte ich.

»Werfen Sie Ihres weg, dann werfe ich meines weg«, wiederholte er.

So viel dazu. Ich wusste, dass irgendwo hinter mir ein Satz Gewichte lag. Vielleicht konnte ich ihn erreichen, bevor mich sein Messer erwischte. Die losen Scheiben ließen sich als Wurfgeschosse verwenden, um ihn zu ermüden und mir vielleicht eine Möglichkeit zu verschaffen, an die Pistole heranzukommen. Keine besonders guten Aussichten gegen einen Typen mit derart guten Reflexen, dass er gegen Hunde antreten konnte. Doch mir gingen langsam die Ideen aus.

»Sie zuerst«, sagte ich.

»Also gut, bewaffnet«, meinte er und setzte sich in Bewegung. Aber langsam, bedächtig.

Ich spannte mich, um zu den Gewichten zu springen.

Ein gebieterisches Klopfen ertönte an der Vordertür und ich hörte die Worte: »*Keisatsu da!*«

Polizei! Das Brüllen eines Megafons.

Murakami drehte den Kopf danach, ließ mich aber gleichzeitig nicht aus den Augen. Die Kombination war überraschend und wirkte äußerst diszipliniert.

Wieder hämmerte eine Faust gegen das Metall. »*Keisatsu da! Akero!*« Polizei! Aufmachen!

Wir sahen uns eine Sekunde lang an, die eine Ewigkeit zu dauern schien. Ich wusste, was er tun würde. Er war vielleicht verrückt, aber auch ein Überlebenskünstler. Er wog die Chancen ständig neu ab und machte sich nichts vor.

Er winkte mir mit dem Messer zu. »Ein andermal«, meinte er. Dann rannte er zum Hinterausgang.

Ich stürzte zu meiner Sporttasche. Doch als ich sie erreichte, war er bereits im Umkleideraum verschwunden und knallte die Tür hinter sich zu. Ihn allein zu verfolgen wäre zu gefährlich gewesen. Besser auf Tatsus Rückendeckung warten.

Ich sprang zur Tür. Sie war mit Querriegeln gesichert, und ich brauchte einen Moment, um den Mechanismus zu durchschauen. In der Mitte befand sich ein Zahnrad, das sich nicht in Bewegung setzen ließ. *Da, ein Knopf – eine Sperre.* Ich drückte ihn hinein, drehte wieder, und die Riegel glitten zurück.

Ich riss die Tür auf. Tatsu und ein anderer Mann standen mit gezogenen Waffen auf der anderen Seite. »Da drinnen«, bedeutete ich ihnen mit einer Kopfbewegung. »Es gibt eine Hintertür. Er hat ein Messer.«

»Ich habe einen Mann zum Hinterausgang geschickt«, sagte Tatsu. Er nickte seinem Partner zu, und sie kamen herein. Ich folgte ihnen.

Sie nahmen die beiden Männer am Boden zur Kenntnis, und ich sah ihnen an, dass ich deswegen keine Probleme bekommen würde. Wir arbeiteten uns zum hinteren Teil des *Dojo* vor. Tatsus Mann schlich zu den Duschen. »Da nicht«, sagte ich. »Dort. In der Umkleidekabine. Da gibt es einen Hinterausgang, aber er könnte immer noch drin sein.«

Sie bezogen Stellung zu beiden Seiten der Tür und duckten sich, um ein kleineres Ziel zu bieten. Sie hielten die Waffen dicht am Körper nach oben gerichtet, was einige taktische Finesse verriet. Tatsu nickte, und sein Partner, der sich auf der Griffseite der Tür befand, streckte die Hand aus und stieß sie nach innen auf, während Tatsu die Pistole anlegte. Während die Tür aufschwang, schwenkten Tatsus Augen und Waffe durch den Raum.

Noch ein Nicken und sie gingen hinein, Tatsu vorweg. Der Raum war leer, die Tür nach draußen war geschlossen, doch der Riegel stand offen, und das Vorhängeschloss, das mir vorher aufgefallen war, war verschwunden.

»Dort«, sagte ich. »Da ist er raus.« Ich dachte an Tatsus anderen Mann, der zum Hinterausgang gelaufen war. Er und Murakami mussten auf Kollisionskurs gelegen haben.

Wie zuvor nahmen sie ihre Positionen ein und gingen hinaus. Ich folgte ihnen. Hinter dem Gebäude befand sich ein kleiner Hof, vollgestopft mit Abfalleimern, leeren Kisten und zurückgelassenem Baumaterial. An einer Seite lag eine abmontierte Klimaanlage, rostig und kaputt. Gegenüber stand die Ruine eines türlosen Kühlschranks schief gegen die Wand gekippt, während zwei Schubladen heraushingen wie die Innereien eines ausgeweideten Tiers.

Vom Hof aus gelangte man in eine Gasse. Dort fanden wir Tatsus Mann.

Er lag mit aufgerissenen Augen auf dem Rücken. Eine Hand umklammerte noch die Pistole, die ihm nichts genützt hatte. Murakami hatte ihn aufgeschlitzt und liegen lassen. Der Boden um ihn herum war blutgetränkt.

»*Chikusho*«, sagte Tatsu tonlos. Scheiße. Er kniete nieder, um sich zu vergewissern, dass der Mann tot war, dann zog er sein Handy heraus und sprach hinein, während sein verbliebener Mann die Gasse durchsuchte.

Mir fiel auf, dass die Leiche keine Abwehrverletzungen aufwies – keine Schnitte an Händen oder Handgelenken. Er war nicht einmal dazu gekommen, die Arme hochzureißen, um sich zu schützen, geschweige denn, die Pistole abzufeuern. Armer Hund. Die Waffe hatte ihn zu optimistisch gemacht. Ein häufiger Fehler. Unter manchen Umständen, und dazu kann eine enge Gasse gehören, ist eine Klinge gefährlicher als eine Kugel.

Tatsu erhob sich und sah mich an. Seine Stimme klang ruhig, doch ich las den stummen Zorn in seinen Augen.

»Murakami?«, fragte er.

Ich nickte.

»Diese Männer im *Dojo*. Seine Leute?«

Ich nickte wieder.

»Vor dem Haus steht ein großer Mercedes geparkt. Ich vermute, damit ist er gekommen und hatte vor, auch wieder damit wegzufahren. Jetzt muss er auf Taxis und öffentliche Verkehrsmittel ausweichen. Das da ...« – er machte eine Geste zu dem Toten hin – »... war nicht machbar, ohne dass er eine Menge Blut abbekommen hat. Meine Männer werden in Kürze hier sein, und die Gegend durchkämmen. Möglicherweise können wir ihn aufspüren.«

»Das bezweifle ich«, sagte ich.

Seine Nasenflügel blähten sich. »Einer der beiden Männer da

drin sah noch verhörbar aus«, meinte er. »Das wird uns helfen.«

»War jemand vor der Tür, als ihr angekommen seid?«, fragte ich. »Murakami hat den *Dojo* unmittelbar vor eurer Ankunft räumen lassen.«

»Ein paar Männer lungerten draußen herum«, antwortete er. »Sie haben sich zerstreut, als sie uns kommen sahen. Sie sind nicht von unmittelbarem Nutzen.«

»Tut mir leid wegen deines Kollegen«, sagte ich, weil mir nichts Besseres einfiel.

Er nickte langsam, und einen Moment lang schien sein Gesicht in sich zusammenzufallen. »Sein Name war Fujimori. Er war ein guter Mann, kompetent und idealistisch. Bald muss ich mit seiner Witwe sprechen.«

Er straffte sich, als fiele es ihm schwer. »Sag mir, was passiert ist, und dann geh, bevor die anderen Beamten eintreffen.«

Ich erzählte es ihm. Er hörte wortlos zu. Als ich geendet hatte, sah er mich an und sagte: »Wir treffen uns heute Abend um sieben Uhr im *Christie* in Harajuku. Setz dich nicht ab. Zwing mich nicht, nach dir zu suchen.«

Ich kannte das *Christie*, ein Teehaus, das ich oft besucht hatte, als ich noch in Tokio lebte. »Ich werde da sein«, meinte ich.

»Wo ist die Pistole?«

»Drinnen. In einer Sporttasche beim Vordereingang. Ich würde sie gerne behalten.«

Er schüttelte den Kopf. »Man hat mich heute schon danach gefragt. Ich muss darüber Rechenschaft ablegen, sonst gibt es Schwierigkeiten. Vielleicht kann ich dir eine andere beschaffen.«

»Tu das«, sagte ich und erinnerte mich daran, wie zuversichtlich Murakami sein Kershaw gezogen hatte.

Er nickte und sah dann zu seinem toten Kollegen hin. »Wenn ich Murakami erwische«, verkündete er, »dann werde ich dasselbe mit ihm tun.«

KAPITEL 17

Ich ging hinaus auf die Kototoi-dori und suchte mir ein Taxi. Obwohl Murakamis Leute durch die Ereignisse im *Dojo* im Moment desorganisiert waren, wussten sie, dass ich mich in Asakusa aufhielt, daher wäre die U-Bahn-Station der nächstliegende Ort gewesen, um mich abzupassen.

Bis zu dem Treffen, das Tatsu verlangt hatte, waren es noch sechs Stunden, und dieses bizarre, schwerelose Gefühl, nirgendwohin und nichts tun zu können, zehrte an mir. Ich fühlte einen starken Anflug dessen, was man vielleicht Extreme-Posttraumatische-Geilheits-Störung nennen konnte und dachte daran, Naomi anzurufen. Sie musste jetzt zu Hause sein, stand vielleicht gerade auf. Aber da mir Murakami auf die Schliche gekommen war, wollte ich nirgendwohin, wo auch nur die geringste Gefahr bestand, dass man mir auflauerte.

Mein Pager summte. Ich sah nach und fand eine Nummer, die mir nichts sagte.

Ich wählte sie von einem öffentlichen Telefon aus an. Der Teilnehmer am anderen Ende hob beim ersten Klingeln ab.

»Wissen Sie, wer ich bin?«, fragte eine Männerstimme auf Englisch.

Ich erkannte die Stimme. Kanezaki, mein neuer Freund von der CIA.

»Bitte hören Sie einfach zu, was ich zu sagen habe«, fuhr er fort. »Legen Sie nicht auf.«

»Woher haben Sie diese Nummer?«, fragte ich.

»Einzelverbindungsnachweise – Anrufe, die von Telefonzellen aus in der näheren Umgebung der Wohnung Ihres Freundes erfolgten. Aber das hat nichts damit zu tun, was ihm widerfahren ist. Ich habe es gerade erst gehört. Deshalb rufe ich an.«

Ich dachte nach. Wenn Kanezaki die Möglichkeit hatte, die Verbindungsnachweise dieser Telefonzellen einzusehen, konnte er tatsächlich meine Pagernummer herausgefunden haben. Harry hatte mich von verschiedenen öffentlichen Telefonen in der Umgebung angepiepst und war dann nach Hause gegangen, um auf meinen Rückruf zu warten. Mit Zugang zu den entsprechenden Unterlagen konnte man ein Muster erkennen – immer dieselbe Nummer, angewählt von unterschiedlichen Telefonzellen in der Nachbarschaft. Sollte es mehrere mögliche Treffer geben, wie ich vermutete, rief man sie einfach nacheinander an und eliminierte die falschen. Wahrscheinlich hätten Harry und ich diese Möglichkeit in Betracht ziehen sollen, aber eigentlich spielte es keine große Rolle. Auch wenn es jemandem gelang, meine Nummer abzufangen, wie anscheinend Kanezaki, brachte er dadurch nicht mehr als die Adresse eines Pagers in Erfahrung.

»Ich höre«, sagte ich.

»Wir sollten uns treffen«, meinte er. »Ich glaube, wir können uns gegenseitig behilflich sein.«

»Ach ja?«

»Ja. Hören Sie, ich gehe ein großes Risiko ein. Mir ist klar, dass Sie denken könnten, ich hätte mit dem, was Ihrem Freund zugestoßen ist, etwas zu tun, und vielleicht Vergeltung üben wollen.«

»Das wäre möglich.«

»Ja, gut, ich weiß, dass Sie mich sowieso irgendwie finden. Und ich schätze, es ist besser für mich, wenn ich Ihnen sage, was meiner Meinung nach geschehen ist, statt mir für den Rest meines Lebens Sorgen zu machen, ob sie gerade hinter mir stehen.«

»Was schlagen Sie vor?«, fragte ich.

»Ein Treffen. Wo immer Sie wollen, vorausgesetzt, es ist ein öffentlicher Ort. Ich weiß, Sie werden mir glauben. Aber ich befürchte, Sie könnten etwas tun, bevor Sie mich angehört haben.

Wie bei unserer letzten Begegnung.«

Ich überlegte. Wenn sie einen Hinterhalt planten, hatten sie zwei Möglichkeiten. Sie konnten Kanezaki von Leuten beschatten lassen, die den Ring um uns schlossen, sobald ich auftauchte. Oder sie statteten ihn mit irgendeiner Form von Sender aus, so, wie sie es schon einmal versucht hatten, als Holtzer mich mit einem ähnlichen ›Treffen‹ in die Falle lockte.

Die zweite Methode klang wahrscheinlicher, denn es würde mir schwerer fallen, Kanezakis Team zu entdecken, wenn es keinen Sichtkontakt halten musste. Ich konnte natürlich Harrys Wanzendetektor einsetzen, um die zweite Möglichkeit auszuschließen. Doch ich musste ihn an einen einsamen Ort locken, um die erste zu eliminieren.

»Wo sind Sie gerade?«, fragte ich.

»Toranomon. In der Nähe der Botschaft.«

»Kennen Sie Japan Sword? Den Antiquitätenladen in Toranomon 3-chome, gleich beim U-Bahnhof?«

»Kenne ich.«

»Gehen Sie dorthin. Wir sehen uns in dreißig Minuten.«

»Okay.«

Ich klickte ihn weg. Genau genommen hatte ich nicht die geringste Absicht, zu dem Schwertladen zu gehen, so gerne ich dort gelegentlich herumstöberte. Aber ich wollte, dass Kanezaki und jeder, der für ihn arbeitete, sich die Mühe machte, dort zu erscheinen, während ich mich an einem sichereren Ort einrichtete.

Ich nahm eine Abfolge von Taxis und Zügen zum Wadakuramon-Tor des Kaiserpalastes. Mit seinen Schwärmen von Touristen, Batterien von Überwachungskameras und einer Phalanx von Cops, die die wichtigen Persönlichkeiten im Inneren des Palasts bewachten, wäre es ein höchst ungeeigneter Ort gewesen, um jemanden abzuknallen, falls Kanezaki und Konsorten das im Sinn gehabt hätten. Wenn ich ihn zwang, dort hinzukommen, nachdem ich bereits Stellung bezogen hatte, würde sein Observierungsteam überhastet arbeiten müssen, was meine Chancen verbesserte, es zu entdecken.

Ich benutzte Tatsus Handy, um Kanezaki anzurufen, als ich

eingetroffen war. »Planänderung«, sagte ich.

Kurzes Zögern. »Okay.«

»Kommen Sie zum Wadakuramon-Tor am Kaiserpalast, gegenüber dem Hauptbahnhof. Sofort. Ich warte dort auf Sie. Kommen Sie vom Hauptbahnhof her, damit ich sehen kann, dass Sie allein sind.«

»Ich bin in zehn Minuten da.«

Ich legte auf.

Auf der Hibiya-dori, die den Boulevard zwischen dem Hauptbahnhof und dem kaiserlichen Palast kreuzte, fand ich ein Taxi. Ich stieg ein und bat den Fahrer, zu warten, weil gleich noch ein Freund von mir kommen würde. Er schaltete das Taxameter ein und wir saßen schweigend da.

Zehn Minuten später sah ich Kanezaki wie vereinbart näherkommen. Er blickte sich um, bemerkte mich aber im Taxi nicht.

Ich fuhr das Fenster einen Spalt herunter. »Kanezaki«, sagte ich. »Steigen Sie ein.«

Der Fahrer betätigte den automatischen Türöffner. Kanezaki zögerte – ein Auto war offenbar nicht der ›öffentliche Ort‹, den er sich vorgestellt hatte. Aber er überwand sein Unbehagen und schlüpfte neben mir herein. Die Tür schloss sich und wir fuhren los.

Ich sagte dem Fahrer, er solle uns in Richtung Akihabara bringen, Tokios Mekka der Unterhaltungselektronik. Ich sah nach hinten, bemerkte aber keine ungewöhnlichen Aktivitäten. Niemand versuchte, unter allen Umständen an uns dranzubleiben. Es sah so aus, als wäre Kanezaki allein.

Ich tastete ihn ab. Außer Handy, Schlüsselbund und einer neuen Brieftasche hatte er nichts dabei. Harrys Detektor blieb stumm.

Ich ließ den Fahrer durch Nebenstraßen fahren, um das Risiko zu vermindern, dass uns jemand folgte. In der Nähe des Bahnhofs Ochanomizu stiegen wir aus und vollführten eine Serie rascher Richtungswechsel mit der Bahn und zu Fuß, um sicherzustellen, dass wir allein waren.

Ich beendete die Route in Otsuka, im äußersten Norden der

Yamanote-Linie. Otsuka ist eine Art Wohngebiet, wenn auch etwas zwielichtig und mit einem großzügigen Angebot von Massagesalons und Liebeshotels. Neben den Einheimischen, die dort wohnen und arbeiten, scheint das Viertel hauptsächlich für ältere Männer auf der Suche nach billigem Sex da zu sein. Weiße Amerikaner oder Europäer trifft man hier selten. Wenn es ein Überwachungsteam gab und es sich aus weißen CIA-Leuten zusammensetzte, würden sie sich in Otsuka schwertun.

Wir gingen die Treppe zum *Royal Host* Restaurant in der zweiten Etage hinauf, und ich sah mich drinnen um. Hauptsächlich Familien, die sich mal ein Essen auswärts gönnten. Ein paar müde aussehende *Sarariman*, die nicht nach Hause wollten. Wir setzten uns in eine Ecke, von der aus ich einen hübschen Blick auf die Straße unter uns hatte.

Ich sah ihn an. »Sprechen Sie weiter«, sagte ich.

Er rieb die Handflächen zusammen und sah sich um. »Oh Mann, wenn ich dabei erwischt werde ...«

»Schluss mit dem Melodram«, forderte ich ihn auf. »Sagen Sie einfach, was Sie von mir wollen.«

»Ich möchte nicht, dass Sie denken, ich hätte irgendetwas mit der Geschichte mit ihrem Freund zu tun«, meinte er. »Und ich denke, wir sollten die Köpfe zusammenstecken.«

Ich sagte nichts.

»Na schön. Zunächst einmal glaube ich ... ich glaube, man hält mich zum Narren.«

»Was hat das mit meinem Freund zu tun?«

»Lassen Sie mich einfach von Anfang an erzählen, dann werden Sie es verstehen, okay?«

Ich nickte. »Legen Sie los.«

Er befeuchtete die Lippen. »Erinnern Sie sich an das Programm, von dem ich Ihnen erzählt habe? Crepuscular?«

Eine Bedienung kam an den Tisch, und ich merkte, dass ich am Verhungern war. Ohne mir die Speisekarte anzusehen, bestellte ich ein Roastbeef *Sandoichi* und die Tagessuppe. Kanezaki nahm einen Kaffee.

»Ich erinnere mich daran«, meinte ich.

»Nun, Crepuscular wurde vor sechs Monaten offiziell beendet.«

»Und?«

»Aber es läuft trotzdem weiter, und zwar unter meiner Leitung, obwohl die Finanzierung gekappt wurde. Warum hat mir niemand etwas davon gesagt? Und woher stammt das Geld?«

»Jetzt mal langsam«, sagte ich. »Wie haben Sie das herausgefunden?«

»Vor ein paar Tagen wollte mein Boss, der hiesige Resident, alle Quittungen sehen, die ich von den Quellen im Rahmen des Programms erhalten hatte.«

»Biddle?«

Er sah mich an. »Ja. Sie kennen ihn?«

»Ich habe von ihm gehört. Erzählen Sie mir von den Quittungen.«

»CIA-Politik. Wenn wir Gelder verteilen, muss die Quelle eine Empfangsbestätigung unterschreiben. Ohne Quittungen wäre es für leitende Agenten zu einfach, Geld abzuzweigen.«

»Sie haben diese Leute ihre … ihre eigenen Schmiergelder quittieren lassen?«, fragte ich ungläubig.

»Das ist CIA-Politik«, wiederholte er.

»Und die machen das?«

Er zuckte die Achseln. »Nicht immer, jedenfalls zu Anfang. Wir sind dazu ausgebildet, einem Agenten den Gedanken schmackhaft zu machen. Beim ersten Mal ist nicht die Rede davon. Beim zweiten Mal sagt man, es sei die neue Politik der US-Regierung, um sicherzustellen, dass alle Geldempfänger ihre Beträge auch in voller Höhe erhalten. Wenn die Quelle immer noch davor zurückschreckt, sagt man ihr, okay, man hänge sich damit zwar weit aus dem Fenster, aber man wolle sehen, was man tun könne. Beim fünften Mal ist die Person abhängig von dem Geld, und man macht ihr weis, dass man wegen der fehlenden Quittungen eine Rüge erhalten hätte und einem der Vorgesetzte mit Versetzung gedroht hätte, wenn man den Papierkram nicht endlich in Ordnung bringe. Man gibt dem Kerl die Quittung und sagt ihm, er soll einfach irgendein Gekritzel daruntersetzen. Die erste Unterschrift ist unleserlich. Später wird es besser.«

Faszinierend, dachte ich. »Na gut. Biddle verlangte also die Empfangsbestätigungen.«

»Genau. Also gab ich sie ihm, aber es kam mir komisch vor.«

»Warum?«

Er rieb sich den Nacken. »Als das Programm gestartet wurde, übertrug man mir die Verantwortung dafür, die Quittungen stets in meinem eigenen Safe aufzubewahren. Deshalb hatte ich Bedenken, als der Boss sie plötzlich haben wollte, obwohl er behauptete, es wäre reine Routine. Also erkundigte ich mich bei einigen Leuten, die ich in Langley kenne – indirekt natürlich. Und ich erfuhr, dass für ein Programm dieser Geheimhaltungsstufe niemals Belege angefordert würden, es sei denn, eine förmliche Beschwerde wäre beim Generalinspekteur der Agency eingegangen, und zwar wegen Unregelmäßigkeiten aufseiten des leitenden Agenten.«

»Woher wissen Sie, dass das nicht der Fall war?«

Er errötete. »Zunächst einmal, weil es keinen Grund dafür gibt. Ich arbeite korrekt. Und zweitens, im Fall einer förmlichen Beschwerde hätte der Boss mich laut Protokoll in Anwesenheit der Anwälte vernehmen müssen. Unterschlagung ist ein schwerer Vorwurf.«

»Na schön. Sie gaben also Biddle die Quittungen, hatten aber kein gutes Gefühl dabei.«

»Ja. Deshalb fing ich an, den Telegrammverkehr bezüglich Crepuscular durchzusehen. Er ist nummeriert, und ich merkte, dass ein Telegramm fehlte. Es wäre mir nicht weiter aufgefallen, wenn ich nicht die Zahlen überprüft hätte. Normalerweise bleibt so etwas unentdeckt, weil niemand auf die Idee kommt, die Akten nach Telegrammnummern zu durchsuchen. Das ist ein viel zu großer Aufwand, und die Zahl spielt normalerweise auch keine Rolle. Ich rief jemanden in der Fernostabteilung in Langley an und ließ mir das entsprechende Telegramm vorlesen. Darin hieß es, dass Crepuscular beendet und sofort abgebrochen werden solle, weil das Budget dafür anderweitig benötigt wurde.«

»Und Sie glauben, jemand am hiesigen Ende hat das Telegramm unterschlagen, damit Sie nichts von der Beendigung des Programms erfuhren?«

»Ja.«

Die Serviererin brachte unsere Bestellung. Ich machte mich über mein Sandwich her.

Er schien in redseliger Stimmung zu sein, und ich wollte mehr erfahren. Auf Harry würden wir noch früh genug zu sprechen kommen.

»Erzählen Sie mir mehr von Crepuscular«, bat ich kauend.

»Was denn?«

»Wie alles angefangen hat, zum Beispiel. Und wie Sie davon erfuhren.«

»Das sagte ich bereits. Vor achtzehn Monaten wurde mir mitgeteilt, dass das Tokioter Büro mit einem Aktionsprogramm zur Förderung von Reformen und der Beseitigung von Hindernissen dafür betraut worden sei. Codename Crepuscular.«

Vor achtzehn Monaten, dachte ich. *Hmm.* »Wer hat Sie ursprünglich damit betraut?«, fragte ich, obwohl ich angesichts des Zeitrahmens schon eine Ahnung hatte, wie die Antwort lautete.

»Der frühere Resident. William Holtzer.«

Holtzer, dachte ich. *Seine guten Taten wirken weiter.*

»Erzählen Sie mir, wie er Ihnen das Programm präsentierte«, sagte ich. »Und zwar genau.«

Er blickte nach links, was bei den meisten Menschen normalerweise ein neurolinguistisches Zeichen für Zurückerinnern bedeutet, nicht für Lügen. Hätte er in die andere Richtung gesehen, würde ich seine Antwort als Schwindel interpretiert haben. »Er sagte, Crepuscular sei ein Geheimprogramm der Abteilung, und dass er mich als Leiter dafür haben wollte.«

»Was war Ihre genaue Rolle?«

»Das Anwerben von geeigneten Zielpersonen, Auszahlung von Geldern, allgemeines Management.«

»Warum gerade Sie?«

Er zuckte die Achseln. »Ich habe nicht danach gefragt.«

Ich unterdrückte ein Auflachen. »Nahmen Sie an, dass es trotz

Ihrer Jugend und Unerfahrenheit normal wäre, wenn er Ihre schlummernden Talente erkannte und Sie mit einer so wichtigen Aufgabe betraute?«

Er wurde rot. »So ähnlich, schätze ich.«

Ich schloss kurz die Augen und schüttelte den Kopf. »Kanezaki, sagen Ihnen die Begriffe ›Strohmann‹ und ›Sündenbock‹ etwas?«

Seine Röte vertiefte sich. »Ich bin nicht ganz so dumm, wie Sie vielleicht denken«, sagte er.

»Und weiter?«

»Holtzer sagte mir, dass es zur Unterstützung von Reformen gehören würde, bestimmten Politikern, die Änderungen im Sinne der US-Regierung positiv gegenüberstanden, Geldmittel zuzuleiten. Die Theorie lautete, dass man viel Geld braucht, um in der japanischen Politik zu überleben. Ohne kann man nicht im Amt bleiben, deshalb werden alle entweder mit der Zeit korrupt oder scheiden aus, wenn sie sich nicht bestechen lassen. Wir wollten die Gleichung verändern, indem wir eine alternative Geldquelle anboten.«

»Für Gelder, die quittiert wurden.«

»So lautet die Vorschrift, ja. Wie ich schon sagte.«

»Ich vermute, wenn Ihre Quellen die Empfangsbestätigungen unterschreiben, fassen sie sie an?«

Er zuckte die Achseln. »Natürlich.«

Mir schoss kurz die Frage durch den Kopf, was sie sich eigentlich dabei dachten, wenn sie diese Typen direkt von der Uni anheuerten.

»Es würde mich interessieren«, meinte ich, »ob Sie sich vielleicht irgendeine weitere Anwendung für unterschriebene, mit Fingerabdrücken übersäte Dokumente vorstellen können, mit denen eine CIA-Finanzierung quittiert wird?«

Er schüttelte den Kopf. »Es ist nicht so, wie Sie glauben. Die CIA setzt nicht auf Erpressung.«

Ich lachte.

»Hören Sie, ich will damit nicht sagen, dass wir das nicht tun, weil wir nette Menschen wären«, fuhr er mit beinahe komischer Ernsthaftigkeit fort. »Sondern weil sich gezeigt hat, dass es nicht funktioniert. Man kann sich damit vielleicht kurzfristige Kooperation sichern, aber langfristig keine effektive Kontrolle ausüben.«

Ich sah ihn an. »Halten Sie die CIA für eine Organisation, die sich langfristigen Zielen widmet?«

»Wir versuchen es, ja.«

»Schön, wenn man Sie also nicht der Unterschlagung verdächtigt und Erpressung der CIA so fernliegt, was, glauben Sie, hat Biddle dann mit diesen Quittungen vor?«

Er senkte den Blick. »Ich weiß es nicht.«

»Was wollen Sie dann von mir?«

»Es gibt da noch eine seltsame Sache.«

Ich zog die Augenbrauen hoch.

»Laut Protokoll muss der leitende Agent vor jedem Treffen ein Formular mit den entsprechenden Details ausfüllen: wer, wo, wann. Es geht dabei darum, dass eine Aufzeichnung für andere Beamte vorhanden ist, falls etwas schiefgeht. Nachdem der Chef die Belege angefordert hatte, reichte ich ein Formular ein, in dem ich ein Treffen mit einer Quelle noch in derselben Nacht ankündigte, obwohl das nicht der Fall war, ließ dabei aber den Ort des Kontakts offen.«

»Und man stellte Sie deswegen zur Rede.«

»Richtig. Und das ist merkwürdig. Niemand interessiert sich vor einem Treffen für diese Formulare. Sie sind nur für den Notfall gedacht. Genau genommen füllen wir sie sowieso meistens erst hinterher aus. Es ist einfach zu lästig. Und man hört nie wieder davon.«

»Und was glauben Sie?«

»Dass jemand diese Treffen observiert.«

»Zu welchem Zweck?«

»Ich … ich weiß es nicht.«

»Dann weiß ich auch nicht, wie ich Ihnen helfen soll.«

»Also gut. Es wäre möglich, dass jemand sozusagen Beweise dafür zu sammeln versucht, dass ich Crepuscular seit seiner Beendigung auf eigene Faust weitergeführt hätte. In dem Fall könnte Biddle, oder wer immer dafür verantwortlich ist, die Schuld ein fach auf mich schieben.« Er sah mich an. »Als Sündenbock.«

Vielleicht war der Knabe doch nicht ganz so naiv. »Sie haben immer noch nicht gesagt, was Sie von mir wollen«, sagte ich.

»Ich möchte, dass Sie heute Nacht Gegenaufklärung für mich betreiben und mir sagen, was Sie sehen.«

»Ich fühle mich geschmeichelt, aber wären Sie nicht besser beraten, wenn Sie sich an den Generalinspekteur der CIA wenden?«

»Womit denn? Vagen Verdächtigungen? Außerdem, woher soll ich wissen, dass der Generalinspekteur und der Resident nicht zusammen in Yale waren und gute Kumpels aus ihrer *Skull and Bones* Verbindung sind? Erinnern Sie sich, vor sechs Monaten wurde Crepuscular beendet. Womit es seit damals praktisch illegal ist. Und in der ganzen Zeit habe ich das Programm geleitet. Bevor ich durch die offiziellen Kanäle gehe, muss ich wissen, was da los ist.«

Ich blieb einen Moment lang stumm. Dann sagte ich: »Was bieten Sie mir als Gegenleistung?«

»Ich erzähle Ihnen, was ich über Ihren Freund weiß.«

»Wenn das, was Sie zu erzählen haben, überzeugend und wertvoll ist, werde ich Ihnen helfen.«

»Wer garantiert mir, dass Sie Ihr Wort halten?«

»Das Risiko müssen Sie eingehen.«

Er schmollte wie ein Kind, das meint, eine vernünftige Bitte gestellt zu haben, und dann verletzt ist, weil es sich nicht ernst genommen fühlt.

»Okay«, sagte er nach kurzem Zögern. »Als wir uns das letzte Mal begegneten, sagte ich Ihnen, dass wir Haruyoshi Fukasawa als einen Bekannten von Ihnen identifiziert hatten, indem wir einen Brief von ihm an Kawamura Midori abfingen. Alles, was wir aus dem Brief erfuhren, waren sein Vorname, der in einer ungewöhnlichen Kombination von *Kanji* geschrieben war, und der Stempel des Hauptpostamts von Chuo-ku.«

Das entsprach ziemlich genau dem, was Harry und ich uns zusammengereimt hatten. »Sprechen Sie weiter«, forderte ich ihn auf.

»Wenn wir diese winzigen Informationsfetzen nutzen wollten,

mussten wir eine Menge Unterlagen durchforsten. Örtliche Melderegister, Steuerbescheide, dergleichen. Wir mussten uns in konzentrischen Kreisen von dem Poststempel Chuo-ku nach außen vorar-
beiten. Das bedeutete viel Arbeitskraft und Ortskenntnis.«

Ich nickte, weil ich wusste, was kommen würde. »Also haben
Sie die Aufgabe delegiert.«

»Das haben wir. An eine lokale Quelle namens Yamaoto.«

Mein Gott, sie hätten genauso gut ein Kopfgeld auf Harry aus-
setzen können. Ich schloss die Augen und überlegte. »Haben Sie
Yamaoto gesagt, warum Sie sich für Fukasawa interessierten?«

Er schüttelte den Kopf. »Natürlich nicht. Wir sagten ihm nur,
dass wir Wohnung und Arbeitsplatz einer Person dieses Namens in
Erfahrung bringen wollten.«

»Was geschah danach?«

»Ich weiß nicht. Yamaoto beschaffte uns die gewünschten Adressen. Wir beschatteten Fukasawa so eng wie möglich, aber er war
sicherheitsbewusst, und wir konnten nie lange genug an ihm dranbleiben, damit er uns zu Ihnen führte.«

»Sie erzählen mir kaum etwas, das ich nicht schon weiß. Was
ist mit Fukasawas Tod?«

»Ich war an dem Tag mit einem vom diplomatischen Sicherheitsdienst bei seiner Wohnung, um ihn wie üblich zu observieren.
Ich sagte Biddle, dass ich das nach dem früheren Vorfall nicht für
klug hielte und es für mich mit persönlicher Gefahr verbunden sei,
doch er bestand darauf. Na, jedenfalls bemerkte ich eine Menge
ungewöhnliche Aktivitäten. Polizeiautos und ein … ein Team von
Tatortreinigern auf dem Gehsteig vor seinem Haus. Ich erkundigte
mich und fand heraus, was passiert war. Als ich Biddle davon erzählte, wurde er totenbleich.«

»Und das heißt?«

»Meinem Eindruck nach war er gleichzeitig überrascht und
zornig. Das bedeutete, dass jemand anderes für die Geschichte verantwortlich sein musste. Ich gehe davon aus, dass es kein Unfall
war. Damit blieben Sie und Yamaoto. Da Sie hier bei mir sitzen
und Ihnen an Ihrem Freund noch etwas zu liegen scheint, vermute

ich, dass Sie und Fukasawa keine Auseinandersetzung hatten. Damit ist nur Yamaoto übrig.«

»Nehmen wir mal an, Sie hätten recht. Warum?«

Er schluckte. »Ich weiß es nicht. Ich meine, ganz allgemein gesagt würde ich annehmen, dass Fukasawa für jemanden eine Gefahr darstellte oder nicht länger von Nutzen war. Aber mehr weiß ich nicht.«

»Haben Sie Fukasawa jemals zusammen mit einer Frau gesehen?»

Er nickte. »Ja, wir sahen ihn mehrmals mit einer gewissen Yukiko Nohara ein- und ausgehen. Sie arbeitet in einem Klub in Nogizaka namens *Damask Rose*.«

Ich dachte nach. Mein Instinkt sagte mir, dass er aufrichtig war. Aber ich konnte nicht sicher sein. Und für das bisschen, was er geliefert hatte, würde ich nicht das Risiko eingehen, für ihn Gegenaufklärung zu betreiben.

Vielleicht hatte ja Tatsu Interesse. Und er konnte mit Kanezakis mageren Informationen sicher mehr anfangen als ich.

»Ich treffe mich in ein paar Stunden mit jemandem, der Ihnen bei Ihrem Problem behilflich sein könnte«, meinte ich. »Er kann mehr für Sie tun als ich.«

»Heißt das, dass Sie mir glauben?«

Ich sah ihn an. »Das habe ich noch nicht entschieden.«

Es entstand eine Pause, dann sagte er: »Meine Brieftasche.«

Ich zog die Augenbrauen hoch.

»Wo ist sie?«, fragte er.

Ich lachte leise. »Weg.«

»Es waren fünfzigtausend Yen darin.«

Ich nickte. »Das reichte gerade für ein Feinschmeckermenü und einen 85er Rousseau Chambertin in einem meiner Lieblingsrestaurants. Obwohl ich noch etwas drauflegen musste für den 70er Vega Sicilia Unico, den ich zum Dessert hatte. Wenn Sie es sich also wieder einmal in den Kopf setzen, mich zu beschatten, bringen Sie bitte ein paar Yen mehr mit, ja?«

Er funkelte mich an. »Sie haben mich ausgeraubt.«

»Sie haben Glück, dass Sie nicht einen viel höheren Preis dafür bezahlen mussten, mir zu folgen. Und jetzt lassen Sie uns sehen, ob der Typ, mit dem ich verabredet bin, Ihnen die gewünschte Unterstützung geben kann.«

Ich nahm ihn mit ins *Christie Tea & Cake*, das *Kissaten*, also Teehaus, das Tatsu vorgeschlagen hatte. Wir gingen das kurze Stück vom Bahnhof Harajuku der JR, der Japan-Rail, zu Fuß. Der Besitzer erinnerte sich vielleicht noch aus meiner Zeit in Tokio an meine Sitzgewohnheiten, jedenfalls führte er uns an einen Tisch im Hintergrund des langen, L-förmigen Raums, wo man uns durch die Fenster nicht sehen konnte.

Kanezaki bestellte Assamtee. Ich bat um Jasmin, sowohl für mich als auch die Person, die wir noch erwarteten. Nach dem Tag, den Tatsu und ich hinter uns hatten, würde uns etwas ohne Koffein ganz gut tun.

Wir machten Small Talk, während wir auf Tatsu warteten. Kanezaki erwies sich als überraschend redselig, vielleicht aus Nervosität angesichts seiner Lage. »Wie sind Sie in dieser Branche gelandet?«, fragte ich.

»Ich bin amerikanischer Japaner in der dritten Generation«, teilte er mir mit. »*Sansei*. Meine Eltern können Japanisch, aber zu Hause sprachen wir nur Englisch. Das bisschen, das ich damals gelernt habe, kam von Seiten meiner Großeltern. Auf der Universität war ich als Gaststudent in Nagano-ken in Japan, und ich fand es toll. Hat mich irgendwie mit meiner Vergangenheit in Verbindung gebracht, wissen Sie? Danach belegte ich alle Japanischkurse, die ich fand, und verbrachte noch ein Semester als Austauschstudent. Während meines Abschlussjahrs traf ich einen CIA-Rekrutierungsoffizier auf dem Campus. Er sagte mir, dass die Agency Leute mit guten Sprachkenntnissen suche – Japanisch, Chinesisch, Koreanisch, Arabisch. Ich dachte, warum nicht? Ich bewarb mich, überstand die Überprüfung meines persönlichen Hintergrunds, und jetzt bin ich hier.«

»Entspricht der Job Ihren Erwartungen?«, fragte ich mit leisem Lächeln.

»Nicht ganz. Aber ich akzeptiere die Dinge, wie sie kommen.

Ich bin härter im Nehmen, als Sie glauben, wissen Sie.«

Ich erinnerte mich an seine überraschende Furchtlosigkeit bei unserer ersten Begegnung, und wie schnell er sich davon erholt hatte, als ich seinen Partner ausschaltete. Ich fand keine Einwände.

»Wie auch immer«, fuhr er fort, »die Hauptsache ist, dass der Job mich in die Lage versetzt, den Interessen beider Länder zu dienen. Das war es, was mich ursprünglich daran gereizt hat.«

»Wie meinen Sie das?«

»Amerika will Reformen in Japan. Und Japan braucht Reformen, verfügt aber nicht über die internen Ressourcen, sie durchzuführen. Also liegt *Gaiatsu* vonseiten der USA im Interesse beider Länder.«

Gaiatsu bedeutet ›Druck aus dem Ausland‹. Mir schoss die Frage durch den Kopf, ob es wohl noch ein anderes Land außer Japan gab, das dafür einen eigenen Begriff kannte.

»Klingt idealistisch«, meinte ich. Vermutlich gelang es mir nicht, meine Zweifel zu verbergen.

Er zuckte die Achseln. »Vielleicht. Aber wir leben in einer globalisierten Welt. Wenn die japanische Wirtschaft schrumpft, zieht sie Amerika mit in die Krise. US-Ideale und US-Pragmatismus einerseits und japanische Bedürfnisse andererseits liegen also auf einer Linie. Ich schätze mich glücklich, in einer Position zu sein, in der ich etwas für das gemeinsame Wohlergehen beider Länder tun kann.«

Vor meinem geistigen Augen blitzte ein Bild auf, wie dieser Knabe in zehn Jahren für das Präsidentschaftsamt kandidierte. »Haben Sie schon mal darüber nachgedacht, was Sie tun würden, wenn Sie sich entscheiden müssten?«, fragte ich.

Er starrte mich an. »Ich bin Amerikaner.«

Ich nickte. »Dann sollte für Sie alles in Ordnung sein, solange Amerika seinen Idealen treu bleibt.«

Der Kellner brachte unseren Tee. Gleich darauf erschien auch Tatsu. Wenn er überrascht war, Kanezaki bei mir anzutreffen, so zeigte er es nicht. Tatsu besaß ein vorzügliches Pokerface.

Kanezaki sah erst mich an, dann Tatsu. »Ishikura-san«, sagte er, während er sich halb erhob.

Tatsu neigte zum Gruß den Kopf.

»Sie behaupteten uns gegenüber, er wäre tot«, sagte Kanezaki auf Englisch mit einer Kopfbewegung zu mir hin.

Tatsu zuckte die Achseln. »Damals glaubte ich es selbst.«

»Warum haben Sie sich nicht gemeldet, als Sie erfuhren, dass es nicht stimmte?«

Eine Spur von Amüsement über die Direktheit des Burschen trat in Tatsus Augen, und er sagte: »Irgendetwas sagt mir, dass das ein Glück für Sie war.«

Kanezaki zog die Stirn kraus, dann nickte er. »Daran könnte etwas Wahres sein.«

Ich sah Kanezaki an. »Sagen Sie ihm, was Sie mir erzählt haben«, forderte ich ihn auf.

Das tat er. Als er geendet hatte, meinte Tatsu: »Die wahrscheinlichste Erklärung für diese ungewöhnliche Verkettung von Ereignissen scheint zu sein, dass der Stationschef Biddle oder sonst jemand in der CIA beabsichtigt, Sie in einen Oliver North des einundzwanzigsten Jahrhunderts zu verwandeln.«

»Oliver North?«, fragte Kanezaki.

»Ja«, fuhr Tatsu fort. »Der Iran-Contra-Skandal. Die Reagan-Administration hatte beschlossen, ein Verbot des Kongresses zur finanziellen Unterstützung der rechtsgerichteten nicaraguanischen Guerillas zu umgehen, indem sie Waffen an gemäßigte Iraner verkauften und die Gewinne ohne Wissen des Kongresses an die Contras weiterleiteten. Oliver North gehörte dem Stab des Nationalen Sicherheitsrats NSC an und koordinierte das Programm. Als die Affäre publik wurde, beschuldigten seine Vorgesetzten beim NSC und im Weißen Haus ihn, das Programm ohne ihr Wissen initiiert und durchgeführt zu haben. So gedachten sie, selbst der Strafverfolgung zu entgehen.«

Kanezaki wurde bleich. »So hatte ich das noch gar nicht betrachtet«, meinte er und sah von links nach rechts, als müsse er sich neu orientieren. »Oh Mann, Sie haben recht, das könnte sich wirklich wie Iran-Contra entwickeln. Ich weiß nicht, wer sich Crepuscular ursprünglich ausgedacht hat, aber jemand hat es beendet, entweder Langley oder der NSC oder vielleicht der Kongressausschuss zur Kontrolle der Nachrichtendienste. Und trotzdem lässt das Tokioter Büro es weiterlaufen, ich lasse es weiterlaufen, und zwar mit Mitteln, die sich der Kontrolle des Kongresses entziehen. Oh, Mann.«

Ich hatte das Gefühl, dass er sich schon vor einem Untersuchungsausschuss stehen sah, ganz allein, die Hand zum Schwur erhoben, während die Kongressabgeordneten und ihre Mitarbeiter steif und scheinheilig hinter ihrem Podium aus poliertem Holz thronten und den neuesten Skandal zerpflückten. Und er stand schweißnass und geblendet von den Lampen der Fernsehkameras, während seine Vorgesetzten mitfühlend mit der Zunge schnalzten und gegenüber der Presse ihr Bedauern darüber durchsickern ließen, dass dieser talentierte junge CIA-Beamte sich von seinen übertriebenen Überzeugungen hatte hinreißen lassen.

Tatsu wandte sich zu mir. »Ich habe etwas für dich.«

Ich zog die Augenbrauen hoch.

»Kawamura Midori. Wie es scheint, hat sie in ihrem Eifer, dich zu finden, eine japanische Privatdetektei engagiert. In vielen dieser Firmen sitzen Ex-Angehörige des *Keisatsucho Geheimdienstes* und anderer Polizeibehörden, und ich habe zu einigen davon Kontakt. Sie wusste, wo dein Freund wohnte, und gab der Firma seine Adresse. Sie versuchten, ihn zu observieren, doch es gelang ihnen nicht, weil er zu sicherheitsbewusst war. Sie konnten deinen Aufenthaltsort nicht in Erfahrung bringen. Ich glaube, das war der Grund, warum Kawamura-san kürzlich bei mir im Büro auftauchte und mit einem Skandal drohte. Ihre anderen Möglichkeiten, dich zu finden, waren erschöpft.«

Sie musste das Erbe ihres alten Herrn eingesetzt haben – die Früchte seiner Bestechlichkeit, die ihn reich gemacht und sie so sehr abgestoßen hatte. Darin lag eine gewisse Ironie.

Ich dachte an ihre ausweichende Art im *Imperial*. Jetzt wusste ich, warum. Sie hatte einen Privatschnüffler angeheuert, um Harry zu beschatten, und hatte mir nichts davon sagen wollen.

»Diese Privatdetekteien«, sagte ich. »Gibt es darunter welche, die mit Yamaoto in Verbindung stehen?«

»Zweifellos.«

»Darum hat er Yukiko auf Harry angesetzt«, ging mir endlich ein Licht auf. »Es geschah nicht auf Betreiben der Agency – die sagte ihm nicht, dass Harry mit mir in Verbindung stand. Es waren Midoris Privatschnüffler. Sie muss ihnen gesagt haben, dass sie Harry folgen sollten, um mich aufzustöbern. Als diese Information zu Yamaoto durchsickerte, wollte er die Sache selbst in die Hand nehmen – besser als es die Privatdetektei oder selbst die Agency gekonnt hätte. Yukikos Job war, sich an ihn dranzuhängen, und zwar so eng wie möglich, um irgendetwas in Erfahrung zu bringen, das sie auf meine Spur bringen konnte.«

Ich sah vor mir, wie es abgelaufen war. Yamaoto hatte, vermutlich durch Mittelsmänner, Harrys Boss dazu gebracht, ihn zu dieser Feier mit einem zufriedenen Klienten mitzunehmen. Harrys Chef hatte natürlich die Zusammenhänge nicht gekannt, sondern nur gewusst, dass er Harry mitbringen sollte. Und dort wartete schon Yukiko mit ihren Schlafzimmeraugen, die mit ihrem Computer nicht zurechtkam. Ein Köder, den Harry mit Haut und Haaren geschluckt hatte, ohne auch nur zu rülpsen. Er hatte Yukiko und ihre Auftraggeber direkt zu seiner Wohnung und schließlich zu mir geführt.

»Aber warum ihn umbringen?«, fragte Kanezaki.

Ich zuckte die Achseln und dachte daran, wie Murakami geknurrt hatte: *Ihr Name ist nicht Arai. Er lautet Rain.* »Sie hatten erfahren, wer ich bin und wie sie mich finden konnten. Danach brauchten sie Harry nicht mehr. Yukiko hat wahrscheinlich einiges von seinen Talenten zu sehen bekommen – er war ein Ex-NSA-Mann, ein Top-Hacker. Sie mussten ihn als einen meiner Agenten betrachten, den man besser aus dem Spiel nimmt.«

Ich erinnerte mich, wie gründlich Harry die Augen vor der Wahrheit verschlossen hatte, wie feindselig er auf jede Andeutung reagiert hatte, Yukiko könnte ihn zum Narren halten. Ich seufzte. »Auf diese Art haben sie vermutlich auch herausgefunden, wer ich bin«, sagte ich. »Harry und ich hatten Streit wegen des Mädchens.

Wahrscheinlich erzählte er ihr, dass ein Freund von ihm dies und jenes behauptet hätte, ein Freund, den ihr Chef kürzlich mit ins *Damask Rose* gebracht hatte. Danach konnten sie zwei und zwei zusammenzählen. Oder sie zeigten Yamaoto das Video aus dem Klub. Er kannte mein Gesicht. Egal. Sobald sie Bescheid wussten, musste Harry verschwinden.«

Eine lange Stille entstand. Dann sagte Tatsu: »Kanezaki-san, was würden Sie vorschlagen?«

Kanezaki sah ihn mit unsicherer Miene an. »Nun, ursprünglich wollte ich, dass jemand, der nicht zur Agency gehört, für mich Gegenaufklärung betreibt. Damit ich weiß, ob mir jemand folgt, oder eine Falle zu stellen versucht. Aber nicht Sie. Sie sind ...«

Tatsu lächelte. »Ich bin vom *Keisatsucho Geheimdienst*.«

»Eben. Es wäre nicht in Ordnung, das japanische FBI ein sensibles CIA-Treffen mit einem einheimischen Agenten überwachen zu lassen.«

»Ich dachte, Sie hätten das Treffen heute Nacht nur erfunden, um Ihre Theorie zu überprüfen, dass jemand Ihre Quellen hereinlegen will.«

»Es ist tatsächlich erfunden. Aber ich habe Papiere ausgefüllt, in denen es echt aussieht. Sollte ich mit Ihnen erwischt werden, wären die Konsequenzen für mich dieselben.«

Tatsu zuckte die Achseln. »Wenn jemand uns zusammen sieht, können Sie immer noch erzählen, dass sie mich anzuwerben versuchen. Eine Fortsetzung des ersten Kontakts, den Sie und Stationschef Biddle gemeinsam herstellten, als Sie nach unserem Freund hier suchten.«

Kanezaki sah ihn an. »Vielleicht versuche ich ja, Sie anzuwerben.«

Ich dachte: *Kleiner, Tatsu wusste genau, dass du das sagen würdest.*

»Sehen Sie?«, fragte Tatsu. »Gar nicht so weit hergeholt.«

Ich dachte an einen alten Pokerspruch: *Wenn du dich am Pokertisch umsiehst und kannst den Tölpel nicht ausfindig machen, dann bist du selbst der Tölpel.*

Lange Zeit sagte keiner ein Wort. Dann stieß Kanezaki einen

langen Atemzug aus und meinte: »Ich kann nicht glauben, dass ich das wirklich tue. Ich könnte im Gefängnis landen.«

»Wegen eines Treffens mit einer potenziell wichtigen Quelle?«, fragte Tatsu, und da wusste ich, dass der Handel abgeschlossen war.

»Richtig«, sagte Kanezaki mehr zu sich selbst. »Das ist richtig.«

Ich dachte an ein anderes Sprichwort, das ich einmal gehört hatte: *Nichts ist leichter, als einem Vertreter etwas zu verkaufen.*

All das Training, um eine Quelle dazu zu bringen, Quittungen zu unterzeichnen. Kanezaki hatte praktisch damit geprahlt, wie geschickt ein guter leitender Agent wie er darin war. Und dennoch hatte er gerade eine rote Linie überquert, ohne auch nur einen Blick zu Boden zu werfen und sie zu sehen.

Ich musste an diese bildlichen Darstellungen der Nahrungskette denken, wo ein Fisch von einem größeren Fisch verschluckt wird und der größere von einem noch größeren.

Ich warf Kanezaki einen Blick zu und dachte: *Wenigstens wird Tatsu dich nicht verraten. Es sei denn, er könnte nicht anders.*

KAPITEL 18

Wir brachen auf, damit Kanezaki zu seinem ›Treffen‹ gehen und Tatsu seine Leute ausschicken konnte, um Gegenaufklärung für ihn zu betreiben. Wir kamen überein, uns in zwei Stunden wieder im *Christie* zu treffen. Bevor wir gingen, fragte ich Tatsu, ob er es geschafft hätte, mir eine neue Pistole zu besorgen. Hatte er nicht.

Ich verbrachte eine Weile damit, mir die Antiquitätengeschäfte im Keller des nahegelegenen Hanae Mori Gebäudes anzusehen. Die Läden hatten geschlossen, doch in den Schaufenstern konnte man die grazile Art Nouveau Glaskunst von Künstlern wie Daum Nancy und Emil Gallé bewundern. Ich verlor mich in ihren kleinen, auf Vasen und Trinkgläsern abgebildeten Welten: eine grüne Wiese, bevölkert von schwebenden Libellen; Windmühlen, die unter Schneedecken schlummerten; ein Wald aus derart plastisch dargestellten Bäumen, dass sie in ihren gläsernen Wurzeln zu schwanken schienen.

Ich kehrte mit reichlich Spielraum vor unserer Folgebesprechung ins *Christie* zurück, wartete aber nicht dort. Stattdessen überprüfte ich die Stellen, für die sich ein Observierungsteam interessieren würde, wenn jemand im Restaurant beschattet werden sollte. Als ich alles verlassen vorfand, hockte ich mich wie einer von Tokios unheilvollen Raben oben in die Dunkelheit der Böschung neben dem Lokal und beobachtete den Eingang. Erst, nachdem ich Kanezaki und anschließend Tatsu hatte hineingehen sehen und nach einer weiteren Wartezeit, um sicherzugehen, dass ihnen niemand folgte, stieg ich hinunter und gesellte mich zu ihnen.

»Wir warten schon auf dich«, sagte Tatsu, als ich hereinkam.

»Ich wollte nicht ohne dich anfangen.«

»Tut mir leid«, meinte ich. »Ich wurde aufgehalten.«

Er sah mich an, als wüsste er ganz genau, was die Verspätung verursacht hatte. Dann wandte er sich zu Kanezaki und sagte: »Ich habe die Umgebung Ihres vorgetäuschten Treffens von zwei Männern beobachten lassen. Wir haben jemanden dabei ertappt, wie er versuchte, die Vorgänge zu fotografieren.«

Kanezakis Augen quollen heraus. »Fotografieren?«

Tatsu nickte.

»Was haben Sie getan?«, fragte Kanezaki.

»Wir haben die betreffende Person in Gewahrsam genommen.«

»Oh, Mann«, sagte Kanezaki und sah vermutlich schon die Schlagzeilen in der morgigen Zeitung vor sich. »Offiziell in Gewahrsam?«

Tatsu schüttelte den Kopf. »Inoffiziell.«

»Wer ist es?«, fragte Kanezaki.

»Er heißt Edmund Gretz«, erwiderte Tatsu. »Er kam vor drei Jahren in der Hoffnung nach Tokio, als freier Fotograf Karriere zu machen, träumte von Models und Laufstegen. Stattdessen gab er Englischunterricht für verschiedene japanische Firmen. Aber schließlich fand er doch noch jemanden, der sich für seine Talente als Fotograf interessierte.«

»Die Agency?«, fragte Kanezaki mit fahlem Gesicht.

»Ja. Er ist freier Mitarbeiter. Vor sechs Monaten erhielt er eine Grundausbildung in Observierungs- und Gegenaufklärungstechniken und anderen geheimen Künsten. Seit damals hat ihn die Agency dreimal beschäftigt. Jedes Mal nannte man ihm Zeit und Ort und instruierte ihn, den Verlauf eines Treffens fotografisch festzuhalten.«

»Woher wusste er, wen er fotografieren musste?«

»Er erhielt das Foto eines Mannes japanischer Abstammung, der jeweils daran teilnehmen würde.«

»Meines.«

»Ja.«

Ich schüttelte staunend den Kopf und dachte: *Du hättest gleich Sündenbock auf deine Visitenkarten drucken lassen sollen.*

»Und Gretz' leitender Agent ...?«, fragte Kanezaki.

»Der Stationschef«, antwortete Tatsu. »James Biddle.«

»Derselbe Typ, der die Quittungen sehen wollte«, meinte ich.

Tatsu nickte. »Ja.«

»Ich vermute, der freie Mitarbeiter konnte kein Licht in die Hintergründe bringen«, sagte ich.

Tatsu schüttelte den Kopf. »Gretz ist nur ein Handlanger mit ein bisschen Talent hinter dem Objektiv. Er weiß nichts. Seine größte Sorge war, dass niemand etwas von seiner Festnahme erfährt, damit er seinen lukrativen Nebenjob behält und nicht ausgewiesen wird.«

»Mehr konnten Sie nicht aus ihm herausbekommen?«, fragte Kanezaki.

Tatsu zuckte die Achseln. »Meine Männer haben nicht gerade freundlich gefragt. Ich glaube nicht, dass mehr von ihm zu erfahren war.«

»Was macht er jetzt mit den Fotos?«, wollte Kanezaki wissen.

»Er liefert die Abzüge bei Biddle ab«, antwortete Tatsu.

Kanezaki trommelte mit den Fingern auf den Tisch. »Was hat er vor? Warum tut er mir das an?«

»Ich habe vielleicht eine Idee, wie man das herausfinden könnte«, meinte Tatsu.

»Und die wäre?«

Tatsu schüttelte den Kopf. »Später. Lassen Sie mich erst diskret ein paar Fühler ausstrecken. Ich setze mich bald wieder mit Ihnen in Verbindung.«

Kanezaki verengte die Augen. »Warum sollten Sie mir helfen?«, fragte er.

Tatsu sah ihn an. »Ich habe meine eigenen Gründe dafür, einen Skandal vermeiden zu wollen«, sagte er. »Dazu gehört der Wunsch, den Reformern nicht zu schaden, die Sie zu unterstützen versucht haben.«

Kanezakis verkrampfte Miene lockerte sich. Er hatte Angst. Er wollte glauben, dass er einen Freund gewonnen hatte. »Okay«, sagte er.

Er erhob sich zum Gehen. Dann griff er in die Jackentasche, zog eine Visitenkarte hervor und reichte sie Tatsu. »Bitte rufen Sie mich an, sobald Sie mehr wissen«, bat er.

Auch Tatsu stand auf. Er reicht ihm im Austausch die eigene Karte. »Das werde ich.«

Kanezaki sagte: »Danke.«

Tatsu verneigte sich tief und sagte: »*Kochira koso.*« Gleichfalls.

Kanezaki nickte mir zu und ging.

Ich wartete eine Minute, um ihm einen Vorsprung zu geben, dann meinte ich: »Lass uns gehen.«

Tatsu verstand. Als Teenager hatte ich einmal eine Schlägerei bei einer Party gewonnen. Der Verlierer ging davon, während ich mich in dem Gefühl sonnte, der Held zu sein. Das Problem war, der Typ kehrte eine halbe Stunde später zurück, doch diesmal in Begleitung von zwei Freunden. Ich hatte meine Lektion gelernt. Sie lautete, dass man nach einer Konfrontation besser schnell verschwindet, um böse Überraschungen zu vermeiden.

Wir gingen zur Inokashira, vorbei am dunklen, stillen Yoyogi Park zu unserer Rechten.

»Wie ist es heute gelaufen?«, fragte ich. »Mit der Frau deines Untergebenen. Seiner Witwe.«

Er ließ mehrere Sekunden verstreichen, bevor er antwortete. »Fujimori-san«, sagte er, und ich wusste nicht genau, ob er seinen toten Kameraden meinte oder die Frau. »Ich hatte das Glück, während meiner Zeit beim *Keisatsucho Geheimdienst* nur drei solcher Gespräche führen zu müssen.«

Wir gingen schweigend weiter. Schließlich fragte ich: »Glück gehabt bei der Suche nach Murakami?«

Er schüttelte den Kopf. »Nein.«

»Der Typ, den du verhört hast?«

»Noch nichts.«

»Warum wolltest du mich heute Abend sprechen?«

»Ich wollte meine Streitkräfte versammeln, falls sich eine heiße

Spur zu Murakami ergibt.«

»Jetzt ist es persönlich?«, fragte ich.

»Persönlich.«

Wir gingen stumm weiter. »Weißt du was?«, fragte ich. »Immer, wenn ich denke, ich hätte schon alles erlebt, tut die CIA etwas, das mich wirklich überrascht. Zum Beispiel einen Fotografen anzuheuern, um die eigenen leitenden Agenten zu fotografieren, falls man sie loswerden muss. Das ist erfrischend.«

»Es gibt keinen Fotografen«, sagte Tatsu.

Ich blieb stehen und starrte ihn an. »Was?«

Er zuckte die Achseln. »Ich habe ihn erfunden.«

Ich schüttelte den Kopf und zwinkerte. »Es gibt keinen Gretz?«

»Es gibt einen Gretz, für den Fall, dass Kanezaki sich erkundigt. Ein kleiner Dope-Dealer, den ich einmal erwischt und wieder habe laufen lassen. Ich hatte das Gefühl, dass er noch einmal nützlich sein könnte.«

Ich wusste nicht, was ich sagen sollte. »Was habe ich übersehen, Tatsu?«

»Eigentlich nicht viel. Ich habe Kanezaki lediglich eine Bestätigung dafür geliefert, dass seine Befürchtungen nicht reine Paranoia sind, während ich mich gleichzeitig als sein Freund in Stellung gebracht habe.«

»Wozu?«

»Er muss wirklich überzeugt davon sein, dass er hereingelegt werden soll. Wir besitzen nicht genügend Informationen, um zu wissen, wie wir uns verhalten sollen. Ich möchte, dass er sich nichts dabei denkt, mich anzurufen. Vielleicht sogar erpicht darauf ist.«

»Und, glaubst du, man will ihn hereinlegen?«

Er zuckte die Achseln. »Wer weiß? Dass Biddle die Quittungen angefordert hat, klingt verdächtig, genau wie das fehlende Telegramm, aber ich kann nicht behaupten, dass ich das bürokratische Prozedere der CIA völlig durchschaue.«

»Warum hätte Biddle sich so außerordentlich für Kanezakis Treffen interessieren sollen?«

»Ich weiß nicht. Auf jeden Fall wollte er sie nicht fotografieren.

Meine Leute konnten am Treffpunkt nichts Ungewöhnliches entdecken. Und schon gar keinen Mann mit einer Kamera.«

Er war, was dieses falsche Spiel betraf, mir gegenüber außergewöhnlich offen. Vielleicht wollte er mir damit demonstrieren, dass er mir vertraute. Die In-Group und die Außenseiter. Wir und sie.

Wir setzten uns wieder in Bewegung. »Dann war es ein Glücksfall, dass der Kleine mit seinem Verdacht zu mir gekommen ist«, meinte ich.

»Und du zu mir. Dafür danke ich dir.«

Wir gingen einen Augenblick schweigend weiter. Dann fragte ich: »Was weißt du über Crepuscular?«

»Nur das, was Kanezaki uns erzählt hat.«

»Die Politiker, die durch das Programm unterstützt wurden – arbeitest du mit einigen von ihnen zusammen? Vielleicht denjenigen, die auf der CD nicht genannt wurden?«

»Mit einigen.«

»Wie ist es dazu gekommen? Du hast durch die CD erfahren, dass sie nicht zu Yamaotos Netzwerk gehören. Und weiter?«

»Ich habe sie gewarnt. Allein dadurch, dass ich mein Wissen über Yamaotos Marionetten und seine Methoden mit ihnen teilte, verwandelte ich sie in erheblich weisere und härtere Ziele.«

»Und du wusstest, dass sie Geld von der CIA bekommen?«

»Bei manchen, aber nicht unbedingt allen. In meiner Position kann ich nur versuchen, diese Leute vor Yamaotos Erpressungsmethoden zu schützen. Aber Kanezaki hatte recht, als er sagte, dass in Japans System der Geldpolitik auch ehrliche Politiker reichlich finanzielle Mittel brauchen, um gegen die von Yamaoto geförderten Kandidaten zu bestehen. Und die kann ich nicht zur Verfügung stellen.«

Wir gingen eine Minute lang wortlos weiter. Dann sagte er: »Ich muss zugeben, ich war überrascht zu erfahren, dass diese Leute närrisch genug waren, Quittungen für die CIA-Zahlungen zu unterschreiben. Ich mache mir den Vorwurf, dass ich ihre Leichtgläubigkeit unterschätzt habe. Ich hätte es besser wissen müssen. Als Spezies können Politiker erstaunlich dumm sein, selbst wenn sie nicht korrupt sind. Wäre es anders, hätte Yamaoto viel größere Probleme, sie zu kontrollieren.«

Ich dachte kurz nach. »Verzeih mir, wenn ich das sage, Tatsu. Aber ist die ganze Angelegenheit nicht reine Zeitverschwendung?«

»Wie meinst du das?«

»Selbst wenn diese Burschen ein paar Ideale haben, selbst wenn es dir gelingt, sie vor Yamaoto zu schützen, selbst wenn sie Zugang zu ausreichenden Geldmitteln haben, du weißt, dass sie nichts bewirken können. In Japan sind Politiker nur Zierrat. Die Zügel haben die Bürokraten in der Hand.«

»Ja, unser System ist schon seltsam«, sagte er. »Eine unerfreuliche Mischung aus einheimischer Tradition und ausländischer Intervention. Die Bürokraten sind tatsächlich sehr mächtig. Von der Position her sind sie die Nachfahren der Samurai mit allem, was zu diesem Erbe dazugehört.«

Ich nickte. Nach der Meiji-Restauration 1868 wurden die Samurai zu Dienern des Kaisers, der selbst als von göttlicher Abstammung galt. Die Verbindung bedeutete immensen Status.

»Dann gab ihnen das System der Kriegszeit die Kontrolle über die industrielle Ökonomie«, fuhr er fort. »Die amerikanischen Besatzer erhielten dieses System aufrecht, damit Amerika mittels der Bürokratie regieren konnte, statt durch gewählte Politiker. All das führte zu einer Anhäufung von zusätzlichem Prestige, zusätzlicher Macht.«

»Ich war immer der Meinung, dass Japans Herrschaft der Bürokratie eine Art von Totalitarismus ist.«

»So ist es. Aber sie zeichnet sich durch das Fehlen einer ›Big Brother‹-Figur aus. Stattdessen funktioniert die Struktur selbst wie der ›Große Bruder‹.«

»Darauf wollte ich hinaus. Was kannst du gewinnen, wenn du ein paar gewählte Politiker schützt?«

»Im Augenblick vielleicht nicht viel. Heute fungieren die Politiker hauptsächlich als Vermittler zwischen Bürokraten und Wählern. Ihre Aufgabe ist es, ihrer eigenen Klientel ein möglichst großes Stück vom Kuchen der Bürokratie zu verschaffen.«

»Wie die Lobbyisten in den USA.«

»Ja. Doch die Politiker werden gewählt. Die Bürokraten nicht. Das heißt, die Wähler verfügen theoretisch über die Kontrolle. Wenn sie Politiker mit dem Mandat wählen würden, die Bürokratie an die Kette zu legen, würden die Bürokraten sich beugen müssen, denn ihre Macht ist eine Funktion ihres Prestiges, und sich einem klaren politischen Konsens zu widersetzen, würde dieses Ansehen aufs Spiel setzen.«

Ich antwortete nicht. Ich verstand, worauf er hinauswollte, hegte aber die Befürchtung, seine Planungen wären so langfristig angelegt, dass sie letztlich im Sande verlaufen würden.

Wir gingen ein paar Sekunden schweigend weiter. Dann blieb er stehen und wandte sich zu mir.

»Ich hätte gerne, dass du mit unserem hiesigen CIA-Chef Biddle plauderst«, meinte er.

»Mit Vergnügen. Kanezaki scheint zu glauben, dass Biddle von Harrys Tod überrascht war, aber ich würde gerne sichergehen. Das Problem ist: wie an ihn herankommen?«

»Der örtliche CIA-Chef wird bei der japanischen Regierung angemeldet. Wenige seiner Bewegungen bleiben dem *Keisatsucho Geheimdienst* verborgen.« Er griff in die Jackentasche und zog ein Foto heraus. Ein Weißer Mitte vierzig, mit schmalem Gesicht und spitzer Nase, kurz geschnittenen, sandfarbenen und schütter werdenden Haaren, blauen Augen hinter einer Schildpattbrille.

»Mr Biddle pflegt seinen Nachmittagstee werktags im *Jardin de Luseine* in Harajuku einzunehmen. Gebäude zwei«, sagte er. »In der Brahms-no-komichi«.

»Ein Gewohnheitstier?«

»Anscheinend glaubt Mr Biddle, dass Regelmäßigkeit der geistigen Gesundheit zuträglich ist.«

»Schon möglich«, meinte ich nachdenklich. »Aber für den Körper kann es die Hölle sein.«

Er nickte. »Warum leistest du ihm morgen nicht Gesellschaft?«

Ich sah ihn an. »Vielleicht tue ich das«, sagte ich.

★ ★ ★

Ich spazierte noch lange herum, nachdem Tatsu sich verabschiedet hatte. Ich dachte über Murakami nach und versuchte, die Knotenpunkte zu finden, die Verknüpfungen zwischen seiner quecksilbrigen Existenz und der realen Welt um ihn herum. Viele gab es nicht: den *Dojo*, das *Damask Rose*, vielleicht Yukiko. Aber ich wusste, dass er sich von diesen eine Weile fernhalten würde, möglicherweise lange Zeit, genau, wie ich es getan hätte. Außerdem war mir klar, dass er dieselben Überlegungen über mich anstellen würde. Und ich war froh, dass aus seiner Perspektive die geeigneten Knotenpunkte dünn gesät sein mussten.

Trotzdem wünschte ich mir, ich hätte Tatsus Glock behalten. Normalerweise trage ich ungern eine so unverkennbare Waffe. Pistolen sind laut, und ballistische Untersuchungen können die Kugel, die man zurücklässt, mit der Waffe in Verbindung bringen, die man vielleicht noch bei sich trägt. Außerdem ist es ein sicherer Weg ins Gefängnis, sich in Japan mit einer Schusswaffe erwischen zu lassen. Messer sind nicht viel besser. Ein Messer richtet eine ziemliche Schweinerei an, und meistens bekommt man etwas davon ab. Jeder halbwegs anständige Cop in diesem Land betrachtet jemanden, der mit einem versteckten Messer ertappt wird – selbst einem kleinen –, als gefährliche Person, die man sich näher ansehen sollte. Aber seit Murakami hinter mir her war, hatte sich natürlich das Kosten-Nutzen-Verhältnis einer versteckten Waffe drastisch verändert.

Ich fragte mich, ob Tatsu etwas Brauchbares aus dem Kerl herausbekommen würde, dem ich das Knie gebrochen hatte. Wahrscheinlich nicht. Murakami musste wissen, dass Tatsu den Fall bearbeitete, und würde sein Verhaltensmuster an das anpassen, was der Gefangene unter Druck eventuell preisgab.

Yukiko verfügte vielleicht über nützliche Informationen. Murakami würde diese Möglichkeit ebenfalls in die Rechnung einbeziehen, trotzdem mochte ein Versuch sich lohnen. Vor allem, weil ich mich für Yukiko seit dem, was sie Harry angetan hatte, unabhängig von ihrem Boss interessierte.

Ich stellte sie mir vor, die langen Haare, die unnahbare Selbstsicherheit. Nach der Sache mit Harry traf sie vielleicht Sicherheitsvorkehrungen. Möglicherweise hatte Murakami sie sogar gewarnt. Doch sie war kein hartes Ziel. Ich konnte leicht an sie herankommen. Und ich hatte auch schon eine Idee, wie.

Ich ging in einen Laden für Spionagezubehör in Shinjuku, um ein paar Dinge zu besorgen. Was der Laden für jedermann zugänglich anbot, war beinahe beängstigend: Schlüssellochkameras und Telefonwanzen. Elektroschocker und Tränengas. Diamantbohrer und Dietriche. Alles natürlich nur ›für akademische Zwecke‹. Ich begnügte mich mit einem Teleskopschlagstock mit Moosgummigriff von der Firma ASP, ein hässliches Stück Stahl, das sich aus dem Handgelenk geschnellt von fünfundzwanzig auf vierundsechzig Zentimeter ausfahren ließ.

Nächste Station war ein Sportgeschäft, wo ich eine Rolle Monofilament-Angelschnur kaufte, die bis fünfzehn Kilo geprüft war, dazu weißes Sport-Tape, Handschuhe, eine Wollmütze, lange Unterwäsche und eine Segeltuchtasche. Dritter Halt: eine Drogerie für billiges Kölnischwasser, ein Handtuch, ein Päckchen Zigaretten und Streichhölzer. Dann eine *Gap*-Boutique, wo ich unauffällige Kleidung zum Wechseln erstand. Anschließend ein Scherzartikelladen für eine scheußliche Perücke und ein falsches Gebiss mit fauligen Zähnen. Und am Ende ein Papierwarengeschäft, wo ich eine Fünfundzwanzig Meter Rolle klares Paketband kaufte. *Shinjuku*, dachte ich. Es klang wie ein Werbejingle. *Alles Was Der Mensch Braucht.*

Ich tauchte wieder in einem Hotel für Geschäftsreisende unter, diesmal in Ueno. Ich stellte den Wecker an der Armbanduhr auf Mitternacht und legte mich schlafen.

Als der Wecker piepste, zog ich die lange Unterwäsche an und klebte mir den Schlagstock mit zwei Stücken des Sport-Tapes an den Unterarm. Ich feuchtete das Handtuch an, wrang es aus und steckte es mit dem Rest der Ausrüstung in die Segeltuchtasche. Dann ging ich zum U-Bahnhof und suchte mir ein öffentliches Telefon. Ich hatte immer noch die Karte von meiner ersten Nacht im *Damask Rose*. Ich wählte die Nummer, die darauf stand.

Ein Mann kam an den Apparat. Es konnte Mr Rotgesicht sein, aber ich war nicht sicher.

307

»*Hai*, Damask Rose«, sagte die Stimme. Im Hintergrund hörte ich J-Pop und stellte mir die Tänzerinnen auf den Zwillingsbühnen vor.

»Hallo«, sagte ich auf Japanisch mit leicht verstellter, höherer Stimme. »Können Sie mir sagen, wer heute Abend da ist?«

Die Stimme zählte ein halbes Dutzend Namen auf. Naomi befand sich darunter. Und auch Yukiko.

»Großartig«, sagte ich. »Sind sie alle bis drei Uhr da?«

»*Hai, soo desu.*« Ja, sind sie.

»Großartig«, wiederholte ich. »Dann bis später.«

Ich legte auf.

Ich nahm ein Taxi nach Shibuya und unternahm dann zu Fuß einen Gegenaufklärungsgang bis nach Minami-Aoyama. Ich kannte Yukikos Adresse aus der Zeit, als ich ihren und Naomis Hintergrund von Osaka aus überprüft hatte, und es war kein Problem, das Gebäude zu finden, in dem sie wohnte. Der Haupteingang ging nach vorne hinaus. An der Seite lag eine Tiefgarage, die nur über ein Gittertor zugänglich war, gesteuert von einem Magnetkartenleser auf einer Verkehrsinsel in der Mitte. Keine weiteren Ein- oder Ausgänge.

Ich dachte an ihren weißen M3. Wenn die Nacht, in der ich sie darin gesehen hatte, keine Ausnahme gewesen war, handelte es sich um ihr Alltagsfahrzeug. Heute würde sie nicht damit zu Harry fahren, und Murakami war im Moment untergetaucht oder hatte ihr befohlen, sich fernzuhalten. Die Chancen standen also ausgezeichnet, dass sie irgendwann nach drei Uhr hier damit auftauchte.

Ich entdeckte ein nahegelegenes Gebäude, das vom Nachbarhaus nur durch einen langen, schmalen Durchgang getrennt war. Dort zog ich mich ins Dunkel zurück und öffnete meine Wundertüte. Ich nahm das Kölnischwasser heraus und schmierte mir eine kräftige Dosis unter die Nase. Dann schloss ich die Segeltuchtasche wieder, versteckte sie und begab mich ins angrenzende Roppongi.

Es dauerte nicht lange, einen Obdachlosen zu finden, der ungefähr die richtige Statur hatte. Er saß auf einem Schlackenbetonblock im Schatten einer der Hochstraßen der Roppongi-dori neben einem Unterschlupf aus Kartons und Planen. Er trug übergroße braune Hosen, die er mit einem abgewetzten Gürtel zuschnürte, ein schmutziges, kariertes Button-down-Hemd und eine ausgefranste Wolljacke, die vor zwei Generationen vielleicht einmal rot gewesen war.

Ich ging zu ihm. »*Fuku o kokan shite kurenai ka?*«, fragte ich, auf mich selbst deutend. Wollen wir die Kleider tauschen?

Er sah mich einen Moment lang an, als wäre ich übergeschnappt. »*Nandatte?*«, fragte er. Was zum Teufel reden Sie da?

»Es ist mein Ernst«, sagte ich auf Japanisch. »Das ist eine Gelegenheit, wie sie nur einmal im Leben kommt.«

Ich streifte meine Nylon-Windjacke ab und reichte sie ihm. Er nahm sie mit ungläubiger Miene entgegen, doch dann fing er wortlos an, seine Lumpen auszuziehen.

Zwei Minuten später trug ich seine Kleidung. Selbst durch die dicke Lage Kölnischwasser war der Gestank widerwärtig. Ich bedankte mich und ging zurück nach Aoyama.

Wieder in der schmalen Gasse zog ich die Karnevalsperücke über, sicherte sie mit der Wollmütze und legte die falschen Zähne ein. Ich steckte eine Zigarette an und ließ sie herunterbrennen, rieb mir anschließend eine Mischung aus Asche und Speichel ins Gesicht. Dann riss ich ein Zündholz an und warf in dem abgesägten Zahnarztspiegel, den ich immer am Schlüsselbund bei mir trage, einen raschen Blick auf mich. Ich hätte fast nicht erkannt, was ich darin sah, und lächelte mich mit verfaulten Zähnen an.

Ich streifte die Handschuhe über und ging zum Eingang der Tiefgarage von Yukikos Gebäude. Die Angelschnur und das klare Paketband nahm ich mit, doch den Tragbeutel mit dem restlichen Inhalt ließ ich im Durchgang zurück. Direkt über der vergitterten Garageneinfahrt war eine Überwachungskamera montiert. Ich schlug einen weiten Bogen darum und näherte mich von der Seite, die der Straße abgewandt war. Die Gebäudekante ragte anscheinend aus ästhetischen Gründen ein paar Zentimeter vor. Ich ließ mich an der Wand herabgleiten und nutzte den Vorsprung als rudimentäre Deckung. Ein normaler Mensch, der hinein- oder herausfuhr, würde mich nicht bemerken. Und falls doch, hielt er mich vermutlich für einen betrunkenen Obdachlosen, der dort eingeschlafen war. Meine Verkleidung war eine Versicherung gegen die unwahrscheinliche Möglichkeit, dass jemand die Cops rief. Sollte mich jemand kontrollieren, würden meine Erscheinung und der Gestank einen guten Vorwand liefern, mich einfach zum Teufel zu jagen und es dabei zu belassen.

Es war schon spät, und es kamen und gingen nur wenige Personen. Nach fast einer Stunde hörte ich endlich, worauf ich gewartet hatte: Ein Auto bog in die Tiefgaragenzufahrt ein.

Ich hörte es vor dem Tor anhalten und den Motor im Leerlauf tuckern. Ich stellte mir vor, wie der Fahrer das Fenster herunterfuhr und eine Magnetkarte in das Lesegerät schob. Einen Moment später hörte ich das mechanische Summen des hochfahrenden Tors. Ich zählte zehn Sekunden ab, bevor das Geräusch verstummte. Das Auto fuhr hindurch.

Das mechanische Summen begann wieder. Ich zählte bis fünf, in der Annahme, dass das Tor sich mit Unterstützung der Schwerkraft schneller schließen als öffnen würde. Dann sprang ich aus meinem Versteck, rannte hinunter, warf mich auf die Seite und rollte unter dem Gitter hindurch.

Ich blieb auf dem Rücken liegen, um möglichst unsichtbar zu bleiben, und hob nur den Kopf, um mich umzusehen. Der Raum war ein großes Rechteck. Vor jeder der vier Wände stand eine Reihe Autos geparkt, dazu zwei Reihen längs in der Mitte. Der Wagen, der gerade gekommen war, stellte sich auf einen Platz in den mittleren Reihen. Ich rollte mich in kauernde Stellung hoch und huschte geduckt hinter das nächste Auto.

Die Aufzüge und eine Tür mit der Aufschrift ›Treppe‹ lagen gegenüber dem Gittertor, durch das ich gerade hereingekommen war, am hinteren Ende. Aus dem Auto, das gerade eingeparkt hatte, stieg eine Frau. Sie ging zu den Aufzügen und drückte den Knopf. Eine Sekunde später öffneten sich die Türen. Sie trat hinein und die Türen glitten hinter ihr zu.

Ich sah mich um. Dicke Betonpfeiler ragten alle paar Meter auf. Es waren keine Rampen zu sehen, die Garage musste also eingeschossig sein. Aus Größe und Lage schloss ich, dass sie ausschließlich für die Bewohner des Gebäudes bestimmt war.

Im Idealfall hätte ich Yukiko abgepasst, während sie aus dem Auto stieg. Aber ich hatte keine Ahnung, welcher ihr Parkplatz war, und wenn ich falsch riet und zu weit entfernt war, konnte sie mich kommen sehen. Der einzige Flaschenhals entstand bei den Aufzügen. Ich beschloss, mich dort auf die Lauer zu legen.

Ich sah mich nach Kameras um. Es gab nur eine, die ich entdecken konnte, ein großes Doppelgerät an der Decke direkt vor den Aufzügen, wobei eine Einheit die Aufzüge aufnahm und die andere die eigentliche Garage. Außer in Hochsicherheitseinrichtungen, wo die Monitore direkt von der Wachmannschaft beobachtet werden, zeichnen Überwachungskameras normalerweise jeweils vierundzwanzig Stunden lang auf Band auf, es sei denn, es gäbe einen Anlass, sich die Bänder vorher anzusehen. In einem Wohngebäude wie diesem konnte man davon ausgehen, dass im Moment niemand die Garage im Blick hatte. Aber morgen würden sie sich so sicher wie das Amen in der Kirche die Bänder vornehmen. Ich war froh über meine Verkleidung.

Um den Eingang zu den Aufzügen zog sich ein U-förmiges Absperrgeländer mit drei Öffnungen. Es sah so aus, als sollte es die Hausbewohner dazu zwingen, einen separaten Lastenaufzug zu benutzen, wenn sie große Gegenstände transportieren wollten. Für mich erfüllte es einen besseren Zweck.

Ich zog die Angelschnur hervor und band ein Ende am linken Pfosten in Kniehöhe fest. Dann führte ich die Leine am Boden entlang und den rechten Pfosten hinauf bis zum oberen Ende. Ich klebte sie mit dem durchsichtigen Klebeband leicht am Boden fest, ging zum nächsten Stützpfeiler und rollte dabei die Schnur hinter mir ab.

Tief hingekauert zog ich meinen Schlüsselbund heraus und sägte mit einem der Schlüssel die Leine durch. Die Spule steckte ich zusammen mit dem Klebeband wieder in die Tasche und wickelte mir die restliche Schnur um die behandschuhte Hand. Ich stand auf und suchte mit dem Zahnarztspiegel den richtigen Winkel, aus dem ich das Garagentor beobachten konnte, ohne selbst hinter dem Pfeiler sichtbar zu sein.

So wartete ich ungefähr eine Stunde lang. Zweimal hörte ich das Garagentor hochfahren und sah mit dem Spiegel nach. Beim ersten Mal handelte es sich um einen blauen Saab. Der zweite Wagen war ein schwarzer Nissan. Der dritte war weiß. Ein BMWichtig. Ein M3.

Mein Herz begann, heftiger zu schlagen. Ich atmete langsam aus und packte das Ende der Angelschnur fester.

Ich hörte das Auto näherkommen, immer näher. Nur ein paar Meter entfernt blieb es stehen. Sie hatte einen guten Parkplatz. Wahrscheinlich ein bisschen teurer als die anderen.

Die Tür ging auf und klappte wieder zu. Dann kam das *Pieppiep* einer Fernbedienung. Ich sah in den Spiegel, um mich zu vergewissern, dass es sich um Yukiko handelte und sie allein war. Beides traf zu.

Sie trug einen schwarzen Trenchcoat und High Heels. Sie trug eine Handtasche über der Schulter. Nicht die ideale Kleidung, um Gegenwehr zu leisten. Aber sie stand ihr gut.

In der rechten Hand hielt sie eine kleine Dose. Mace oder ein anderes Pfefferspray vermutlich. Eine Frau, spätnachts, allein in einer Tiefgarage – vielleicht war das ihr ganz normales Verhalten. Aber ich hatte so das Gefühl, dass sie an Harry und mich dachte. Gut. Sie ging mit raschen Schritten. Ich sah ihr nach, wie sie auf das Schutzgeländer zuging. Mein Atem ging flach und lautlos. Eins. Zwei. Drei.

Ich riss an der Leine. Sie schnalzte aus ihrer Klebeverankerung in Knöchelhöhe, und ich hörte ihren überraschten Aufschrei, als sie darüber stolperte. Vielleicht hätte sie das Gleichgewicht rechtzeitig wiedererlangt, doch die High Heels arbeiteten für mich. Ich trat gerade rechtzeitig hinter dem Pfeiler hervor, um sie stürzen zu sehen.

Ich schob den Schlüsselbund wieder in die Tasche und sprang auf sie zu. Als ich sie erreichte, hatte sie sich auf alle viere hochgerappelt. Sie hielt immer noch die Dose in der Hand. Ich trat ihr aufs Handgelenk und sie schrie auf. Ich bückte mich und riss ihr das Spray aus den Fingern. Ein schneller Blick – Oleoresin Capsicum. Pfefferspray. Fünf Millionen Scoville-Einheiten – das wirklich gute Zeug. Ich stopfte es in die Tasche und schleifte sie zum nächstgelegenen Wagen, weg von den Kameras.

Ich riss sie hoch und stieß sie gegen die Beifahrertür. Sie wirkte verängstigt, doch ich sah kein Wiedererkennen in ihren Augen. Angesichts meiner Verkleidung hielt sie mich vielleicht für einen Räuber oder Vergewaltiger.

»Erinnern Sie sich nicht an mich, Yukiko?«, fragte ich. »Wir kennen uns aus dem *Damask Rose*. Ich bin Harrys Freund. War Harrys Freund.«

Ihre Stirn legte sich kurz in Falten, während sie versuchte, das, was sie sah, mit dem in Übereinstimmung zu bringen, was ihre Ohren ihr sagten. Dann erkannte sie mich. Ihr Unterkiefer klappte herunter, doch sie gab keinen Ton von sich.

»Wo finde ich Murakami?«, fragte ich.

Sie machte den Mund wieder zu. Sie atmete schnell durch die Nase, doch davon abgesehen schaffte sie es, jeden äußerlichen Anschein von Furcht zu unterdrücken. Ich bewunderte ihre Haltung.

»Wenn Sie leben wollen, sagen Sie mir, was ich wissen will«, forderte ich. Sie sah mich an, blieb aber stumm.

Ich knallte ihr einen Uppercut in den Magen. Hart genug, dass es wehtat, aber nicht zu hart. Sie musste noch in der Lage sein, zu sprechen. Sie keuchte auf und krümmte sich zusammen.

»Der Nächste geht in dieses schöne Gesicht«, sagte ich. »Ich will wissen, wer Harry getötet hat. Waren Sie es oder Murakami?«

Es war mir im Grunde scheißegal, was sie antwortete. Ich würde ihr sowieso kein Wort glauben. Aber ich wollte ihr die Möglichkeit lassen, auf unschuldig zu plädieren, damit sie hoffte, ich würde sie leben lassen, wenn sie mir sagte, wo ich ihren Boss finden konnte.

»Es war … er war es«, keuchte sie.

»Na schön. Sagen Sie mir, wo ich ihn finde.«

»Das weiß ich nicht.«

313

»Denken Sie lieber noch einmal scharf nach.«

»Er ist schwer zu finden. Ich weiß nicht, wie man ihn erreichen kann. Er taucht ab und zu im Klub auf.«

Ihr Blick glitt über meine Schulter zum Garagentor. Ich schüttelte den Kopf. »Ich weiß, was Sie denken«, sagte ich. »Wenn Sie lange genug durchhalten, bis ein Auto hereinkommt, muss ich abhauen und Sie laufen lassen. Oder vielleicht hat jemand auf den Kameras mit angesehen, was passiert, und Hilfe geschickt. Aber da irren Sie sich. Sollte jemand kommen, bevor Sie mir gesagt haben, was ich hören will, ist das genau der Zeitpunkt, an dem ich Sie töten werde. Also, wo ist er?«

Sie schüttelte den Kopf.

»Die Zeit läuft davon«, sagte ich. »Ich gebe Ihnen noch eine letzte Chance. Sagen Sie es mir, und ich lasse Sie leben. Schweigen Sie, und Sie sterben. Hier und jetzt.«

Sie biss die Zähne zusammen und starrte mich an.

Verflucht, sie war zäh. Ich hätte es wissen müssen, nachdem ich gesehen hatte, wie sie mit ihrem Boss umsprang, der so explosiv war wie Nitroglyzerin.

»Also gut«, sagte ich. »Sie haben gewonnen.«

Ich verpasste ihr noch einen Uppercut in den Bauch, diesmal hart genug, um Schaden anzurichten. Sie klappte mit einem scharfen Schmerzenslaut zusammen. Ich trat hinter sie, stemmte ihr das Knie in den Rücken, packte ihren Kopf mit einer behandschuhten Hand und das Kinn mit der anderen, und brach ihr das Genick. Sie war tot, bevor sie auf dem Boden aufschlug.

Ich hatte das noch nie einer Frau angetan. Einen Moment lang dachte ich daran, was ich zu Naomi über schleichende Verrohung und was Midori zu mir über Sühne gesagt hatte. Doch abgesehen von der distanzierten Beobachtung, wie leicht das Manöver wegen der geringeren Muskelmasse gewesen war, empfand ich gar nichts.

»Grüßen Sie Harry von mir«, meinte ich. Ich nahm ihre Handtasche an mich, damit sie wie das zufällige Opfer eines Raubüberfalls aussah, sammelte die Angelschnur und das Tape ein und lief die Treppe hinauf ins Erdgeschoss. Durch den Haupteingang ging ich nach draußen, den Kopf gesenkt, um der Kamera zu entgehen. Ich schlüpfte um die Ecke in den Durchgang, wo ich Hut und Perücke abnahm, die falschen Zähne ausspuckte und mir mit dem feuchten Handtuch die Asche aus dem Gesicht wischte. Ich zog die Kleider des Obdachlosen und die lange Unterwäsche aus und streifte die Sachen aus dem Gap-Geschäft über, dann stopfte ich alles wieder in den Beutel. Ich listete im Kopf den Inhalt auf, um sicherzugehen, dass ich nichts vergessen hatte, und suchte noch einmal den Boden ab, um *ganz* sicher zu sein. Alles paletti. Ich holte tief Luft und schlenderte zurück auf die Aoyama-dori.

Ein paar Ecken weiter blieb ich unter einer Straßenlaterne stehen, um rasch den Inhalt von Yukikos Handtasche zu durchsuchen. Es befand sich nichts Brauchbares darin.

Ich ging die Roppongi-dori entlang, bis ich eine geeignete Obdachlosenkolonie fand. Ich legte Beutel und Handtasche in der Nähe ab und ging weiter, während ich die Handschuhe auszog und fallen ließ. Das Gebiss würde ich anderswo beseitigen. Meine DNA befand sich darauf, und es war nicht die Sorte Gegenstand, den Tokios wechselnde Bevölkerung von Obdachlosen assimilieren und dadurch säubern würde.

Irgendwann schlüpfte ich in eine Gasse und gab probeweise einen Sprühstoß aus dem Pfefferspray ab, um zu sehen, ob es funktionierte. Ich beschloss, es zu behalten. Wenn Murakami von Yukiko erfuhr, konnte ich vielleicht ein wenig zusätzlichen Schutz brauchen.

KAPITEL 19

Am folgenden Nachmittag unternahm ich einen Gegenaufklärungsgang, der am Bahnhof Harajuku der Japan-Rail-Linie endete. Ich stieg aus und ließ mich vom nie endenden Strom der hippen Einkaufsbummler in Outfits, die vielleicht ein Außerirdischer ansprechend finden würde, die Takeshita-dori entlangtreiben, Tokios Einkaufsmeile für Teenager. Nur in Tokio kann das dicht gedrängte Panoptikum einer Straße wie der Takeshita-dori Seite an Seite mit eleganten Teehäusern und Antiquitätenläden der Brahms-nokomichi existieren. Der scharfe Kontrast ist einer der Gründe, warum Harajuku zu meinen Lieblingsvierteln gehört.

Tatsu hatte mir zwar versichert, dass Biddle ohne Bodyguards unterwegs sei, aber es gab nichts Besseres für einen gesunden Blutdruck, als sich selbst zu überzeugen. Das *Jardin de Luseine* war von verschiedenen Punkten aus erreichbar, und ich ging prüfend alle Möglichkeiten durch, während ich mir überlegte, wo ich selbst Beobachter postieren würde, wenn ich jemanden im Restaurant schützen wollte. Ich bewegte mich in einer enger werdenden Spirale auf das Lokal zu, bis ich sicher war, dass niemand davor wartete. Anschließend ging ich zurück zur Takeshita-dori und bog in eine Gasse ab, die direkt am *Jardin de Luseine* vorbei verlief.

Ich konnte ihn schon durch das riesige Glasfenster sehen. Er saß allein und las Zeitung, nippte an einer Porzellantasse. Es war definitiv der Mann, den ich von der Fotografie kannte, elegant gekleidet mit einem blauen Nadelstreifen-Einreiher, weißem Hemd mit breitem Kragen und burgunderroter Seidenkrawatte. Der Gesamteindruck war pingelig, doch nicht übermäßig; weniger amerikanisch, eher britisch; weniger Spitzenagent als Firmenchef.

Er saß an einem Fensterplatz, das Profil der Straße zugewandt, und das sagte mir viel: Er achtete nicht auf seine Umgebung, er verstand nicht, dass normales Glas für einen Schützen kein Hindernis darstellte, er dachte wie ein Zivilist, nicht wie ein Spion. Einen Augenblick lang beobachtete ich ihn stumm und schätzte ihn ein. Hohe angeborene Intelligenz, in die er sich flüchtete, wenn ihn die reale Welt überforderte. Absolvent von Ivy-League-Universitäten, vermutlich ein Abschluss, bei dem er mehr über Bürokorridore als das Leben auf der Straße erfahren hatte. Eine angemessene, doch leidenschaftslose Ehe mit einer Frau, die ihm die nötigen zwei oder drei Kinder schenkte, während sie ihm von Karrierestation zu Karrierestation folgte. Eine Frau, die ihr zunehmendes Gefühl von Sinnlosigkeit und wachsender Verzweiflung hinter einem Cocktailparty-Lächeln verbarg und sich immer häufiger in eine Flasche gut gekühlten Chablis oder Chardonnay flüchtete, nur ein Glas oder zwei, keinesfalls mehr als drei, ein nur unvollkommen verheimlichter Genuss, mit dem sie das lange Schweigen apathischer Nachmittage verdrängte.

Ich trat ein. Die Tür öffnete und schloss sich mit einem deutlich hörbaren Klacken, doch Biddle blickte nicht einmal auf, um zu sehen, wer hereingekommen war.

Ich betrat das dunkle Holzparkett und ging unter den Art-déco-Lüstern hindurch, umrundete viktorianische Tische und Stühle, passierte einen Konzertflügel. Erst als ich direkt vor ihm stand, hob er den Kopf von seiner Lektüre. Es dauerte eine halbe Sekunde, bis er mich erkannte. Er fuhr zurück. »Was zum Teufel!«, stammelte er.

Ich nahm ihm gegenüber Platz. Er wollte aufstehen. Ich legte ihm fest die Hand auf die Schulter und hinderte ihn daran.

»Bleiben Sie sitzen«, sagte ich leise. »Halten Sie Ihre Hände so, dass ich sie sehen kann. Ich will nur reden. Wenn ich Sie töten wollte, wären Sie bereits nicht mehr unter uns.«

Seine Augen quollen hervor. »Was zum Teufel!«, wiederholte

er.

»Beruhigen Sie sich«, riet ich ihm. »Sie haben mich gesucht. Und hier bin ich.«

Er atmete scharf aus und schluckte. »Tut mir leid«, sagte er. »Ich hatte nur nicht damit gerechnet, Ihnen hier zu begegnen.«

Ich wartete.

»Also gut«, sagte er nach einem Moment. »Zunächst sollte ich erwähnen, dass dies nicht das Geringste mit William Holtzer zu tun hat.«

Ich wartete weiter.

»Ich meine, er hatte nicht viele Fans. Niemand vermisst ihn.«

Ich bezweifelte, dass Holtzers eigene Familie ihn vermissen würde. Ich wartete noch ein wenig länger.

»Also, was wir wollen, der Grund, warum wir nach Ihnen gesucht haben«, fuhr er fort, »ist, dass wir Sie damit beauftragen möchten, die, äh, Aktivitäten einer gewissen Person zu limitieren.«

Ein neuer Euphemismus, dachte ich. *Wie aufregend.*

»Wer?«, fragte ich, um ihm zu zeigen, dass er sich endlich auf der richtigen Spur befand.

»Nun, immer langsam. Bevor wir darüber sprechen, muss ich wissen, ob Sie interessiert sind.«

Ich sah ihn an. »Mr Biddle, Ihnen ist sicher klar, dass ich sehr wählerisch bin, wessen Aktivitäten ich ›limitiere‹. Ohne eine Ahnung zu haben, um wen es sich handelt, kann ich Ihnen daher nicht sagen, ob ich Interesse habe.«

»Es ist ein Mann. Ein Hauptakteur.«

Ich nickte. »Gut.«

»Heißt ›gut‹, dass Sie interessiert sind?«

»Es heißt, dass ich bis jetzt nicht desinteressiert bin.«

Er nickte. »Sie kennen die Person, von der wir sprechen. Sie sind ihr kürzlich begegnet, als sie einen Bekannten von Ihnen beschattete.«

Nur lang geübte Zurückhaltung verhinderte, dass ich meine Überraschung zeigte. »Der Name«, sagte ich.

»Kanezaki.«

»Warum?«

Er runzelte die Stirn. »Was meinen Sie mit ›warum‹?«

»Sagen wir mal, meine unglücklichen Erfahrungen mit Ihrer Organisation erfordern ein etwas höheres Maß an Offenheit als üblich.«

»Tut mir leid, aber mehr kann ich Ihnen nicht sagen.«

»Tut mir leid, das müssen Sie aber.«

»Oder Sie akzeptieren den Auftrag nicht?«

»Oder ich nehme Ihnen das Leben.«

Er erbleichte, behielt aber ansonsten die Fassung. »Ich glaube, wir müssen uns nicht zu Drohungen versteigen«, meinte er. »Wir sprechen hier von einem geschäftlichen Angebot.«

»Drohungen«, meinte ich nachdenklich. »Ich habe lange Zeit überlebt, indem ich ›Bedrohungen‹ identifizierte und vorbeugend eliminierte. Folgendermaßen lautet also mein geschäftliches Angebot an Sie: Überzeugen Sie mich davon, dass Sie keine ›Bedrohung‹ darstellen, und ich werde Sie nicht eliminieren.«

»Das glaube ich jetzt nicht«, meinte er. »Wissen Sie nicht, wer ich bin?«

»Sagen Sie's mir, dann können wir es gleich auf Ihren Grabstein setzen.«

Er blickte mich finster an. Nach einem Augenblick meinte er: »Also gut, ich verrate es Ihnen. Aber nur, weil es sinnvoll ist, dass Sie es wissen, nicht wegen Ihrer Drohungen.« Er trank einen Schluck aus seiner Porzellantasse. »Kanezaki ist außer Kontrolle geraten. Er leitet ein geheimes Programm, das beiderseits des Pazifiks für großen Verdruss sorgen würde, wenn es bekannt würde.«

»Crepuscular?«, fragte ich.

Sein Unterkiefer klappte herunter. »Sie ... wie können Sie etwas davon wissen? Von Kanezaki?«

Du blöder Idiot, dachte ich. *Was immer ich wusste oder nicht wusste, du hast gerade alles bestätigt.*

Ich starrte ihn an. »Mr Biddle, was glauben Sie, wie ich in dieser Branche so lange überlebt habe? Ich achte sehr genau darauf, auf was ich mich einlasse und ob der Lohn das Risiko wert ist. So bleibe ich am Leben und meine Klienten bekommen den entsprechenden Gegenwert für ihr Geld.«

Ich wartete, bis er diese neue Weltsicht verdaut hatte.

»Was wissen Sie sonst noch?«, fragte er nach einer Weile. Jetzt versuchte er, auf gerissen zu machen.

»Eine Menge. Und jetzt sagen Sie mir, wie Sie plötzlich zu dem Schluss gekommen sind, dass Kanezaki ein Risiko darstellt. Soweit ich weiß, war er bisher Ihr blauäugiger Wunderknabe.«

Er rümpfte die Nase, als würde dieser Gedanke einen üblen Geruch verströmen. »Er hält sich selbst für einen Wunderknaben. Verzeihen Sie, aber allein durch die Tatsache, dass ein wenig japanisches Blut durch die eigenen Adern fließt, gewinnt man noch keine speziellen Einsichten in dieses Land.«

Ich winkte ab, um ihm zu zeigen, dass ich mich durch die Bemerkung keineswegs beleidigt fühlte.

»Einsichten zu gewinnen, egal in welches Land, erfordern jahrelange Ausbildung, Erfahrung, Einfühlungsvermögen«, sagte er. »Aber dieser Knabe glaubt, er wüsste genug, um seine eigene Außenpolitik zu machen.«

Ich nickte, damit er wusste, dass wir in diesem Punkt einer Meinung waren. Er fuhr fort.

»Also gut. Sie wissen, dass es dieses Programm gab. Aber es wurde vor sechs Monaten eingestellt. Ich war nicht unbedingt damit einverstanden, doch meine persönlichen Ansichten zu dem Thema sind irrelevant. Entscheidend ist, dass Kanezaki es auf eigene Faust weitergeführt hat.«

»Ich verstehe, dass das peinlich werden könnte.«

»Ja. In gewisser Hinsicht ist es eine Schande. Er verfügt über eine Menge Leidenschaft und auch ein gewisses Talent. Doch diese Sache muss ein Ende haben, bevor echter Schaden entsteht.«

»Was soll ich für Sie tun?«

Er sah mich an. »Ich möchte, dass Sie … hören Sie, soviel ich weiß, können Sie diese Dinge so aussehen lassen, als hätte die Person es selbst getan.«

»Das stimmt«, sagte ich. Ich nahm zur Kenntnis, dass er ursprünglich von ›wir‹ gesprochen hatte, jetzt aber nur noch von ›ich‹ die Rede war.

»Nun, genau so muss es gemacht werden. Gibt es ein übliches Honorar?«

»Für einen CIA-Beamten? Das wäre ein sehr hohes Honorar.«

»Gut. Wie hoch?«

Er war so erpicht darauf, dass ich mich fast versucht fühlte, ihn zu linken. Vorauszahlung zu verlangen und dann: *Sayonara, du Arschloch.*

Das konnte ich immer noch tun. Aber erst hatte ich noch ein paar Fragen.

»Sagen Sie«, meinte ich und legte die Stirn in bester Columbo-Manier in Falten. »Wie haben Sie von mir erfahren? Von den Dienstleistungen, die ich anbiete?«

»Die Agency besitzt ein Dossier über Sie«, berichtete er. »Das meiste wurde mit Holtzers Hilfe zusammengetragen.«

»Oh«, meinte ich. »Natürlich. Das ergibt einen Sinn. Und als Sie anfingen, nach mir zu suchen, da ging es schon um den Job, den Sie mir gerade angeboten haben?«

Er konnte nicht ahnen, dass ich davon wusste, wie er gemeinsam mit Kanezaki an Tatsu herangetreten war, um sich nach meinem Aufenthaltsort zu erkundigen. Mit der Frage wollte ich ihm ein Bein stellen.

Aber es funktionierte nicht. »Nein«, sagte er. »Ursprünglich dachten wir, dass wir Sie für Crepuscular einsetzen könnten. Doch das Programm ist Geschichte, wie gesagt. Es könnte sich in der Zukunft eine andere Rolle für Sie ergeben, doch im Moment brauche ich nur jemanden, der die losen Enden abschneidet.«

Ich nickte. »Es ist einfach seltsam. Ich meine, Sie haben Kanezaki nach mir suchen lassen, richtig?«

»Ja«, antwortete er. Es klang vorsichtig, als hätte er Angst vor der nächsten Frage und legte sich schon eine Antwort zurecht.

»Ist das nicht merkwürdig? Wo Sie doch eigentlich wollten, dass ich ihn ›limitiere‹?«

Er schüttelte den Kopf. »Er sollte Sie lediglich ausfindig machen, nicht mit Ihnen sprechen. Den Kontakt wollte ich persönlich aufnehmen.«

Ich lächelte, weil ich die Wahrheit durchschaute.

»Also gut«, meinte er. »Ich kannte Ihr Dossier. Ich hielt es für möglich, Sie würden jemanden, der nach Ihnen sucht – wie Sie es selbst ausdrückten – als Bedrohung empfinden und entsprechend reagieren.«

Ich hätte fast lachen müssen. Biddle war auf eine Gratisprobe aus gewesen.

»Was ist mit dem Typen, der bei ihm war?«, fragte ich. »Kanezaki behauptete, er sei vom diplomatischen Sicherheitsdienst gewesen.«

»Das stimmt. Was ist damit?«

»Warum sollten Sie jemandem einen Leibwächter mitgeben, den Sie ausschalten lassen wollen?«

Er schürzte die Lippen. »Eine Solo-Observierung ist bei jemandem wie Ihnen nicht machbar. Kanezaki brauchte einen Partner. Ich wollte jemanden, der nicht zur Agency gehörte und keine Ahnung hatte, worum es wirklich ging.«

»Kanonenfutter.«

»Wenn Sie es so ausdrücken wollen.«

»Mr Biddle«, sagte ich. »Ich bekomme langsam das Gefühl, dass es hier um eine persönliche Angelegenheit geht.«

Eine lange Pause entstand, dann sagte er: »Und wenn?«

Ich zuckte die Achseln. »Das ist mir egal, solange ich bezahlt werde. Aber wir hatten hier einen unglücklichen Start. Sie behaupteten, Kanezaki sei außer Kontrolle geraten und seine Aktivitäten könnten beiderseits des Pazifiks für große Unruhe sorgen. Jetzt klingt es, als wäre das Problem erheblich näher angesiedelt.«

Er sah mich an. »Was ich Ihnen erzählt habe, stimmt durchaus. Aber ja, doch, ich habe daneben auch persönliche Gründe. Was glauben Sie, wird aus mir als Kanezakis direktem Vorgesetzten, wenn seine Aktivitäten publik werden?«

»Das dürfte einen ziemlichen Shitstorm auslösen. Ich kann allerdings nicht erkennen, wie Kanezakis Selbstmord Ihre Probleme lösen sollte. Gibt es denn keine Aufzeichnungen über seine Aktivitäten? Quittungen über Geldzahlungen, etwas in der Art?«

Seine Augen verengten sich. »Darum kümmere ich mich schon«, meinte er.

»Klar, damit kennen Sie sich besser aus als ich. Ich wollte es nur erwähnen. Übrigens, was glauben Sie, woher Kanezaki die Mittel hatte, um Crepuscular weiterzuführen, nachdem ihm der Geldhahn zugedreht wurde? Ich nehme doch an, wir sprechen hier von beträchtlichen Summen.«

Er warf einen Blick nach rechts. Das drückte aus: *Lass dir etwas einfallen.*

»Ich weiß nicht«, erwiderte er.

»Wenn Sie mich weiter belügen«, meinte ich sanft, »muss ich Sie langsam als Bedrohung ansehen.«

Er starrte mich eine lange Sekunde an. Endlich meinte er: »Also gut. Kanezaki bekommt das Geld von einem Mann namens Fumio Tanaka. Er stammt aus reichem Haus und hat die richtigen politischen Beziehungen. Aber ich sehe nicht, was das mit dem Job zu tun haben soll.«

Ich schwieg, als würde ich nachdenken. »Nun, selbst wenn Kanezaki verschwindet, bleibt immer noch Tanaka, oder nicht? Warum soll ich seine Aktivitäten nicht auch limitieren?«

Er schüttelte heftig den Kopf. »Nein«, sagte er. »Das ist nicht nötig. Ich habe Sie um Ihre Unterstützung in einer bestimmten Angelegenheit gebeten, und ich hätte gerne Ihre Antwort. Nur in Bezug darauf, bitte.«

»Ich muss wissen, wie ich Sie kontaktieren kann«, meinte ich.

»Nehmen Sie den Auftrag an?«

Ich sah ihn an. »Ich muss erst über Ihre Geschichte nachdenken. Wenn ich zu dem Schluss komme, dass es ungefährlich ist, für Sie zu arbeiten, mache ich es.«

Er zog einen *Mont Blanc Meisterstück* Füllfederhalter heraus, schraubte ihn auf und kritzelte eine Nummer auf eine Papierserviette. »Hier können Sie mich erreichen«, sagte er.

»Ach, eines noch«, meinte ich und griff nach der Serviette.

»Der Typ, über den Sie an mich heranzukommen versuchten. Haruyoshi Fukasawa. Er ist unlängst verstorben.«

Er schluckte. »Ich weiß. Kanezaki hat es mir gesagt.«

»Was, glauben Sie, ist da passiert?«

»Nach Kanezakis Worten würde ich sagen, es war ein Unfall.«

Ich nickte. »Die Sache ist die, Fukasawa war mein Freund. Er hat kaum je Alkohol angerührt. Aber anscheinend war er voll wie eine Strandhaubitze, als er vom Dach fiel. Komisch, nicht wahr?«

»Wenn Sie glauben, wir hätten etwas damit zu tun gehabt …«

»Vielleicht sagen Sie mir einfach, wer es getan hat.«

Er blickte wieder nach rechts. »Das weiß ich nicht.«

»Ihre Leute haben Harry observiert. Und ich weiß, dass sein Tod kein Unfall war. Wenn Sie nichts Einleuchtenderes zu bieten haben, muss ich fast glauben, dass Sie es getan haben.«

»Ich sage Ihnen doch, ich weiß nicht, wer es war. Immer vorausgesetzt, dass es sich nicht um einen Unfall handelte.«

»Wie haben Sie überhaupt herausgefunden, wo Harry wohnt?«

Er wiederholte Kanezakis Geschichte mit Midoris Brief.

»Wenn Sie lediglich das als Anhaltspunkt hatten, müssen Sie hiesige Hilfskräfte eingesetzt haben«, deutete ich an.

Er sah mich an. »Sie scheinen eine Menge zu wissen. Aber ich werde hier keine Einzelheiten über lokale Mitarbeiter bestätigen oder ableugnen. Wenn Sie den Verdacht haben, dass örtliche Kräfte mit dem Tod Ihres Freundes zu tun hatten, kann ich Ihnen nicht weiterhelfen. Wie gesagt, ich weiß es nicht.«

Mehr würde ich an einem Ort wie diesem nicht aus ihm herausbekommen. Flüchtig wünschte ich mir, mit ihm allein zu sein.

Ich stand auf. »Ich melde mich«, sagte ich.

Tatsu und ich hatten vereinbart, uns im Yoyogi-Park zu treffen, nachdem ich Biddle zur Rede gestellt hatte. Ich ging unter Einhaltung der üblichen Sicherheitsvorkehrungen hin. Er erwartete mich bereits auf einer Bank unter einem der tausend Ahornbäume im

Park, las Zeitung und wirkte wie einer der vielen Pensionäre aus der Umgebung, die hier den Tag verbrachten.

»Wie ist es gelaufen?«, fragte er.

Ich berichtete, was Biddle gesagt hatte.

»Tanaka kenne ich«, meinte er, als ich fertig war. »Sein Vater hat in den 1920er Jahren eine Elektronikfirma gegründet, die den Krieg überlebte und danach aufblühte. Tanaka verkaufte sie nach dem Tod seines Vaters und lebt seitdem von den beachtlichen Einkünften aus seinem Vermögen. Angeblich besitzt er eine enorme Libido, besonders für einen Mann, der auf die siebzig zugeht. Außerdem heißt es, er sei abhängig von Codein und anderen Narkotika.«

»Wie ist seine politische Einstellung?«

»Meines Wissens hat er keine.«

»Warum sollte er dann ein Programm der Agency zur Unterstützung von Reformern finanzieren?«

»Ich möchte, dass du mir hilfst, das herauszufinden.«

»Warum?«

Er sah mich an. »Ich brauche einen bösen Cop. Und vielleicht stoßen wir auf eine Spur, die zu Murakami führt.«

»Nichts Neues von dem Typen, den du in Gewahrsam hast?«

Er schüttelte den Kopf. »Das Problem ist, dass er vor seinem Boss viel mehr Angst hat, als vor mir. Aber ich bin immer wieder erstaunt, wie sehr sich die Einstellung eines Menschen nach achtundvierzig oder zweiundsiebzig Stunden Schlafentzug verändert. Vielleicht erfahren wir doch noch etwas.«

Er zog sein Handy heraus und tippte eine Nummer ein. Stellte ein paar Fragen. Lauschte. Erteilte Anweisungen. Dann legte er auf und wandte sich zu mir. »Einer meiner Männer ist unterwegs, um uns abzuholen. Er wird uns zu Tanakas Residenz fahren, in Shirokanedai.«

Shirokanedai dürfte Tokios luxuriösestes Viertel sein. Abgesehen von der Hauptverkehrsader Meguro-dori, die durch das Viertel hindurchführt, wirken seine schmalen Straßen mit den eleganten Einfamilienhäusern und Wohnungen erstaunlich ruhig und friedlich, so als hätte das Geld, das hier wohnt, sich vom umliegenden Tumult der Stadt losgekauft und ihn zum Teufel geschickt. Man spürt hier eine Art von entspannter Klasse. Die Frauen der Gegend, hier *Shiroganeze* genannt, wirken wie geschaffen für die Pelzmäntel, in denen sie zwischen Besuchen in Teehäusern und Boutiquen mit ihren Spielzeugpudeln und Zwergspitzen umherflanieren. Die Männer lenken ihre Benz- und BMWichtig-Automobile zu überaus bedeutenden Arbeitsplätzen. Die Kinder sind lässig und sorglos und haben noch nicht begriffen, dass ihr Viertel in Tokio ebenso wie anderswo die Ausnahme ist, nicht die Regel.

Tatsus Mann holte uns wie versprochen ab und fuhr uns die zehn Minuten nach Shirokanedai.

Tanaka bewohnte ein überdimensionales, zweigeschossiges frei stehendes Haus in Shirokanedai 4-chome, gegenüber der Botschaft von Sri Lanka. Abgesehen von der Größe fielen daran vor allem die in der Einfahrt geparkten Autos auf: ein weißer Porsche 911 GT mit riesigem Spoiler und ein leuchtend roter Ferrari Modena. Ihr Lack strahlte in makellosem Glanz, und ich fragte mich, ob Tanaka tatsächlich damit fuhr oder sie bloße Ausstellungsstücke waren.

Das Anwesen thronte abgeschottet auf einem erhöhten Streifen Land, wo es wie ein Schloss wirkte, das auf die unwichtigeren Bauwerke der Umgebung herabsah. Tatsu und ich stiegen aus und gingen durch das nicht abgeschlossene Tor hinein. Er drückte einen Knopf neben der hölzernen Doppeltür, und eine lange Abfolge von Bariton-Glockenklängen ertönte im Inneren.

Einen Augenblick später öffnete eine junge Frau die Tür. Sie war hübsch und schien südostasiatischer Herkunft zu sein, vielleicht eine Filipina. Sie trug eine klassische, schwarz-weiße Dienstmädchenuniform, komplettiert durch eine Art weißes Spitzenhäubchen auf ihren hochfrisierten Haaren. Die Aufmachung war gerade noch im Rahmen dessen, was man als Durchschnittsperverser in einem von Tokios Fetischklubs verlangen konnte, wo sich die Kunden von Mädchen bedienen ließen, die als Schülerinnen oder Krankenschwestern verkleidet waren oder eine sonst wie Lust spendende

Uniform trugen. Ich fragte mich, wie weit die Haushaltspflichten dieser Frau wohl gehen mochten.

»Kann ich Ihnen helfen«, fragte sie in nicht akzentfreiem Japanisch, wobei sie erst Tatsu und dann mich ansah.

»Ich bin Abteilungsleiter Ishikura Tatsuhiko vom *Keisatsucho Geheimdienst*«, sagte Tatsu auf Englisch und präsentierte seinen Dienstausweis. »Wir möchten mit Tanaka-san sprechen. Könnten Sie ihn bitte holen?«

»Werden Sie erwartet?«, fragte sie ebenfalls auf Englisch.

»Ich glaube nicht«, meinte Tatsu, »aber ich bin sicher, er wird sich freuen, mich zu sehen.«

»Einen Moment bitte.« Sie schloss die Tür, und wir warteten.

Eine Minute später ging die Tür wieder auf, doch diesmal stand ein Mann darin. Ich erkannte ihn sofort: Das war der Typ, der mir im *Damask Rose* aufgefallen war, mit dem chemisch und chirurgisch kunstvollen, aber nur oberflächlich jugendlich gehaltenen Aussehen.

»Ich bin Tanaka«, sagte er auf Japanisch. »Wie kann ich Ihnen behilflich sein?«

Tatsu zeigte wieder seinen Dienstausweis. »Ich würde Ihnen gerne ein paar Fragen stellen. Mein Interesse an Ihnen ist im Augenblick peripherer Natur und inoffiziell. Ihre Kooperation oder deren Fehlen wird entscheiden, ob sich daran etwas ändert.«

Tanakas Miene blieb ausdruckslos, doch seine angespannte Körperhaltung und die Neigung seines Kopfes sagten mir, dass Tatsu seine volle Aufmerksamkeit hatte. Trotz aller Anwälte, die er zweifellos beschäftigte, trotz eines Gefolges von willfährigen Untergebenen war das ein Mann, der sich vor echten Problemen fürchtete, der Art von Schwierigkeiten, die er gerade in Tatsus Augen gelesen haben musste.

»Bitte kommen Sie doch herein«, sagte er. Wir zogen die Schuhe aus und folgten ihm in ein kreisförmiges Foyer mit einem Schachbrettmuster aus schwarz-weißen Marmorfliesen. Im Hintergrund schloss sich eine geschwungene Treppe an, flankiert von Reproduktionen griechischer Statuen. Wir gelangten in einen mahagonigetäfelten Raum, der an allen vier Seiten vom Boden bis zur Decke mit Bücherregalen gesäumt war. Ähnlich wie die Autos in der Einfahrt sahen auch die Bücher so aus, als würden sie häufig abgestaubt und nie benutzt.

Tatsu und ich nahmen auf einer burgunderfarbenen Chesterfield-Ledercouch Platz. Tanaka setzte sich uns gegenüber in einen dazu passenden Lehnsessel. Er fragte, ob er uns etwas zu essen oder zu trinken anbieten dürfe. Wir verneinten.

»Ich habe den Namen Ihres Begleiters nicht ganz verstanden«, sagte Tanaka mit Blick auf mich.

»Seine Anwesenheit ist ebenso wie die meine fürs Erste inoffiziell«, erwiderte Tatsu. »Ich hoffe, wir können es dabei belassen.«

»Selbstverständlich«, meinte Tanaka, der in seiner nervösen Beflissenheit übersah, dass Tatsu seine Frage ignoriert hatte. »Selbstverständlich. Bitte sagen Sie mir, was Sie wissen wollen.«

»Jemand versucht, Sie mit einem US-Programm in Verbindung zu bringen, das japanische Politiker mit Geldmitteln ausstattet«, sagte Tatsu. »Ich glaube zwar, dass Sie mit diesem Programm zu tun haben, halte Sie jedoch nicht für den Verantwortlichen. Aber Sie müssen mich davon überzeugen, dass ich mit dieser Annahme richtig liege.«

Das Blut wich Tanaka aus dem gebräunten Gesicht. »Ich glaube … es wäre wohl das Beste, wenn ich meinen Anwalt hinzuziehe.«

Ich sah ihn an und überlegte mir dabei, wie ich ihn umbringen könnte, damit er es in meinen Augen lesen konnte. »Das wäre unkooperativ«, meinte ich.

Tanaka sah von mir zu Tatsu. »Das Geld gehört mir nicht einmal. Es stammt nicht von mir.«

Tatsu sagte: »Gut. Fahren Sie fort.«

Tanaka befeuchtete sich die Lippen. »Diese Unterhaltung bleibt inoffiziell?«, fragte er. »Wenn jemand davon erfährt, wäre das sehr unangenehm für mich.«

»Solange Sie kooperieren«, meinte Tatsu, »haben Sie nichts zu befürchten.«

Tanaka sah mich um Bestätigung heischend an. Ich widmete

ihm ein Lächeln, mit dem ich meiner Hoffnung Ausdruck verlieh, er würde sich unkooperativ zeigen, damit ich endlich anfangen konnte, ihn zu bearbeiten.

Tanaka schluckte. »Also gut. Vor sechs Monaten sagte man mir, ich solle Kontakt zu jemandem aufnehmen, der an der US-Botschaft arbeitet. Einem Mann namens Biddle. Mir wurde mitgeteilt, dass Biddle gewisse Gruppen repräsentiere, die hofften, Wahlkampfgelder für reformistische Politiker zu sammeln.«

»Wer hat das von Ihnen verlangt?«, fragte Tatsu.

Tanaka sah Tatsu an und senkte dann den Blick. »Dieselbe Person, die mir in dieser Sache das Geld zur Verfügung stellt.«

Tatsu starrte ihn an. »Bitte drücken Sie sich präziser aus.«

Tanaka schluckte. »Yamaoto«, flüsterte er. Dann: »Bitte, ich kooperiere ja. Dieses Gespräch muss unter uns bleiben.«

Tatsu nickte. »Bitte sprechen Sie weiter.«

»Ich traf mich mit Biddle und sagte ihm, wie man mich instruiert hatte, dass ich glaubte, Japan benötige radikale politische Reformen, und ich gerne auf jede denkbare Weise dabei helfen würde. Seit damals habe ich Biddle mit etwa hundert Millionen Yen versorgt, um sie an Politiker zu verteilen.«

»Diese Leute wurden hereingelegt«, sagte Tatsu. »Ich will wissen, wie.«

Tanaka sah ihn an. »Ich habe nur Instruktionen befolgt«, sagte er. »Ich war nicht wirklich beteiligt.«

»Ich verstehe«, meinte Tatsu. »Sie machen das gut. Erzählen Sie weiter.«

»Drei Monate lang übergab ich Biddle das Geld, ohne jede Gegenleistung zu fordern. Dann gab ich vor, besorgt zu sein, dass man mich betrügen könnte. ›An wen wird dieses Geld tatsächlich weitergeleitet?‹, fragte ich ihn. ›Sagen Sie es mir, sonst schneide ich Sie von der Quelle ab!‹ Erst weigerte er sich. Irgendwann behauptete er, dass ich diese Leute kenne und mir wahrscheinlich allein aus der Zeitung zusammenreimen könne, um wen es sich handele. Endlich nannte er Namen. Ich gab vor, zufriedengestellt zu sein, und lieferte ihm mehr Geld.

Dann verhielt ich mich wieder paranoid. Ich sagte: ›Sie denken sich das alles nur aus. Beweisen Sie mir, dass Sie das Geld wirklich an die Leute verteilen, die es brauchen, und es nicht für sich selbst behalten!‹ Wieder wollte er erst diskutieren. Aber schließlich erklärte er sich bereit, mir zu sagen, wann und wo ein Treffen stattfand. Und das nächste.«

Herrgott, dachte ich.

»Über wie viele Treffen hat Biddle Sie informiert?«, wollte Tatsu wissen.

»Vier.«

»Und was haben Sie mit dieser Information angefangen?«

»Ich gab sie weiter … an die Person, die die Geldmittel zur Verfügung stellte, wie man es mir aufgetragen hatte.«

Tatsu nickte. »Nennen Sie mir die Namen der Teilnehmer an diesen vier Treffen und die Daten.«

»Ich kann mich nicht an die genauen Daten erinnern«, sagte Tanaka.

Ich grinste und machte Anstalten, aufzustehen. Tanaka zuckte zurück. Tatsu streckte die Hand aus, um mich zurückzuhalten, und sagte: »Seien Sie einfach so genau wie möglich.«

Tanaka stieß vier Namen hervor. Und einen Zeitrahmen für jeden. Ich setzte mich wieder.

»Und jetzt sagen Sie mir alle weiteren Namen, die Sie von Biddle erfahren haben«, verlangte Tatsu.

Tanaka gehorchte.

Tatsu machte sich keine Notizen, und ich begriff, dass er diese Leute gut kannte. »Wunderbar«, meinte er, als Tanaka geendet hatte. »Sie waren äußerst kooperativ und ich sehe keinen Grund, warum irgendjemand je von unserer Unterhaltung erfahren sollte. Natürlich kann es sein, dass ich Sie noch einmal aufsuchen muss, wenn ich weitere Informationen benötige. Mit gleicher Diskretion, selbstverständlich.«

Tanaka nickte. Er sah aus, als wäre ihm übel.

Das Dienstmädchen brachte uns zur Tür. Der Wagen wartete

draußen. Wir stiegen hinten ein und fuhren davon. Ich sagte, sie sollten mich in der Nähe des Bahnhofs Meguro der Japan-Rail-Linie absetzen. Tatsus Mann fuhr das kurze Stück und wartete im Wagen, während Tatsu und ich ausstiegen, um das Gehörte noch einmal zu rekapitulieren.

»Was meinst du?«, fragte ich.

»Er sagt die Wahrheit.«

»Vielleicht. Aber wer hat den Kontakt zu Biddle hergestellt?«

Er zuckte die Achseln. »Wahrscheinlich ein Doppelagent in der Agency, jemand mit Kontakten zu Yamaoto. Falls Biddle diese Quellen auf der Suche nach Unterstützern für Crepuscular aushorchte, hätte Yamaoto davon erfahren.«

»Und Yamaoto hat die Gelegenheit wahrgenommen, das Programm für seine eigenen Zwecke umzufunktionieren.«

Er nickte und meinte dann: »Was, glaubst du, hat Yamaoto in jenen vier Fällen unternommen, in denen er wusste, wo und wann Kanezaki sich mit seinen Politikern treffen würde?«

Ich zuckte die Achseln. »Beobachten und lauschen. Mit Parabolmikrofonen, Teleobjektiven, Restlichtverstärkern.«

»Würde ich auch sagen. Und jetzt stell dir vor, dass Yamaoto diese Treffen in Ton und Bild auf Video festgehalten hat. Welchen Wert haben diese Aufzeichnungen für ihn?«

Ich dachte kurz nach. »Hauptsächlich Erpressung. ›Tu, was ich dir sage, sonst übergebe ich die Fotos den Medien‹.«

»Ja, das ist Yamaotos bevorzugte Methode. Und sie ist bemerkenswert effektiv, wenn diese Fotos eine außereheliche Affäre in vollem Schwang zeigen oder eine Liaison mit einem Lustknaben oder irgendein anderes sozial inakzeptables Verhalten. Aber in diesem Fall?«

Ich dachte noch einmal nach. »Du glaubst, Video- und Tonmaterial von den Treffen mit Kanezaki wäre nicht belastend genug?«

Er zuckte die Achseln. »Der Ton möglicherweise schon, wenn das aufgezeichnete Gespräch ausreichend verfänglich war. Aber das Video wäre eher unbedeutend: ein Politiker, der an einem öffentlichen Ort mit einem anderen Mann plaudert, anscheinend einem

Japaner.«

»Weil niemand weiß, wer Kanezaki ist«, sagte ich. Langsam konnte ich ihm folgen.

Er sah mich an und wartete, dass ich es mir selbst zusammenreimte.

»Sie müssen einen Weg finden, dass jeder den Namen Kanezaki kennt«, sagte ich. »Sein Bild in der Zeitung. Das verleiht den Fotos Sprengkraft.«

Er nickte. »Und wie stellt man das an?«, fragte er.

»Verdammt noch mal«, sagte ich, als mir endlich ein Licht aufging. »Biddle spielt Yamaoto direkt in die Hände. Er hat Kanezaki als seinen Sündenbock aufgebaut und ihm die volle Verantwortung für Crepuscular angehängt, damit er, falls jemals etwas herauskommt, einen durchgeknallten Agenten präsentieren kann, der den Kopf für ihn hinhält. Aber jetzt, wenn Kanezaki öffentlich als das Aushängeschild einer CIA-Verschwörung auftaucht, reißt er die Politiker, die mit ihm fotografiert wurden, mit in den Abgrund.«

»Korrekt. Biddle kann Kanezaki nicht mehr abservieren, ohne genau die Reformer zu Fall zu bringen, die er angeblich schützen will.«

»Darum will er ihn lieber tot sehen«, sagte ich. »Ein hübscher, stiller Selbstmord, um einen Skandal zu verhindern.«

Er nickte. »Und in der Zwischenzeit würde Biddle die Quittungen und andere Beweise für die Existenz von Crepuscular vernichten.«

Ich überlegte einen Moment lang. »Aber irgendetwas passt nicht ganz.«

»Ja?«

»Biddle ist ein Bürokrat. Im normalen Lauf der Dinge würde er nicht auf Mord zurückgreifen. Dazu muss er schon sehr verzweifelt sein.«

»Genau. Und was bringt Verzweiflung hervor?«

Ich starrte ihn an und begriff, dass er das Rätsel bereits gelöst hatte. »Persönliche Gründe im Gegensatz zu institutionellen.«

»Ja. Die Frage ist also: Was steht für Biddle persönlich auf dem

Spiel?«

Ich dachte nach. »Berufliche Verlegenheiten? Ein Karriereknick, wenn Kanezaki enttarnt wird und das Tokioter CIA-Büro in einen Skandal hineingezogen wird?«

»All das, ja, aber noch etwas Spezielleres.«

Ich schüttelte den Kopf. Ich hatte ein Brett vor dem Kopf.

»Was, glaubst du, hat Biddles überstürzte Anfrage nach diesen Quittungen ausgelöst und seine Bitte an dich, ihn bei Kanezakis ›Selbstmord‹ zu unterstützen?«

Abermals schüttelte ich den Kopf. »Ich weiß es nicht.«

Er sah mich leicht enttäuscht an, weil ich ihm nicht folgen konnte. »Yamaoto hat sich an Biddle auf dieselbe Art herangemacht, wie an Holtzer«, meinte er. »Er kreierte Quellen, die Holtzer und Biddle für echt hielten. Sie sonnten sich im Glanz der Geheiminformationen, die diese ›Agenten‹ lieferten. Und dann, als er den geeigneten Zeitpunkt für gekommen hielt, eröffnete Yamaoto ihnen ganz privat, dass sie hereingelegt worden waren.«

Ich konnte mir das Gespräch zwischen Yamaoto und Biddle gut vorstellen: *Falls bekannt wird, dass all ihre ›Quellen‹ für die Gegenseite arbeiten, ist ihre Karriere am Ende. Aber wenn Sie mit mir zusammenarbeiten, bleibt alles beim Alten. Ich werde sogar dafür sorgen, dass Sie noch mehr Quellen und Informationen bekommen, und ihr Stern wird weiter steigen.*

»Ich verstehe«, sagte ich. »Doch irgendwie muss Yamaoto sich im Zeitpunkt verkalkuliert haben, denn Biddle glaubt, es gäbe noch einen Ausweg für ihn. Er muss einfach Kanezaki und alle Beweise für die Existenz von Crepuscular beseitigen.«

Er nickte. »Ja. Und was sagt uns das?«

Ich überlegte. »Dass Crepuscular nur einem ungewöhnlich kleinen Kreis bekannt ist. Dass Langley keine Ahnung davon hat, denn sonst könnte Biddle es nicht unter den Teppich kehren, indem er einfach Kanezaki eliminiert und ein paar Papiere verbrennt.«

»Es scheint also, als hätte Mr Biddle Crepuscular auf eigene

Initiative betrieben. Er hat dir doch gesagt, dass das Programm vor sechs Monaten beendet wurde, oder?«

Ich nickte. »Und Kanezaki erzählte mir, dass er Telegramme entdeckt hätte, die das bestätigten.«

»Biddles Geschichte lautet also, dass ein wild gewordener Kanezaki seitdem auf eigene Faust das Programm weiterführt. Wenn man bedenkt, dass Tanaka lediglich mit Biddle Kontakt hatte, scheint es wahrscheinlicher, dass Biddle der wild gewordene Agent ist und Kanezaki nur als ahnungsloser Strohmann dient.«

»Yamaoto hätte nicht wissen können, dass Crepuscular nicht offiziell abgesegnet war«, nickte ich. »Er musste annehmen, dass Biddles Vorgesetzte in Langley Bescheid wussten. Es klingt aber so, als hätte, abgesehen von Biddle und Kanezaki, kein Mensch auf US-Seite je davon gehört.«

Er neigte den Kopf, als würde er die tapferen Bemühungen eines zurückgebliebenen Schülers anerkennen, der keine Spur von Fortschritten zeigte. »Was der Grund dafür ist, warum Yamaoto die Möglichkeit übersah, dass Biddle Kanezakis Eliminierung als Lösung für seinen Erpressungsversuch ansehen könnte.«

»In Biddles Gedankengang liegt eigentlich kein Fehler«, sagte ich und musterte ihn scharf. »Ohne Kanezaki wird Yamaotos erpresserisches Material praktisch wertlos. Was bedeutet, dass dein Netzwerk von Reformpolitikern sich wesentlich sicherer fühlen könnte, wenn Kanezaki von der Bildfläche verschwindet.«

Er grunzte, und ich stellte fest, dass ich diebische Freude darüber empfand, zu sehen, wie er mit etwas kämpfte, das für ihn ein moralisches Dilemma sein musste. »Was ist mit den Reformpolitikern, mit denen Kanezaki sich persönlich getroffen hat?«, fragte ich. »Wenn er entlarvt wird, sind sie in Gefahr.«

»Einige von ihnen möglicherweise.«

»Eine Anzahl, die akzeptabel klein ist?«

Er sah mich an, genau wissend, worauf ich hinauswollte. Ich sprach es trotzdem aus. »Was würdest du tun, wenn es fünf Treffen gegeben hätte? Oder zehn?«

Er verzog finster das Gesicht. »Derartige Entscheidungen können nur von Fall zu Fall getroffen werden.«

»Yamaoto trifft diese Art Entscheidungen nicht von Fall zu Fall«, sagte ich und ließ nicht locker. »Er weiß, was getan werden muss, und sorgt dafür. Das ist dein Gegner. Bist du sicher, dass du der Aufgabe gewachsen bist?«

Seine Augen verengten sich leicht. »Glaubst du, ich will diesem Mann auf ›gleicher‹ Ebene gegenübertreten? Yamaoto würde nicht einbeziehen, dass diese Politiker selbst für ihre missliche Lage verantwortlich sind. Oder dass Kanezakis Motive im Grunde ehrenwert sind. Und dass dieser junge Mann vermutlich Mutter und Vater hat, die über seinen Verlust zerbrechen würden.«

Ich neigte den Kopf in Anerkennung seiner Argumentation und des profunden Wissens, das dahintersteckte. »Dann sind diese Männer erledigt?«, fragte ich.

Er nickte. »Ich muss annehmen, dass Yamaoto sie jetzt in der Hand hat, und die anderen warnen.«

»Was ist mit Kanezaki?«

»Ich werde ihn über unsere Gespräche mit Biddle und Tanaka informieren.«

»Und ihm sagen, dass sein Boss seinen Kopf haben will?«

Er zuckte die Achseln. »Warum nicht? Der junge Mann fühlt sich mir bereits jetzt verpflichtet. Das könnte sich in der Zukunft als nützlich erweisen. Es kann nicht schaden, dieses Gefühl zu verstärken.«

»Wie steht es mit Murakami?«

»Wie gesagt, wir werden den Mann weiter verhören, den wir festgenommen haben. Vielleicht erfahren wir doch noch etwas Brauchbares.«

»Sag mir Bescheid. Ich will dabei sein, wenn es so weit ist.«

»Ich auch«, sagte er.

KAPITEL 20

Ich überprüfte meine Voicemail im *Imperial* Hotel von einem öffentlichen Telefon aus. Eine mechanische Frauenstimme teilte mir mit, dass ich eine Nachricht hätte. Ich versuchte, mir keine Hoffnungen zu machen, doch es wollte mir nicht so recht gelingen. Die weibliche Stimme instruierte mich, die ›Eins‹ zu drücken, um die Nachricht abzuhören. Ich tat es.

»Hi, Jun, ich bin's«, hörte ich Midori sagen. Eine Pause. »Ich weiß nicht, ob du wirklich noch in diesem Hotel wohnst und diese Nachricht überhaupt erhältst.« Noch eine Pause. »Ich würde dich heute Abend gerne treffen. Ich bin um acht Uhr im *Body&Soul*. Ich hoffe, du kommst. Bis dann.«

Die weibliche Stimme informierte mich, dass die Nachricht um 14:28 hinterlassen worden war und ich die ›Eins‹ drücken solle, um sie zu wiederholen. Ich drückte sie. Und wieder.

Die Art, wie sie mich Jun nannte, die Kurzform von Junichi, hatte etwas entwaffnend Natürliches an sich. Niemand redet mich heute noch mit Jun an. Niemand kennt den Namen. Selbst bevor ich Tokio verließ, hatte ich meinen echten Namen, Junichi, nur sehr selektiv verwendet. Danach hatte ich ihn völlig aufgegeben.

Hi, Jun, ich bin's. Eine ganz gewöhnliche Nachricht. Die meisten Leute empfangen vermutlich ständig so etwas.

Ich fühlte mich, als hätte die Erde unter mir sich irgendwo zusätzliche Schwerkraft geborgt.

Der Teil meines Gehirns, der mir so lange gute Dienste geleistet hatte, meldete sich: *Zeit und Ort. Könnte eine Falle sein.*

Nicht von ihr. Das konnte ich mir nicht vorstellen.

Doch wer hätte diese Nachricht sonst noch abhören können?

Ich überlegte. Um die Nachricht abzufangen, musste jemand wissen, wo ich abgestiegen war und unter welchem fiktiven Namen. Außerdem musste er sich in das Voicemail-System des Hotels hacken können. Abgesehen von Tatsu, der keine aktuelle Bedrohung darstellte, besaß dazu kaum jemand diese Möglichkeit.

Aber es war nicht auszuschließen.

Meine Antwort lautete: *Zum Teufel damit.*

Ich ging hin, um sie zu sehen.

Ich machte einen langen, verschlungenen Umweg, hauptsächlich zu Fuß, während in der Stadt um mich herum nach und nach die Dunkelheit hereinbrach. Tokio bei Nacht hat etwas sehr Lebendiges an sich, eine Welt voller Möglichkeiten. Sicher ist der Tag mit seinen im Zickzack schwimmenden Fußgängerschwärmen und donnernden Zügen und Trubel und Lärm und Verkehr die optimistischere Melodie der Stadt. Doch das alltägliche Tohuwabohu hat auch etwas Lästiges, und die Stadt wirkt jeden Abend fast erleichtert, sich ins Zwielicht zurückziehen und die Bürde des Tages ablegen zu können. Die Nacht legt das Zuviel und die Zerstreuung ab. Wenn man bei Nacht durch Tokio streift, fühlt man sich dem nahe, wonach man sich immer gesehnt hat. Bei Nacht kann man die Stadt atmen hören.

Ich ging in ein Internet-Café, um auf die Website des *Body&Soul* zu gehen und nachzusehen, wer heute spielte. Es war Toku, ein junger Sänger und Flügelhornspieler, der sich mit seinem ausdrucksstarken Sound für seine neunundzwanzig Lenze bereits einen beachtlichen Namen gemacht hatte. Ich besaß zwei CDs von ihm, hatte ihn aber noch nie live erlebt.

Möglicherweise wusste Yamaoto von Midoris Privatdetektei, dass sie sich in Tokio aufhielt. In diesem Fall bestand das Risiko, dass sie observiert wurde, vielleicht von Murakami persönlich. Ich überprüfte die möglichen Stellen in der Umgebung des Klubs gründlich. Sie waren alle sauber.

Ungefähr um zwanzig Uhr dreißig ging ich hinein. Es war voll, doch der Türsteher ließ mich ein, als ich ihm sagte, dass ich ein Freund von Kawamura Midori sei, die sich Tokus Konzert anhören wolle. Oh ja, sagte er. Kawamura-san hätte erwähnt, dass vielleicht noch jemand kommen würde. Bitte.

Sie saß am Ende eines der zwei langen Tische, die entlang der Wände des *Body&Soul* standen und von denen man auf die zentrale Bühne blicken konnte. Ich ließ den Blick durch den Raum schweifen, erkannte aber keine Bedrohungen. Tatsächlich war das abendliche Publikum in demografischer Hinsicht jung, weiblich und ganz auf Toku und sein Quartett konzentriert, die es gerade mit ihrem elegischen ›Autumn Winds‹ verzauberten.

Ich lächelte, als ich sah, wie die Band sich ausstaffiert hatte: T-Shirts, Jeans und Turnschuhe. Sie alle trugen die Haare lang und *chapatsu*-braun gefärbt. Ihre Altersgenossen würden das cool finden. Für mich sahen sie einfach blutjung aus. Ich machte mich auf den Weg zu Midoris Sitzplatz. Sie sah mich näherkommen, traf aber keine Anstalten, mich zu begrüßen.

Sie trug einen schwarzen, figurbetonten, ärmellosen Rollkragenpulli, der nach leichtem Kaschmir aussah und ihr Gesicht und die Arme im Kontrast zum Leuchten brachte. Sie lehnte sich zurück und ich sah, dass sie eine Lederhose trug, abgewetzt und weich vom Alter, dazu hochhackige Stiefel. Abgesehen von einem Paar Brillant-Ohrstecker war sie nicht weiter zurechtgemacht. Es hatte mir immer gefallen, dass sie es mit Schmuck und Make-up nicht übertrieb. Sie hatte es nicht nötig.

»Ich hatte nicht ernsthaft damit gerechnet, dass du kommst«, sagte sie.

Ich beugte mich zu ihr, damit ich mich über die Musik verständlich machen konnte. »Du hast gedacht, deine Nachricht würde mich nicht erreichen?«

Sie zog eine Augenbraue hoch. »Ich dachte, du würdest nicht auftauchen, wenn ich Zeit und Ort vorschlage.«

Sie lernte schnell. Ich zuckte die Achseln. »Hier bin ich.«

Es war kein Sitzplatz frei, darum stand sie auf und wir lehnten uns gegen die Wand, Schulter an Schulter, aber ohne uns zu berühren. Sie nahm ihr Getränk mit.

»Was trinkst du da?«, fragte ich.

»Ardbeg. Du hast mich damit bekannt gemacht, erinnerst du dich? Jetzt schmeckt er nach dir.«

»Dann bin ich überrascht, dass du ihn magst.«

Sie warf mir einen Seitenblick zu. »Es ist ein bittersüßer Geschmack«, meinte sie.

Eine Bedienung kam vorbei, und ich bestellte auch einen Ardbeg. Wir hörten Toku zu, der von Trauer, Einsamkeit und Reue sang. Das Publikum liebte ihn.

Als das Set vorbei und der Applaus verklungen war, wandte sich Midori zu mir. Überrascht entdeckte ich Bedauern in ihrer Miene, sogar Mitgefühl. Dann wurde mir klar, warum.

»Hast du … du hast sicher schon von Harry gehört«, sagte sie. Ich nickte.

»Es tut mir leid.«

Ich wartete eine Sekunde, dann sagte ich: »Er wurde ermordet, weißt du? Diese Privatdetektive, die du auf ihn angesetzt hattest, haben mit den falschen Leuten gesprochen.«

Der Mund blieb ihr offen stehen. »Man hat mir gesagt, es wäre ein Unfall gewesen.«

»Das ist Unsinn.«

»Woher weißt du das?«

»Die Umstände. An einem gewissen Punkt dachten sie, sie hätten mich in der Hand und würden Harry nicht mehr brauchen. Außerdem war sein Magen voller Alkohol. Aber Harry hat nie getrunken.«

»Oh mein Gott«, sagte sie und legte die Hand vor den Mund.

»Beim nächsten Mal solltest du eine Firma beauftragen, die es mit der Vertraulichkeit ein bisschen genauer nimmt.«

Sie schüttelte entsetzt den Kopf.

»Tut mir leid«, sagte ich und sah zu Boden. »Das war nicht fair. Niemand hat Schuld daran, außer den Leuten, die es getan haben. Und Harry, weil er es besser hätte wissen müssen.« Ich erzählte ihr eine geschönte Version, wie er hereingelegt worden war und nicht hatte auf mich hören wollen.

»Ich mochte ihn«, sagte sie, als ich fertig war. »Ich fragte mich, ob er mich vielleicht anlügt, als er behauptete, du wärst tot. Darum habe ich diese Leute angeheuert, um ihn zu beobachten. Er schien ein guter Mensch zu sein. Er war nett und schüchtern und man konnte sehen, dass er zu dir aufblickte.«

Ich lächelte schwach. Harrys Grabrede.

»An deiner Stelle wäre ich vorsichtig in Tokio«, sagte ich. »Sie haben mich verloren, aber sie werden nicht aufhören, nach mir zu suchen. Wenn sie erfahren, dass du hier bist, könnten sie sich für dich interessieren. So, wie für Harry.«

Es gab eine lange Pause. Dann sagte sie: »Ich fliege sowieso morgen nach New York zurück.«

Ich nickte langsam und glaubte zu wissen, was jetzt kam.

»Danach werde ich dich nicht mehr wiedersehen«, sagte sie.

Ich versuchte ein Lächeln. Es gelang mir nicht ganz. »Ich weiß.«

»Ich bin mir klar geworden, was ich von dir will«, sagte sie.

»Ja?«

Sie nickte. »Erst dachte ich, ich wollte Rache. Ich wollte dir wehtun, damit du dich krümmst, denselben Schmerz spürst, den du mir zugefügt hast.«

Ich war nicht überrascht.

»Und dafür habe ich dich gehasst«, fuhr sie fort, »denn ich hielt Hass immer für ein so unwürdiges Gefühl. So charakterschwach und letzten Endes sinnlos.«

Ich staunte über das behütete, unschuldige Leben, das jemand geführt haben musste, damit eine solche Philosophie glaubwürdig und intakt bleiben konnte, und eine Sekunde lang liebte ich sie dafür.

Sie nippte an ihrem Ardbeg. »Aber als ich dich neulich gesehen habe, änderte sich das alles. Zum Teil, weil ich begriff, dass du wirklich versucht hast, diese CD zurückzubekommen und zu vollenden, was mein Vater begonnen hatte. Und teils, weil ich bemerkt habe, dass du nur versucht hast, mich vor den anderen Leuten zu beschützen, die hinter der CD her waren.

»Und woran lag es wirklich?«

Sie wandte den Blick ab und betrachtete die Stelle, wo die Band gespielt hatte, dann sah sie wieder mich an. »Ich habe verstanden, was du bist. Du bist kein Teil der realen Welt. Jedenfalls nicht meiner Welt. Du bist wie ein Geist, eine Kreatur der Dunkelheit. Und mir wurde klar, dass so jemand den Hass nicht wert ist.«

Ob ich es wert war, gehasst zu werden, oder ob *sie* mich hasste, waren zwei verschiedene Dinge. Ich fragte mich, ob sie das verstand. »Stattdessen Mitleid?«, fragte ich.

Sie nickte. »Vielleicht.«

»Ich glaube, Hass wäre mir lieber gewesen«, meinte ich. Ich versuchte, es leichthin zu sagen, doch sie lachte nicht.

Sie sah mich an. »Also bleibt uns nur noch heute Nacht.«

Ich hätte fast Nein gesagt. Weil es zu sehr wehtun würde.

Dann beschloss ich, mich später mit dem Schmerz zu befassen. So wie immer.

Wir gingen ins *Park Hyatt* in Shinjuku. Sie wohnte im *Okura*, aber dorthin zurückzukehren, wäre zu gefährlich gewesen.

Wir nahmen ein Taxi zum Hotel. Unterwegs sahen wir uns an, doch keiner sagte ein Wort. Ich checkte uns ein, und als wir im Zimmer ankamen, ließen wir das Licht ausgeschaltet. Es schien ganz natürlich, dass wir an die enormen Fenster traten und auf die Masse des urbanen Shinjuku hinaussahen, die im violetten Licht funkelte.

Ich blickte von unserem luftigen Aussichtspunkt auf die Stadt hinunter und dachte an all die Ereignisse, die in genau diesen Augenblick gemündet hatten, diesen Moment, den ich mir so oft vorgestellt, nach dem ich mich geradezu verzweifelt gesehnt hatte. Jetzt versuchte ich ihn auszukosten, während ich gleichzeitig spürte, wie er mir unwiederbringlich entglitt.

Irgendwann merkte ich, dass sie mich ansah. Ich drehte mich zu ihr um, streckte die Hand aus und zeichnete die Umrisse ihres Gesichts mit dem Handrücken nach, versuchte, alle Details in mein Gedächtnis einzubrennen, weil ich mich daran erinnern wollte, wenn sie nicht mehr da war. Ich merkte, dass ich leise ihren Namen sagte, immer wieder, so, wie ich es immer tue, wenn ich allein bin und an sie denke. Dann trat sie näher, legte die Arme um mich und zog mich mit überraschender Kraft an sich.

Sie roch genauso, wie in meiner Erinnerung, sauber, mit einem Hauch jenes Parfüms, das mir ewig ein Rätsel bleiben wird, und ich musste an einen besonderen Wein denken, bei dem man zögert und zögert, bevor man ihn dekantiert, und dann doch kaum davon zu trinken wagt, weil er anschließend verschwunden sein wird.

Wir küssten uns lange Zeit vor dem Fenster, sanft, ohne Eile, und irgendwann vergaß ich tatsächlich, was uns hier zusammengeführt hatte und warum wir jeder für sich wieder weggehen würden.

Wir rissen uns die Kleider vom Leib wie beim ersten Mal, immer drängender, beinahe zornig. Ich entfernte den Schlagstock, den ich mir an den Unterarm geklebt hatte, und legte ihn weg. Sie fragte gar nicht erst danach. Dann waren wir nackt, küssten uns weiter, und sie presste sich heftig an mich, drängte mich rückwärts auf das Bett zu. Meine Beine stießen dagegen und ich musste mich setzen. Sie beugte sich vor, eine Hand auf das Bett gestützt, die andere an meine Brust gelegt, und stieß mich auf den Rücken. Sie kniete sich über mich, die Hand immer noch auf meine Brust gelegt, und griff mit der anderen nach unten. Sie drückte einen Moment lang zu, so fest, dass es wehtat. Dann sah sie mich mit ihren dunklen Augen an und führte mich, immer noch ohne ein Wort, ein.

Erst bewegten wir uns langsam, tastend, wie zwei Menschen, die sich ihrer gegenseitigen Motive nicht sicher sind. Meine Hände erforschten die Landschaft ihres Körpers, glitten darüber, hielten wieder inne, im Rhythmus ihres Atems und des Klangs ihrer Stimme. Sie stemmte mir die Hand auf die Schulter, lehnte sich mit ihrem ganzen Gewicht auf mich und begann, mich härter zu reiten. Ich betrachtete die Umrisse ihres Gesichts im schwachen Licht, das durch die Fenster fiel, und spürte etwas Unerklärliches zwischen unseren Körpern aufsteigen, wie Hitze oder Elektrizität. Ich stellte die Füße aufs Bett, und durch den leicht veränderten Winkel unserer Körper drang ich noch tiefer in sie ein. Ihr Atem ging schneller und heftiger. Ich versuchte, mich zurückzuhalten und nicht vor ihr fertig zu sein, doch sie bewegte sich schneller, drängender, und ich fühlte den Höhepunkt herannahen. Ein Laut drang aus ihrer Kehle, halb Knurren, halb Wimmern, und sie beugte sich vor, bis ihr Gesicht beinahe meines berührte, und sie sah mir in die Augen, während ich sie kommen fühlte und selbst auch kam, und sie flüsterte: »Ich hasse dich«. Ich sah, dass sie weinte.

Danach richtete sie sich auf, während ihre Hände noch auf meinen Schultern ruhten. Sie ließ den Kopf nach vorn fallen, sodass ihr Gesicht im Schatten lag. Sie gab keinen Laut von sich, doch sie zitterte, und ihre Tränen tropften mir auf Brust und Hals.

Ich wusste nicht, was ich sagen sollte, nicht einmal, ob ich sie berühren durfte, und wir blieben lange Zeit in dieser Haltung. Dann löste sie sich von mir und ging stumm ins Badezimmer. Ich setzte mich auf und wartete. Nach ein paar Minuten kam sie in einen der weißen Frotteemäntel des Hotels gehüllt wieder heraus. Sie sah mich an, sagte aber nichts.

»Willst du, dass ich gehe?«, fragte ich.

Sie schloss die Augen und nickte.

»Okay.« Ich stand auf und begann, mich anzuziehen. Als ich fertig war, wandte ich mich zu ihr.

»Ich weiß, dass du in New York großen Erfolg hast«, sagte ich. »*Ganbatte.*« Mach weiter so.

Sie sah mich an. »Was wirst du tun?«

Ich zuckte die Achseln. »Du weißt, wie es mit uns Kreaturen der Nacht ist. Ich muss einen Stein finden, unter dem ich mich verkriechen kann, bevor die Sonne aufgeht.«

Sie lächelte gezwungen. »Danach, meine ich.«

Ich nickte nachdenklich. »Ich weiß nicht recht.«

Eine Pause entstand.

»Du solltest mit deinem Freund zusammenarbeiten«, sagte sie. »Das ist das Einzige, was dir bleibt.«

»Komisch, dasselbe sagt er auch immer. Nur gut, dass ich nicht an Verschwörungen glaube.«

Das Lächeln kehrte wieder, ein bisschen weniger gezwungen

diesmal. »Seine Motive sind wahrscheinlich selbstsüchtig. Meine nicht.«

Ich sah sie an. »Ich bin nicht sicher, ob ich deinen Motiven vertrauen kann, nach allem, was du gerade zu mir gesagt hast.«

Sie sah zu Boden. »Tut mir leid.«

»Nein, ist schon in Ordnung. Du warst nur ehrlich. Ich glaube nicht, dass jemals jemand so ehrlich zu mir war. Jedenfalls nicht in diesem Augenblick.«

Wieder ein Lächeln. Es war traurig, wirkte aber wenigstens echt. »Ich bin auch jetzt ehrlich.«

Ich musste es hinter mich bringen. Ich trat nahe an sie heran, nahe genug, um den Duft ihrer Haare riechen und die Wärme ihrer Haut spüren zu können. Einen Moment lang blieb ich mit geschlossenen Augen so stehen. Atmete tief ein. Und langsam wieder aus.

Ich sprach Englisch, um die unmissverständliche Endgültigkeit eines *Sayonara* zu vermeiden. »Lebe wohl, Midori«, sagte ich.

Ich ging zur Tür und sah gewohnheitsmäßig erst durch den Spion. Der Gang war leer. Ich trat hinaus, ohne mich noch einmal umzusehen.

Im Korridor war es sehr schwer. Im Aufzug ging es schon ein bisschen leichter. Als ich die Straße erreicht hatte, wusste ich, dass das Schlimmste überstanden war.

Eine kleine Stimme meldete sich in mir, leise, aber nachdrücklich. *Es ist besser so*, sagte sie.

KAPITEL 21

Ich ging durch die kleinen Seitenstraßen von Shinjuku in östlicher Richtung, überlegte, wo ich die Nacht verbringen und was ich tun sollte, wenn ich am nächsten Morgen aufwachte. Ich versuchte, nicht an andere Dinge zu denken.

Es war spät, aber immer noch trieben kleine Grüppchen von Menschen wie trübe Sternbilder durch die mich umgebende Leere des Raums: Obdachlose und Bettler, Prostituierte und Zuhälter, die Entmutigten, die Entrechteten, die Enteigneten.

Ich empfand Schmerz, doch ich konnte mir nicht vorstellen, was ich dagegen unternehmen sollte.

Mein Pager summte.

Natürlich dachte ich: *Midori.*

Aber ich wusste, dass sie es nicht sein konnte. Sie hatte diese Nummer nicht. Und selbst wenn, hätte sie sie nicht benutzt.

Ich sah auf das Display, erkannte den Anrufer jedoch nicht.

Ich suchte mir ein Münztelefon und wählte. Es klingelte einmal, dann meldete sich eine Frau auf Englisch. Sie sagte: »Hey.«

Es war Naomi.

»Hey«, sagte ich. »Ich hätte fast vergessen, dass ich dir diese Nummer gegeben habe.«

»Ich hoffe, es macht dir nichts aus, dass ich sie benutzt habe.«

»Überhaupt nicht. Ich bin nur ein wenig überrascht.« Ich *war* überrascht. Meine Wachsamkeit schaltete einen Gang höher.

Eine Pause entstand. »Nun, es war heute nicht viel los im Klub

345

und ich konnte früher nach Hause. Ich habe mich gefragt, ob du vielleicht noch vorbeikommen möchtest.«

Eine Nacht, in der im *Damask Rose* nicht viel los war, konnte ich mir nur schwer vorstellen. Vielleicht stimmte es ja, doch selbst dann hätte ich vermutet, dass sie erst noch ausgehen wollte – auf ein spätes Abendessen, einen Drink. Nicht bloß ein Stelldichein in ihrem Apartment. Meine Wachsamkeit stieg weiter.

»Klar«, sagte ich. »Wenn du nicht zu müde bist.«

»Überhaupt nicht. Würde dich sehr gern wiedersehen.«

Seltsam. Das ›würde‹ hatte fast geklungen wie ›würden‹. Dieses Verschleifen entsprach gar nicht ihrem üblichen portugiesischen Akzent. Eine Botschaft? Eine Warnung?

Ich sah auf die Uhr. Es war fast halb zwei. »Ich bin in etwa einer Stunde da.«

»Ich kann es kaum erwarten.«

Sie legte auf.

Da stimmte etwas nicht. Ich konnte bloß nicht genau sagen, was.

Es war schon merkwürdig genug, dass sie mit mir Kontakt aufgenommen hatte. Und dann diese Geschichte, dass sie früher nach Hause gegangen sei, obwohl das durchaus die Kontaktaufnahme erklären konnte. Ihre Stimme hatte ganz normal geklungen. Bis auf dieses eine, seltsam lang gezogene Wort.

Die Frage war, was sollte ich tun, wenn ich herausfand, dass es sich um eine Falle handelte? Nicht im Fall eines Verdachts, sondern wenn ich es sicher *wusste*.

Ich ging zu einem anderen öffentlichen Telefon und rief Tatsu an. Es meldete sich nur der Anrufbeantworter. Ich versuchte es noch einmal. Nichts zu machen. Er musste mit einer Observierung oder etwas Ähnlichem beschäftigt sein.

Nun, er hat einen ganz normalen Job, dachte ich. Mist.

Es wäre sicher vernünftiger gewesen, mich fernzuhalten, bis ich mit Verstärkung anrücken konnte. Doch möglicherweise bot sich hier eine einmalige Gelegenheit, die ich mir nicht entgehen lassen sollte. Und vielleicht steckte Naomi in Schwierigkeiten.

Ich nahm ein Taxi bis in die Außenbezirke von Azabu Juban. Ich kannte die Sicherheitsvorkehrungen vor Naomis Wohngebäude natürlich gut, seit ich sie selbst ausgekundschaftet und mir zunutze gemacht hatte, in jener Nacht, als ich im Regen auf sie gewartet hatte. Das Gebäude in dieser rechtwinklig abzweigenden Seitenstraße mit dem Vordach und den Plastikmülleimern war ideal geeignet. Wenn mir jemand auflauerte, dann dort. Genau, wie ich auf Naomi gewartet hatte.

Ich näherte mich gerade der Einmündung der Straße, die zur Rückseite von Naomis Wohnhaus führte, als ich ein Motorrad mit Zweitaktmotor auf mich zu knattern hörte. Es war das Liefermoped eines Pizzadienstes mit hinten aufgeschnalltem, tragbarem Wärmebehälter und einem Schild der Pizzeria, in deren Auftrag es unterwegs war. Ich beobachtete es sorgfältig, bis ich sicher war, dass es genau das war, was es zu sein schien. Ein junger Bursche, der sich mit einem nächtlichen Job ein paar Yen dazuverdiente. Ich konnte die Pizza im Behälter riechen.

Ich hatte eine Idee.

Ich winkte ihm. Er hielt direkt vor mir an.

»Könnten Sie mir einen Gefallen tun?«, fragte ich auf Japanisch. »Für zehntausend Yen?«

Seine Augen wurden ein bisschen größer. »Sicher«, sagte er. »Worum geht es?«

»Am Ende dieser Straße ist ein Gebäude, auf der rechten Seite, von hier aus gesehen. Es hat ein Vordach, an dem entlang eine Menge Mülleimer aufgereiht sind. Ich glaube, ein Freund wartet dort auf mich, aber ich möchte ihn überraschen. Können Sie aus der anderen Richtung daran vorbeifahren, genau hinschauen und mir dann berichten, ob Sie ihn gesehen haben?«

Seine Augen wurden noch größer. »Für zehntausend Yen? Ja, klar kann ich das.«

Ich zückte meine Brieftasche und zog einen Fünftausend-Yen-Schein hervor. »Die Hälfte jetzt, die Hälfte, wenn Sie wiederkommen«, sagte ich.

Er nahm das Geld und sauste davon. Drei Minuten später war er zurück.

»Er ist da«, sagte er. »Genau wie sie gesagt haben.«

»Danke«, nickte ich. »Sie haben mir das Leben gerettet.« Ich gab ihm die zweiten fünftausend Yen. Er starrte sie mit ungläubigem Blick an. Dann brach er in ein breites, sonniges Grinsen aus.

»Danke!«, sagte er. »Toll! Kann ich sonst noch etwas für Sie tun?« Ich schüttelte den Kopf. »Nicht heute Nacht.«

Er blickte ein wenig enttäuscht drein, dann grinste er wieder, als wäre ihm klar geworden, dass er sich zu viel erhofft hatte. »Okay, noch mal vielen Dank«, sagte er. Er ließ den Motor aufheulen und fuhr davon.

Ich löste meinen Schlagstock vom Unterarm und verbarg ihn in der rechten Hand. Dann holte ich Yukikos Pfefferspray heraus und nahm es in die linke. Ich bewegte mich mit jener Verstohlenheit, die ich mir während vieler Tage andauernder Aufklärungspatrouillen in Vietnam angeeignet hatte, hielt mich dicht an den Häuserwänden und überprüfte jede Ecke, jeden Winkel, ob die Luft rein war, bevor ich weiter schlich.

Es dauerte fast eine halbe Stunde, bis ich die hundert Meter zum Ort des Hinterhalts zurückgelegt hatte. Als ich noch drei Meter entfernt war, wurde die Deckung durch die Reihe der Mülltonnen zu schwach, als dass ich mich weiter dahinter hätte verstecken können. Ich duckte mich tief und wartete.

Fünf Minuten verstrichen. Ich hörte, wie ein Streichholz angerissen wurde, dann sah ich eine Wolke blauen Rauchs hinter einem Stapel Müllbehältern hervorquellen. Wer immer dort wartete, es war jedenfalls nicht Murakami. Der hätte nie etwas so Dämliches getan.

Ich schob das Pfefferspray wieder in die Tasche und zog den Schlagstock vorsichtig auf die volle Länge aus. Dann zupfte ich am Ende, um zu prüfen, ob die Elemente richtig eingerastet waren, und packte ihn fest mit der rechten Hand. Ich sah den Rauch vor mir aufsteigen und schätzte die Zeit, die bis zum nächsten Zug verstrich. Ich wollte warten, bis er tief inhalierte und seine Aufmerksamkeit ganz von dem Vergnügen in Anspruch genommen war, das köstliche Nikotin einzusaugen. Ein, aus. Ein, aus. Ein …

Ich sprang aus meinem Versteck hervor und stürmte auf

ihn zu, den Arm mit dem Schlagstock angewinkelt erhoben, als wollte ich mich damit am linken Schulterblatt kratzen, die freie Hand zur Verteidigung von Kopf und Gesicht hochgenommen. Innerhalb von Sekundenbruchteilen war ich heran und erblickte den Mann, sobald ich um die Ecke der Müllcontainer bog. Es war einer von Murakamis Leibwächtern. Er trug eine schwarze, hüftlange Lederjacke, dazu eine Sonnenbrille mit wollener Rollmütze als leichte Verkleidung. Er hörte mich kommen und hatte den Kopf halb zu mir herumgedreht, als ich auf ihn zusprang.

Die Kinnlade klappte ihm herunter, und die Zigarette baumelte nutzlos an seiner Unterlippe. Mit der rechten Hand griff er in die Jackentasche. Ich sah alles klar und überdeutlich vor mir.

Ich machte einen Ausfallschritt mit dem rechten Fuß und knallte ihm den Schlagstock seitlich ins Gesicht. Sein Kopf wurde von der Wucht des Schlags nach links geworfen. Die Sonnenbrille segelte davon. Die Zigarette flog ihm aus dem Mund und wirbelte wie eine abgefeuerte Patronenhülse durch die Luft, gefolgt von einer Explosion aus Zähnen und Blut. Er taumelte gegen das Gebäude zurück und glitt langsam an der Wand herab. Ich trat ganz nahe heran und stemmte ihm den Knauf des Schlagstocks unters Kinn, um ihn am Zusammensacken zu hindern.

»Wo ist Murakami?«, fragte ich auf Japanisch.

Er hustete und spuckte Blut und Zahnsplitter aus.

Ich tastete ihn ab, während er würgte und wieder zu Sinnen zu kommen versuchte. Ich fand ein Kershaw-Messer, wie Murakami es bei sich getragen hatte, außerdem ein Mobiltelefon in einer Tasche mit Gürtelclip. Ich steckte beides ein.

Ich verstärkte den Druck mit dem Schlagstock. »Wo ist er?«, fragte ich wieder.

Er hustete und spuckte. »*Naka da*«, sagte er undeutlich und verzerrt durch seine Mundverletzungen. Drinnen.

»Wo ist der andere Mann?«

Er stöhnte und wollte die Hände ans Gesicht heben. Ich drückte ihm den Schlagstock gegen den Hals. Er zog eine Grimasse und senkte die Arme.

»Wo ist der zweite Mann?«, wiederholte ich.

Er sog keuchend die Luft ein und schnaufte. »*Omote da.*« Vorne.

Ich senkte den Schlagstock und stieß ihm die Spitze kurz und hart in den Solarplexus. Er klappte mit einem Grunzen zusammen. Ich trat hinter ihn, legte ihm den Schlagstock über die Luftröhre und stemmte ihm das Knie in den Rücken. Ich krümmte mich nach hinten, riss den Schlagstock zurück und stieß gleichzeitig das Knie vor. Seine Hände flogen hoch, um den Druck der Stahlstange zu lockern, doch es war schon zu spät. Sein Kehlkopf war zerquetscht. Er wehrte sich stumm noch eine halbe Minute lang, dann sackte er leblos gegen mich.

Ich ließ ihn vorsichtig zu Boden gleiten und sah mich um. Alles ruhig. Ich zog ihm Wollmütze und Lederjacke aus und schlüpfte selbst hinein. Dann suchte ich den Boden nach der Sonnenbrille ab – da war sie. Ich setzte sie auf.

Ich schleifte den Körper so tief wie möglich ins Dunkel, hob seine immer noch brennende Zigarette auf und steckte sie mir zwischen die Lippen. Den Schlagstock hämmerte ich gegen das Pflaster, um ihn zu schließen, schob ihn in die Jackentasche und verbarg das Pfefferspray in der hohlen Hand.

Im Unterschied zur Rückseite gab es vor dem Gebäude keine Seitenstraßen und daher auch weniger geeignete Punkte. Genau genommen nur einen, wie ich wusste: der Durchgang an der Seite des direkt gegenüberliegenden Hauses.

Ich ging zur Vorderseite des Gebäudes, Sonnenbrille und Mütze aufgesetzt, brennende Zigarette im Mund. Den Kopf hielt ich gesenkt und den Blick nach vorne gerichtet, genau die Haltung, die diese Typen auch eingenommen hätten, um Zeugen und Kameras zu täuschen.

Ich sah ihn auf der anderen Straßenseite, sobald ich um die Ecke bog. Er war genauso angezogen wie sein jüngst verstorbener Partner. Ich ging direkt auf ihn zu, schnell, zuversichtlich. Die

Sonnenbrillen, die wir trugen, waren zwar eine gute Verkleidung, aber höllisch schlecht für das Nachtsichtvermögen. Er hielt mich für seinen Partner. Er trat aus dem Schatten, als wollte er mich begrüßen, wunderte sich wohl, warum ich meinen Posten verlassen hatte.

Als ich noch drei Meter entfernt war, sah ich, wie er verwirrt die Lippen schürzte. Bei zwei Metern klappte ihm die Kinnlade herunter, als würde ihm klar, dass etwas ganz und gar nicht stimmte. Bei einem Meter wurden all seine Fragen durch einen Mundvoll Pfefferspray beantwortet.

Seine Hände flogen hoch zum Gesicht, und er taumelte zurück. Ich spuckte die Zigarette aus, ließ die Dose in die Jackentasche gleiten und zog den Knüppel. Er schnappte auf, ich trat hinter den Mann und ließ den Schlagstock über die Luftröhre schnellen, genau wie bei seinem Kumpel, nur dass ich diesmal einen stärkeren Kreuzgriff anwandte, der ihm neben dem Kehlkopf auch die Halsschlagadern abschnürte. Seine Finger klaubten nach dem Stahl, und seine Füße scharrten ein paar Sekunden lang Halt suchend über den Boden, während ich ihn in den schmalen Durchgang zerrte, doch als wir den Schatten erreichten, war er bereits tot. Ich tastete ihn ab und fand noch ein Messer und ein Handy. Das Messer ließ ich stecken. Das Handy nahm ich an mich.

Ich schob den Schlagstock zusammen, steckte ihn ein und ging weiter bis zum Ende der Straße, wo ich ein öffentliches Telefon entdeckte. Ich wusste nicht, ob Naomi über Rufnummernerkennung verfügte, und wollte nicht riskieren, sie mit einem der Handys anzurufen, die ich gerade ergattert hatte.

Ich wählte. Sie nahm beim dritten Klingeln ab und meldete sich mit etwas unsicherer Stimme. »Hallo?«

»Hey, ich bin's.«

Eine Pause. »Wo steckst du?«

»Ich schaffe es heute Nacht doch nicht mehr. Tut mir leid.«

Noch eine Pause. »Das macht nichts. Ist schon gut.« Sie klang erleichtert.

»Ich wollte dir nur Bescheid sagen. Ich melde mich bald, okay?«

»Okay.«

Ich legte auf und ging wieder zur Rückseite des Gebäudes, zog mich ins Dunkel zurück, wo ich die Leiche des ersten Mannes abgelegt hatte.

Eines der Handys, die ich bei mir trug, begann zu vibrieren. Ich zog es heraus und klappte es auf.

»*Hai*«, sagte ich.

»Er kommt heute Nacht nicht«, sagte Murakami mit seinem typischen Knurren. »Ich bin in einer Minute unten. Ruf Yagi-san an und gib ihm Bescheid, dass wir aufbrechen.«

Ich nahm an, dass Yagi einer der Typen war, die ich ausgeschaltet hatte. »*Hai*«, wiederholte ich.

Er legte auf.

Ich schob das Handy wieder in die Jackentasche. Dann zog ich den Schlagstock hervor und hielt ihn zusammengeschoben in der rechten Hand. Das Pfefferspray nahm ich in die linke. Mein Herz pochte gleichmäßig. Ich atmete tief durch die Nase ein, hielt die Luft an, stieß sie wieder aus.

Der Hinterausgang war unauffälliger und weniger frequentiert. Außerdem gab es dort keine Überwachungskamera. Ich wusste, er würde dort das Haus verlassen, genau, wie ich selbst es getan hatte.

Ich postierte mich am Rand des diffusen Lichtkegels einer nahegelegenen Straßenlaterne, wo Murakami mich sehen, aber im Dunkeln nicht deutlich erkennen konnte. Ich musste ihn so nah wie möglich heranlocken, um das Überraschungselement zu maximieren. Das war womöglich der einzige Vorteil, den ich ihm gegenüber besaß.

Zwei Minuten später trat er aus der Hintertür. Ich blieb außerhalb des Lichtscheins, die Sonnenbrille aufgesetzt, die Mütze tief in die Stirn gezogen.

Er hatte einen Hund bei sich, der an der Leine zerrte. Ohne den Maulkorb dauerte es eine Sekunde, bis ich ihn erkannte. Der weiße Pitbull, der nach meinem Kampf gegen Adonis im Auto auf uns gewartet hatte.

Oh, *Scheiße*.

Ich hätte beinahe kehrtgemacht und die Flucht ergriffen. Doch die primitivsten Reflexe eines Hundes werden ausgelöst, wenn man vor ihm davonrennt, und das Risiko war zu groß, dass das Vieh mich einholte und von hinten niederriss. Ich musste das Spiel zu Ende bringen.

Wenigstens war Murakamis Aufmerksamkeit teilweise durch das Tier abgelenkt. Er erblickte mich, hob den Kopf zu einem kurzen Gruß und sah dann seinen Hund an, der zu knurren begonnen hatte.

Liebes Hundchen, dachte ich. *Liebes Scheißhundchen.*

Sie bewegten sich auf mich zu. Murakami hob den Blick zu mir, sah dann wieder den Hund an. Das Mistvieh knurrte jetzt abgehackt und bösartig, mörderische Töne, die tief aus seiner Brust drangen.

Murakami schien nicht übermäßig besorgt. Vermutlich knurrte ein Hund, der Schießpulver und Steroide in sein Hundefutter und Jalapeño-Chilis als Zäpfchen zum Nachtisch bekam, selbst den verdammten Wind an, und Murakami musste daran gewöhnt sein, begrüßte ein solches Verhalten vielleicht sogar.

Sie kamen näher. Der Hund geriet immer mehr in Rage, fletschte die Zähne und zerrte an der Leine. Murakami sah ihn verwirrt an. »*Doushitanda?*«, fragte er. Was zum Teufel ist mit dir los?

Dann begann er, den Kopf zu heben. Er war nicht so nah, wie ich ihn gerne gehabt hätte, doch beim nächsten Blick würde er zwei und zwei zusammenzählen. Eine bessere Gelegenheit kam nicht mehr.

Ich sprang auf ihn zu und hatte die Entfernung in zwei langen Schritten zurückgelegt. Murakami reagierte augenblicklich, ließ die Leine los und hob die Hände, um Kopf und Oberkörper zu schützen.

Es war eine antrainierte Reaktion, die ich erwartet hatte. Den Hund ignorierend, den ich als die geringere Gefahr einschätzte, ließ ich mich in kauernde Haltung fallen, winkelte den rechten Arm vor dem Körper an und ließ die Hand vorschnellen wie eine Rückhand beim Tennis. Der Totschläger fuhr teleskopartig aus. Als er den Knöchel von Murakamis vorderem Bein traf, hatte er seine gesamten fünfundsechzig Zentimeter Länge erreicht. Der Aufprall des Stahls auf seinem Knöchel war eines der schönsten Gefühle meines Lebens. Hätte ich ihn verfehlt, ich wäre ein paar Sekunden später tot gewesen.

Aber ich traf. Ich spürte den Knochen unter der Stahlstange brechen, hörte Murakami aufheulen. Einen Augenblick später füllte nur noch weißer Hund mein Blickfeld. Er kam wie ein Cruise-Missile auf mich zugeschossen.

Ich schaffte es, den linken Arm vor der Kehle hochzureißen. Der Hund schnappte zu und verbiss sich dicht über dem Handgelenk darin. Schmerz explodierte. Der Aufprall warf mich nach hinten.

Eines war mir klar, wenn ich mit der Bestie auf mir drauf auf den Rücken fiel, würde sie mich in so kleine Stücke zerreißen, dass man sie hinterher nicht einmal mehr zusammenkehren könnte. Instinktiv und aus meinem jahrelangen Judotraining heraus, schlug ich mit unserem verdoppelten Schwung einen Purzelbaum rückwärts, an dessen Ende ich in der Hocke wieder hochkam. Der Hund hielt mich immer noch dicht über dem Handgelenk gepackt, fletschte die Zähne und schüttelte den Kopf in dem Todesbiss hin und her, auf den er trainiert war. Ich verlor jedes Gefühl im Arm.

Ich versuchte, den Schlagstock hochzubekommen und dem Vieh über den Schädel zu ziehen, konnte jedoch nicht wuchtig genug ausholen. Die Krallen des Hundes scharrten übers Pflaster, während er genügend Halt zu finden versuchte, um mich umzureißen.

Ich ließ den Totschläger fallen, griff mit dem gesunden Arm um das Biest herum und tastete nach seinen Testikeln. Das Vieh warf sich hin und her, wusste genau, was ich vorhatte. Ich schaffte es trotzdem. Ich packte die hündischen Weichteile und zog fester daran, als ich je im Leben an etwas gezerrt hatte. Seine Kiefer lockerten sich, und ich konnte meinen Arm losreißen.

Torkelnd richtete ich mich auf. Der Hund wand sich einen

Moment lang vor Schmerzen, dann kam er wieder auf die Beine. Er knurrte und starrte aus blutunterlaufenen Augen zu mir empor.

Ich warf einen Blick auf meine linke Hand. Sie hielt die Pfeffer- spraydose mit der Steifheit einer Totenstarre umklammert. Die Sehnen mussten unter dem Druck der Kiefer des Tieres blockiert haben.

Ich sah, wie die Muskeln des Hundes sich spannten. Mit der gesunden Hand befreite ich die Dose. Das Tier sprang. Ich drehte die Dose nach vorne und drückte den Knopf.

Das befriedigende Zischen von unter hohem Druck ausströmen- dem Gas ertönte, und eine rote Wolke traf das Biest mitten ins Ge- sicht. Die Wucht seines Sprungs trug es weiter, und ich wurde auf den Rücken geworfen, doch jetzt winselte und sabberte das Vieh nur noch. Die Angriffslust war ihm vergangen. Ich befreite mich von dem zuckenden Körper und rollte in die Hocke.

Der Hund wand sich vor Schmerzen auf dem Boden und rieb die Schnauze verzweifelt gegen den Asphalt, als wollte es die Sub- stanz wegwischen, die seine Qualen auslöste. Ich näherte die Dose seinem Kopf. Als das Tier sich mir niesend zuwandte, zielte ich direkt auf Maul und Schnauze und drückte den Auslöser. Eine di- cke Wolke schoss heraus und versiegte gleich wieder. Die Dose war leer.

Aber es reichte. Der Hund verfiel in erneute Krämpfe, die sei- ne bisherigen Zuckungen wie spielerische Dehnübungen aussehen ließen. Oleoresin Capsicum wirkt als Reizgas normalerweise nicht tödlich, aber vermutlich könnte eine konzentrierte Doppeldosis, wie sie der Hund gerade abbekommen hatte, die Ausnahme von der Regel sein.

Ich wandte den Blick zu Murakami. Er stand wieder aufrecht, doch sein gesamtes Gewicht ruhte auf dem gesunden Bein. Er hielt das Kershaw in der rechten Hand und führte es eng am Körper.

Ich sah nach unten und entdeckte den Totschläger. Ich las ihn mit der gesunden Hand auf und näherte mich Murakami. Mein linker Arm hing nutzlos herab.

Er stieß ein Knurren tief aus dem Brustkorb aus, nicht viel anders als sein Hund.

Ich bewegte mich vorsichtig im Kreis um ihn herum und zwang ihn, mitzugehen, versuchte, seine Beweglichkeit einzuschätzen. Ich wusste, dass der Schlag auf den Knöchel erheblichen Schaden angerichtet hatte. Aber mir war auch klar, dass er vielleicht simulierte, um mich zu übermäßiger Zuversicht und einem überhasteten Angriff zu verleiten. Wenn er den Schlagstock zu fassen bekam oder es ihm auf andere Art gelang, meine Verteidigung zu durchbrechen, war er mit seinem Messer und zwei gesunden Armen entscheidend im Vorteil.

Also ließ ich mir Zeit. Ich fintierte mit dem Totschläger. Links, rechts. Ich kreiste auf die Messerhand zu und erschwerte es ihm damit, mit der freien Hand nach mir zu greifen, hielt ihn in Bewegung, zwang ihn, den Knöchel zu belasten.

Ich gewöhnte ihn an die abwechselnden Ausfälle links und rechts. Dann versuchte ich es durch die Mitte und stieß mit der Stahlstange direkt nach Hals und Gesicht. Er parierte mit der freien Hand und versuchte, den Schlagstock zu packen, doch damit hatte ich gerechnet und riss ihn rechtzeitig zur Seite. Ich schlug ebenso unvermittelt mit der Rückhand zu und erwischte ihn seitlich am Schädel.

Er ließ sich auf ein Knie fallen, doch ich setzte nicht nach. Mein Instinkt sagte mir, dass er sich verstellte und mich heranzulocken versuchte, wo die größere Reichweite des Schlagstocks mir nichts mehr nützte.

Blut lief ihm am Kopf herab. Er sah mich an, und einen Sekundenbruchteil lang sah ich Furcht über sein Gesicht huschen wie einen Regenvorhang. Seine Täuschungsmanöver hatten nicht funktioniert, und das wusste er. Jetzt war ihm klar, dass ich ihn langsam ermüden würde, vorsichtig, methodisch, ohne etwas Unkluges zu tun, das er ausnutzen könnte.

Seine einzige Chance lag in einer Verzweiflungstat. Ich umkreiste ihn wieder und wartete darauf.

Ich ließ ihn ein bisschen näher heran, gerade soviel, dass er Hoffnung schöpfte.

Ich täuschte an und wich wieder aus, zwang ihn, den lädierten

Knöchel zu belasten. Er atmete jetzt schwer.

Mit einem lauten *Kiai* warf er sich auf mich, die freie Hand vor sich ausgestreckt, um mich irgendwie zu fassen zu bekommen und in sein Messer hineinzureißen.

Aber seine Verletzung behinderte ihn.

Ich machte einen langen Schritt schräg nach hinten und ließ den Totschläger auf seinen Unterarm herunterkrachen. Ich zog dabei Genauigkeit und Schnelligkeit gegenüber Wucht vor, doch es war ein solider Schlag. Er grunzte vor Schmerzen, und ich trat zwei weitere Schritte zurück, um den Schaden zu begutachten. Er zog den verletzten Arm an den Körper und sah mich an. Er lächelte.

»Kommen Sie schon«, sagte er. »Hier bin ich. Bringen Sie es zu Ende. Nur keine Angst.«

Ich umkreiste ihn wieder. Seine Sticheleien kümmerten mich nicht.

»Ihr Freund hat auf dem Weg nach unten die ganze Zeit geschrien«, meinte er. »Er …«

Ich verkürzte den Abstand mit einem großen Schritt und stieß ihm den Schlagstock wie einen Speer gegen den Hals. Er hob den verletzten Arm, um ihn zu packen, doch ich hatte den Totschläger bereits schräg zurückgezogen. Mit einer fließenden Bewegung wechselte ich die Angriffsebene, ließ mich in die Hocke fallen und schnellte den Metallstock noch einmal gegen seinen Knöchel. Er schrie auf und brach in die Knie.

Ich trat hinter ihn, außer Reichweite eines möglichen Ausfalls.

»Hat er so geklungen?«, knurrte ich und ließ den Totschläger wie eine Axt auf seinen Kopf herabsausen.

Er sank zur Seite und kämpfte um sein Gleichgewicht. Ich schlug ein weiteres Mal zu. Und noch einmal. Blut floss in Strömen und spritzte aus seiner Kopfhaut. Ich merkte, dass ich brüllte. Ich wusste nicht, was.

Ich ließ Schläge auf ihn herabregnen, bis mir Arm und Schulter wehtaten. Dann trat ich einen langen Schritt zurück und ließ mich schwer atmend in die Knie sinken. Ich warf einen Blick auf den

Hund. Er lag still.

Ich wartete ein paar Sekunden, um wieder zu Atem zu kommen. Dann versuchte ich, den Schlagstock zusammenzuschieben, aber es ging nicht. Als ich ihn mir genauer ansah, verstand ich, warum. Die Stahlstange hatte sich verbogen bei dem, was ich Murakami angetan hatte.

Jesus. Ich stand auf und zerrte seine Leiche ins Dunkel unter dem Vordach, neben die Überreste seines Leibwächters. Ihn mit einem Arm zu schleifen, war eine höllische Anstrengung, doch ich schaffte es. Mit dem Hund ging es leichter.

Ich zog die Handys heraus, wischte sie ab und ließ sie fallen. Ebenso die Sonnenbrille. Zum Schluss kam der Totschläger. Ich wollte nicht, dass man mich mit einer fünfundsechzig Zentimeter langen Mordwaffe erwischte, die in der Form des Schädels des Opfers verbogen war. Ich schlüpfte aus der Lederjacke und warf sie auf den restlichen Haufen.

In einigen der Mülleimer entlang des Vordachs hatte sich Regenwasser angesammelt. Ich benutzte es, um die Umgebung grob vom Blut zu säubern, sodass es weniger auffiel. Als ich damit fertig war, wischte ich mögliche Fingerabdrücke ab.

Mein letzter Halt galt der Zigarette, die ich vor dem Haus ausgespuckt hatte, bevor ich den zweiten Typen ausschaltete. Ich drückte sie sicherheitshalber aus und steckte den Stummel ein.

Ich ging zum Eingang und betätigte mit dem Fingerknöchel Naomis Türklingel. Einen Moment später hörte ich ihre Stimme. Sie klang verängstigt. »Wer ist da?«, fragte sie.

Eine Sekunde lang fiel mir nicht mehr ein, wie ich mich ihr gegenüber im Klub genannt hatte. Dann erinnerte ich mich: Es war mein echter Name gewesen.

»Ich bin es«, sagte ich. »John.«

Ich hörte sie atmen. »Bist du allein?«, fragte sie.

»Ja.«

»Gut. Dann komm rauf. Mach schnell.«

Der Öffner summte und ich stieß die Tür auf. Den Kopf hielt

ich tief gesenkt, sodass derjenige, der sich später am Morgen mit Sicherheit die Überwachungsvideos ansehen würde, mein Gesicht nicht erkennen konnte. Ich nahm die Treppe zum fünften Stock, ging zu Naomis Wohnung und klopfte.

Einen Moment lang verdunkelte sich der Spion. Dann ging die Tür auf. Sie starrte mich mit offenem Mund an.

»*Oh meu Deus, meu Deus*, was ist passiert?«

»Sie sind mir beim Hinausgehen begegnet.«

Sie schüttelte den Kopf und blinzelte. »Komm rein.« Ich trat in den Eingangsbereich, und sie schloss die Tür hinter mir.

»Ich kann nicht bleiben«, sagte ich. »Irgendjemand wird sie bald finden, und dann wimmelt es in der Gegend von Cops.«

»Sie finden …«, sagte sie, dann verhärtete das Begreifen ihre Züge. »Du … du hast sie getötet?« Sie schüttelte den Kopf, als könnte sie es nicht glauben. »*Oh, merda.*«

»Sag mir, was passiert ist.«

Sie sah mich an. »Sie kamen heute Nacht in den Klub. Sie sagten, ich müsse mit ihnen kommen, wollten aber nicht sagen, warum. Ich hatte große Angst. Sie zwangen mich, sie hierher mitzunehmen, in meine Wohnung. Murakami hatte einen Hund dabei. Er sagte, er würde ihn auf mich hetzen, wenn ich nicht genau das tat, was er befahl.«

Sie sah mich an, besorgt, was ich vielleicht von ihr denken könnte.

»Ist schon gut«, sagte ich. »Sprich weiter.«

»Er wusste, dass ich mich außerhalb des Klubs mit dir getroffen hatte, und auch, dass ich mich mit dir in Verbindung setzen konnte. Er sagte, ich solle dich anrufen und bitten, mich zu besuchen.«

»Er hat wahrscheinlich geblufft«, meinte ich. »Vielleicht haben die Wanzen aufgezeichnet, dass du mir in der ersten Nacht deine E-Mail-Adresse gegeben hast, und dieses Wissen nutzte er. Oder vielleicht hat Yukiko etwas gemerkt und ihm davon erzählt. Aber das spielt keine Rolle.«

Sie nickte. »Er wollte wissen, in welcher Sprache wir uns hauptsächlich unterhielten, wenn wir zusammen waren. Ich sagte ihm, es sei Englisch. Sein Englisch ist nicht besonders gut, doch er meinte, wenn er irgendetwas hörte, das auch nur im Geringsten wie eine Warnung klang, würde er mich an den Hund verfüttern. Er saß direkt neben mir und hörte zu. Ich hatte Angst, wenn ich dich zu warnen versuchte, könntest du etwas erwidern, das es ihm verraten würde. Aber ich habe versucht, es dir mitzuteilen, auf eine Art, die du nicht gleich bemerken oder kommentieren würdest. Hat es funktioniert?«

Ich nickte. »Würden dich sehr gern wiedersehen«, sagte ich so, wie sie es ausgesprochen hatte.

»*Sim*. Es tut mir leid, dass ich nicht mehr tun konnte. Ich hatte zu viel Angst. Er hätte es gemerkt.«

Ich lächelte. »Das war perfekt«, sagte ich. »Gut gedacht. *Obrigado*.«

Ich hielt mein Handgelenk vor dem Körper umfasst, und sie senkte den Blick darauf. »Was ist mit deinem Arm?«, fragte sie.

»Murakamis Hund.«

»Jesus! Alles in Ordnung?«

Ich betrachtete meinen Unterarm. Die Lederjacke hatte verhindert, dass die Zähne des Tiers in die Haut eindrangen, doch die Stelle war blau verfärbt und stark geschwollen. Ich hatte das Gefühl, dass vielleicht etwas gebrochen war.

»Nicht so schlimm«, sagte ich. »Du bist es, um die ich mir Sorgen mache. Vor deinem Haus ist gerade ein dreifacher Mord geschehen. Sobald jemand die Leichen entdeckt, was nicht besonders schwierig sein dürfte, wird die Polizei die Überwachungsvideos von allen Gebäuden in der Gegend beschlagnahmen. Sie werden sehen, dass du von einem Typen mit einem weißen Hund begleitet wurdest, demselben weißen Hund, der jetzt neben seinem Herrchen ein paar Meter von hier entfernt langsam kalt wird. Du wirst eine Menge Fragen beantworten müssen.«

Sie sah mich an. »Was soll ich tun?«

»Wenn sie dich finden, sag die Wahrheit. Du solltest nur nicht erwähnen, dass du mir gerade die Tür aufgemacht hast – das würde dich wie eine Komplizin aussehen lassen. Aber leugne nicht, dass jemand heraufkam und versuchte, die Tür zu öffnen. Sie werden mich sowieso auf den Überwachungsvideos sehen, auch wenn ich mein Gesicht verborgen habe.«

Sie nickte. »Okay.«

»Dein eigentliches Problem ist nicht die Polizei. Dein Problem sind die Kumpane der Männer, die heute Nacht hierher gekommen sind. Sie werden hinter dir her sein, entweder, um Rache zu nehmen, oder um mich zu finden. Vielleicht auch beides.«

Alle Farbe wich aus ihrer Karamellhaut. »Er hätte mich heute Nacht getötet, nicht wahr?«, sagte sie.

Ich nickte. »Wenn ich aufgetaucht wäre, wie er hoffte, hätten sie mich umgebracht und dich dann als Zeugin eliminiert, um lose Enden zu kappen. Dass ich nicht erschien, machte dich ungefährlich. In ihren Augen war es die Mühe nicht mehr wert, dich zu töten. So einfach ist das.«

»*Meu Deus*«, schluckte sie. Sie war blass.

»Pack einen Koffer«, sagte ich. »Mach schnell. Nimm ein Taxi nach Shinjuku oder Shibuya, irgendwohin, wo noch Leute unterwegs sind. Besorg dir dort ein anderes Taxi. Steig in einem Liebeshotel ab, einem mit automatischem Check-in-Schalter. Zahle bar, nicht mit Kreditkarten. Am Morgen nimmst du den ersten Zug nach Nagoya oder Osaka, irgendeine Stadt mit internationalem Flughafen. Buche den ersten Flug außer Landes. Es spielt keine Rolle, wohin er geht. Sobald du das Land verlassen hast, bist du in Sicherheit. Von dort aus kannst du nach Hause fliegen.«

»Nach Hause?«

Ich nickte. »Brasilien.«

Sie schwieg für einen langen Augenblick. Dann nahm sie meine gesunde Hand in beide Hände. Sie sah mich an. »Komm mit mir«, sagte sie.

Als ich in diese grünen Augen sah, fühlte ich mich versucht, Ja zu sagen. Aber ich tat es nicht.

»Komm mit mir«, wiederholte sie. »Du bist auch in Gefahr.«

Und da, in diesem Moment, begriff ich, dass ich einen neuen

Nexus geschaffen hatte, einen neuen Harry oder eine neue Midori, einen Anknüpfungspunkt, den ein entschlossener Verfolger nutzen könnte, um mich aufzuspüren. Diese Frau war auf dem Rückweg nach Brasilien. Wo Yamada-san, mein *Alter Ego*, sich niederzulassen gedachte.

Ich musste wohl ein wenig gelächelt haben angesichts dieser Ironie des Schicksals, angesichts der Streiche, die es einem immer wieder spielte, denn sie sagte: »Was ist?«

Ich schüttelte den Kopf. »Ich kann hier noch nicht weg. Und selbst wenn, es wäre für dich zu gefährlich, mit mir zusammen zu reisen. Mach dich einfach auf den Weg. Ich werde eine Möglichkeit finden, in Salvador mit dir Kontakt aufzunehmen, wenn du zurück bist.«

»Wirst du das wirklich?«

Ich nickte. »Ja.«

Es gab eine lange Pause. Dann sah sie mich an. »Ich glaube nicht, dass du kommen wirst. Das ist schon in Ordnung. Aber sag mir Bescheid. Lass mich nicht im Ungewissen. Tu mir das nicht an.«

Ich nickte, dachte an Midori und wie sie gesagt hatte: *Mal sehen, wie dir die Ungewissheit schmeckt.*

»Ich werde dir Bescheid sagen«, versprach ich.

»Ich weiß noch nicht, wo genau ich sein werde, aber du kannst mich über meinen Vater erreichen. David Leonardo Nascimiento. Er wird wissen, wo ich zu finden bin.«

»Geh«, sagte ich. »Du hast nicht mehr viel Zeit.«

Ich wandte mich ab, doch sie hielt mich zurück und trat dicht an mich heran. Sie nahm mein Gesicht in beide Hände und küsste mich hart. »Ich werde warten«, sagte sie.

KAPITEL 22

Ich verließ die Gegend zu Fuß. Ich wollte nicht gesehen werden, nicht einmal von einem anonymen Taxifahrer.

In einer Sauna, die die ganze Nacht geöffnet hatte, säuberte ich mich, dann ging ich in einen Vierundzwanzig-Stunden-Drugstore, um eine Flasche Ibuprofen zu kaufen. Ich schluckte ein halbes Dutzend trocken hinunter. Mein Arm pochte.

Schließlich fand ich ein anonymes Hotel in Shibuya und sank in einen komaartigen Schlaf.

Der Ton meines Pagers weckte mich. Im Traum war das Geräusch erst ein automatisches Garagentor, dann ein vibrierendes Mobiltelefon, und endlich in der wachen Realität das, was es wirklich war.

Ich sah auf das Display. Tatsu. Wurde verdammt noch mal langsam Zeit. Ich verließ das Hotel, suchte ein Münztelefon und rief ihn an. Es war bereits Mittag.

»Alles in Ordnung mit dir?«, fragte er.

Er musste von dem Gemetzel erfahren haben. »Nie ist die Polizei da, wenn man sie braucht«, verkündete ich.

»Bitte verzeih mir.«

»Wenn ich getötet worden wäre, bestimmt nicht. Aber unter den gegebenen Umständen will ich Großmut walten lassen. Ich könnte einen Arzt brauchen für meinen verletzten Arm.«

»Ich finde einen. Können wir uns jetzt sofort treffen?«

»Ja.«

»Wo wir uns letztes Mal getrennt haben.«

»Einverstanden.«

Ich legte auf.

Ich führte einen Gegenaufklärungsgang durch, der beim Bahnhof Meguro endete. Tatsu und Kanezaki warteten bei den Drehkreuzen.

Oh, toll, dachte ich. *Kleine Überraschung. Das hat mir noch gefehlt.*

Ich ging zu ihnen. Tatsu nahm mich beiseite.

»Nach allgemeiner Auffassung ist ein Bandenkrieg im Gang«, sagte er. »Eine interne Auseinandersetzung unter den Yakuza. Der Sturm wird sich bald verziehen.«

Ich sah ihn an. »Dann hast du es schon gehört.«

Er nickte.

»Und?«, fragte ich. »Haben dir deine Eltern nicht beigebracht, was das Zauberwort ist?«

Sein Gesicht verzog sich zu einem überraschten Lächeln, und er klopfte mir tatsächlich auf den Rücken. »Danke«, sagte er. Er betrachtete meinen Arm, den ich in unnatürlicher Haltung am Körper angelegt hielt. »Ich kenne jemanden, der sich das ansehen kann. Aber ich glaube, du willst erst hören, was Kanezaki zu sagen hat.«

Wir gingen über die Straße in ein Café. Sobald wir uns gesetzt und unsere Bestellung aufgegeben hatten, sagte Kanezaki: »Ich habe etwas über den Tod Ihres Freundes herausgefunden. Es ist nicht viel, aber Sie haben mir geholfen und Ihr Versprechen gehalten, daher möchte ich es Ihnen sagen.«

Ich wartete.

Kanezaki blickte Tatsu an. »Äh, Ishikura-san hier hat mich über Ihre Treffen mit Biddle und Tanaka informiert. Ich weiß, dass Biddle Sie darum gebeten hat, mich zu töten.« Er verstummte eine Sekunde lang. »Danke, dass Sie den Auftrag abgelehnt haben.«

»*Doitashimashite*«, erwiderte ich und schüttelte langsam den Kopf. Keine Ursache.

»Nach unserer letzten Begegnung«, fuhr er fort, »wollte ich mehr Informationen. Als Druckmittel, um etwas gegen Biddle in der Hand zu haben, falls er es noch einmal versuchen sollte.«

Schnelle Auffassungsgabe, dachte ich. »Was haben Sie getan?«

»Ich habe sein Büro verwanzt.«

Ich starrte ihn an, halb überrascht, halb beeindruckt von seinem Wagemut. »Sie haben das Büro des hiesigen CIA-Chefs verwanzt?«

Er lächelte ein jungenhaftes, selbstzufriedenes Lächeln, das mich kurz an Harry erinnerte. »Habe ich. Sein Büro wird nur alle vierundzwanzig Stunden nach Wanzen abgesucht, in regelmäßigen Intervallen. Damals im Hauptquartier hatte ich den Kurs im Schlossknacken belegt, daher war es kein Problem, dort einzudringen und die Wanze zu platzieren.«

»Eindrucksvolle Sicherheitsvorkehrungen.«

Er zuckte die Achseln. »Sie sind ganz wirksam gegen Bedrohungen von außen. Aber das System wurde nicht mit Blick nach innen konzipiert. Egal, jedenfalls konnte ich so gut wie beliebig ein und ausgehen, um die Wanze zum Abhören anzubringen und dann vor den regelmäßigen Durchsuchungen wieder zu entfernen.«

»Und sie haben beim Lauschen etwas über Harry erfahren«, sagte ich.

Er nickte. »Gestern hörte ich den Chef telefonieren. Ich verstand nur seine Hälfte des Gesprächs, aber ich weiß, dass er ein großes Tier an der Strippe hatte, weil er ständig ›Yes, Sir‹, ›No, Sir‹ sagte.«

»Und was noch?«

»Er meinte: ›Keine Sorge. Der Faden, von dem wir hofften, er würde uns zu Rain führen, wurde durchschnitten.‹«

»Das besagt nicht viel.«

Er zuckte die Achseln. »Für mich klang es wie eine Bestätigung, dass der Tod Ihres Freundes kein Unfall war, sondern dass er ermordet wurde.«

Ich starrte ihn an, und was er in meinen Augen sah, ließ ihn blinzeln. »Kanezaki«, meinte ich sanft, »wenn Sie mir irgendetwas aufzutischen versuchen, das auch nur im Geringsten stinkt, um mich damit zu einer Aktion gegen Ihren Boss zu verleiten, war das der schlimmste Fehler Ihres Lebens.«

Er erbleichte ein wenig, behielt aber ansonsten die Fassung.

»Das ist mir klar. Ich erzähle Ihnen keinen Unsinn und versuche auch nicht, Sie zu manipulieren. Ich habe versprochen, Ihnen im Gegenzug für Ihre Hilfe alles zu sagen, was ich in Bezug auf Ihren Freund erfahre. Dieses Versprechen löse ich hiermit ein.«

Ich ließ ihn nicht aus den Augen. »Keine weiteren Hinweise darauf, wer den ›Faden durchschnitt‹?«

Er schüttelte den Kopf. »Nicht explizit. Aber das Gespräch drehte sich um Yamaoto, also kann man daraus seine Schlüsse ziehen.«

»Gut. Ziehen Sie Ihre Schlüsse.«

Tatsu mischte sich ein. »Anscheinend ist die Verbindung zwischen Biddle und Yamaoto nicht so, wie ich glaubte. In gewisser und entscheidender Hinsicht scheinen sie Verbündete zu sein, nicht Gegner.«

»Was hat das mit Harry zu tun?«, fragte ich.

»Zu den Dingen, die ich belauscht habe«, sagte Kanezaki, »gehört, dass Biddle vorhat, Yamaoto die Quittungen zu überlassen.«

Der Kellner brachte unseren Kaffee und verschwand wieder.

»Das verstehe ich nicht«, sagte ich. »Waren wir uns nicht einig, dass die Regierung der Vereinigten Staaten Reformen in Japan unterstützen will, während Reformen für Yamaoto eine tödliche Bedrohung darstellen.«

»Das stimmt«, sagte Kanezaki.

»Aber mittlerweile denken Sie, die beiden arbeiten zusammen.«

»Nach allem, was ich gehört habe, ja.«

»Wenn das stimmen sollte, könnte Biddle etwas mit Harrys Tod zu tun gehabt haben. Aber warum?«

»Ich bin mir nicht sicher.«

Ich sah Tatsu an. »Wenn die Agency mit Yamaoto zusammenarbeitet, kann der Zweck nur sein, deine Reformer in die Pfanne zu hauen. Und jetzt hat Biddle diese Quittungen.«

Tatsu nickte. »Wir müssen sie wiederhaben. Bevor er sie Yamaoto übergeben kann.«

»Aber es geht nicht nur um die Quittungen«, sagte ich. »Aus

dem, was Tanaka uns gesagt hat, müssen wir schließen, dass mehrere von Kanezakis Treffen auf Video mit Parabolmikrofonen festgehalten wurden. Was willst du deswegen unternehmen?«

»Da ist nichts mehr zu machen«, sagte Tatsu. »Wie wir schon besprochen haben, ein Politiker, der bei einem kompromittierenden Treffen mit einem CIA-Agenten erwischt wurde, ist nicht zu retten. Aber für diejenigen, die nur durch die Quittungen belastet werden, lässt sich noch etwas tun.«

»Wie?«

»Ein kleiner Prozentsatz von Politikern wird gleichzeitig durch Quittungen und Fotos kompromittiert sein. Zweifellos plant Yamaoto, diese Unglücklichen als Erste abzusägen. Dann, während des folgenden Medienspektakels, wird er die Empfangsbestätigungen veröffentlichen. Die Tatsache, dass es keine ›belastbaren‹ Video- oder Audiobeweise gibt, wird in dem entstehenden Aufruhr untergehen.«

»Das würde heißen, dass Yamaoto zwar immer noch in der Lage wäre, die Gruppe zu vernichten, die er auf Video hat …«

»Aber seine Bemühungen werden auf diese Gruppe beschränkt bleiben. Wenn wir die Empfangsbestätigungen zurückholen, können wir den Schaden begrenzen.«

»Okay. Und wie kommen wir an die Quittungen?«

»Sie liegen in Biddles Safe«, sagte Kanezaki. »Das habe ich ihn am Telefon sagen hören.«

»Sie mögen ja ein Schloss knacken können, Kleiner«, sagte ich, »aber ein Safe ist ein ganz anderes Kaliber.«

»Er muss ihn nicht knacken«, meinte Tatsu. »Biddle wird ihm die Kombination geben.«

»Wie denn, indem er nett darum bittet?«

Tatsu schüttelte den Kopf. »Ich dachte, dafür wärst du besser geeignet.«

Ich dachte einen Moment lang nach. Ich hatte nichts gegen eine zweite Chance, Biddle nach Harry zu befragen, in einer privateren Umgebung als beim letzten Mal. Besonders, wenn es stimmte, dass er und Yamaoto unter einer Decke steckten, was die Wahrscheinlichkeit erhöhte, dass er mit Harrys Ermordung zu tun gehabt hatte. Um Murakami und Yukiko hatte ich mich bereits gekümmert, doch anscheinend blieb noch eine kleine Angelegenheit unerledigt.

»Also gut«, sagte ich. »Ich mache es.«

»Ich kann Ihnen bei den Arrangements helfen ...«, begann Kanezaki.

»Nein«, erwiderte ich kopfschüttelnd. Ich sah bereits vor mir, wie ich es einfädeln würde. »Dafür sorge ich selbst. Sie müssen nur ermöglichen, dass ich Zugang zu Biddle bekomme, wenn ich es Ihnen sage.«

»Okay«, meinte er.

Ich sah ihn an. »Warum tun Sie all das? Wenn die CIA dahinterkommt, wird man Sie einen Verräter nennen.«

Er lachte. »Es fällt mir schwer, mir darüber Sorgen zu machen, nachdem ich gerade herausgefunden habe, dass mein eigener Boss mich ermorden lassen wollte. Außerdem ist Crepuscular offiziell beendet, erinnern Sie sich? Soweit es mich angeht, ist Biddle der Verräter. Ich bringe nur die Dinge wieder ins Gleichgewicht.«

Tatsu brachte mich zu einem Arzt namens Eto, den er gut kannte. Er sagte mir, dass er Eto vor vielen Jahren einen Gefallen getan hätte, dieser daher in seiner Schuld stünde und man sich auf seine Diskretion verlassen könne.

Eto stellte keine Fragen. Er untersuchte meinen Arm und diagnostizierte eine gebrochene Elle. Er richtete den Knochen, legte einen Gipsverband an und gab mir ein Rezept für ein Schmerzmittel auf Codeinbasis. Es stammte von einem echten Rezeptblock des Jikei-Hospitals. Die Unterschrift war unleserlich. Niemand konnte sie zu ihm zurückverfolgen.

Danach rief ich Biddle an. Sagte, dass ich bereit sei, sein Angebot wegen Kanezaki anzunehmen. Vereinbarte ein Treffen um zehn Uhr abends, um die Einzelheiten zu besprechen.

Ich suchte einen zweiten Spionageladen in Shinjuku auf. Diesmal kaufte ich eine hochauflösende Nachtsichtbrille mit Feldstecherfunktion. Außerdem nahm ich wieder einen ASP-Schlagstock mit. Die Dinger waren mir irgendwie ans Herz gewachsen.

Als Nächstes ging ich in ein Sportgeschäft, wo ich einen Trainingsanzug aus schwerem, mattschwarzem Baumwollstoff kaufte, dazu ein Paar Joggingschuhe. Es war nicht leicht, die passende Fußbekleidung zu finden – fast alles in dem Laden leuchtete in bunten Farben –, aber schließlich stieß ich auf ein halbwegs dunkles Paar. Nachdem ich das Geschäft verlassen hatte, schnitt ich die reflektierenden Streifen ab, die der Hersteller vorsorglich quer über die Fersen platziert hatte, damit der Jogger bei Nacht besser sichtbar war. Nachts von einem Wagen überfahren zu werden, der mich übersehen hatte, war meine geringste Sorge.

Ich hatte Biddle angewiesen, den Friedhofskomplex Aoyama Bochi in der Kayanoki-dori vom Eingang an der Omotesando-dori aus zu betreten. Dann sollte er etwa fünfzig Meter weit geradeaus gehen, bis er einen großen Obelisken zur Linken sah, die höchste Grabanlage des Friedhofs. Dort sollte er warten.

Um acht, als es ausreichend dunkel geworden war, schlüpfte ich von der Gaiennishi-dori-Seite her in den Friedhof und vermied die Haupteingänge, falls mich dort jemand erwarten sollte. Ein merkwürdiger Ort zum Joggen, aber nicht unüblich. Sobald ich drin war, setzte ich die Nachtsichtbrille auf. Jeder Grabstein, jedes Gebüsch wurde in Hellgrün sichtbar. Ich sah Fledermäuse zwischen den Bäumen hindurchsegeln, eine Katze hinter einem Grabmal hervorschleichen.

Ich postierte mich in der Nähe des Obelisken in einer Gruft, die wie eine dreistöckige Pagode geformt war. Sie bot ein hervorragendes Versteck und gleichzeitig einen Rundumblick auf den Friedhof.

Biddle tauchte exakt um zehn Uhr auf. Er war beim Spionieren genauso pünktlich wie beim Nachmittagstee.

Ich beobachtete ihn, während er zum Obelisken ging. Er trug einen offenen Trenchcoat, darunter Anzug und Krawatte. Der geborene Agent. Zehn Minuten lang scannte ich den Friedhof mit der

Nachtsichtbrille, bis ich mich überzeugt hatte, dass er allein war. Dann schob ich mich aus meinem Versteck und ging auf ihn zu.

Er hörte mich erst, als ich ihn aus einem Meter Entfernung ansprach. »Biddle«, sagte ich.

»Herrgott!«, schrak er zusammen und fuhr zu mir herum.

Ich sah ihn in der Finsternis die Augen zusammenkneifen. Im weißlichen Grün der Brille registrierte ich seinen Gesichtsausdruck bis ins kleinste Detail.

Harrys Detektor steckte stumm in meiner Tasche. Mit dem gesunden Arm ließ ich den Totschläger aus der Tasche der Jogginghose gleiten.

In der Dunkelheit entging Biddle die Bewegung.

»Es gibt ein kleines Problem«, meinte ich.

»Was?«

»Sie müssen sich mehr Mühe geben, mich davon zu überzeugen, dass Sie mit Haruyoshi Fukasawas Tod nichts zu tun hatten.«

Ich sah im grünen Glühen, wie er die Stirn runzelte. »Hören Sie, ich habe Ihnen doch schon gesagt …«, fing er an.

Ich ließ den Schlagstock herausschnappen und versetzte ihm einen Rückhandschlag aufs Schienbein, stoppte jedoch im letzten Moment ab, um ihm nichts zu brechen, denn dafür war es noch zu früh. Er kreischte und fiel zu Boden, umklammerte das verletzte Bein. Ich ließ ihn sich ein wenig herumwälzen, während ich mich umsah. Bis auf Biddle war alles menschenleer.

»Still jetzt«, sagte ich. »Seien Sie still, sonst muss ich Sie dazu zwingen.«

Er biss die Zähne zusammen und sah in die Richtung, aus der meine Stimme kam. »Verdammt noch mal, ich habe Ihnen alles erzählt, was ich weiß«, keuchte er.

»Aber nicht, dass Sie mit Yamaoto zusammenarbeiten. Oder, dass Sie derjenige sind, der Crepuscular am Leben hält, nicht Kanezaki.«

Seine Augen weiteten sich und suchten in der Dunkelheit nach mir. »Kanezaki bezahlt Sie, nicht wahr?«, stöhnte er.

Ich überlegte kurz. »Nein. Niemand bezahlt mich. Ausnahmsweise arbeite ich *pro bono*. Von Ihrer Warte aus würde ich das allerdings nicht als gute Nachricht bezeichnen.«

»Aber ich kann Sie bezahlen. Die Agency kann es. Wir leben in einer neuen Welt, und wie ich Ihnen schon sagte, wir wollen, dass Sie ein Teil davon werden.«

Ich lachte leise. »Sie klingen wie ein Werbeslogan. Und jetzt erzählen Sie mir von Yamaoto.«

»Es ist mein Ernst. Seit 9/11 braucht die Agency Leute wie Sie. Darum waren wir auf der Suche nach Ihnen.«

»Ich werde meine Frage noch einmal stellen. Kostenlos. Aber wenn ich mich wiederholen muss, wird Ihnen der Schlag, der Sie zu Boden geworfen hat, rückblickend wie eine zärtliche Liebkosung erscheinen.«

Er blieb lange stumm, dann sagte er: »Also gut.« Er rappelte sich langsam auf, wobei er das verletzte Bein schonte. »Hören Sie, Yamaoto hat seine Interessen, und wir haben unsere. Im Moment gehen sie zufällig in die gleiche Richtung. Ein Zweckbündnis.«

»Und zu welchem Zweck? Ich dachte, Crepuscular sollte reformorientierte japanische Politiker unterstützen.«

Er nickte. »Reformen wären langfristig im Interesse der USA, doch sie können auch Probleme verursachen. Hören Sie, Japan ist der größte Geldgeber der Welt. Das Land hat dreihundert Milliarden Dollar allein in US-Schatzanweisungen investiert. Kurzfristig würden Reformen bedeuten, dass japanische Banken bankrottgehen. Bankrotte Banken wiederum bedeuten einen Run auf die Einlagen, und das würde die Banken dazu zwingen, ihr Kapital aus Übersee abzuziehen, um die panischen Kontoinhaber zu befriedigen. Sollten die Reformen jedoch greifen, und die Wirtschaft erholt sich, werden auf dem Yen basierende Beteiligungen attraktiver, und die japanischen Banken werden ihre Dollar- und Euro-Investitionen ins Land zurückholen, wo sie sich besser verzinsen.«

Er hatte sich ganz schön schnell wieder gefasst. Vielleicht hatte ich ihn unterschätzt.

»Wer immer also in der US-Regierung gegenwärtig die Strippen zieht, bevorzugt den *Status quo*«, sagte ich.

»Wir nennen es lieber ›Stabilität‹«, meinte er. Er verlagerte das Gewicht ein wenig auf das verletzte Bein und zuckte zusammen.

Ich sah mich um. Immer noch alles ruhig. »Weil der *Status quo* bedeutet, dass all die Milliarden Yen sicher in den USA geparkt bleiben, wo sie die amerikanische Wirtschaft stützen.«

»So ist es. Grob gesagt: Amerika ist süchtig nach dem anhaltenden Fluss ausländischen Kapitals zur Finanzierung seines Haushaltsdefizits, und die nächste Dosis kommt immer aus Japan. Es gibt Elemente in der Regierung, die nicht wollen, dass sich daran etwas ändert.«

Ich schüttelte den Kopf. »Das ist nicht grob gesagt, sondern hübsch formuliert. Amerika ist süchtig nach billigem Erdöl und stützt brutale Regimes im Nahen Osten, um seine Sucht zu befriedigen. Wenn die Regierung korrupte Elemente in Japan unterstützt, dann nur, weil diese den weiteren Zugang zu japanischem Kapital garantieren. Uncle Sam bleibt sich lediglich selbst treu.«

»So kann man es ausdrücken. Aber ich mache keine Politik. Ich führe sie nur aus.«

»Darum wurde Crepuscular also vor sechs Monaten eingestellt«, sagte ich. »Eine aufstrebende Fraktion in der US-Regierung kam zu dem Schluss, dass es doch nicht in Uncle Sams Interesse liegt, Reformen in Japan zu fördern.«

»Ganz im Gegenteil«, antwortete er. Er setzte dazu an, die Hände in die Taschen seines Trenchcoats zu stecken.

»Lassen Sie Ihre Hände da, wo ich sie sehen kann«, sagte ich scharf.

Er zuckte zusammen. »Tut mir leid, mir ist nur ein wenig kalt. Wie können Sie hier überhaupt etwas sehen? Es ist stockfinster.«

»Was meinen Sie mit ›im Gegenteil‹?«

»Crepuscular war nie dazu gedacht, Reformen zu unterstützen. Es ging dabei von Anfang an darum, Reformpolitiker in die Hand zu bekommen. Wer immer die Einstellung des Programms anordnete, war ein Unterstützer von Reformen. Aber mit Sicherheit kein

Realist.«

»Sie gehören also zu den Realisten.«

Er straffte sich leicht. »Das stimmt. Neben einigen Institutionen, die die US-Außenpolitik lenken. Solchen, die keine Scheuklappen tragen oder dem Druck einer Wählerschaft unterliegen. Hören Sie, unsere Politiker drängen Japan zu Reformen, weil sie nicht begreifen, was wirklich los ist. Japan ist über Reformen hinaus. Vor zehn, vielleicht sogar vor fünf Jahren, hätte noch eine realistische Chance bestanden. Aber jetzt nicht mehr. Die Dinge sind hier zu weit gegangen. Die Politiker in Amerika sprechen immer davon, dass man eben ›in den sauren Apfel beißen‹ und ›die bittere Pille schlucken‹ muss, nur begreifen sie nicht, dass diese bittere Pille einen auch umbringen kann. Dass der Patient so schwach sein könnte, dass er die Operation nicht überlebt. Die Suche nach einem Heilmittel hat keinen Sinn mehr, wir müssen zur Palliativmedizin übergehen und die Schmerzen lindern.«

»Was für eine rührende Geschichte, Dr. Kevorkian. Nur weiter, ich bin bereit für das hässliche Ende.«

»Das hässliche Ende?«

»Ja. Wo es dann heißt: ›Folgendermaßen lautet die Kombination zu meinem Safe‹«.

»Die Kombination … oh nein. Nein, nein, nein.« Panik stahl sich in seine Stimme. »Wie konnten Sie sich dazu überreden lassen? Was hat er Ihnen gesagt? Dass diese Reformer Helden sind? Um Himmels willen, das sind Politiker wie alle anderen in diesem gottverdammten Land, gierig und eigennützig. Kanezaki weiß nicht, was er tut.«

Ich ließ den Schlagstock wieder gegen sein verletztes Bein schnellen. Er schrie auf und ging zu Boden.

»Still«, sagte ich. »Sonst sind als Nächstes Ihre Arme dran.«

Er biss die Zähne zusammen und wiegte sich vor und zurück, einen Arm um das verletzte Bein geschlungen, während er mit dem anderen in dem aussichtslosen Versuch vor dem Kopf herumfuchtelte, einen weiteren Schlag abzuwehren.

»Ich habe Sie davor gewarnt, was passiert, wenn ich zweimal

fragen muss«, sagte ich. »Und jetzt spucken Sie es aus. Sonst wird man Sie nicht einmal mehr anhand Ihres Zahnschemas identifizieren können.«

Er stöhnte und umklammerte sein Bein. Endlich sagte er: »Zweiunddreißig zweimal links, vier rechts, zwölf links.«

Ich zückte mein Handy und drückte Kanezakis Kurzwahltaste. Er nahm augenblicklich ab und ich wiederholte die Nummer.

»Bleiben Sie dran.« Ein paar Sekunden verstrichen. »Ich bin drin«, verkündete er.

»Haben Sie gefunden, wonach Sie suchten?«

Ich hörte Papiere rascheln. »Aber hallo!«

Ich legte auf.

»Etwa einen Meter zu Ihrer Rechten steht ein Grabstein«, sagte ich. »Sie dürfen sich daran aufrichten.«

Er kroch in die angegebene Richtung und zog sich auf den Grabstein gestützt mühsam hoch. Er sank schwer atmend dagegen, das Gesicht schweißglänzend.

»Sie wussten, dass sie Harry erledigen würden«, sagte ich.

Er schüttelte den Kopf. »Nein.«

»Aber Sie hatten den Verdacht.«

»Ich verdächtige alles und jeden. Dafür werde ich bezahlt. Das ist nicht dasselbe wie Wissen.«

»Warum wollten Sie, dass ich Kanezaki töte?«

»Ich glaube, die Antwort kennen Sie«, sagte er, und seine Atmung beruhigte sich ein wenig. »Wenn diese Quittungen benutzt werden, muss ein Verantwortlicher gefunden werden. Und es wäre besser, wenn der Betreffende seine Version der Geschichte nicht mehr erzählen kann.«

»Befindet er sich immer noch in Gefahr?«

Er kicherte reumütig. »Nicht, wenn die Quittungen aus dem Spiel sind, nein.«

»Sie wirken nicht übermäßig enttäuscht.«

Er zuckte die Achseln. »Ich bin Profi. Ich nehme nichts von all dem persönlich. Ich hoffe, das Gleiche gilt für Sie.«

»Was wird aus Crepuscular?«

Er seufzte und sah ein wenig wehmütig drein. »Crepuscular? Gibt es nicht mehr. Es wurde vor sechs Monaten eingestellt.«

Er rezitierte bereits die offizielle Version der Geschichte. Kein Wunder, dass er die Fassung so schnell wiedergefunden hatte. Er wusste, dass er keine persönlichen Konsequenzen für seine Karriere befürchten musste.

Ich musterte ihn lange. Ich dachte an Harry, an Tatsu, und vor allem an Midori. Endlich sagte ich: »Ich lasse Sie noch einmal davonkommen, Biddle. Es wäre sicher klüger, Sie zu töten, aber ich werde es nicht tun. Das heißt, Sie sind mir etwas schuldig. Und wenn Sie diese Schuld dadurch begleichen, dass Sie sich wieder in mein Leben einzumischen versuchen, werde ich Sie zu finden wissen.«

»Ich glaube Ihnen«, sagte er.

»Wenn wir heute Nacht hier auseinandergehen, ist es endgültig – haben wir uns verstanden?«

»Wir brauchen Sie«, sagte er. »Es gibt immer noch einen Platz für Sie.«

Ich wartete einen Moment im Dunkeln. Er merkte, dass er meine Frage nicht beantwortet hatte. Er zuckte zusammen.

»Verstanden«, meinte er mit schwacher Stimme.

Ich wandte mich ab und ging. Er konnte selbst hinausfinden.

Am nächsten Tag traf ich mich mit Tatsu auf einem sonnigen Boulevard unter einem Ahornbaum im Yoyogi-Park. Ich teilte ihm mit, was ich von Biddle erfahren hatte.

»Kanezaki konnte die Quittungen sicherstellen«, sagte er. »Und hat sie sofort vernichtet. Es ist fast so, als hätten sie nie existiert. Schließlich wurde Crepuscular vor sechs Monaten eingestellt.«

»Der Knabe ist naiv, aber er hat Mumm«, sagte ich.

Tatsu nickte, die Augen kurz von Melancholie erfüllt. »Er hat ein gutes Herz.«

Ich lächelte. Es hätte Tatsu gar nicht ähnlich gesehen, zuzugeben, dass jemand einen scharfen Verstand besaß.

»Ich habe das Gefühl, wir haben ihn nicht zum letzten Mal gesehen«, meinte ich.

Er zuckte die Achseln. »Das hoffe ich. Die Wiederbeschaffung dieser Empfangsbestätigungen war ein Glücksfall. Doch es bleibt noch sehr viel zu tun.«

»Man kann nicht alles schaffen, Tatsu. Denk daran.«

»Aber wir können nicht einfach untätig bleiben, *ne*? Vergiss nicht, dass das Japan der Neuzeit von den Samurai der südlichen Provinzen begründet wurde, als sie den kaiserlichen Palast in Kyoto einnahmen und die Wiedereinsetzung des Meiji-Kaisers erklärten. Vielleicht könnte sich etwas Ähnliches wieder ereignen. Eine Wiedergeburt der Demokratie.«

»Mag sein«, meinte ich.

Er wandte sich zu mir. »Was hast du jetzt vor, Rain-san?«

Ich betrachtete die Bäume. »Ich denke darüber nach.«

»Arbeite für mich.«

»Du klingst wie eine Schallplatte, die einen Sprung hat, Tatsu.«

»Und du klingst schon wieder wie meine Frau.«

Ich lachte.

»Wie hat es sich angefühlt, Teil von etwas zu sein, das wichtiger ist, als du selbst?«, fragte er.

Ich hielt meinen eingegipsten Arm in die Höhe. »So.«

Er lächelte sein betrübtes Lächeln. »Das bedeutet nur, dass du noch am Leben bist.«

Ich zuckte die Achseln. »Ich gebe zu, es hätte schlimmer kommen können.«

»Wenn du jemals Hilfe brauchst, ruf mich an.«

Ich stand auf. Er tat es mir nach.

Wir verneigten uns und reichten uns die Hand. Ich ging davon.

Ich lief lange Zeit einfach so vor mich hin. Richtung Osten, zum Bahnhof Tokio, zum *Shinkansen*, der mich nach Osaka zurückbringen würde. Tatsu wusste, wo ich zu finden war, aber damit konnte ich fürs Erste leben.

Ich fragte mich, was ich tun würde, wenn ich dort ankam.

Yamada, mein *Alter Ego*, war reisefertig. Doch ich wusste nicht mehr, wo ich ihn hinschicken sollte.

Ich musste mit Naomi Kontakt aufnehmen. Ich wollte mit ihr Kontakt aufnehmen. Ich wusste nur nicht, was ich ihr sagen sollte.

Yamaoto lauerte immer noch da draußen. Er hatte ein paar schwere Schläge von Tatsu einstecken müssen, doch er war noch lange nicht k.o. Wahrscheinlich suchte er weiter nach mir. Und mit ihm vielleicht die Agency.

Während ich vor mich hinlief, verdunkelte sich der Himmel. Wind rüttelte an den Ästen der von der Luftverschmutzung abgehärteten Bäume.

Tatsu hatte heiter gewirkt. Ich fragte mich, aus welchen tiefen Quellen sich sein Optimismus speiste. Ich wünschte, ich hätte ihn teilen können. Aber der am Boden zerschmetterte Harry, Midori, die für immer gegangen war, und Naomi, die auf eine ungewisse Antwort wartete, waren mir zu gegenwärtig.

Dicke Regentropfen begannen, auf die Betonhaut der Stadt zu prasseln, gegen die gläsernen Fenster ihrer Augen. Ein paar Leute, die Schirme dabei hatten, spannten sie auf. Der Rest spritzte auseinander und stellte sich irgendwo unter.

Ich lief einfach weiter durch den Schauer. Ich versuchte, es als eine Art Taufe anzusehen, einen Neubeginn.

Vielleicht war es das. Aber es war eine einsame Auferstehung.

ANMERKUNG DES AUTORS

Leser, die mit Roppongi und Akasaka-Mitsuke in Tokio vertraut sind, werden bemerken, dass einige Hostessen-Bars und »Herrenklubs« dem *Damask Rose* ähneln, ohne jedoch mit ihm identisch zu sein. Abgesehen davon sind die Örtlichkeiten in Tokio und Osaka in diesem Buch so beschrieben, wie ich sie vorfand.

KONTAKT ZU BARRY

Für Updates, kostenlose Exemplare, Preisausschreiben und mehr abonnieren Sie Barrys Newsletter. Es handelt sich um eine private Mailingliste, und Ihre persönliche E-Mail-Adresse wird unter keinen Umständen weitergegeben. Der Newsletter bietet auch brandaktuelle Neuigkeiten über Filmprojekte, Lesungen und Barrys weitere Bücher und Kurzgeschichten. Daneben können Sie ihn auf seiner Website treffen, auf seinem Blog »Heart of the Matter« (Der Kern des Ganzen) oder auf Facebook und Twitter.

DANKSAGUNGEN

… einem bemerkenswerten transpazifischen Team: meinen Agenten Nat Sobel und Judith Weber von Sobel Weber Associates in New York und Ken Mori von Tuttle Mori in Tokio, außerdem meinen Verlegern David Highfill von Putnam in New York und Masaru Suzuki von Sony's Village Books in Tokio für ihren unermüdlichen Enthusiasmus, ihr Verständnis und ihre Unterstützung.

… meinem guten Freund und *Sensei* Koichiro Fukasawa von Wasabi Communications, dafür, dass er ein so klares Licht auf Japan und die Japaner wirft – und für eine großartige Website.

… Dr. Dr. phil. Evan Rosen und Dr. Peter Zimetbaum, beide Koryphäen der medizinischen Fakultät in Harvard, die immer wieder ihr Unbehagen über meine Fragen nach den medizinischen Aspekten von Tötungstechniken überwanden und akzeptierten, dass der Hippokratische Eid nicht für Romane gilt, und die John Rain bei all seinen Unternehmungen mit ihrem großen Sachverstand und ihrer Fantasie zur Seite standen.

… Lori Kupfer, deren Einsichten, welche Kleider zu kultivierten, sexy Frauen wie Midori und Naomi passen und wie sie denken, ebenso hilfreich waren wie ihre Kommentare zum Manuskript.

… Ernie Tibaldi, Veteran des FBI mit einunddreißig Jahren Dienstzeit, der großzügig seine umfangreichen Erfahrungen im Observieren und Ermitteln mit mir teilte, mir viele gute Bücher und andere Informationsquellen empfahl und hilfreiche Kommentare zum Manuskript lieferte.

… Carla Mendes, die mein Verständnis für Brasilien und die

Brasilianer erweiterte und Rains Versuche, Portugiesisch zu sprechen, verbesserte.

… Marc »Animal« MacYoung und Peyton Quinn, zwei Kriegerphilosophen, die für zahlreiche ausgezeichnete Bücher und Videos über Gewalt und die Umgangsformen der Straße verantwortlich zeichnen. John Rain fühlt sich vor allem MacYoungs Philosophie über waffenlose Verteidigung gegen einen Messerangriff und Quinns Gedanken über »Einstellungsgespräche« für potenzielle Opfer verpflichtet.

… Masao Miyamoto, der das erschreckend komische Buch *Straightjacket Society* (Gesellschaft in der Zwangsjacke) verfasste, und bei dessen Ansichten über »Big Brother« in Japan Tatsu sich bediente.

… Lt. Colonel Dave Grossman, der das verstörende Buch geschrieben hat: *On Killing: The Psychological Cost of Learning to Kill in War and Society* (Über das Töten: Der psychologische Preis, den es kostet, das Töten zu lernen, im Krieg und in der Gesellschaft). Es lieferte erstaunliche Einsichten in den Hintergrund und in die Psyche von John Rain.

… Alex Kerr, der das Buch *Dogs an Demons* (Hunde und Dämonen) verfasste, eine sorgfältig recherchierte und präsentierte Geschichte der Korruption, sowie der gefühllosen, wahnsinnig gewordenen Bürokratie in Japan. Hier haben sich einige der Hintergrundgeschichten für diesen Roman gefunden.

… Brian Koppelman, aus dessen ausgezeichnetem Film *Rounders* sich John Rain die scharfsinnige Beobachtung ausborgte: »Wenn du dich am Pokertisch umsiehst und kannst den Tölpel nicht ausfindig machen, dann bist du selbst der Tölpel.«

… Alan Eisler, Judy Eisler, Dan und Naomi Levin, Matthew Powers, Owen Rennert, David und Shari Rosenblatt, Ted Schlein, Hank Shiffman und Pete Wenzel, die hilfreiche Kommentare zum Manuskript abgaben und zu dessen Entstehung viele wertvolle Vorschläge und Erkenntnisse beisteuerten.

… Rick Kennedy und den Leuten von Tokyo Q, die John Rain

mit einigen der Tokioter Bars und Restaurants bekannt machten, die in diesem Buch auftauchen.

… den Besitzern der folgenden Etablissements, allesamt wunderbar geeignete Orte, um dort seinen Arbeitsplatz aufzuschlagen: Bar Satoh in Miyakojima-ku, Osaka; Café Borrone in Menlo Park, Kalifornien; Las Chicas in Aoyama, Tokio; die öffentliche Bibliothek in Mountain View, Kalifornien; These Library Lounge in Nishi Azabu, Tokio.

… und vor allen anderen einer großen Lektorin, meiner glühendsten Unterstützerin und besten Freundin – meiner Frau Laura.

FSC
www.fsc.org

MIX

Papier | Fördert
gute Waldnutzung

FSC® C083411

Zeitfracht Medien GmbH
Ferdinand-Jühlke-Straße 7
99095 Erfurt, Deutschland
produktsicherheit@kolibri360.de

Druck:
CPI Druckdienstleistungen GmbH
im Auftrag der
Zeitfracht Medien GmbH
Ein Unternehmen der Zeitfracht - Gruppe
Ferdinand-Jühlke-Str. 7
99095 Erfurt